情怀

王德友 著

 黄河出版传媒集团
宁夏人民出版社

图书在版编目（CIP）数据

情怀 / 王德友著.-- 银川：宁夏人民出版社，
2023.11

ISBN 978-7-227-07872-2

Ⅰ.①情…Ⅱ.①王…Ⅲ.①长篇小说－中国－当代
Ⅳ.①I247.5

中国国家版本馆CIP数据核字（2023）第230444号

情怀   王德友　著

责任编辑　姚小云
责任校对　闫金萍
封面设计　圣立文化
责任印制　侯　俊

黄河出版传媒集团
宁夏人民出版社　出版发行

出　版　人　薛文斌
地　　　址　宁夏银川市北京东路139号出版大厦（750001）
网　　　址　http://www.yrpubm.com
网上书店　http://www.hh-book.com
电子信箱　nxrmcbs@126.com
邮购电话　0951-5052104　5052106
经　　　销　全国新华书店
印刷装订　四川金邦印务有限公司
印刷委托书号　（宁）0027944

开本　710mm×1000 mm　1/16
印张　19
字数　300千字
版次　2023年11月第1版
印次　2023年11月第1次印刷
书号　ISBN 978-7-227-07872-2
定价　76.00元

目录

一

街上有了人的说话声，间或听到一两声汽车的喇叭叫和自行车的铃铛响。窗外天色已经变白，楼下小食店里煮稀饭、蒸极富特色的江城米凉面的鼓风机也嗡嗡嗡地叫起来。这个鼓风机，一年四季不分天晴下雨、刮风下雪，每天早上六点准时响起，没有半个小时以上的时间，不把饭煮熟、凉面蒸透，是不会停歇的。住在这幢楼上以及对面离得近的人，开始觉得这声音很吵，正是早上睡得最香的时候叫，很烦。但是时间长了，听惯了，就不觉得有多讨厌，还认为这声音具有闹铃的功能，告诉人们该起床了，以免起晚了误了事。人家做生意也辛苦，天天起早，即使有点儿小病和天冷，早上也不能多睡一会儿，十分难得。再说，店开起，不起早，炊事员和吃饭的人一起进门，吃啥？大家吃一碗凉面、喝一碗稀饭（当地大多数人都这样搭配早餐）后，还要去上班、办事或者赶路呢！自从有了这个小店，周围的人吃早饭实实在在的是方便了许多。所以，这鼓风机的声音响了这么多年，虽然不少人心里有些意见，但是明面上没有谁说过什么，久而久之还觉得，它好像是这一小块地方早上不可或缺并且十分协调的晨曲。

欧平的家住在二楼，小店就在他家楼下。听到鼓风机响了，已经睡够的他睁开眼睛，看外面天已经亮了，清醒了一下自己，就翻身起床。

他今天要去履新——他由区委办公室主持工作的副主任调到滨江街道办事处任党委书记。

欧平穿好衣服，走出房门，洗漱完了就去做上班的准备。八点上班，还不到七点，时间还早，但是他想早些收拾好，新到一个地方，第一天怎么能迟到？他从来很守时，这才去，又作为领导，一开始就应该以身作则。

爱人卢秀英也要去上班，在他做自己那些事情的时候，她已经把早饭做好。一起吃了饭，他给她打了个招呼后，就出门走了。

今天欧平打理了一下自己：一直二八分的头发又梳理了几下，不是一丝不苟，也不显得凌乱；穿着已经穿了两三年但是最喜欢的一套纯色西服，打了一条丝织红颜色领带；脚上半新半旧的皮鞋擦得又黑又亮。

这一收拾，已经过了不惑之年的他，不仅显得更加儒雅、睿智、精神，而且看起来很年轻，十分潇洒，风度翩翩。

欧平手里提着一个整理好了的黑色公文包———这个包是他当教师时，全国第一个教师节时县里统一发的，十多年来往来于学校、赶场进城、到单位部门和下街道乡镇，一直提着这个包。

阳春三月，天亮得早，一轮红日已经升起来。

院子里，太阳金色的光芒不可阻挡地从东方拥过来，高大的点式楼在坝子中间投下长长的影子，从它两边间隙里照射过来的崭新、绚烂、可人的光瀑倾泻在地上，一片耀眼的亮堂。坝子里走动着几个到小店里买早饭的人，有的已经买了往家里走，有的正出去。

这是滨江区区级机关宿舍，住着区里的干部，院坝周围停了一些小车。欧平来到院子里，站在大门口，想看有没有到老城方向的车出去，滨江办事处在老城，搭个顺路车，坐一截，省一点儿时间。

这几年，区里的领导有了工作用车，大多数区级部门和乡镇街道也买了车。滨江街道办事处原来也有一辆车，后来卖了，他这时去当书记，上下班和开会、办事的交通问题只有自己解决。

站在这里毫无目标地等别人的车，这时的他身上光鲜，心里却很灰，有一种严重的失落感和忧虑。自己已经是一个被"贬"的人——由区委到基层，即使级别升了一级，也是到下面去——这不仅是他自己在这样想，别人也在这样认为，有的人甚至说出了口，他就亲耳听到过。在这样的情况下，谁还高兴得起来？

欧平不好意思久站在这里等别人的车来，一个人走出大门想趁早去坐公共汽车。

欧平是一个朴素实在的人，不是怕坐公共汽车挤，也不是认为坐公共汽车就低人一等，而是他家住的这个地方没有公交线路，坐公共汽车要走很远，要穿街过巷，横跨一条干道，到对面去坐，下了车也要穿街过巷，转弯抹角，走十多二十分钟，才能到他即将上班的地方。这样两头加起来，就要多花半个多小时的时间。早上赶时间上班，半个多小时的时间，是非常宝贵的！特别是今天，是第一天上班！

三天前，区委领导送欧平到位，他是坐他们的车去的，没有感觉有什么不方便。今天自己去，才感到没车，短短一段路这么难。

这次工作变动，欧平心里很不情愿。

欧平是当教师参加工作的，后来读大学中文系，毕业以后在教育上待了短暂的一段时间，就调到区委宣传部。那时他已经是中学一级教师，虽然此前还当过管辖全公社十几所学校的教导主任，在原来县下面的区教办工作了好几年，但是因为没有脱离教师身份，正式改行当干部还是被认为是新兵，早上一到办公室就扫地抹灰，然后提着水瓶上下四五层楼到院子里去打水，冬天还要生火，一天打杂跑腿。当然，主要工作是写材料，写了大量的公文，包括起草文件、写领导的讲话稿、撰写有关文章等等。几年后换届，调到区委办公室分管文秘工作，后来主持办公室全面工作。在两个部门的八九年里，直接为区委几届领导服务，工作认真负责，任劳任怨，给人留下了很好的印象，是全区公认的一号"笔杆子"和"老资格"。

就所处的环境来说，很有工作之便，每天接触区委主要领导，但是他从来没有提出过任何个人要求。作为知识分子干部，他单纯率真，不愿意也不善于揣摩领导心理、看领导的脸色行事。总是认为，自己是在党的一级重要组织工作，一切都要按原则办事，人人平等。

对他的这种性格，现任区委书记刘开山认为是清高，是把包括自己都没有放在眼里，因此很有些不高兴。

刘开山是"文化大革命"前的中技毕业生，最早在粮站工作，后来由于对人耿直和工作有干劲，能吃苦，被调任行政干部并步步高升，直到当了管农业的副县长，搞了一个上了省报的改土造地样板。江城20世纪80年代中期建市，在基层工作时的搭档当了市委分管组织的副书记、市长，调刘开山当滨江区代区长、区长、区委书记。刘开山出身农村，对农民熟悉，懂农业，但作为市城区的政府和党委的一把手，理论修养和政策水平确实显得有些欠缺。刘开山这种人，表面上看起来谦虚，甚至有些憨厚，上面有了后台，官运一路亨通以后，心里往往自高自大得难以想象。在刘开山当区长的时候，区委办公室有些事需要区政府解决，凡是有难办的事，办公室主任知道欧平耿介，都要把他拉上一起去见刘开山。办公室主任老练圆滑，往往把他这个副主任推到前面说话，自己缩在后面。他直爽，想把事情办成，难免叫刘开山为难，被刘开山认为是对自己的不尊重，心里不舒服。那时因为欧平是区委的人，刘开山拿他没办法。当了区委书记以后，刘开山直接领导欧平，经常找一些事情来难为和整治欧平。

办公室的职责是当好领导的参谋和助手，欧平负责办公室工作，有时候不能不出于职责的需要，对有些不符合政策和法律的举措提出一些意见和建议。刘开山是一个思想比较激进、主张大刀阔斧工作的人，欧平说的不合他的心意，就被认为是思想保守，稳妥有余，进取不足，书生气，不理解领导的心情。在需要起草什么文件和给刘开山拟写讲话稿的时候，就笑眯眯地说写个什么什么，不需要的时候经常说："你们一天写那些有啥用？长得出粮食不？出得了产品不？"这些话很伤人的自尊心，谁不知道写材料的辛苦？

有一天晚上，刘开山喝醉了酒，叫欧平通知一个很抖架子、很有资格的政协副主席来开会，这个副主席没有分管要研究的这个工作，不来，并且明确地叫欧平不要再打电话了。欧平把情况汇报了，刘开山还要叫欧平去打电话。欧平知道再去打电话也是白打，还要挨一顿对方的批评。欧平拒绝执行刘开山的指令。当时几大班子的领导都在，刘开山认为扫了面子，死死地记在心里。

两年前，一个镇的书记和镇长长期闹矛盾，一个乡的书记想进城到区里的部门工作，刘书记就想把欧平和政府办分管文秘工作的副主任高云鹏派去任这两地的党委书记。高云鹏比欧平年轻，爱人是附近一所中学的教师，家里无后顾之忧，那时说的是干部提拔都必须要经过乡镇街道基层的锻炼，高云鹏就抢占先机，跃跃欲试地去了那个条件好一些的镇。欧平的爱人卢秀英进城不久，城里的很多事情不知道，两个孩子一个读初中，一个读小学，家里确实离不开。而且，说的是征求意见。剩下的那个乡离城近百里远。于是他没有去。对此，刘开山很不高兴，认为欧平怕艰苦，气愤地说："那你看嘛！"这以后，刘书记见到欧平，更鼻子不是鼻子脸不是脸。当时，一个心术不正、人品差、对欧平久怀嫉妒和不满的一个副书记又在后面扇"鹅毛扇"，更增加了刘开山给欧平找岔子的心理。

一天，组织部部长王志东到办公室来叫欧平到自己办公室去谈一个事情。组织部部长是区委常委，在欧平主持工作前王志东是区委办公室主任，和欧平是同事，有什么事还要到王志东的办公室谈呢？欧平心想。

区委组织部在六楼，只上一层楼就到了。

欧平坐下，王志东说："老欧，区委领导准备叫你到滨江办事处去当书记，杨正明和你对调，你愿意不？"杨正明是滨江办事处当时的书记。

"我不去！"欧平一听是说这个事，要调整他的工作，感到很突然，马上想到这肯定是刘开山的意思，抵触情绪一下上来。他认为，自己工作上没出任何问题，四十几岁了，为啥还非要叫自己到基层去不可？

"刘书记说，叫你下去搞两年再回来。"王志东明确说出这是书记刘开山的意思，还说这是为了锻炼自己，好像还有培养自己的意思。

"我不去！"欧平很委屈，自己一直兢兢业业地工作，出于维护大局，也维护领导形象的赤诚之心提意见建议，却不被理解，要赶自己走！还有，都说基层辛苦，千头万绪，每当乡镇办的主要领导回来，书记、区长就像见了从前线打仗归来的功臣一样，自己能担当得了基层一个地方一把手的重任吗？这一点，他确实没有把握。

他坚持不去。

"我跟你谈不了，我们一起去找朱书记，让他给你谈。"组织部部长王志东说。

从六楼来到五楼，王志东推开区委分管组织的副书记朱国民办公室的门。朱副书记在办公室，正闲着没事。

"朱书记，请你给老欧谈下子！"王志东对朱副书记说。

朱国民显然很清楚这件事，十分轻松，像开玩笑似的、笑嘻嘻地对欧平说："滨江办事处在城里，那么热闹，你还不去？你去嘛，跟你在机关上班没有好大的区别！"

欧平思想抵触，没有回答朱国民的话。

朱国民也分管区委办公室，对欧平太了解不过了，欧平以为自己的直接领导会为自己说话，见朱国民也这样说，心里更凉了。

见欧平的样子，确实是不愿意去，朱国民说："这样嘛，我给刘书记汇报一下，再商量一下子！"

欧平知道，虽然自己没有同意，但是共产党的干部个人要服从组织，自己这次下去看来是无可挽回了。

欧平闷闷不乐，一个人走在东干道的人行道上，他想散散心。

这是一条十里长街，也是市区最大最直最标准的一条干道。中间黄色的粗实线把宽阔的路面分成左右两面，机动车道、人力车道、步行道严格分开，使交通更加安全流畅。人行道上，已经栽下了十多年的梧桐树被修剪成伞状，每棵都比水桶还粗许多，发达的枝丫伸得过了大半边人行道，此时又长出了嫩黄的叶子。人来车往，一片繁忙。人声、车声、不绝于耳的嗡嗡声，组合成城市特有的声音。天清日朗，春意盎然！

与好天气好景色完全不一致，欧平一腔忧思，没有一点儿享受和欣赏这阳光美景的心情，只顾一个人快快地朝前走着。

没走多远，他突然看见了市政府秘书长陈明。他向西走，陈明向东走，对面相迎。心境这么差，他不愿意碰到任何熟人。若是离得远，他可以随便钻进旁边的任何一家店铺躲避一下就过去了，可是已经离得很近，陈明已经看见自己了，来不及了！

秘书长是市里的领导，不能不打招呼。他硬着头皮走上去。

"秘书长到哪儿去？"欧平招呼陈明。

"是你娃呀，你到哪儿去？"陈明见是欧平，反过来问他。

"我不到哪儿去，就一个人转一下。"欧平说。

陈明是老大学生，毕业以后分配到现在江城管辖的一个县的县属企业当技术员。改革开放后兴起"文凭热"，起用大学生，不少大学生在车间上着班，满身油污的就被通知去填表当副县长，是党员的当县委副书记。陈明有能力有水平，也是这样糊里糊涂地当上了县政府的副县长，几年后当了县长。又干了几年，市里换届，被选任为市政府秘书长。

在刘书记当区长的时候，欧平曾经申请到市政府办公厅当秘书，经过严格考察后，秘书长办公会议通过了，时任区委书记的汤平极力挽留，并且指定专人给他做零工的妻子安排工作。欧平是一个讲情讲义的人，被感动了，婉言谢绝了到市政府办公厅工作这一很多人求之不得的调动。市政府办公厅考虑他的家庭情况，很理解，说："你是秘书长会议定了的，你随时来都是可以的。"

市委换届，汤平当了市委副书记，欧平准备这时到市政府办公厅去。这时陈明刚来当秘书长，说没有谁给他交代这件事，现在要求干部"三会"（会外语、会电脑、会开车），问欧平会不会。欧平知道这是陈明不同意。欧平说自己是原来的秘书长会议定了的，陈明要欧平重新写申请。欧平又写了一份申请书交去，但没有回音，就把这件事情放到了一边，一心一意地在滨江区委办公室上班。市区两级，无论党委，还是政府，市里的办公厅和县区的办公室都有工作上的交往，在后来几年的接触中，陈明和欧平熟悉了，关系还很融洽。

上届区委书记汤平在市党代会上被正式选为市委副书记以后，到滨江区检查一年一度的秋交会的筹备和布展工作，区长升任为区委书记的刘开山、区委副书记升任为区长的谢家旺和主持区委办公室工作的副主任欧平去陪同。

坐在汤书记原来一直坐、原来的司机开，现在刘开山坐的加长"标志"车上，作为同学的区长谢家旺问坐在前排副驾位上的汤平："汤书记，你这两天在做啥子？"

"开会嘛，这不党代会才开结束？"汤书记说。

"市里今年的党代会报告是哪个负责写的？"宣传部部长出身的谢家旺问。

"郭凯们几个嘛！"

"今年的报告写得咋样？"

"那呀，就很一般，把何书记（市委书记）读的哟！叫我，就不读他那个。郭凯人民大学毕业的，是完全写得出来的，但哪儿哪个在给他下功夫嘛！"

听汤书记和谢区长说得热闹，坐在后排驾驶员后面位子上的刘开山先向右前方看了看前面新当选的市委副书记汤平，又扫视了坐在后排右边车窗边的区长谢家旺和坐在自己和谢家旺之间的欧平一眼，笑眯眯地说："论笔杆子，你们三个都是行家，我就不行了！"

欧平见刘开山把自己和市委书记、区长拉在了一个水平上，连忙说："刘书记，你工作经验该丰富、思想水平该高嘛！汤书记、谢区长就不说了，是领导。我虽然像你说的，没有啥子事情说不清楚，没有啥子文章写不出来，但是该缺乏全面领导工作的经验，没有你那么高的思想水平嘛！"

坐在车上，本是闲聊，谁想到说者无意，听者有心，一年多后，刘开山竟把欧平的话用来作为要他下基层去锻炼的理由！木匠作枷，自作自受。

"上班时间，你娃不好好在办公室里上班，一个人跑出来转啥？你还在你们区委办公室负责？"陈明问。

话说到这里了，欧平不得不把自己就要下基层的事告诉这位市政府秘书长。

"这老刘是咋搞的？你想不想去嘛？不想去就到我那儿来，先跟我一起给办公室创收，一年后，你想干啥干啥，办公室的工作由你选！你懂经济不？"陈明是从企业出来的，又当政府领导，热衷于经济工作。

事情很突然，欧平没有想到要遇到市政府秘书长，更没想到要向陈明说自己工作的事，也没有想到陈明还记着自己想要调市政府办公厅的事，对自己还这么关心和爱护，欧平像在黑暗中看到了光明一样惊喜！好感动啊！欧平一时结巴得说不出话来。

"经济……懂……秘书长，你说的是真的？"

"你个娃，我说的咋不是真的呢？"

欧平想到区委书记刘开山要自己到基层去，是叫自己去接受锻炼，也是"将"自己的"军"，好像是估定自己只会纸上谈兵，基层的领导工作胜任不了，等着看自己的笑话似的，欧平骨子里的倔强、不服输的劲儿上来了，他最恨临阵脱逃的懦夫，于是拐了一个弯回答说："秘书长，你看这样行吗，我去干几个月看一下，如果我能够干，就谢谢你的好意，就不来啦！如果干不了，我再来？那时你可要接收我哟！"

刘开山对机关文字工作表现出的轻视使欧平很气愤，他想到基层去证明一下自己，但又没有把基层全面领导工作做好的把握，他这样回答陈明，是为自己留了一条退路。

"你娃，你舍不得那个书记是吧？你要去，也到一个好的地方去嘛！去滨江办事处干啥？挤在那个城里，一寸土地都没得，干啥嘛？发展啥嘛？你愿不愿意到西城办事处李培德那儿去，李培德和我很熟悉，我给他说，叫他当书记，你去当主任，我们办公厅好和你们一起干点儿事情。你定要去当那个书记？"

欧平无言以对，顿了一下辩解说："那也不是，李培德是我中学时的同学，我们关系很好。"

"正好噻，那你就往那儿去！"陈明带着肯定的语气说。

"那是我想到哪儿就能到哪儿去的哟！"欧平有些心动。西城办事处紧靠火车站，这些年乡镇企业发展得很好，是全区乃至全市发展得最好的地方之一，到那儿去当个主任也还是可以。

"只要你同意，我给你们刘书记说！"陈明当了那么长时间的领导，接触了那么多人，算得上是阅人无数，欧平的心里怎么在想，他哪有看不出的，进一步说道。

欧平听陈明提出他去给刘书记说，很高兴。市政府秘书长去说，刘开山肯定是要听的，至少要引起刘开山对他欧平的重视。

陈明是说话算话的人，把欧平的事当作了一件要事，当天晚上就给刘开山打了电话，刘开山怪他没有早说，早说市政府秘书长的指示他是要执行的，下午的常委会才定了，没法马上又改变，叫他给欧平说到滨江去干两年就回来。

陈明确实讲信用，虽然没有给刘开山说通，但是有原因的，人家那么大一个领导，主动给欧平一个县区小小的部门负责人说话，而且还给欧平及时回话，说明事情没有办成的原因，欧平心里很感激。

到基层去当领导，统揽一个情况复杂出了名的地方的全面工作，自己行吗？欧平一直在想着这个问题。他确实一点儿底也没有，所以他怕。他怕的不只是工作搞砸了，人家笑话他，给刘开山留下口实，自己丢了面子，甚至颜面扫地，从此一蹶不振，更怕由于自己的无能或者失误，弄出大的乱子，造成大的损失，那就太对不起组织和人民了。这几天，他从早到晚都是惴惴不安、郁郁寡欢、愁眉不展的。

欧平在街上邂逅陈明，给自己打气，叫自己不要怕，鼓励自己去，说根据自己的能力水平，当一个街道的党委书记是完全没有问题的，并且答应欧平不愿意干随时可以到他那儿去，欧平这才有了一些欢喜。

二

对于滨江办事处，欧平并不是十分陌生。

他知道这是一个老机关。新中国成立前是做什么的，没有听人说过，但是新中国成立后这里是中共滨江镇委和滨江镇政府所在地。江城建市前，滨江镇是滨江县的治所所在地，是县城。建市后，镇改为街道办事处。

20世纪60年代，欧平随师范毕业在城里工作的二哥到院子里面去过。后来进城，经常从门前的街上路过，但没有进去过。在区委宣传部和区委办公室的几年里，因为工作上的事到这里来过几次，每次都要见到办事处领导。

过去是过去，过去是匆匆过客，办完事就走，或者就是一晃而过，现在是现在，现在要安营扎寨，当这里的领导，在这里上班。对欧平来说，对这个地方，还真的是前后两样情。

改革开放后，个体私营经济迅猛发展，滨江办事处所在的下河街被规划为各种商品的聚集和批发零售市场后，很快成了整个城里最忙碌、最繁荣，也最热闹的一条街，每天车水马龙，人头攒动，拥挤不透，有时路都过不了。

欧平提着公文包，好不容易才从两边一个接着一个的摊位夹着的人流中挤过来。

走到办事处门口，欧平没有径直进去。他停下来，站在那里，又退后了几步，像从来没来过这里一样，把这个机关外面来人首先看到的地方端详了很久。来来往往，很多人经过，没有人认识他，当然也不知道他是新来这里上班的党委书记，只是觉得这个人很奇怪，这么仔细地看这个破旧的大门干啥？有几个人看他在看，以为有什么稀奇事，也停下脚步来看，见并没有什么特殊，才离开。

他看完，抬手看表，上班的时间到了，才朝院子里面走去。

他没有说他今天来上班，这时三三两两、陆陆续续来上班的干部中没有人认识他，因此没有谁招呼他。这里每天进出的人多，人家不认识你，谁知道你是干什么的，怎么叫你。

走到党政办，他看见党政办副主任姜志斌和年龄长几岁的转业干部韩军在搞卫生，他走了进去。

"哦，欧书记来了！"那天区委副书记朱国民和组织部部长王志东送他来，姜志斌参加了会议，认识欧平，看见他上班来了，满脸笑容地对他说，并且很快搬来一把椅子请他坐，"我们正在搞卫生，这是刚抹了的！"

韩军见姜志斌在叫欧书记，也站起来，红着脸，很局促地说："欧书记来了！"

党政办主任贺吉文在里间，听见外面在叫欧书记，赶快走了出来，笑着说："欧书记来了，你来上班也没有通知我们一声，我们好来接你嘛！我们以为你工作交接还要几天！"

贺主任五十多岁，曾当过工农镇的党委副书记，很讲究规矩礼貌，马上拿来一个刚洗过的杯子，提起靠墙的一个条桌上的暖水瓶给书记倒水。欧平阻止他，说："我现在不想喝水！"欧平说的是真话，他早上吃的是稀饭馒头，吃过没多久，口不渴。贺主任听他说了，又客气了几句才放下手里的暖水瓶和杯子。

四个人寒暄一阵，贺主任说："张主任也在，你走他那儿去不？"

"张主任的办公室在哪里？"欧平问。

"就在隔壁！"贺吉文和姜志斌、韩军回答说。

"走，我们去看看！"欧平说。

他们说的张主任，是办事处主任张东生。党政办主任贺吉文、副主任姜志斌、办事员韩军陪着欧平来到张东生的办公室。

张东生主任已经来了，嘴里衔着一支烟，手里拿着一个夹子在翻阅新取回来的文件，看见欧平来了，赶忙站了起来，上前同欧平握手，给欧平让座，给欧平拿烟，笑着对欧平说："你忙啥嘛！再休息几天好来嘛！你原来搞办公室工作，一天写文件，也辛苦，难得好好地休息一下。我们这里，工作在搞起走，迟来两天也没啥。你来，把我们办事处的工作好好搞一下子，看看干部职工才都能过几天好日子不！"

两位领导说话，党政办的两位主任和办事员韩军退了出去。

张东生前面说的是客套话，也是老实话，后面的话显然带着一些情绪。

张东生是一个瘦高个儿，白皮肤，比欧平只大一岁多点，但是已经头发稀疏，原来是工农镇的党委书记，那时工农镇归滨江办事处管，是股级镇，换届时被调任办事处主任，对人实在诚恳，有比较强的工作能力，不过个性也强。滨江办事处原来的书记杨正明也是一个个性强而且有架子的人，两个人搞不拢，产生了很深的矛盾。要不是他们两个闹得天翻地覆，欧平还不会来滨江办。这次的调动，欧平来任滨江办的党委书记，杨正明去任区委办主任，就是为了化解他们两个之间的矛盾。不过明眼人都可以看出，这是不能真正从思想上解决问题的，只是从形式上把他们分开了。

欧平历来尊重长者，包括下级和晚辈中年龄大的人说话，他都要认真听，不随意插话。张东生比自己大一岁，所以张东生说话，欧平一直没有打断他。

张东生谈了他同杨正明的矛盾，说杨正明说话居高临下，气势凌人，听不进别人的意见，等等，对欧平来寄予很大的希望。

欧平听不少人说，张东生性格直爽，说话干脆，但也没想到他这个书记来的第一天——他们过去只是认识，并没有多少交道，更不是很了解——就讲他同前任书记的事情。欧平不了解情况，张东生说，欧平只是听。

"我多久给你汇报工作？"张东生可能觉得他讲自己和杨正明的事太多了，调转话头，问。

"汇报啥？改时间给我介绍一下办事处的情况我倒是很需要的！"欧平说。

欧平站起身，张东生见他想走了，说："我已经安排办公室把杨书记坐的那间办公室，也就是书记室，给你打扫整理出来了，我把他们党政办的人喊上，一起上去。"

张东生叫上回了他们自己办公室的党政办主任贺吉文和副主任姜志斌，领着欧平去看他们给欧平安排的办公室，留下韩军守电话，办公室的电话必须有人守。

滨江办的办公楼是一栋三层楼房，二楼主要是党委的部门。上楼左转，第二间的副书记室里坐着一个年轻女子——党委副书记李敏，看到欧平和张东生、党政办的两位主任从门口过，马上出来招呼欧平："欧书记，你上班来啦？欢迎哈！"李敏笑得嘻嘻哈哈的。

李敏是从区委办公室下来的，欧平在区委办分管文秘的时候，她是信息股股长，是欧平直接管的下级，来这里任党委副书记已经两年了，听说欧平来当书记，李敏很高兴。

书记室在北头右边最里面的一间：一进门，左边是几座黑色人造革旧沙发，其中一个座位的部位烂了一个大洞，里面的海绵都翻了出来；沙发前一个不知用了多少年的木茶几，茶几上面的一个茶盘里面放了几个瓷杯；靠窗一张不大的办公桌，一把旧藤椅；南墙立着一个同茶几一个颜色的暗红色的文件柜，透过玻璃可以看见里面有一些书；紧挨着文件柜有一个小条桌，上面放着一个塑料壳水瓶。房间不大，但东西少，还有一块空地方。

党政办主任贺吉文伸出一个指头把桌子、椅子和沙发都摸了摸，没有灰尘，然后说："抹得还是干净，是我检查过的！"

"是我和韩军两个打扫的，韩军抹了以后，我又认真地抹了一遍。还是干净！"副主任姜志斌蛮有把握地说。

"打扫得还是干净，我也看了。老杨才在里面坐了不久，本身灰尘也不多。不过，办事处条件差，都是旧的！"张东生说。

"欧书记，你也来跟我们一起吃苦啰哦！"跟着来的副书记李敏说。

把新书记引到办公室，书记要熟悉自己的办公环境，张东生说："贺主任、姜志斌，欧书记才来，你们多关心一下，看欧书记还需要啥，没有的就出去买。欧书记，你现在是我们的领导了，有啥你就给党政办吩咐或是直接给我说。李敏书记也在上面坐，她是你的老下级，更好说。我们先不耽误你了，我们下去了！"

张东升他们走后，欧平从茶几上的茶盘里拿了一个杯子来看，确实是洗干净了的，从地上提起刚才党政办副主任姜志斌带上来的水瓶，里面水装得满满的，取开塞子看，滚烫……

欧平在生活上的要求不高，很随意，很能吃苦，对环境的适应能力很强，看到大家把他当成"熊猫"一样看待，考虑得这么周到，做得这么细致，虽然认为没有必要，但是充满感激。这几个人应该是自己今后工作中接触最多的人，这些人都这么好，欧平感到滨江办事处的人缘环境很不错，对在这里待下去又增加了一些信心。

欧平把杯子涮了涮，这是他长期养成的习惯，并不完全在于杯子本身干净不干净，往里面倒了半杯水，准备喝一口。这时，他感到口渴了。

坐下来，杯子才送到嘴边，刚才下去的姜志斌就送来了一个文件夹："欧书记，这是这几天取回来的上级文件，有几个急件，请你看一下！你看，你才一走拢，事情就来了！"小姜笑嘻嘻地说。

姜志斌才二十多点儿，也没有管他是不是党政办副主任，除了几个比他年龄还小的小年轻外，其他人都叫他小姜。

小姜把几个急件折着，很快就翻到了：一个是马上要向区里回复的事情，一个是参加区委政法委全体（扩大）会议的通知。欧平刚到，不了解情况，看了两个文件以后，立刻拿着文件去找张东生。

还好，张东生在办公室。

"张主任，小姜刚才送来几个急件，你看怎么处理？"欧平说。

张东生接过文件一看，说："这几个文件我都看了。你来了，我叫小姜马上拿上来叫你看，看你咋个安排。"

"你的意见呢？"

向区里回复的事情，张东生说了他的意见，欧平觉得对，同意按他的意见办。区委政法委全体（扩大）会议，要求各乡、镇、办党委书记参加，欧平说自己才来，叫张东生去参加。张东生说："既然你来了，就应该你参加，人家都是党委一把手，我一个行政负责人在里面不好。"他说的也是，欧平答应自己去参加。

上楼回办公室把文件夹放下，欧平到副书记李敏办公室坐了一会儿。李敏从区委办调到这里，欧平还没有来看过她。只是她到区里开会看见过几次。

李敏不到三十岁，为人实在，做事认真，不多言多语，见人就一笑，很得人缘。

李敏开玩笑地说："你又来领导我啦！在区委办公室你是主任，这里你是书记，有要我做的事，就给我安排哈！这里工作没啥子，就是太穷了，你看啥子都是旧的。就等你来改变一下子。"

欧平同意李敏的话，但口头没有说她说得对，也没说她说得不对，才来第一天，才几个小时，说什么呢？

同李敏没说几分钟的话，李敏给他泡的茶一口都还没有喝，办事处党委副书记、人大联络处主任梁正建从门口经过，看见欧平，打着招呼走了进来。

"欧书记，你上班来了？"梁正建确定欧平是来上班了以后，又说，"你再休息几天来嘛，忙啥子，工作也不是几天搞得完的！"

"梁书记，你到哪儿去了？"欧平听了梁正建的话，打招呼似的问他。

"我检查卫生去了。"梁正建说。一年前，江城市创建国家卫生城市成功，今年要来复查，各地各部门又紧张起来。

梁正建站着说了几句话后，说："我的办公室就在你办公室的正对门，以后说话的时间多，我回办公室去打点儿水洗一下，检查卫生的地方要用手去摸，回来不洗手不行。"

"那你先去洗。"欧平说。

欧平喝了几口茶，也站起来往外走，边转身边对李敏说："我来了，你可要支持工作哦！"

欧平从副书记李敏办公室出来，又到对门的纪委和组织办同纪委书记姚文先和组织员张开华说了几句话才往自己办公室走。

走到门口，欧平看见那挂着副书记室牌子的办公室里，梁正建已经洗完手坐在办公桌前看报纸，于是走了进去。

"哦，快来坐！"梁正建像突然发现欧平一样说，"在沙发上坐。"

梁正建办公室里的沙发和欧平办公的一样，一个颜色——黑色，一个成色——也很旧，只是没有洞。欧平在沙发上坐下，梁正建又要去给他泡茶，欧平拦住他，说："李敏刚才给我泡了一杯，我还没怎么喝，我去端过来就是了！"说着站了起来。

欧平走到李敏办公室，只对李敏说了一句"我把茶端走了"，把先前才喝了几口的那杯茶端到梁正建的办公室里来喝。

梁正建同张东生一样，也是个瘦高个子，是一个转业军人，建市前在滨江县下辖的一个区里工作，后来调到区委组织部短暂地工作了一段时间，就调到这里当副书记。欧平原来就认识他。

"梁书记，你是调到这里多久了？"欧平问梁正建。

"那你应该晓得嘛！"梁正建说。

"我只记得有好几年了，具体哪一年记不得了。"

"四年啦！"

调到这里这么长时间，工作没有变动，梁正建一肚子牢骚。欧平忘记了，其实梁正建不仅是滨江办事处党委副书记，还是办事处人大联络处主任，正科级干部。

从梁正建的话里，欧平听出，梁正建不仅对没有把他调回区上有意见，还对自己职务的安排不满意。他认为自己不说回到区委组织部当副部长、哪个局当局长，在滨江办事处不能当书记，当个办事处主任该可以嘛，自己对滨江街道的情况这么熟悉！张东生只是滨江办事处管的一个工农镇的书记，都可以当办事处主任，自己当办事处党委的一个副书记、办事处主任不行？梁正建虽然没有很明确地说出自己的委屈，说话时的声音也不高，但完全可以感觉到他心里被压抑着的激愤。

欧平在区委办，对前一年换届时滨江办行政主任一职安排的情况有所耳闻：区委认为，梁正建文化水平低，年龄大，工作能力差。要不是能力有问题，也不会把他才从基层调到区里又放到基层。张东生年轻得多，虽然文化水平也不高，但工作上有能力，有点子，有办法，在当滨江办党委委员、工农镇党委书记时，工作搞得很出色。而这些情况，梁正建不知道。

在谈到工作时，梁正建也提供了对欧平有帮助的情况。梁正建说："欧书记，现在办事处最大的问题是财政困难，穷得很。干部职工反映最强烈的问题是，办事处的职工宿舍修了几年还没修起。"

"咋个这么多年了没修起呢？"

欧平没有问办事处的财政困难怎么解决，因为这是一个普遍的问题，区里的财政也十分困难，他主持区委办工作时，有时也连给书记的车加油的钱都没有。他想听梁正建说修了五六年的职工宿舍为什么没有修起这个滨江办才有的问题的原因。

"也是因为没有钱，滨江办事处现在没有企业，不像人家东城和西城有土地，办的企业多。财政上每年只给干部拨点儿工资和少得可怜的办公费，其他啥子钱都没得。"梁正建边说边叹气。

"哦——"虽然只是梁正建一人之言，但从欧平所知道的区里各地的财政情况看，日子好过的没有几个。欧平没有说话，没有对梁正建的看法做肯定或否定的评论。

欧平同梁正建说话时，办事处武装部部长吴世明来到欧平办公室，见欧平在梁正建办公室里，叫了一声"欧书记"，说："哦，你和梁书记在说话……"

欧平怕吴世明找自己有什么急事，想同梁正建谈话是了解情况，但事情不急，他们的办公室门对门，可以说的时间多，没有再跟梁正建说下去，站起来去找吴世明。

欧平向走廊的南头走去，进了办事处武装部的办公室。

欧平同吴世明早在自己大学毕业后调进区委宣传部时就认识。那是市委在陵江乡搞形势政策教育试点，欧平在试点领导小组办公室当秘书，吴世明在那个乡当武装部长。试点领导小组办公室设在乡上，天天能看见。试点工作结束以后，五六年时间里只碰到过几次，而且每次都只是打了个招呼就过去了。

"欧书记，请坐！"正在制作一张表格的吴世明看见欧平，马上站了起来，笑眯眯地说。

"找我有事吗？"欧平问。

吴世明说是要给欧平汇报民兵整组工作，有些事情要向他请示。

吴世明汇报情况后，欧平要吴世明按照上级的要求执行。听吴世明请示的事项，不是多大的事情，用不着党委集体研究，就明确说了自己的意见。吴世明说欧平说得对，表示就按欧平的意见办。

"你要支持我的工作哟！"由于是老熟人，吴世明是老部长了，欧平率直地对他说。

"那当然！武装工作要在党委的领导下进行，要服从党委的领导。你当书记也要重视和支持我们的工作哦！"吴世明轻松干脆地说。

欧平从武装部出来，回办公室拿起姜志斌送来的文件夹阅读文件，中间又有几个干部来见他。

来了新书记，下属干部都想见见面说说话，欧平理解大家的心情。在区委也是这样，每当新书记来，各地各部门的负责人都是早早地赶来汇报和请示工作。有时还排队，他主持工作时，谁先去谁后去是他安排。到下面来工作，他没有认为自己是多大的一个"官"，而人家却在高看自己。

下午一上班，欧平就到办事处主任张东生的办公室去。张东生大多数时候在工农镇的家里住，有时候也在他爱人上班的机械厂单间宿舍住，中午一般也在那里吃饭。机械厂在北门外，不是很远，来去都骑自行车，还是很方便。张东生准时来了，欧平说自己下午准备到办事处各办公室走走，见一下各部门的人。

"要我陪你去吧？"张东生问。他这是征求欧平的意见，怕各部门见欧平随同，人家觉得说话不方便，影响新书记开展工作。

"那你就不去了，你是主任，陪同我干啥？你忙你的，我叫党政办贺主任和小姜给我领个路就对了！"欧平诚恳地说。

"那对嘛！"张东生很高兴。

欧平到党政办叫上贺主任和小姜，叫他们带自己到各部门去走走。

滨江办事处的办公楼建于20世纪70年代，是一幢内廊式砖瓦建筑。办事处的党政群和人大、政协、武装部等都在这里办公。一楼北头是主任张东生、副主任李洪福和党政办、综治办的办公室，南头是爱卫办、国土所、计生办等几个部门；二楼北头是党委书记、副书记、纪委书记、组织员的办公室，南头是行政副主任罗广明、妇联、团委、武装部和居民办、企业办的办公室；三楼北头是能坐一百多人的大会议室，南头东边是小会议室，西边是财政所的办公室和档案室。

在党政办的两位主任的带领下，欧平先到一楼，跟上午没看见的办事处副主任李洪福——一个年轻微胖的小伙子见了面，说了一会儿话。欧平以前没见过他，那天区委副书记朱国民和组织部部长王志东送自己来的见面会，李洪福参加了，他们才第一次见面。爱卫办在一楼进门右边的第一间办公室，负责人江津明是一个近五十岁的部队转业干部。国土所在斜对门，一个浓眉大眼、个子高高的、三十多岁、名字叫梅丽的女同志在负责。计生办主任叫张国香，个子不高，白胖，一只眼睛略微有点儿斜视，戴着一副眼镜。欧平进去，贺吉文主任介绍说："这是我们办事处新来的欧书记看你们来了！"欧平上前跟各部门的同志握手交谈，大家对欧平的到来表示欢迎。

二楼党委的几位领导和武装部长吴世明都已经见过了，欧平又在各个门口打了个招呼才往其他办公室走。办公室在二楼南头的办事处副主任罗广明，原来是西城上坝乡党委副书记，欧平对他比较熟悉。欧平他们进去，罗广明在办公室。见了欧平马上站起来问好。居民办和企业办门对门。居民办主任刘秀英是一个快要退休的女同志，是在滨江办工作时间较长的一个干部。企业办是一个叫李明鹏的小伙子在当主任。小伙子原来是教师，工作调动过来时当了机关干部。他爱人在东城的地质大队工作，家也住在那里。企业办还有一个白皙瘦削姓唐的小伙子，前些年同区委办的一个驾驶员合伙办过一个经济实体，就是欧平在管理，欧平见过他。欧平向几位同志问好，几位同志也向他问好，欢迎欧平来滨江办任党委书记。

走上三楼，先去财政所。办事处财政所三个人。所长陈萌是一个皮肤白白的戴眼镜的女子，是一个军人妻子，爱人还在部队服役，她既当所长还兼任会计；出纳姓邓，一个大眼睛姑娘；党政办副主任姜志斌兼任预算外资金会计。贺主任对欧平做了介绍，两个女子腼腆，知道办事处要来新书记，可是当看到欧平时还是手足无措，很局促，好像他还是突然天降的一样。欧平问了她们几句话后就离开了。

出来看了档案室和大小会议室。小姜说到下面办公室拿钥匙开档案室，欧平说不用了。两个会议室没有锁，推开门，欧平看了一眼，都非常简朴。财政穷，怎么会有多好的会议室？一个街道办，有专门的地方开会就不错了，很豪华有什么用！欧平脑子里没有想会议室好不好的问题，他想的是自己以后就要在这里开会了，眼前还浮现了开一些会议的影像！

"贺主任，前面院子里有什么看的吗？"欧平从会议室里开会的想象中走出，转身问党政办主任贺吉文。

"前面院子里就只有就业站和伙食团。"小姜抢先回答说。

"还有伙食团？"欧平很惊异。来这里上班，他虽然住在城里，但不可能天天中午回家，坐公交那么麻烦，这里有食堂，就可以在这里吃饭，吃了还可以小睡一会儿，这多好！

欧平高兴地说："走，我们到前面院子里去看看！"

下到一楼朝外走，左边是就业站，右边是门朝另一边的一幢陈旧的职工宿舍。

走进就业站，里边两个中年女同志，一个姓亢，一个姓杨。姓亢的是负责人，这时就业站的办公室里没有人来办事。

就业站是跟上级劳动部门对口的自收自支的事业单位，职能是为辖区劳动者介绍职业、组织劳务输出和发放待业证等等。滨江办事处是滨江县的老县城，城市人口多，就业站的业务开展得很红火，两名工作人员按国家规定收取的服务费不仅发放了工资奖金，还修了这幢一个单元共三层的楼房，亢、杨两个女同志的家都住在上面，还有两套房子出租。

"欧书记看望你来了！"贺吉文主任对两个正在做事的女同志说。

两个女同志知道办事处要来一个新书记，但是贺主任一说，还是觉得有些突如其来和由此带来的紧张，对欧平说："欢迎欧书记！我们还没有来给你汇报工作，你就看我们来了！"

欧平问了当前工作开展的情况，表扬她们工作做出了成绩。

"这么多年，没有谁表扬过我们……"欧平随便但是实事求是地说了一句话，两个四十多岁的女同志却发自内心地感动了。从这样一个细小的情节，欧平看到了领导者对下属工作肯定的激励作用，暗暗提醒自己以后在工作中一定要注意这一点，多从正面引导和调动人的积极性，不能对人家的成绩视而不见，更不能动辄批评人。

欧平的目的主要是认识一下人，大致了解一下各个机构的职能和作用，以及工作的开展情况，简要地对两位女同志说了几句后就从就业站往外走。

"欧书记，宿舍就不去看了嘛，要去看就要从前面进去！"姜志斌建议和提醒说。

"今天不去。"欧平说，但是问，"这里住的都是办事处的人吗？"

两位主任边想边回答说："嗯——都是。只是有几个原来是办事处的干部，有的是领导，现在调走了，有的是退了休，本人住在外面，现在是子女在住。"

"原来从办事处退休的领导和现在在办事处上班的有哪些住在这里的？"

两位主任扳着指头算，点出了人头。欧平听完，"噢"了一声，表示记住了。

大门口左边的坝子里，停放着一片自行车，大多数是来上班的干部职工骑的，也有一些来办事的人骑的。一眼看去，可以看到那些车子杂七杂八，什么品牌的都有，却没有一辆新车，都是旧垮垮的。可以想象，这些人的收入水平都不是多高。

"右边那个角上是做什么的？"欧平看了一眼停在坝子里的自行车，向右边一处低矮的青瓦房子走去。

"这里是伙食团！"跟在后面的贺主任和小姜说。

伙食团里的光线很暗，这时还开着灯。地面是三合土打的，湿漉漉的。煮饭炒菜烧煤，砖砌的大灶上从小到大依次三口锅，灶面是石灰加瓦渣嵌的。一张大案板，上面放了一些东西，有食物，有炊具。靠灶很近的墙角，一口大石水缸，里面装了大半缸水。一个洗碗池，水龙头上连着一根橡皮管，可以拿着冲洗地面。平时在水池里洗碗洗菜，停水时就舀缸里的水用。水池旁边的墙上挂着瓢、勺、筲箕等厨房用具。油盐酱醋等调料和碗盘分开放在一个柜门打开的大木柜子里。屋里隔了一个小房间，是米、面、油、肉的储藏室。一进门的地方，摆着两张居家吃饭的低矮木制小方桌，几把小木凳子，是打了饭菜在这里吃的人坐的地方。

欧平他们三个人进去，一个瘦高个子、陕西口音的小伙子洗完锅碗后在拖地。

贺主任说："他叫何月明，是个志愿兵，家安在江城，转业后工作就安排在这里。"

小伙子本分老实，乡音不改，叫了一声"欧书记"后，就一直站在一边笑嘻嘻地看着欧平他们三个人。

在这个阴暗、老旧、黑乎乎的地方，欧平仰头望了一下屋顶，问："上面漏不漏？"

"不漏！"贺主任知道问的是漏雨不，说。

"不漏。"炊事员何月明也说，但声音不大。

"雨倒不漏哦，嗯——"小姜后面的话没有说出来。

欧平见他后面没有再说什么，估计他是想说这个伙食团条件太差。

欧平转过去同何月明说话，要他搞好食堂卫生，提高饭菜质量，说他以后经常要来这里吃饭。

何月明不停地点着头，说："是，是，是……"

欧平和党政办的两位主任走出大门，来到街上。这时，街上没有上午那么热火朝天了，但是也仍然车辆行人来来往往，仍然很多车很多人。站在街上，欧平又把这个长期作为党政机关的地方认真仔细地打量了一番，然后才同贺吉文主任和姜志斌进院子里去。

夕阳西下，到新地方新工作岗位的第一天就这样过去了。

三

　　早上，欧平刚进办公室坐下，办事处主任张东生就笑嘻嘻地走进来。

　　"欧书记，今天有啥安排啵？"

　　"没有啥！"

　　"那我今天把办事处的情况和工作给你介绍和汇报一下。"

　　张东生手里拿着钢笔和笔记本，看来是做了准备，很正式的。

　　欧平本来是想先把昨天没阅完的文件看完，签下去，然后翻一下报纸，再到爱卫办了解一下当前的重点工作——"创卫"（创建国家卫生城市）迎复检的情况，见张东生主动来找自己，立即改变预先的计划——张东生是行政一把手，在滨江办事处工作了这么多年，情况熟悉，自己作为党委书记要开展工作，同他处好关系太重要了，而且初来乍到，也正需要同他交流思想，融洽感情，从他那里了解情况，并听取他对当前和今后全办工作的意见。

　　"好，快坐！我还说下来找你呢！我才来上第二天班，你忙啥嘛！"欧平马上站起来，指着旁边的沙发对张东生说。

　　欧平要给张东生泡茶，张东生举起手里的一个铁盖玻璃杯说："不泡了，我已经泡起了！"

　　两个人都坐下以后，张东生开始说。

　　"办事处的内设机构和部门，昨天党政办贺主任和小姜都带你看了，也了解了一些情况，我只给你介绍一下整个辖区的大概情况和下面居委会经济发展状况。"张东生以此开头。

　　"滨江办事处辖区面积约7平方公里，常住人口5.7万，暂住人口1万人左右，每天的流动人口在5000人以上，设26个居委会，有市区机关单位200多个……

"全辖区经济繁荣，特别是个体私营经济发展很快。与此同时，居委会的集体经济也有了大的发展，去年新建用房2100平方米，投入资金80多万元，新上了大小40多个摊点……"

欧平认真听着，并且记录了一些数字和认为重要的内容。

"滨江办事处是区上的税收大户，除上缴市里的税收以外，给区一级上缴的税收在全区最高，而且每年大幅度增长：1991年80万元，1992年200万元，1993年347万元，1994年457万元，1995年607万元。"

欧平是不轻易打断别人说话的，但听到这里，忍不住插话问："这几年增长的绝对数这么大，能完成吗？我知道的，去年全区的财政收入才上3000万，滨江办的税收占这么大的比重？"

欧平怀疑这些数据的可靠性。

"就是这样，我的这些数据是区税务局提供的。"张东生说，"我咋敢乱说？但是这两年我们没有完成。"

"哦……"欧平陷入思考。他知道区里领导对财政收入的重视，每到年底对各地催税施加的压力很大，政府的一把手亲自管财政，甚至说出了"不完成税收任务，'一票否决'"的话。不过，这也难怪。有钱才能办事，全区各地各部门各方面都要钱。一到年底，到处都是来要钱的，要发机关事业单位人员的工资，要解决困难群众的生活，要还拖欠的债务……当书记和区长，也难啊！经济发展不好，政府的钱少，杯水车薪，哪个不着急啊！自己现在来当这个财税扛"大头"的办事处的书记，他感到压力山大。

张东生继续说。

"我们办事处，一共28个编制，其中25个机关编制，3个事业编制，每年财政拨款只有20多万元，财政十分困难。有时候干部工资都发不出，更谈不上差旅费用报销和职工福利。"

"职工年终奖是啥情况？"听到办事处财政是这样拮据，欧平又忍不住问。

"几百块钱。比东城、西城、明化、堆坝、磐石那就差远了。人家有土地，可以办企业，企业产值上几亿、十亿、十几亿。上十亿，坐'奥迪'！乡镇企业产值达到十亿，党委书记和乡镇长办事处主任可以坐'奥迪'车，市里奖励'奥迪'车。滨江办事处前几年办企业，在海南办厂摞了一坨，在本地办企业被骗了几十万，在银行、信用社、保险公司欠了一大堆债，现在只有产值4.5万元的棉织厂还在生产和望乡台那山坡上不到一亩面积的土地、1000多平方米破厂房。企业多，收入才多，滨江办主要靠数额很小的规费收入推动……"

说到这里，个性好强的张东生眼里闪着泪光叹气。

"滨江办事处就看你来了能改变面貌不！"张东生说。

原来在区上，欧平经常听到领导在会上说财政困难，在主持区委办工作时，也经常遇到财政拨不出款的情形，但要保证区委主要领导的工作需要和办公室的运转，他派人去一趟财政局，或者打个电话过去，财政局哪怕是向市财政拆借，也要把钱打过来，问题很快就解决了，没有想到处于江城市经济最活跃，商业最繁荣，白天车水马龙、晚上霓虹闪烁之中的一个党政机关——滨江办事处，却困难到如此地步！现在他才知道，原来滨江办事处的书记杨正明、主任张东生在区上开会时一直都坐在最边上抬不起头，别的乡镇办的领导来开会小车来接去送，他们却是搭别人的顺路车或者是坐公共汽车、骑自行车来去，有些富裕的乡镇办的领导已经买了"摩托罗拉"手机，一边走一边"喂，喂，喂"的，他们却人前人后不声不响的原因。

"我们共同努力！"望着张东希冀的目光，欧平坚定地说。

张东生把情况介绍完，从包里拿出香烟，抽出一支给欧平，欧平说不抽。昨天以来，张东生给欧平拿了几次烟，欧平都没抽。知道欧平确实没抽烟，张东生才自己点上。他的烟瘾大。

又闲话了几句，张东生问欧平还有其他啥事不，欧平说没有，张东生才站起来端着茶杯，拿着笔和本子回自己的办公室。

很多人都说张东生耿直是耿直，但个性强，和滨江办事处前书记杨正明的关系处得不好，张东生长期当乡镇（股级）党委书记独来独往搞惯了。但通过这两天的接触，从张东生对自己的言语态度和行为举动看，欧平对张东生有很好的印象，觉得他懂规矩，有礼貌，对自己这个年龄比他小、不熟悉基层工作、不了解滨江办情况的书记，是热情诚恳、主动积极、说话做事恰当得体的。是同前任书记杨正明没搞好团结，受到组织的批评教育，吸取教训，努力克制做出来的吗？不像，一切都那么自然，没有一点儿勉强的意思。那么，他是因为什么同杨正明发生矛盾的呢？滨江办事处两个前任领导的团结问题，是欧平可以不想的问题，但是他一直认为杨正明应该也有责任，一个巴掌拍不响。同张东生的短暂接触后，欧平更坚定了自己的看法。

杨正明比欧平小三岁，大专文化，先在江城县最西边的一个县辖区的初级中学当教师，后来当教导主任。江城建地级市后，撤江县分为三个准县级的区，他调到滨江区文教局任人事股长。那时欧平从教育学院毕业，在一个镇的学校当教师，杨正明来检查工作，他们认识了。此后，欧平从省城师范学院毕业，调区委宣传部工作，杨正明任办公室主任。同事两年，杨正明调到新设的精神文明办负责，接着到滨江办任行政主任、党委书记。

欧平当教师时，杨正明是大权在握的区文教局人事股长。欧平大学毕业调区委宣传部，杨正明是宣传部办公室主任，是一位副部长和欧平来考察的。这两个时期，杨正明都是欧平的领导。从认识和相处中，欧平知道杨正明是一个不好处的人，在领导面前满脸堆笑，有时笑得"咯咯咯"的，在一般人面前却很毛糙，时常一张"张飞脸"，架子大得很。欧平对张东生同杨正明产生矛盾的看法，就是基于这些方面得出的。

欧平认为人是平等的，对人平和，哪怕是街上扫地的，熟悉了，见面也要打招呼。除了那些胡搅蛮缠的人，他对谁都没脾气。对不讲道理的人，却不管是谁，都不买账。对于上级他是尊重的，凡是当过他领导的，他一生都尊重，一生都把人家当着领导。

杨正明是同欧平一天送到位的。杨正明也是整理了在滨江办工作了几年的东西，做了一些准备工作，休息了一天，和欧平同一天到新岗位上班的。杨正明到时，区委办开了欢迎会，区委书记刘开山亲自到场并讲了话。

这次工作调动，欧平是带着情绪、惴惴不安地下到滨江办事处这个又穷又复杂的地方，杨正明却是重返区委机关，而且是担任区级机关之首的区委办公室主任，在领导身边工作，他喜气洋洋，笑得打嗝儿，很有那种"春风得意马蹄疾，一日看尽长安花"的昂扬和得意！欧、杨对调，真可谓是：一样调动两样情！

在区委办上了两三天班，杨正明到工作了好几年的原单位——滨江办事处同新任书记欧平交接工作。

走进办事处大门，就听见杨正明的朗朗笑声和高谈阔论。老部下们招呼他，祝贺他，吹捧他。他口头上在谦虚："那有个啥，级别又没有变，还是个科级！"脸上却是藏不住的志得意满。

杨正明直奔二楼北头最里面现在欧平的办公室，原来他的办公室，一个他再熟悉不过的地方。过副书记和纪委书记、组织员办公室门前，杨正明以区委办主任的新身份和少有的高涨情绪同副书记李敏和纪委书记老姚、组织员老张分别礼节性地打了招呼，那些人向他回以问好。

到了书记室门口，副书记兼人大联络处主任梁正建招呼他："杨书记来了？你在那边去上班了没有？"

"啊！那去啰！那儿事情多得很，哪有你长时间耍的？我才一去，刘书记就给我吩咐了一堆事情。今天我抽空到这边来把工作给欧书记交接一下子。"

欧平早已听到杨正明的声音，等杨正明同梁正建把话说完转过头来，就招呼杨正明说："杨主任来了！"上前同杨正明握手，请杨正明在沙发上坐，然后递烟泡茶。

"我今天来给你把工作交接一下！"杨正明说。

欧平笑着说："你忙啥嘛！"

杨正明来了，欧平十分热情和谨慎，生怕有做得不周到的地方。

杨正明把一支烟抽完，喝了几口茶，交接工作才开始。

杨正明交接时说的情况，同前两天办事处主任张东生谈得差不多，只是党的建设方面的事是张东生没有说的。这不是该他说的事，他是行政领导，尽管也是党委副书记。

"办事处党委管辖的党支部31个，其中居委会支部21个。党总支两个（教育党总支、居民党总支），党员250名，党的组织健全，活动开展正常。滨江办事处管辖的是纯城镇街道，经济发展受限制，兴办工业无土地，发展商业无场所，只能在狭缝中艰难前行。但是，去年还是上了多个摊点……"杨正明说。

杨正明提供的这两个方面的情况，党的建设是当书记的首要职责，城市居委会自身发展经济在既无土地又缺资金的条件下，增加商业摊点是一个正确的路子，使欧平受到一些启发，有一定的收获。

"情况我就给你说这些。"杨正明停下来，喝了几口茶后，指着文件柜说，"我要移交的文件资料就是那些。"

交接完后，杨正明起身告辞，欧平送到楼下，看着他的背影消失在滨江办的大门外，才回办公室。

欧平上任后的一周时间里，大部分部门都到办公室来请示汇报了工作，有的是要他做决定，有的是向他提供情况。那天，上午前任书记杨正明来办交接，下午派出所孙明华指导员就来汇报"严打"工作。说辖区内治安稳定形势严峻，"门徒会"成员有490多人，收缴"呐喊派"散发的传单600多份，"观音法门"活动猖獗，特困企业职工可能上街闹事，又接近"敏感时期"，全市决定开展一次"严打"，抓捕和处理一批犯罪分子。滨江办人口多，情况复杂，是重点，要求欧平担任滨江辖区这次行动的总指挥，各乡镇办的党委书记任相应地区的总指挥是区委的决定。

通过多种途径和形式，欧平很快了解掌握了大量情况，认识了各部门的负责人和一部分干部。

办事处的下一级是居委会，居委会干部的情况如何，对做好街道工作至关重要。为此，欧平专门到居民办了解居委会干部的情况。在杨正明给欧平交接工作和张东生介绍的情况中，欧平知道了滨江办有多少个居委会，知道了滨江辖区大致的地理范围，但是有关具体情况一无所知。居民总支和居民办找主任兼总支书记刘秀英是办事处的老干部，也是滨江街道的老居民，对滨江办居委会干部及工作状态了如指掌，拿着居委会干部的花名册和一些文字资料给欧平介绍了26个居委会的每一个干部的情况、工作态度、工作能力、工作业绩和班子的整体状况，使欧平对街道居委会的干部队伍和主要工作心里有了底。

"创卫"即创建国家卫生城市迎复检，是全部工作的当务之急，欧平对滨江办"创卫"工作的情况进行了详细深入的了解。

市区领导和主管部门都很担心，如果这次复查过不了关，就会取消"国家卫生城市"的称号，而这个称号是好不容易才得到的，几年的"创卫"工作就前功尽弃。因此，市委、市政府给市里相关方面和滨江区下达了死命令："谁丢了'卫生城市'的牌子，就摘谁的帽子"。

滨江街道是老城，基础设施落后，老旧房子多，巷巷道道多，还存在着不少旱厕，人流量又大，卫生很难搞。"创卫"实行属地管理，即使是市级机关的公、检、法这些机关搞卫生的事，都归街道管。以前滨江办的"创卫"没有出过纰漏，还多次受到表扬。如果欧平来出了问题，追究责任处理人，居委干部是一些退休老人和无固定工作的人员，你处理人家不干了事，处理爱卫办负责人，一个小小的股级干部，能担多大的责任？再往上追究，就是办事处书记、主任和分管领导了。对欧平来说，即使撤了职，也没有什么，也淡定，但影响了全市，造成了江城市重大荣誉的损失，欧平对得起谁？就要被"千夫指"！滨江办当前"创卫"的责任大，也是欧平当初不愿意到滨江来的一个原因。来了，在其位，就必须谋其事。

欧平用了整整一个下午和张东生一起到爱卫办了解和研究"创卫"工作。办事处爱卫办主任江津明，前几年搞企业进中药材因为马虎被骗，给办事处造成重大经济损失，受到党纪处分，被安排到工作压力最大、难度最大、最辛苦的爱卫办戴过立功。搞"创卫"工作已经几年，江津明业务熟悉，有比较丰富的经验，也认真负责，多项工作都很落实，信心满满。欧平和张东生听了他的汇报，看他胸有成竹的样子，十分满意。他们要他针对新要求，再拿出实实在在的办法。并表示，如果有解决不了的问题，不能隐瞒，一定要及时汇报，他们一定会支持他的工作。

四

时间过得很快，一晃就是一个月过去了。

欧平来的这些天，没有空闲过，甚至还有些紧张。在他的感觉中，整个滨江办的工作开展是正常的，但是他天天看到的办事处这个院子，从房子到用具，一切东西都没有一点儿光鲜和亮丽，哪怕是一点儿，也找不到——办公楼、宿舍楼、伙食团，以及每一处、每个房间里的地面、门窗、桌椅、沙发、茶几、文件柜等，都只有陈旧，没有新气，只有传统的死板，没有任何现代的活力，就像一个老气横秋、濒临暮年的老人，力不从心，被人冷落！从职工到领导，说起办事处的经济状况，都黯然神伤、情绪低落。究其原因，就是一个字："穷"！人人都唉声叹气，但是人人都没有办法。

欧平完全没有想到滨江办事处有这么寒酸，与大门外面街上的繁荣景象太不协调了！

对于滨江办的窘迫，欧平原来只是听别人说，没有切身体会，听了张东升的汇报，身临其境，看了，听了，才有了深刻的认同。

就说欧平来这里上班交通的事，这一向上下班和参加几次会议，都是自己解决的，或者蹭别的地方领导的顺路车，或者坐公共汽车，或者坐人力三轮车。有时候很久很久没有车来，急得人一身汗。经常计划的时间是够的，出发的提前量取得很大，但有几回都还是差点儿迟到。

有一天早上去上班，他下楼很早。在宿舍院子里搭车。没几分钟，就有一辆车出去。他很高兴。一叫，车停了，他连连道谢，坐了上去，准备出去在干道上换坐公共汽车。走到不远的路口，看见跟他同住一个单元的西城办事处主任的车来了，想他也是去上班，要经过老城，坐他的车在铁路桥头下要少走很多路，就叫车停下，坐上去。结果人家的车开进了区委、区政府的院子里，要去办事，叫他等一会儿。到区委、区政府办事，最快也要十几二十分钟，那不是上班还要迟到？他正着急时，看见区小车修理厂一个姓曾的师傅坐着一辆车要出大门，一问说是到南河。那时还没有修老鹰嘴大桥，从东城开车到南河，老城是必经之路。欧平说自己搭个顺路车，曾师傅就叫驾驶员把车停了下来。这辆车是驾驶员接小曾到厂里去修理的。走到转盘路，小曾问欧平到老城哪里，欧平说到滨江办事处。小曾称他原来的职务说："欧主任，这个车刹车有问题，现在就是去修刹车，你们办事处门前的那条街，人那么多，这车不敢去。对不起！我给你叫个人力三轮车好不？"热情的小曾叫车停下，从副驾驶位上跳下车，叫过来一辆人力三轮车，还抢着先付了钱，把欧平弄得很不好意思。人力三轮车左弯右拐，在河街上的人流车流中穿行，好不容易才到了滨江办事处门口。经过了这么多折腾，他还差一点儿没赶上上班的时间。

这次坐车给他的印象很深刻，幸好滨江办的干部只有他住得远，其他人都住在老城，要是住得远的人多，大家该也多不方便。

每次在区里开会，欧平都是一散会就赶快去搭人家西城办事处或者工农镇领导的车。

滨江办是全区最早买车的乡镇办之一，好多年前有一辆本省产的"通工"小车，那时的办事处领导还挺神气。后来修小西街的新宿舍需要投入钱，办企业被骗，债台高筑，杨正明和当时的书记都在老城住，可以骑自行车上下班，就把小车卖给了下辖的教育印刷厂还账。现在教育印刷厂还在跑的那个车，就是原来办事处的。

城区的三个办事处，东城和西城都有车，还是好车。连最偏远的一个乡都说要买车了，就是地处城中心的滨江办没钱买车。买车不是当领导的非要坐车不可，也不是坐车才有面子，而是工作上确实需要一辆车。

面对滨江办的财政状况，欧平一天都在想着到哪里去给办事处找钱的问题，但是又一时找不到门路。他很着急。

苦闷中，他有时也想起自己留的"退路"——到市政府办去算了！但是，他很快又忘记了这个念头，又去想滨江办的事情。他到底没有到市政府去找陈明秘书长，也没有抱没有"天时地利"就开"维持会"的态度——特殊情况下，作为领导，开好"维持会"，当好"维持会长"也是政绩，也可以向组织交代——他想的是，越是困难的地方越需要人，不是我来就是别人来，我有责任解决这里的问题，把这里搞起来。当领导不是来享福的，而是来做事的！

他坚守、等待、求索——坚守岗位、等待时机、求索出路！

他在心里默默地对自己说："沉住气，情况都还没完全弄清楚，不要着急！"

滨江办的工作，同其他乡镇办比较，除了没有农民、没有农村、没有农业外，其他啥都有。其他乡镇办农村那一摊子事多，但居民少，这方面的事情少，特别是那几个乡。滨江人口多，全是居民，情况复杂，综治、双拥、卫生、教育、文化等社会工作比其他乡镇办的事情多得多、任务繁重得多。现在又多出一个"创卫"，老城的基础条件差，"创卫"工作难度大，容易出问题，市区领导非常担心。

时机未到，情况也还不是很清楚，他只能平铺直叙、按部就班地参加上级的一些会议和开展日常管理工作。就是这些事，做起来也并不轻松。

到区上去开会，要认真听领导的讲话和区里部门负责人、其他地方领导的发言，脑子里还要考虑滨江办如何落实。在办公室的时候，要阅读文件、翻看报纸、答复各部门的请示或者是听取工作汇报、接待来访群众。好在地方穷，上级的人来得少，没有多少这方面的干扰，使他能够多出一些时间做事和想问题。这些事情往往使人坐得腰酸背痛，没人了，他就站起来伸伸腰。办公室后面是一所小学，有时候就站在窗口看一会儿操场上老师上体育课和下了课孩子们跑出教室那龙腾虎跃的样子，出一阵神又坐下来工作。个别时候，他也一个人出去，到街上走走，看一看，换换脑子。

来上班的第一周，除了交接、处理日常事务、到部门了解工作、熟悉各方面情况外，他参加了区委政法委（扩大）会议和区委书记刘开山亲自到会并讲话的滨江辖区社会治安综合治理成员单位会议。两次会议都是关于社会稳定的会议。滨江办人口多、流量大，情况复杂，治安隐患也多，是全市综治工作的重点地区，而这一方面的事情是属地管理，责任在办事处党委、行政头上。稳定压倒一切，责任重于泰山。欧平身上的压力很大。

就在这一周，滨江办还接受了区财政、物价、审计三个部门对办事处财政工作的检查。虽然财政是行政在管，有财政所长和办事处主任张东生在接待，但作为党委书记，他不和区里来的人见面不行，不仅要见面，还要表示出热情，参加开始的汇报和最后的情况反馈，才算态度端正，也才叫重视，否则就是不重视。谁能不重视呢？谁能保证不重视不会带来以后工作的不顺畅呢？

五一才过了一周，区委就召开中心学习组（扩大）会议，会期三天。会上学习领导干部一定要讲政治和经济增长方式的"两个转变"的精神。会议既学理论，又联系工作实际，每个与会者都要在讨论时表态发言和谈工作打算，并不是只带着耳朵听，不动脑筋。而且，这种学习会研究的内容是综合性的，既要讲农业生产，也要讲工业发展；既要讲公有制企业，也要讲乡镇企业和个体私有企业；既要讲发展改革，也要讲社会稳定；既要讲经济建设，也要讲党风廉政建设。头绪多，当时消化和下来落实的压力都很大。

过去开这种会，欧平是做会议的总体安排准备，起草区委书记的主题讲话，派秘书做会议现场记录，会后出纪要或者发简报，等等。现在角色倒了转，他要听所有人的讲话和发言，要考虑自己的发言，区委书记和区长就在面前，要想怎样才讲得好、讲得切合实际。第一次以一个地方一把手的身份参加会议，他还是有些紧张。至于散会以后的贯彻执行落实，更要下功夫。

滨江办实行每月工作汇报制度，参加区委中心学习组（扩大）会议以后，张东生找欧平商量，建议召开办事处中层以上干部会议传达区委会议精神，各部门汇报上一个月的工作。欧平觉得意见很好，立即采纳。

汇报会由张东生主持。

在会上，欧平传达区委中心学习组（扩大）学习会议精神和区委、区政府对各方面工作的要求，讲贯彻意见。党政办、组、纪、宣、工、青、妇、人武部、国土、企业、计生、民政、爱卫、居民办等所有部门和方面汇报上一个月经济社会发展、管理服务、党的建设、群团活动、人民武装和联系居委会工作。

欧平第一次参加全办全方位工作汇报会，除了传达上级精神外，他没有发言，也没有多插话，只提了几次问，问的都是他没听说或没听清楚的问题，主要是听。在这个会上，他掌握了大量情况，把这些情况和之前零星分散获得的情况综合起来，脑子里形成了全办工作的整体格局，同时了解了各方面的现状和动态，觉得自己已经基本上弄清楚了滨江办事处的事情，取得了领导和指导全面工作的发言权。

来这儿一个月，就把全面的情况弄清楚了，欧平很满意，认为这就是成绩，有了这个基础，工作就不会遗漏什么和瞎指挥了。

五

下午，欧平接到区委办的电话，要他明天补清购房尾款，要结账上交了。

区级机关正在进行住房制度改革，区委办是首屈一指的部门，必须为所有机关部门做出榜样。欧平调滨江办事处之前，就在抓这一项工作。现在，区委办包括区委书记刘开山的购房款都交齐了，就要进入办证程序了。

下班时，欧平到主任张东生的办公室来给他打招呼，说自己明天上午要耽误一会儿，要到区委办去交购房款。从欧平来第一天起，他就养成了不管到哪里去，都给党政办打招呼，也要给张东生说一声。他认为，这是对对方的一种尊重，你尊重别人，别人就会尊重你，你敬别人一尺，别人就会敬你一丈。一个党委书记，首先要带头尊重人。如果自己认为了不起，高高在上，别人也不会尊重你。党政一把手合作共事，相互缺乏尊重和信任，是不能干成事的。来滨江办事处这一段时间，欧平这样做了，张东生也在跟着这样做，去哪里都要给自己说一下。

"区委办公室都把房改搞了？"

"搞了。我在这里来上班前就交了一部分钱了。"

"哪有那么多钱嘛？"

"没有就找亲戚朋友借，或者是贷款。"

"那干部的思想工作好做不？"

"开始大家思想也不通。但是，这是中央的要求，是改革，顶是顶不住的，全国都要搞，想拿了钱房子就是自己的了，修房子和买房子哪有不欠账的，也就接受了，都交钱了。"

"我们这里才一说，就叽叽喳喳闹麻了。首先就是离退休干部坚决反对，说他们原来一个月几十元钱的工资，养家糊口都很勉强，哪还存的有钱，拿啥子买？"张东生顿了一下，笑着问，"你总没啥问题嘛？"

"我哪没问题！"欧平把自己爱人参加工作时间晚，在商业部门，工资低，两个孩子都在上高中的情况告诉了张东生。

"哟，那你还真的负担重喃！你的房子多大面积，总价多少钱？"

"折算后八十多平方米，两万多元。"

"呵，那也负担重哦！你咋个解决的？"

"到处借嘛！"

不知道张东生是对这件事感兴趣还是为什么，刨根问底，问得很详细。

从张东生的口里，欧平知道了滨江办的职工住房商品化改革的阻力很大，到现在还没有启动。

张东生提到办事处的宿舍修了几年，因为没有钱，主体工程还没完成就停工了。

第二天，欧平到区委办财务室把自己购房的尾款交了才到办事处来上班。

欧平来了一个月的时间了，作为行政一把手的张东生还没有正式在他面前说过办事处新宿舍"烂尾"的事情，不知是他的疏忽，还是不好说，或者不愿意说。张东生这次无意中说到办事处新修的宿舍的事，欧平脑子里突然有了一个想法："进行职工住房制度改革，用收来的钱启动停工一年多的宿舍楼的修建！"

滨江办的干部住得很分散，全城都有，有住私房的，有住房管所出租房的，有住办事处（原来的滨江镇）的几处公房的，有住爱人单位的房子的。后调进或分配来的年轻人，有的成了家多年，孩子都多大了，还同父母挤在一起，情况五花八门。20世纪70年代后期，镇里在院子里建了一幢宿舍楼，解决了老干部和部分中青年干部职工的问题。建市以后，干部变动大，有的调到了市、区机关，同时新调进了一些干部，每年还要安排分配来的大中专毕业生和军队转业干部或士兵，调出的人的房子退不出，新进的人没房子住。

20世纪90年代初，滨江办事处前任书记和当时任行政主任的杨正明向区里请示修宿舍。方案是：拆迁办事处在小西街的一处公房并搬迁几户居民，卖办事处其他几处公房和申请购买住房的职工按造价交来的房款作为修建的资金来源。后来的市委副书记那时任滨江区委书记的汤平和区长刘开山听了滨江办书记和主任杨正明的汇报，觉得方案可行，管财政的刘开山还主动表态区财政给20万元以示支持。滨江办的书记和主任大喜过望，书记高兴得合不拢嘴，杨正明笑得"咯咯咯"的，两个人信心满满。

为什么修了五六年才现在这个样子呢？只有一个原因——没钱。

具体说是两个方面的问题：一是购房户交了两次钱后不愿意再交钱；二是公产处理得不好，卖不出去，卖出去的也作价很低。大多数购房户拿不出钱是根本原因，不愿意交钱既是没钱也是担心房子修不起，不是真的不愿交。公产处理不顺利是因为当时人们的思想还比较保守，没有投资置业的意识，也有经办人大而化之，没有认真当一回事办的问题。比如上河街的一个小四合院，只两三万元钱就卖给了长期在办事处搞修缮的小工，人家拿到手很快转卖了二十多万元。

原来方案中的两个资金来源都断了，工程当然只有停下。

滨江办提出修这个宿舍的时候，欧平刚从宣传部调到区委办任副主任，分管文秘工作，听领导说，这幢宿舍楼是滨江办干部的人心工程，是全体没有房子住的干部职工的迫切要求。这时的欧平想，既然是这样，如果能尽快地把房子修起来，就能极大地调动干部职工的工作积极性，而这对开创全办工作的新局面至关重要。

能不能先对旧宿舍楼进行商品化改革呢？欧平有在区委机关进行房改的经验，但对滨江办机关住房改革还是觉得没有把握。因为这时全区，以至全市，街道、乡镇一级的住房改革还没有任何动静，说都还没有人说，这一级改不改都还没有一定的说法——但是，他是相信一定要改的——他要来"破天荒""吃螃蟹"，行吗？

欧平还没有对张东生说自己的想法，一天从外面回来来到张东生的办公室去，说："张主任，我们去看一下办事处在小西街修的宿舍楼！"

"去看那儿？"张东生有些意外，"你对那个事情还感兴趣？"

张东生确定自己没有听错以后，很高兴——他在那里有一套房子，也是办事处的一件大事，修了几年了，看样子，书记要管这个事了！

"啊！我去看看，我还没去看过呢！"欧平说。

"那我们还是把党政办贺主任和小姜叫上！"

"好嘛！你去叫，我到办公室把东西放了就下来！"

欧平没有带其他什么东西，只是手上提了一个文件包，现在到工地上去，他想带公文包没有用，要放到办公室。

他很快下来，张东生和党政办两位主任已经在楼下等他。

"走！"他说了一声。

四个人一起出了办事处大门。

新建宿舍楼坐西朝东，底层是商业门面——南头几间面临东西走向的小西街，其他朝着一条南北走向的小街——住户从院子里面进出上下。大门开在北头，从底到顶六层，三个单元，还很气派。往北走，从右边进大门，里面一个坝子。再右拐往前走，最里头的左边有两间小房子。

欧平站在坝子里把整个建筑望了一遍，对主任张东生和党政办两个主任说："规模还宏大呢！"

张东生和小姜没能确定书记是正面肯定还是负面评论，没有作声，党政办主任贺吉文知道欧平是在夸奖，笑眯眯地说："设计得还是可以！"

听贺主任这样说，张东生和小姜也赶忙笑着说是找谁谁设计的。

工程被脚手架和安全网包裹着，四个人走进了一进大门的那个单元。走到一楼，楼道门开着的房间里铺着一些稻草，应该是建筑工人搭的铺。里面还堆着一些乱七八糟的东西。楼梯是现浇的钢筋水泥体，有的钢筋头子还露在外面。上到二楼，欧平仔细地查看了两边的室内结构和房间布局。

张东生告诉他："三个单元的户型差不多，这个单元都是三室，面积大些，中间的单元全部是两室，面积小些，靠小西街的那个单元，一边三室，一边两室。"

从一个单元到另一个单元有施工通道，张东生叫欧平不要走那些洞里，恐怕被露出的钢筋戳着或者挂着，干脆从楼顶过去。

"小姜，从顶上能过去吗？"张东生也好久没来了，不知道上面堵没堵着，姜志斌是办事处安排的管修建的，具体工作是他在负责，人年轻，记性好，很机灵，所以张东生问他。

"可以，走嘛！"聪明麻利的姜志斌十分肯定地说。可能工程停工时他来了现场，那时没有堵，那时没有堵，以后不会有人去堵的。

站在楼顶，一下敞快起来，视野陡然开阔，四周看得清清楚楚。

进入初夏，阳光下万物生机勃勃。耀金烁银的嘉陵江汹涌奔流，江水哗哗地响。对岸，皇泽寺的红墙黛瓦掩映在绿树丛中，乌龙山石壁绝立，苍松翠柏郁郁葱葱。山脚下的宝成铁路线上，一列麦绿色的旅客列车奔驰而过，车轮轧过铁轨发出"吭噔吭噔"的声音。东山顶上，与蓝天白云相接的凤凰楼卓然独立。近处，几幢高层建筑在一片低矮的老房子中冒出来，显得格外惹眼。街上，车水马龙，人流涌动，市声嚷嚷……

每天匆匆忙忙，难得登高望远，四个人指指点点，说了一阵话才从二单元往下走。

欧平看了两层的四套房子，问："两室的房子面积多大？"

"七十多平方米！"张东生回答说，"具体是多少，我忘了，小姜晓得。"

"七十五！三室的八十多，多十个平方米。"姜志斌说。

长期住在低矮狭窄的老房子里，现在能住上钢筋混凝土结构的楼房，而且是新的，面积这么大，完全应该心满意足了！干部住房的面积有规定，超出了纪委要查处。按现行规定，住这房子的人，大多数人都超标了，好在这房子开工在前，还没提出限面积，不在查处之列。滨江办事处的干部职工很幸运！房子修大了，要多占土地，城市的土地可是一寸土地一寸金！再者，无论私人修房子还是公家修房子，都要大笔支出，修的大更要多投入，经济不发达，哪儿有那么多钱投入？钱是硬头货，比如这房子，修了这么多年，就是因为没资金投入。如果资金链不断，也轮不到他欧平来管这件事了！

从二单元出来，来到一单元，面对宿舍大楼，这是左边，应该是一单元。从左到右，一进大门的那个单元应该是三单元。走到一单元门口两间单独的小房子跟前，欧平问："这两间房子是谁修的？"他以为这是哪家私人乱搭乱建，那是绝对不允许的。

张东生说："这是公家修的两间辅助用房，比如将来有门卫，门卫住一间，另外一间做收发室。"

"哦！"欧平听了，心想作为甲方的办事处和设计师还考虑得很周到。

走进一单元，欧平看左边也就是靠小西街一边的大套，也就是三室，面积和结构同三单元完全一样，右边也就是里边，是小套，两室，大小和户型同二单元的小户型相同。

欧平还要往上爬，贺志吉文主任说："欧书记，用不着再上去了，这房子上下完全一样，没必要再看，爬得难。"张东生和姜志斌也附和说。

欧平听他们说的有道理，已经看得很仔细了，够深入了，没有必要再浪费时间，停下了脚步。

回到办事处，欧平跟着进了张东生的办公室。

在沙发上坐下——张东生办公室的沙发是赭红色的，也旧了，但全部是好的，也没有像欧平办公室里的烂了一个大洞。喘了一口气后，欧平说："张主任，我有一个想法，想进行办事处院子里这幢宿舍楼的房改，用收起来的钱启动小西街宿舍楼工程……"

"啊——"张东生很吃惊，不相信自己的耳朵，当确定没有听错时，脸上露出惊喜，望着这个刚来不久，比自己还小一岁多的党委书记，想了想才带着怀疑地试探说，"那行吧？"

欧平知道张东生的意思，说："不行也要试！"

"那就看你把那些老干部的思想工作做得通不，我反正不行！"张东生是支持院子里的老宿舍进行商品化改革的，但是他没有做他的那些老上级，特别是几个老书记和一个南下干部思想工作的勇气，更没有做通的把握。

欧平家住的区委机关、区人大常委会机关和区政府机关各部门干部职工住的院子的住房改革搞了，区委办公室收尾款了，在外单独办公的部门还没有动，四大班子之一的区政协都还没有进行，全市的乡镇办更没有行动，滨江办就进行机关住房制度改革，欧平也知道难度很大。

但是，欧平一定要做这件事。

欧平有自己的立足点：第一，十四大正式确定国家建立市场经济体制，全方位的改革已经拉开大幕，城市职工住房商品化改革是必由之路，而且上级已经下发了文件，有了具体政策；第二，很多地方的住房改革步子迈得很快，就在眼前，市、区的很多机关已经启动改革，江城市委办也已走完了最关键最难迈过的一步。这两点，就是滨江办做通老干部思想工作最有力的说法，有政策依据，有现实范例。因此，他充满信心。

这毕竟是一件大事，要拿钱买房子住，涉及干部职工的切身利益，欧平和张东生商量，召开一次办事处党委（扩大）会议来讨论决定。

六

　　欧平已经来了一个月，这一个月没有搞什么动静。连办事处机关内都只召开了一次会议，就是那个传达贯彻区委中心学习组学习会议精神和各部门月工作例行汇报合起来开的会，张东生主持，他主要是带着耳朵去听的会。本来应该召开全办居委会干部会议，同居委会的干部同志们一起见个面的会，也没开。有的居委会书记、主任已经忍不住了，主动到办事处来打听。欧平也见到一些人，人家说："办事处总是要叫我们回来开个会了嘛！"他知道大家的心思，是觉得他这个书记太不温不火、不声不响了。但是他说："我还不熟悉情况，等我把情况基本熟悉了，要请大家回来的。情况弄清楚了，我才跟大家有说的。"

　　欧平确实是一个实在人，说实话，做实事，不会搞虚排场，不会做表面文章，但他也确实是一个有个性、讲原则、有魄力、水平高的人，绝不是一个软蛋、脓包、"瘟猪子"！

　　欧平由当教师参加工作，后来读大学，进机关当干部主要是做文字工作，后来主持区委办全面工作，主持和单独起草过区党代会报告。这些学习和工作历程，无论哪一个阶段，都不能来半点虚假的东西，都是在"认真""逗硬"中走过来的。所以，他养成了踏实的习惯。如果他善于讨好，圆滑世故，阿谀奉承，光说好听的话，刘开山也不会要他下来锻炼了。然而，锻炼归锻炼，他认为：说话要说到点子上，要解决实际问题；做工作要抓住关键，要能开创新的局面。否则，不如不说，不如不做。开会是重要的工作形式和方法，如果领导在上面说空话、废话、不解决问题的话，那是浪费自己和别人的时间。

昨天实地看了办事处新宿舍的修建情况，又同主任张东生通了气，欧平决定召开一次办事处党委（扩大）会议。无意间，这天正好是欧平来滨江办上班满一个月的日子。

有在区委办公室主持工作的经历，有对老县城的街巷市井风貌人情的了解，从上初中的时候开始就对这个城市非常熟悉，欧平进入工作角色很快，对滨江办的党、政、城市管理、经济社会发展等各个方面，基本上了然于胸，虽然是第一次主持召开一个地方党委（扩大）会议，但是他对开好这次会议是有信心的，自认为是完全能够控制场面、把握会议发展的。

滨江办党委委员七人：党委书记欧平，党委副书记、办事处主任张东生，党委副书记、办事处人大联络处主任梁正建，党委副书记李敏，办事处纪委书记姚文先，办事处副主任罗广明，党政办主任贺吉文。除此之外，还有三名副科级干部——办事处副主任李洪福、组织员张开华、武装部长吴世明。欧平考虑这是他来以后召开的第一次办事处领导层会议，而且是研究小西街宿舍工程启动工作，不是专门研究党务的会议，而且这三位同志都是党员，就把他们扩大进来，开党委（扩大）会议。

会议在办事处小会议室召开，党政办按照欧平的要求，把会议室又打扫了一遍。小会议室可坐二十多个人，四边摆着沙发茶几，中间空着，开会的人都能面对面地说话。进出两头有门，也十分方便。

会议上午八点半准时开始，应参加会议的十位同志全部准时到会，党政办副主任姜志斌记录，党政办干事韩军服务。

"同志们，我到办事处已经整整一个月了，今天是我来以后召开的第一次会议，也是我任滨江办事处党委书记开的第一次党委（扩大）会议。这次党委（扩大）会议，扩大到不是党委委员的副主任、组织员和武装部长，也就是说，办事处在职的副科级以上的领导干部都参加了会议。因此，这也是一次滨江办事处全体领导干部会议。今天的会议研究两个问题：一是启动办事处小西街职工宿舍修建的问题，二是办事处老宿舍楼商品化改革的问题。下面请张东生同志介绍小西街宿舍修建问题。"

欧平多年来列席区委常委会会议，所以主持这样的会议显得娴熟自如，不慌不忙，一副很有底气的样子。

欧平的开场白结束，就请张东生讲话，这既是尊重，也是规矩，张东生是党委排名第一的副书记，是行政主任。

"关于小西街的宿舍修建问题，除欧平书记以外，在座的其他领导都清楚。因为大多数同志从一开始就参与过研究，后来的同志不知道前半截的情况，后面的情况也是知道的。办事处为这个工程成立了专门的班子，有专人负责，现党政办副主任姜志斌同志在现场监管，一些事情的具体时间和数据后面请他给大家介绍。我这里先对这件事表个态：欧书记刚来一个月，就着手抓我们办事处的这些老大难问题，我表示积极支持，全力配合。能够早日解决办事处大多数干部职工申请购买、交了几次钱、房子还只是个架子撑在那里的问题，就了却了我们这些同志的一桩心事！"张东生虽然是当过一个股级镇党委书记，现在又任正科级街道办事处主任的人，但是言语不多，说话直截了当，不长篇大论，他说完就对姜志斌说，"小姜，你把具体情况说一下。"

姜志斌把党委会议记录本交给党委委员、党政办主任贺吉文做记录后，拿出自己的笔记本向全体党委委员和行政领导、组织员、武装部领导做汇报："这个房子是1992年3月筹备，1993年6月破土动工，由成都大西南建设公司承建。1994年4月完成主体工程。分两室和三室两种户型，两室75.29平方米，三室85.55平方米，总面积3100多平方米。工程总预算200万元，其中包括拆迁费用37万元。经过做工作，单独承包的铝合金工程14万元，承诺工程完成付一半款。现在瓷砖需付5000元。买这个房子的职工交了两次款，所缴款已经全部用完，目前还欠大西南建设公司的施工款。这些收支都有明细账记载。"

说到这里，张东生插话："1992年上半年，区委李书记表态区财政给滨江办20万元修这个房子。刘开山书记当区长时，也表态把老城里已故五保户的房子交给滨江办变卖，规定卖30万元，从中给20万元。"

"卖的有没有？"欧平问，"卖了多少钱？"

"卖了两处，但离卖30万元差得很远。"张东生说。

会场上沉默下来。

"请大家发言！"好一阵时间没人说话，欧平有些着急起来。

"我发个言。"坐在欧平左边的梁正建嘴唇已经动了几次，听书记在叫大家说，按捺不住了，"要说小西街的房子，我也是当事人，也在图纸上买了一套。这房子早就该住进去了，一家家住得挤得不得了，交钱把人逼的，到处借。区上说给20万元，也没兑现。说到底，停了一年多，就是因为没钱，有钱就可以动工了。欧书记来，把情况才基本弄清楚，能研究修这个房子，是抓在了点子上的，是解决滨江办事处干部职工的后顾之忧！"

梁正建说完，党委副书记李敏接了上来。李敏个子小，说话也细声细气的："我来这个房子就在修了，这前后已经四五年了，职工交了钱，也在盼着住房子，问题是该解决了。"

接着，党委委员、纪委书记姚文先和党委委员、行政副主任罗广明，党委委员、党政办主任贺吉文，行政副主任李洪福，组织员张开华，武装部长吴世明都发了言，都说情况就是这样，应该把这个事情提上议事日程。欧书记来了，看能否想到办法，把这个房子修竣工。李洪福年轻，胖乎乎的，边说边红着脸看欧平，好像还有些局促。

欧平见关于这个宿舍的修建情况已经说清楚了，没有必要再说下去，说："各位，关于这个房子修建的前前后后我们就不说了，现在请大家围绕咋个重新启动这个工程出谋划策！"

问题摆出来，欧平想要群策群力解决这个问题。

完全冷场。在座的人的呼吸声都能听见！

"哪有个啥子谋和策嘛，要是有，就不会等到今天啰！"过了很大一阵，罗广明才对着欧平笑嘻嘻地说。

会场上很多人在呲嘴，表示难以想出办法。

张东生说话了："机关单位要是允许贷款就好了，其他哪儿去想办法？"

看见一个个无可奈何的样子，欧平说："好吧，大家下去再想。下面进行第二个议题——办事处院子里的老宿舍商品化改革问题。随着社会主义市场经济体制的建立，城市职工住房商品化改革正在推进，上级已经下发了文件，大家可能从广播、电视和报纸上看到了这方面的新闻。在滨江区，区级机关已经全面展开，我们滨江办事处地处城市腹心，也不能落后。我认为先行一步，做好这项工作，对我们全办工作具有全局性的意义。请大家就这一问题发表意见。"

"欧书记，对这个工作，你说市、区机关都已经在进行了，你原来工作的区委办公室都扫尾了，滨江办事处虽然地处城市中心，是一个纯街道居民办事处，但是毕竟是一个区以下的基层单位，是不是也等其他地方搞了，我们再进行哟！"主任张东生是知道书记欧平的考虑的，欧平给张东生通了气，不知道为啥又要这样说。

没等欧平回答张东生的话，住在老宿舍里的梁正建、罗广明、姚文先也叫了起来："人家那些乡镇办都没搞，我们那么积极干啥？"

没有在办事处里面住的李敏、李洪福没出声。

"同志们，我们都是领导干部，是滨江办事处的当家人，在任何时候，我们都必须有全局思想，决不能只站在个人利益的立场上考虑问题，这个事情是必须做的。虽然我们是基层机关，但是为什么就不能先进行呢？"欧平说了这番话，会场上平静下来。

"我们倒没啥，只要能把那些老干部的思想工作做通，我们服从。"梁正建、罗广明、姚文先等几个听书记欧平的话里带着批评的意思，赶快掩饰自己的狭隘和自私，表态说。

"欧书记，房改这个事，迟做也是做，早做也是做，我建议召开一个离退休干部会议，先看一下他们是个什么态度。我相信，这些老同志还是顾大局，有起码的觉悟的。"党委副书记李敏说。

"对，我也是李书记这个意见。原来也没有正式开过会说这个事，干部不愿意拿钱出来买，只是听说，现在上级都下了文件，大势所趋，思想又改变了呢！"知道原来的一些情况的副主任李洪福红着脸说。

党委委员、党政办主任贺吉文微微笑着，没有出声。

武装部长吴世明是已退休的滨江镇的老书记徐瑞阳的女婿，也是因为这个关系，以照顾老书记的理由，才从陵江乡调到滨江办任武装部长的。吴世明调过来，自己没有房子，还同老丈人住在一起，小西街的宿舍他买了一套，也是等着从老丈人家搬出来。但是，老爷子是否愿意拿钱出来买现在住的这个房子，他没有听到过老爷子的意见。但是，根据他所知道的大多数离退休人员的态度，估计工作很难做通，所以，他一直没有发言。

会议进行到这里，张东生又开口说话了："我觉得李敏书记的意见也对，把老领导们请来，正式开个会，看他们到底是个啥态度。我们光在这里说人家思想不通，这些老领导在党的培养下工作了几十年，很多还是当年的风云人物，应该还是有很高觉悟的，要是人家思想是通的，我们不是在这里白说？或许，我们说不通，欧书记是新来的，有在区委那么多年的威望，他一说又同意了呢！"

　　张东生是支持老宿舍改革的，在促成这一改革。这不只是因为他在小西街宿舍也买了一套房子，也不只是他是行政主任为了推动工作，而是他认为这是一项大的改革，是根本不可逆转的，而且现在修的小西街宿舍楼，从根本性质上说，就是集资建房，就是商品化，要交的钱是按总价格摊的，如果区上的二十万兑了现，办事处也有投入，房子建起了，也是要收回的。在这种情况下，老宿舍的人还住每个月交几元、十元钱租金的"共产主义房子"公平吗？大家都是滨江办的干部，必须一视同仁！

　　欧平肯定了张东生和李敏等人的意见。最后，参会的人员举手表决，一致通过对老宿舍实行商品化改革的决定。

　　党委（扩大）会议达到预期目的。

七

通知离退休干部开会时，没有说什么内容，是欧平打的招呼。听说老干部的抵触情绪那么大，他担心说了是开有关房改的会，都不来，凉了台就难堪了。

从年轻时参加革命工作起，几十年都在上班，一下退下来，还真的有些不习惯，还想经常有个会开，老同事们也好见个面，说个话。吃了饭，连午觉都没睡，老同志们就往办公楼三楼的小会议室走。这是他们熟悉的地方，里面的沙发、茶几、桌子，还是他们中间的一些人亲手置办的，虽然说不上多好，谈不上高级，但是看到就有一种亲切感，都说："那个年代买这些不容易啊！"

过了五一节，天热起来。这人老了真的不比年轻了，爬了几步楼梯就要停下来喘一口气。已经上班的干部给他们打招呼，气喘匀了才有法答应。即使如此，来到会议室，老同事老熟人见了面，格外亲热，打了招呼就开玩笑，有的就以开玩笑打招呼。坐下来气定了，这才互相问候。

会议室打扫得干干净净，地上还洒了一点儿水——三合土上面搪水泥的地下，扫干净后洒点儿水好些。茶几全部是擦过的，一尘不染。进门对着的桌子上放了两个水瓶、十几个茶杯，有几个杯子已经泡了茶，加点儿水瓶里的开水进去刚合适。

老同志们进去一个，党政办副主任姜志斌和韩军就招呼一个，叫他们"×书记""×叔叔""×阿姨"："这边坐！"把他们带到座位上。见他们没有自带水杯，就马上送上一杯泡好了的茶。如果自己带的有茶杯，就问："泡了茶没有？泡杯茶？"如果没泡，就马上把杯子拿过去，给泡上茶端过来递到手里。有的老人家讲究，还问："你们那是啥子茶？"听了对口味，就说："我这茶是上午泡的，喝淡了，给我倒了换一杯！"不对口味就说："算了，我就喝自己的！"

坐下来，喝了几口茶，有的就打听："今天开啥子会？你晓得吧？"

"没通知嗬，我还说你们总晓得！"

"我也不晓得！"

"哎呀，问啥嘛，领导来了就晓得了！"

滨江办原来是城关镇，在这里退休的干部比全区任何乡镇办都要多，一共有十多二十个人，其中有一个南下干部，一个原镇党委书记，一个原镇党委副书记，几个退休享受正科级、副科级待遇的，几个当过公社、乡和原滨江镇南北两个居民段的书记、主任的。

原来的镇党委书记徐瑞阳和副书记罗文生来得最早。接着来了两个一般干部后，南下干部郝玉柱就来了。徐瑞阳、罗文生和郝玉柱都是副县级干部，都七十多岁了。原镇妇联主任王文英是个大嗓门，住在她爱人的单位江城电业局，离得远，一进门就说："领导们来得早，对不起，我今天迟到啦！""也不算迟，会还没开始！"大家说。会议室里有说有笑，还难得有这样的热闹。

欧平对开今天的会有压力，徐书记、罗副书记、郝老革命刚到，他就进了门。上前同三老握手寒暄后才端着茶杯、拿着笔记本和笔到三老正对面的位子上坐下同已经来了的其他老同志说话。

一周前，他参加退休党员支部学习会，同老同志们见了面，大家对他十分热情和友好，对他到滨江办任党委书记表示欢迎。原副书记罗文生还率先发言，对他提出了两点希望：一、把办事处的门面出租；二，管好财产，守住业。原北段书记贾正莲说："我也说两点：一、领导班子要团结；二、加强经济管理。"妇联主任、大嗓门的王文英声音洪亮地给他提出希望："一、把滨江办的困难向上级汇报，争取优惠政策；二、搞好领导班子团结；三、加强人的管理教育；四、用好人，不要任人唯亲。"他当时想，这些方面可能就是原领导班子工作的疏漏和缺点吧，告诫自己一定要注意这些问题，感谢老同志们的信任和友好。

参加了这次会，住在办事处这个院子的老同志都认识欧平了，见了面主动跟他打招呼，有几个还亲自到欧平办公室来反映问题。老干部那天学习，也是在这个会议室里，所以今天见面，都不陌生。

紧随其后，张东生、梁正建、李敏、姚文先、罗广明、贺吉文也到了。这个会只是党委委员参加，副主任李洪福、组织委员张开华、武装部长吴世明有其他事。

会议由党委副书记李敏主持，她分管老干部工作，是老干部学习、开会的召集人，同老同志们打交道多。

主持人李敏点了一下应该参会的人员，向欧平报告人到齐了，请示是否开始。欧平点了一下头，李敏知道是说可以开始，就做开场白："老领导们，我们现在的各位领导，我们现在开会。参加今天会议的有我们办事处的全体离退休老干部和现在滨江办事处党委的全体党委委员……今天会议的内容是研究我们办事处的职工住房商品化改革问题。下面请党委书记欧平同志讲话！"

"张主任，你先讲！"欧平对张东生说。

"唉，你说！"张东生有些诧异地说。

"……"

谦让了几句后，欧平开始讲话。

"老领导、老同志们，各位党委委员，"欧平本来不想提党委委员，但是他害怕老同志们认为他的话只是针对他们讲的，"党的十四大明确决定，我国建立社会主义市场经济体制。几年来，各项改革深入推进。在城市改革中，职工住房商品化改革全面展开。我办小西街宿舍，虽然还没有竣工，但已经迈出了商品化的步子。虽然是只能够办事处职工买，买的图纸，但政府不进行任何投资，全部由购房人集资修建。我们现在所在的这个院子内的住宿楼，还是在以交租金的形式居住，这与改革的潮流不相一致，买小西街宿舍楼的干部职工，特别是没有分到办事处的房子又没有房子住的人，很有意见，事实上也确实不公平……"

欧平边讲边注意着老同志们的反应。讲到这里，他看见原镇党委书记徐瑞阳拿着茶杯从座位上站了起来，谁也没看地走了出去。

他是去添水？水瓶在这边的桌子上。韩军上前去问他是不是要添水，他边走边摆手，表示不。

他是去上厕所吗？

这幢办公楼修建的时间早，没有设计厕所，只在每层楼的南头设计了一个小水池，安了一个水龙头，可以在那里接水搞卫生，倒茶杯，解手要到一楼劳动服务站的那幢小楼后面的公厕。他上厕所不会带茶杯去呀？

徐瑞阳很久都没有来，挨着他坐的原镇党委副书记罗文生知道老徐是走了，于是也端着茶杯站起来走出去了。

全场的人聚焦在罗文生身上，估计他也是要离场了。

见他们两位原来的领导不辞而别，又有几个退休干部也找借口走了。

看着徐瑞阳、罗文生们走了以后，大家又惶恐地转过头看欧平，看他怎么对待。欧平没有什么异样，还在继续讲他的话。

其实，从徐瑞阳端着茶杯往外走，欧平就有所觉察：他可能是离席了。当罗文生走的时候，欧平更肯定了自己的判断。但是，人家要走，他不能不准人家走，而且会议开成这样他有所预料。

欧平镇定地讲完自己要讲的话，看了一眼坐在旁边的张东生，果断地说："各位，今天的会议就开到这里，散会！"

接着，欧平也拿起笔记本和钢笔，端起茶杯从座位上站起来。

坐在对面的南下干部郝玉柱走过来对欧平说："这两位领导的情绪大得很，不解决他们的问题，是进行不下去的。"郝玉柱资格老，参加革命时间早，但比徐瑞阳和罗文生还要小两三岁，身体也好，离休后还在办事处的棉织厂上班。

"欧书记，没有啥，这又不是你想搞，是上面布置的任务，不完成行不？"可能电业局已经搞了房改，王文英想得很通透，怕欧平心里不好受，安慰他。

"没啥！"欧平笑了笑说。

退休老同志都出去了，主任张东生对欧平说：你看这抵触情绪大不大？"

"我没想到徐书记和罗书记会这样！"副书记李敏说，"欧书记，莫恼气哈！"

"欧书记不要生气，工作慢慢地搞！"党委委员、党政办主任贺吉文也安慰欧平。

姜志斌要帮欧平端茶杯，欧平说："不用，没啥。"

过后几天，欧平在院子里遇见徐瑞阳上街，欧阳招呼徐瑞阳："徐书记出去吗？"徐瑞阳只鼻子"哼"了一声就走了。罗文生在自己家的阳台上做事，欧平招呼他："罗书记在家！"罗文生连哼都没哼一声，转身就进屋里去了。第二次在院子里遇见，欧平打招呼，罗文生脸转到一边。

这几次，欧平被弄得非常尴尬。

工作必须要推进，局面一定要打开。

过了十多天，欧平召开老宿舍楼的全体住户会议。这次的人多，不仅是住在里面的离退休人员，还包括不少已经调走但还在这里住的领导和一般干部本人或者家里的代表，以及现在在办事处上班的干部职工，人比上一次多了几倍。欧平想的是，这里面有很多是在职干部，有好几个还是在市、区机关工作的，他们不会说反对住房改革的话，在办事处工作的干部职工会组织服从，大多数人同意，只有徐瑞阳、罗文生等几个能够出来阻碍，当着他的面反对的声音相对来说不会很大。同时，如果这些人要强烈反对，也让大家看一看他们的真实面目。一般情况下，他们肯定是不愿意让他们的下级看到他们的觉悟水平和思想境界不高的，不会极力反对。

欧平知道，任何事情，要做到每一个人都同意是不可能的，如果非要做到不可，那就什么事都莫想干了！这件事如果要把徐书记、罗书记等老干部的思想工作做通再进行，滨江办的其他工作就将受到影响，新的局面就打不开。他坚信老同志的觉悟，思想总有一天会通。不过，工作必须开始进行，不能停下来等待任何人思想的不通。当然，他也做好了出现最坏结果的思想准备。

人多，会议在北头的大会议室的前几排开。

会议才开始，坐在左前方第一排的罗文生就红脖子涨脸地站起来提问："欧平，你今天又把大家整起来干啥子？你就是要大家把钱拿出来买房子嘛！你说我们的钱在哪儿？我们刚参加工作，还没得工资，后来一个月才几块、十几块、几十块钱，一家人老婆、娃儿、老人吃饭穿衣都紧巴巴的，存得下多少钱，买得起个房子不？你来才多久，就搞这个事情？"罗文生停下喘了一口气，想了一阵，继续往下说："嗯——有一个月吧？有一个月啰，就搞啥子住房商品化，你这不是要弄（整的意思）我们是做啥子……"罗文生越说越激动。

"罗书记，冷静一下，有话慢慢说，有话慢慢说。"张东生见罗文生针对欧平书记一个人发难，忙着劝他。

主持会议的李敏走下讲台。走到罗文生跟前，说："罗书记，莫激动，莫激动！喝一口水，好好说哈！"

党委副书记、人大联络处主任梁正建，纪委书记姚文先，副主任罗广明、李洪福也劝罗文生慢慢说。

退休干部和正在上班的干部也劝罗文生莫要气那么大，有话好好说。

挨着罗文生坐的原书记徐瑞阳紧绷着脸坐在那里。

罗文生太激动了，气乏气喘，喝了一口水后，继续说："你欧平，我们还是老乡，我跟你父亲都认识。新中国成立后，你们家是大队办公室，我到你们家来，那时候你才这么高一点儿——"罗文生边说边用手比齐他胸口下面，"现在你当了书记，就来整我们……"

主持人李敏听罗文生说这些事，制止他："罗书记，这里你不要说这些哈，这些是你们的私事！"

欧平叫李敏让罗文生说，罗文生说完了，气也就出了，这时不叫罗文生说，反而对罗文生身体不好。

罗文生是外地人，新中国成立前流落到江城，先在北边山里帮人做活路，后来到金龙乡落了脚，给人家放牛，一解放就参加革命，背步枪当民兵，打土豪分田地敢冲敢闯。由于他忠诚积极，白天黑夜地跑也毫无怨言，加入了共产党，当上石盘区副区长，后来调到西城区当区长。罗文生个子小，性子急，脾气毛，机灵活跃，爱打篮球。欧平刚上小学时，就看见罗文生经常在学校操场上打篮球时跳多高，声气吼得多大。罗文生直爽，说话做事干脆果断，犯了错误承认快，改正得也快。他的这种性格得到领导的欣赏和信任，县委书记都很喜欢他，说："老罗这个人，是个急性子，有啥说啥，但对党忠诚。"他的儿子当兵退伍后当了干部，现在区里的一个局当局长，性格脾气也跟他一样。由于家属惹事，影响了罗文生的发展，止步于滨江镇党委副书记的位子，直到退休。

欧平知道，罗文生说的那些话，特别是说自己同欧平父亲的交道，那个时候欧平还很小，等等，都是事实，按他们老家的习惯，罗文生是长辈。既然人家是长辈，即使欧平当了这里的党委书记，欧平也该尊重罗文生，罗文生说欧平、质问欧平，甚至揭欧平的短、骂欧平，欧平认为自己都不应该生罗文生的气，任罗文生去。

罗文生突如其来的狂风暴雨，欧平先是一怔，脸红了。接着，欧平很快沉着下来，想罗文生是老县城这么大一个地方的党委书记，欧平不能和罗文生吵，不能乱了方寸；否则，别人会把欧平看扁了，会极大地损伤共产党党委书记的形象。

欧平认真地听着罗文生的数落，没有顶一句嘴，任罗文生发泄胸中的怨气。但是，说欧平整人，整干部职工，欧平不承认。欧平心地善良，胸襟坦荡，从来没有整过人，甚至从来就没想过要整谁。"心中无冷病，不怕吃西瓜。"这是家乡的一句口头禅。欧平一点儿也不心虚。

对于前面的一阵急风暴雨，欧平想，毛主席有一个著名的论断："工作就是斗争"，大概说的就是这种情形吧。如果你不愿意看到这种情形，那你就不要当这个书记，不要工作！

罗文生在众人的劝说下坐下了，会场上平静下来。会议主持人李敏看了看欧平，欧平明白她是在问："会议还要继续开不？"他坚定地说："继续开会！"

会议继续进行，表明了欧平推进这一工作的决心，这是基于他过去处理很多为难事情的经验——矛盾达到顶点的时候，往往就是问题要解决的时候。所以，在这时候决不能功亏一篑，功败垂成！对于这件事，这时如果停下来，要再启动，那就很难很难了。

"我们继续开会！"李敏变得比平时有魄力，提高嗓音说，"请欧书记讲话！"

用不着再讲多少大道理，欧平直截了当地讲："房改是实行市场经济体制进行城市经济改革必须进行的一项工作，目前已在江城市、区两级的机关单位，包括医院、学校等事业单位和公有制企业展开。不是改不改的问题，只是迟改早改的问题。但是，早改早主动，可以享受一些实实在在的优惠政策，如果迟改，有可能有些优惠政策就不能再执行。有些优惠政策本身就有时间要求，即时效性。"接着，他根据区委常委会会议精神和对全区房改政策的熟悉掌握，对参与改革房屋的折价、面积的计算、不同级别干部的优惠系数、银行贷款的利率以及办证等做了详细的解释说明。

参加会议的大多数人是在职职工，是中青年人，对城镇职工住房商品化也有所听闻，听欧平讲这些具体操作办法，都静下来认真地听到底怎么个改法。讲完以后，不少人提出一些问题，欧平一一做了回答。他还以自己家住的房子测的面积、评估的价格、交钱的总额以及家庭经济状况、如何筹措的资金为例，同大家做交流。

从欧平讲房改具体政策和操作，大家提问他解答和平等对话交流，十几个离退休的老干部，包括罗文生也在仔细听，原镇党委书记徐瑞阳还提了问。

这一切都说明，大家正在理解消化住房商品化改革的政策，正在逐步接受这一与自己切身利益攸关的改革。

是啊，特别是对老同志来说，参加工作以来，几十年里都是低工资，一个月拿几元、十几元、几十元钱，住每月交一两元钱租金的房子，现在要掏出一万、两万元来买房子住，每月工资和退休费才二三百元钱，节衣缩食又能存下多少钱呢？思想要转过这个弯，是要有一个过程的。

没有人明确表态支持改革，但是大家正在接受改这一革，这就是一个进步！

欧平为没有打"退堂鼓"庆幸。事实又一次证明了"处理为难问题，事情发展到最高潮的时候，就是问题即将解决的时候"的经验，是完全正确的。

欧平似乎已经看到很快就要出现的"曙光"。他没有再讲什么。他认为再讲什么就是多余。

最后，欧平请主任张东生强调一下，要张东生再坚定一下大家刚刚转变过来的思想。

张东生是当过股级镇党委书记，又任了几年滨江办行政主任的人，知道这时候该讲什么。他从一个有眼光的精明人的角度给大家算账："按欧书记讲的具体操作办法，一个房子一万多两万块钱，况且我们这是个老宿舍，建设的时间久了，面积都不大，各项优惠政策一执行，可能上两万的房子不多。虽然大家的工资都不高，过去都是一个月几十块钱，算下来要将近十年才能把钱攒够，但是房子不是一个人在住，买房子是一家人的事，集中一家人的力量，就要不了十年。农民修一个房子，全家人都努力，也要攒几年、十年才修得起，我们在城里也应该是这样。一时自己攒的钱不够，可以借，可以贷，区委、区政府给区农行打了招呼，承诺给房改提供便利和优惠政策给予支持。这样，是不是就把一家人的住房问题解决了呢？况且，谁又把钱完全存够才修房子、买房子呢？我们长期住房子拿租金，虽然一个月几元、十元钱，但是一年算下来是多少，十年又是多少？大家自己可以下去算个账，可能也是一个不小的数字。而且，花了这个钱，你只是住了一下，房子还是公家的。你不在这里工作了，房子还要收回公家安排给别人。房子买了，子子孙孙住都是你的权利，不住了还可以卖出去，因为产权是你的。所以从长远看，干部职工住房商品化是一件好事，于己是有利的事！"

张东生在上面讲，下面的人在认真听仔细想。

散会的时候，不少人脸上有了笑容。从会议室往外走，有的走在后面的人推着前面的人的肩膀说："赶快把你的'老窖'挖出来卖，从长远算确实还是一件好事！"

三天以后，欧平安排党政办主任贺吉文、副主任姜志斌收集各方面的意见。结果是，大多数人同意，徐瑞阳和罗文生几个也没有明确反对。滨江办老宿舍商品化改革的难关突破了！

八

老宿舍的商品化改革制定出了实施方案，经办事处党委（扩大）会议讨论通过，请区房管所测出面积并评估定价后，由党政办会同财政所，算出了各家各户应交款的金额后，就开始交钱。有些户起初还在观望，后来看到人家都在交，也赶快去筹集自己该交的钱。很多事情都是这样，人与人之间的影响作用很大。

收了一部分房款，小西街停工的新宿舍工程有钱启动了！滨江办事处的这"一潭死水"，泛起了波澜！

面对这十多天的变化，书记欧平和主任张东生满怀欢喜。

"小西街那个工程，你看怎样启动？"欧平一脸兴奋地去找张东生商量。

"只要有了钱，给大西南建设公司打个电话过去就是了，叫他们来复工，他们巴不得！"张东生掩抑不住心里的喜悦，说，"欧书记，这次房改工作你抓住了关键，这件事办得太好了，就像下棋一样，一步走好了，满盘都活了！小西街宿舍开工的具体问题，就用不着你操心了，我们去落实，你当书记的事情多，你去考虑一些大事！"

对张东生的这番话，欧平很感动。他从中悟出一个道理：人，你只要平等相待，尊重他，不居高临下，他就会出力干事，甚至全力以赴！作为一个领导者，做到这一点尤其重要，也难能可贵。

没有几天，张东生带着一个个子不高，身体结实的中年人来到书记室。

"欧书记，这是大西南建设公司的刘老板，我领他到你这里来见一下你！"张东生一进门就说，"刘老板，这是我们办事处新来的欧书记！"

"哦……哪个大西南？哪个刘老板？"正在翻阅文件的欧平还沉浸在文件里，抬眼望了好一阵，半天没有反应过来。

"修我们办事处小西街宿舍的老板嘛！"张东生说。

"我叫刘兴跃，是大西南建设公司的。"刘老板主动自我介绍。

欧平立即想了起来，赶快请刘老板和张东生在沙发上坐。他一看样子，这刘老板确实是一个标准的川西坝子的人，也一口的川西坝子的话。

"请问欧书记，你们这个工程怎么开工？"大西南建设公司的刘老板问欧平。

欧平以为主任张东生还没有跟刘老板具体谈，就带刘兴跃到自己这里来了，说："这个你和张主任谈，工地上的细碎事情找姜志斌，你可能知道我才来了一个多月时间，还不了解全部情况。"

"我是说要我们来复工，你们的资金有没有保障？这个事情也是我来见你这个书记的原因。你也可以想到，我们不是本地的，离得远，组织人和来去都不容易，如果你们没多少钱，我们做几天又停下来，损失我负不起，你们这个工程四五年了，我们已经基本上没啥利润了！"刘老板有些担心，对工程做做停停有很大的怨气。

欧平这才明白过来，刘兴跃来见他是为了再来求证他们的资金链是否能保证，主任张东生给刘兴跃谈了，刘兴跃还觉得不踏实。刘兴跃说的问题实实在在，要求不过分，谁是老板都会有这种担心，提前说出来也好。

"刘老板，这个问题你就不要找欧书记说啦，这次没有问题！"在一旁的张东生接过去说。

这次是用老宿舍商品化改革收起来的钱来启动小西街宿舍工程的，工程所需要的资金和房改收的钱，欧平和张东生都找姜志斌和财政所算过的，保证全额支付后还有剩余。欧平说："这次你放心，我完全可以给你保证！"

大西南建设公司的老板刘兴跃看见欧平一脸的诚恳，他相信眼前的这个性格直率，一身正气的共产党的书记。

"老刘，我们下去把姜志斌叫拢，把一些具体问题谈一下，就不要再打扰欧书记了，他忙得很！"张东生说。

"那好嘛！欧书记，我说话哪个想的就哪个说，很直，你不要为我今天说的话生气哈！我有事了还要来找你哟！"刘老板说完和张东生出去了。

主任张东生和党政办副主任姜志斌就小西街宿舍楼工程开工的具体事情同刘兴跃进行了磋商，刘兴跃要求办事处先支付他五万元用于工程启动。张东生来给欧平汇报，欧平那天在党委（扩大）会议上听姜志斌说办事处以前还欠刘老板的钱。为了确实，这时又问张东生以前的付款情况。张东生说："是真实的，已完成的工程就是还欠人家不少钱，具体数字姜志斌做的有账。"欧平认为，党的组织和政府要首先讲诚信，欠人家的钱，有了就要马上给人家。欠刘兴跃的钱是真的，不是乱支付，为了尽快动工，同意付款。

一个星期后，工程才开工。因为技术员和不少工人在停工的这两年里又跟别人干去了，要叫回来，人家要交接手续和做远走的准备，同时要运一些机械和工具过来，不是说来就可以来的。所以，一个星期的时间能开工还算动作快。

开工的前一天，张东生带着姜志斌来办公室请示欧平，说停工两年了，水泥板上的钢筋都生锈了，淋了雨的木头长出了绿霉，街上不少过路的人笑话办事处的这个房子修了这么多年，才修成这个样子，这次一次性修起——到全部竣工，是不是需要搞个开工仪式，挽回一些不良影响？

欧平的回答很干脆，也很坚决："不搞！办事处财政这么穷，还要拿钱搞那些绷面子的事干啥？叫建筑公司买一串火炮儿放了就可以啦！他们兴那一套！"

欧平想的是节省钱，不搞场面上既花钱又费事的那一套，场面搞得再热闹红火，没有钱吃饭也难堪。他从来主张实实在在地做事，不搞做很小的一件事情都要搞出不小的动静来招人耳目，为自己加分的事。此时，他已经把到市政府办公厅的事完全忘到脑后去了——当初，他要求往市政府办公厅调而没要求往市委办公厅调，本来他要求往市委办公厅调还顺当一些，就是认为党委的工作太宏观，政府的事具体实在，他想干实在的事情——正在想的全是滨江办的事，对要不要回区里去干个什么，也一点儿都没有想。他来了，觉得滨江办的事情太难办，把难办的事情办成办好更有意义，现在他已有成就感，认为这里更需要他。至于要用搞一个大的开工仪式来挽回滨江办小西街宿舍修建搞成了"马拉松"，修修停停，时间拉得很长的面子，他认为没必要，火炮儿一响人家就知道了，而且把房子一鼓作气修起，就是最好的展示。

开工的那天，早上，滨江办事处党委、行政、人武部的全体副科级领导干部都来到现场。大家面对街上站了一排，有的领导还穿着挺括的西装，打着红领带，站在最中间的办事处党委书记欧平和行政主任张东生满面笑容，其他同志也一脸喜气。

火炮儿点燃，"噼噼啪啪"地响了一阵，最后一个大炮震天响。

街上的人听到火炮儿响，很快往拢拥。很多人打听："这是干啥子？"有人告诉问话的人："这个房子重新开工。""这栋房子又开工？"不少人议论起来。

"这个房子修了这么多年，也该修起了！这回晓得修得起不？"

"哎呀，滨江办事处也穷啊，停了这么长的时间！这次听说是新来了一个书记，不知在哪里找的钱才又动工！"

"这次可能要一气修起啰！"

"那是……也应该啰！"

一个手腕上挎着篮子的老太婆从市场上买菜回来，停下来和一个老者站在旁边说话。他们就住在近处，对这栋房子的修建情况十分清楚，很多人走过来听他们说。围过来的人听他们说了，都说："这房子修了这么多年，确实应该修起了，再不修起就不好意思了……"

看热闹的人的议论各种各样，滨江办的领导们听了这些话，心里五味杂陈。

鞭炮响完，欧平和张东生上前同大西南建设公司的经理刘兴跃握手，叮嘱和鼓励他把工程做好。刘兴跃连连点头："是……是……是……"

说完，欧平和张东生转身同其他领导一起离开了工地。

甲方资金跟得上，乙方就加足马力赶进度，有时候还挑灯夜战。工地上，混凝土搅拌机不停地"轰轰轰"地转动，切割钢筋的"吱吱吱"声刺痛耳膜，卷扬机上上下下地把砂浆、红砖、瓷砖等材料送往工点。房间里，楼顶上，工人们挥汗如雨。

工程进度很快，一切情况正常。

一天，欧平在办公室里，姜志斌领着一个中年女人走进来。

"这是欧书记，你给他说嘛！"进到欧平的办公室，姜志斌还气呼呼地对跟在后面的中年女人在吵。

"啥事，姜志斌？"欧平听见，问。

姜志斌指着中年女人说："她姓郎，小西街那个房子他们做了活路，来要钱！"

姜志斌气乏气喘，同姓郎的女人已经吵了一阵，没办法脱身才把她领到欧平办公室。

"办事处欠他们钱不？"欧平问。

"欠是欠点儿。"姜志斌声音低了下来。

"欧书记，哪才一点儿哟，欠好几万！"姓郎的女人一口下河人腔调插话说。

"有钱不？周转得过来，该人家的钱就给人家付嘛！"欧平想，欠账还钱，天经地义，有钱就应该赶快给人家付。

"张主任现在没在，又不知道你们研究过没有……"姜志斌对欧平说。

欧平知道了姜志斌的难处，问："张主任哪儿去了？"

"不晓得。"姜志斌说。

原来主任张东生给姜志斌做了严格规定，给谁付钱必须经过他或欧平同意，所以姓郎的女人来找姜志斌要钱，虽然有钱，没有得到两位领导的同意，他也不敢付，而且数额大，姓郎的女人要钱的心切——也是，办事处很久没钱了，现在听说有了钱，不抓紧要，又没有了怎么办——同姜志斌吵了起来。小姜是个通情达理、善解人意的年轻人，他是不会故意为难谁的，有规定，他不敢违犯。

欧平不知道张东生是怎样具体规定的，也不知道张东生对资金的安排，这个权力他是下放给他的，不好表态，不能难为小姜，叫他马上付，于是对姓郎的女人说："你过两天再来，等张主任回来，我们研究一下，你不要为难小姜。"

姓郎的女人还是通情达理的，说："对嘛！"又站了一会儿，大概是想欧平说得有道理，然后走了。

姓郎的女人走后，欧平叫姜志斌在沙发上坐下，问他小西街宿舍是大西南建设公司在承包，怎么这个女人来要钱。

从姜志斌的口中，欧平才知道，这个工程大西南公司只是包的包括在外墙贴瓷砖的土建工程，除把铝合金部分分包给另外的人以外，还把张东生说的做收发室的两间小房子包给了姓郎的女人他们，姓郎的女人的丈夫是一个小建筑老板。

姜志斌说完，欧平才完全弄清楚了整个宿舍工程的发包情况——管他谁，只要能保证质量和工期，不出问题就好。木已成舟，欧平只有这样想。

第二天，姓郎的女人一早又来了，张东生到二楼办公室找欧平商量，说给姓郎的女人付所欠款的一半，办事处的资金周转不过来，等有钱就通知她来拿剩下的一半。女人连连点头，千恩万谢，要了几年，终于可以把欠的钱全部收回来了！

在规定的期限内，老宿舍的三十多户全部交清了购房款。大多数人的钱是自筹了一小部分，绝大部分是找亲戚朋友借的，有的还回到农村老家借，特别是一些年轻人，主要还是靠拿父母的钱。据了解，有两三家人贷了款。长期的低工资制度，除去日常支出，要存下钱真是不容易啊！徐瑞阳和罗文生等几个退休人员对房改抵触情绪大，差一点没闹翻天，但是他们筹钱是最轻松的。他们从参加工作到退休后的几年、十年，一共五六十年，长期担任领导职务，工资和退休费比其他干部高，积蓄自然也多些，而且子女都参加了工作，全家挣钱，最先一次性交清。郝玉柱对房改也是思想不通的，只是没有多表露，但他毕竟是南下干部，经历的事情多，组织性强，当看到大多数人都接受商品化改革后，也只好随大流。他也是最早一次性交清全款的人之一。

交了房款，尽管大多数人背了账，但都长出了一口气，轻松多了——买房子的这个难过的坎，终于迈过来了！

自己住的房子是自己的了！无论农村还是城市，修房子和买房子都是一个家庭最大的事，办了这件事，所有的人都沉浸在喜悦中，大家都对房改思想完全想通了，有些人为当初强烈反对感到惭愧和可笑。那天欧平在院子里遇到徐瑞阳，老徐老远就面带微笑地问他："欧书记上班来了！"欧平赶快回答："啊！徐书记出去？"罗文生是个"炮筒子"，一生敢犯错误敢做检讨，那天见了欧平，主动说："欧书记，这回房改这个事，我开始还转不过弯，冲撞你了！这人年纪大了，思想是僵化了！看在我和你父亲的关系上，你莫怄气哈！"见他这样诚恳，欧平很感动。他当初就估计，这些老同志，组织性强，思想觉悟不会很低。特别是在原来滨江县唯一的一个镇，在县委县人委眼皮下当领导的人，是在众多干部中百里挑一出来的，不会差。他没有看错，这些老同志起初和后来的言行中，都表现出他们固有的诚实和襟怀坦荡的质朴本色！

老宿舍的商品化改革，还要等到全区乡镇办机关房改都推开以后，才能上报区政府颁发土地使用权证和房屋所有权证——这很快，或者说只是一个时间问题——所以，可以这样说，滨江区滨江办事处的机关住房改革已经完成！这在全区，乃至全市的街道和乡镇是第一个！

进行了老宿舍的商品化改革，"烂尾"的小西街新宿舍修建复工，滨江办事处的这潭"死水"活泛起来！

时间还不到两个月，就发生了这么大的变化，这是欧平始料未及的。面对出现这么好的势头，欧平甚至有些飘飘然了——他对搞好这个历史悠久、面貌破旧的老城区的工作踌躇满志，充满信心。

九

　　区委书记刘开山没有忘记被他下放到基层的欧平。从欧平下来前,市政府秘书长陈明亲自打电话说情,刘开山就对欧平高看一眼了:"这小伙子,看起来平时老老实实的,没见有什么关系,还和市政府秘书长关系这么好嗬!"他马上想起,还是汤平书记的时候,市政府办就调过欧平,区委挽留,还安排他给欧平爱人安排工作。这次陈明秘书长又为他打电话,说明他完全可以到市政府办去工作的,可是他没有去。刘开山立即检查自己是不是有些失误:"人家市政府秘书长都看得起的人,我还觉得他爱提建议是和我不保持一致,认为他'书呆子'气,不了解实际!"不过他又想:"我是叫他下去锻炼,而且时间只是两年。但是这家伙下去一个多月了,完全没来给我汇报过工作,只是开会见了几次,打个招呼就走了。滨江办那么大一个地方,比全区哪个乡镇办的人都多,情况又复杂,他干得怎么样?"刘开山心里放不下,决定一定尽快找时间到滨江办去一趟。

　　欧平是个耿直实诚的人,下来这么久,没到区委书记和区长的办公室去过一次。他认为,你们把我安排在滨江办,我的岗位就在滨江办,我就必须在这里坚守岗位,认认真真、踏踏实实地搞好工作,完成你们交给我的任务,尽我的职责,我没什么需要请示的,我来给你们说啥呢?你们每天那么忙——他长期在区委机关工作,看见书记、区长只要一在办公室,来找的人就排队,领导也确实辛苦——而且,他还有个习惯,汇报工作只说问题,不说成绩,不夸夸其谈,认为工作有成绩是应该的,解决不了的问题,需要领导支持,才是该汇报的。由于他的这种指导思想和工作习惯,所以区里的领导还不了解他下来的一个多月在干什么、干得怎么样。

上午，快下班的时候，欧平刚刚在前一段时间召开居委会发展经济流动现场会、分别到几个企业调查研究和布置了庆"七一"活动有关工作后，准备舒一口气，姜志斌急急匆匆地到办公室来说："欧书记，我们刚才接到区委办的电话，区委刘书记和区政府谢区长下午要到滨江办事处来研究工作！"

"到滨江办来研究工作？研究啥工作？"欧平自言自语地说。沉吟了一下，他想，书记、区长一起来，绝不是要在他们那个陈旧的会议室开什么会，研究工作他有可能参加，也有可能不参加，研究工作全区的好地方多的是，不会在他们这里，肯定是来研究滨江办的工作，看他在做啥。他马上吩咐姜志斌，叫他们党政办把小会议室打扫干净，准备好茶水，其他等书记、区长来了再说。至于要他汇报工作，全办一个多月来的大事小情都是自己亲力亲为的，用不着准备书面材料。

欧平在伙食团吃了饭，溜达了一圈，就把办公室门关上，在沙发上眯了一会儿——已经过了五一，按规定有午休时间。

不到两点，欧平就醒了。他拿着毛巾，到走廊南头的水龙头洗了一把脸，脑子立刻清醒过来。

自从到了滨江办事处，欧平每天早上都要比别人早出门半小时，大多数时候走十多分钟的路，到干道上去坐公交车到老城的后马路，下车后又穿街过巷走十多分钟到河街的办事处上班，只有极个别的时间搭一段别人的顺路车。中午到办事处伙食团或者街上随便吃点儿饭，随意走一走，然后就在办公室里或坐或躺稍事休息，以使下午有充沛的精力工作。虽然比近十年在区委机关辛苦，但是他很快就适应了。

欧平刚参加工作时在家乡的大队学校当教师时，每天上课放学要从家里到学校又从学校到家里，在一条泥土路上走两个往返，无论刮风下雨，雷鸣电闪，一年四季从没间断。他带学生走"五七"道路——在校园地里吆牛耕地、在山坡上挖土建操场、在黄泥夹杂着石头的山上挖坑栽果树。放学回家，还要参加劳动。整整十年的磨炼，使他形成了吃苦耐劳的习惯。所以，他把进城后的一切都看成是享福。每当有困难的时候，想一想当年吃过的苦，咬一咬牙就过来了。

将近三点，区长的车从办事处很窄的大门口开进来了。

区委书记刘开山坐在前排，区长谢家旺坐在后排。两位领导从车上下来，欧平、张东生迎上去，同书记、区长握手问好。

张东生说："刘书记，谢区长，好久没到滨江办事处来了！"

谢区长听出了张东生话里的弦外之音，看了看书记刘开山。刘开山也听出了张东生话里的意思，说："也没多久哦！"

当然，刘书记和谢区长也听出了张东生欢迎他们多来的意思。

欧平才来一个多月，不知道书记、区长上一次是多久到滨江办事处来的，知道他们的事情多，间隔几个月到某一个地方某一个单位，不算时间有多长。欧平每天的事情都安排得满满的，紧紧张张的，觉得时间过得很快，来滨江办的这一个多月时间，一晃就过去了。

四个领导一起往办公楼走，一同去迎接的党政办主任贺吉文、副主任姜志斌紧随其后。

"先到欧书记办公室！"走到办公楼门口，区委书记刘开山说。

欧平听了，赶快走到前面，说："我来带路！"

刘开山和谢家旺边走边看这办公楼，台阶都有些豁缺了，二楼走廊的地面还烂了两个坑，对滨江办的穷困有了现场感受。

欧平把门打开，区委书记和区长在门口站了片刻才往里走。

"这还是杨正明坐的那间办公室嘛！"刘开山说。杨正明在这里当书记的时候他来过。

进了门，区委书记和区长都把那有一个大洞、海绵都露出来了的人造革沙发看了好大一阵。

"这办公条件是差哈！"扫视了室内的所有用品用具以后，区长谢家旺毫不掩饰地说。

"比起来，差是差些。"刘开山说。

区长谢家旺是欧平的老领导，欧平才由教师调到宣传部的时候，谢家旺是宣传部部长，他和欧平坐一个办公室。后来搬了办公地，才分开坐。汤平当区委书记、谢家旺当区委副书记时，欧平又调区委办公室任分管文秘工作的副主任。看到当年少有的一个大学本科生、文学学士，在区委工作了九年的欧平现在在这样一个环境里办公，谢家旺的心情有些沉重。

"老欧，今天我和刘书记来看你下子，你来了一个多月了，没有时间见你！"比欧平年龄还小一岁多的谢家旺努力走出低沉的情绪，提高嗓音说。

"就是，我今天和谢区长约起，一起来看一下你，我们两个还难得这样走一路。"刘开山说，"你来了这一段时间，还可以嘛！"

"还可以！"欧平回答。

看到书记、区长对自己这么关心，欧平十分感动。他要给他们泡茶，他们都拿出自己带的不锈钢保温杯，说他们已经泡了。欧平知道领导全区四十多万人的区委书记和一区之长，每天都有很多事情，绝不可能只是来叙私情的，他自信自己已经基本熟悉滨江办的全面情况，一切运转正常，工作已经打开局面，于是主动说："刘书记，谢区长，今天你们都来了，我顺便把办事处的工作给你们作个汇报。"

"好嘛！"书记刘开山说。

"在哪里？"区长谢家旺问。

"那我们到会议室去！办事处全体领导干部都参加！"欧平说。

办事处主任张东生端着茶杯，拿着笔和笔记本来了，欧平马上让张东生叫党政办通知在家的全体副科级以上的领导干部到小会议室开会。

欧平和张东生陪同书记、区长来到三楼小会议室。滨江办所有的领导干部已经到齐，包括上午下居委会和外出办事的领导干部都来了。欧平叫主任张东生主持会议。

寒暄过后，大家坐定。

张东生做了简单的开场白，并请示书记、区长会议的开法。书记刘开山和区长谢家旺叫办事处的同志先讲，他们后面说。

接着，欧平汇报工作。

"常规工作正常推进。计生工作加强了流动人口生育清理，同居委会和租房人签订了协助管理生育责任书；爱国卫生落实了40%以上单位、商铺、院落'门前三包'责任，小街小巷的清扫加强，组织药品消洒除'四害'受到市、区爱卫会的表扬；房屋出让收取的国土使用金工作加强，遏止了财政收入的流失；民政工作方面准确地发放了各项定期定额补助，进行了残疾人基本情况的调查和养老保险的落实，妥善地处理了两起火灾受灾群众的生活；制订了每月居委会干部学习制度，实行干部联系居委会制度；社会治安和稳定工作方面，召开了辖区各综治成员单位会议分解任务，贯彻落实区委政法委全体（扩大）会议精神，保持'严打'态势，辖区总体稳定；居委会经济发展出现好势头，前不久开了一次发展居委会经济流动现场会，各居委会从十分有限的条件出发，建房屋、开门面、设摊点；民兵整组工作正在进行；党委组、纪、宣和群团工、青、妇正常开展工作，庆'七一'、表彰和发展新党员工作正在准备之中。"欧平先汇报日常的全面工作。

"我本人4月22日开始到滨江办上班，一个多月来主要是调查研究，熟悉情况，在处理书记职责范围内的日常事务的同时，参与了前面所述的一些实际工作，如'严打'行动，居委会经济发展现场会等。最近先后到滨江办棉织厂、残疾人福利厂、教育印刷厂进行了调研，并准备明天召开片区单位和居委会干部会议。"欧平说。

欧平汇报时，刘开山和谢家旺听得很认真，还时不时地做笔记。谢家旺听欧平才来了一个多月，就把情况搞得这么清楚，做了这么多事情，很多方面都是用具体数据说话，认为没有虚假，都是真实可信的，对刘开山说："老欧这么快就进入了角色，下了些功夫哈！"

"就是行，没多久做了这么多事！"刘开山表示赞同。

区委书记和区长脸上露出欣慰和赞许的表情。

欧平继续汇报。

"这一段时间，我和领导班子成员重点抓了两件事情：一是办事处老宿舍的商品化改革，二是小西街宿舍楼工程的复工。老宿舍的房改工作已经结束，新宿舍工程正在抓紧时间施工。"

听到这里，刘开山和谢家旺非常惊讶。睁大眼睛看着欧平，不相信他说的是真的。

刘开山问："你们把院子里这个房子的房改搞了？"

"啊，搞了！"

"款收齐没有？"

"全部交完了。"

"小西街的新房子也在开始修了？"

"啊。"

刘开山听了欧平肯定的回答，没有再问什么，只是笑嘻嘻地在心里想着欧平报告的这两件事。

"你们办了这两件事，功莫大焉！"谢家旺确认没有听错后，明确地表示了对欧平工作的高度肯定和叹服。

区长谢家旺对下级一般是不会当面表扬的，听了欧平的汇报，却忍不住地赞叹起来。他知道做这两件事的难度有多大。欧平在短短的一个多月的时间里就做了，还悄无声息！这可是他们在心里搁了很久都没有办法解决、感到头痛的事情啊！他觉得这近乎传奇，甚至有些不可思议！

欧平讲完，要办事处的其他领导补充。

主任张东生和副书记梁正建、李敏对有些工作又做了一些具体陈述，另外几位同志也发了言，都说："欧书记汇报得很全面，都是实事求是的。我们办事处的宿舍又动了工，估计今年就能完工，要不是搞房改，哪里有钱修房子哦！欧书记来的时间不长，就把这两件事一起办了，的确了不起！"

后面的发言中，主任张东生，特别是梁正建和其他几位党委委员、行政副主任提出了建立区城市工作机构的建议和从前两位区委书记到刘开山书记都表态给滨江办建小西街宿舍的二十万元补助的兑现问题。

会议开到了快下班的时间，区长谢家旺说自己不说什么了，要区委书记刘开山代表他们两人讲意见。

刘开山对滨江办近几个月的工作做了充分肯定，对完成职工住房改革任务和启动"烂尾楼"施工并表示今年完成全部工程大加赞赏。刘开山说："这是我们区里都感到头痛的事情，市区机关房改工作正在全面开展，而乡镇办职工住房改革滨江办事处是全市第一家，这对全区其他乡镇办房改工作的推进树立了榜样。很了不起！"

刘开山说，他知道滨江办发展中的困难和制约因素，但是如何才能走出困境，他想来想去，只有下决心在房改上先走出一步。滨江办的情况复杂，老干部多，副县级干部就是好几个，还有南下干部，工作很不好做。你们把工作做下来了，率先走出了这一步，很不简单。他没必要再讲这件事，当"马后炮"。

刘开山对大家提出的区里建立专门的城市工作机构表示同意，对滨江办建房表态的补助仍然是从变卖老城已故"五保户"的房产抵扣，要大家做好今年的税收工作，不要老吼体制问题，过头了，适得其反。

刘开山鼓励参加会议的领导干部同志们在党委书记欧平的带领下，再接再厉，进一步做好滨江办各方面的工作。

从此，刘开山改变了在自己脑子里欧平只会说、只会写、不会做的看法，对自己做基层全面领导工作的能力充分信任，公事私事都找刘开山办。谢家旺听了今天滨江办的工作汇报，进一步发现了欧平新的才干和处理实际问题的能力水平。

十

新宿舍工程复工使用的是旧宿舍商品化改革回收的房款，那是一幢老旧楼房，折价低，每户的面积都小，只收了四五十万元钱，还有一部分用于了偿还以前欠的工程款和办事处日常周转，工程前期欠款数额大，回收的钱把新宿舍修不起来。

欧平急了，同张东生商量，决定把处理辖区内已故"五保户"房产作为一个重点工作来抓——分了几个组，各由领导牵头，配一位党政办或财政所的干部，寻找买家。

欧平和张东生亲自各带了一个组去完成这一任务。

欧平和姜志斌是一个组，分给他们卖的是小西街已故吴姓"五保"的房子。要卖房子，连地址在哪里、是什么样子都不知道，怎么对人家说？他对姜志斌说，必须来看一次。

从小西街南边中段的一个大门进去，里面是一个院子，坝子还很大，在这么深的院子里还能看得见一大片蓝天，也因此整个院子显得轩敞明亮，在这车马人声喧闹的城市中还有几分难得的幽静，不是欧平先想象的那样狭窄阴暗。院子不小，住的人家多，但这时门都锁着。这个院子曾经繁荣兴旺过，只是现在十分陈旧，不少房檐都椽朽瓦脱，太阳光从空缺的地方漏到了地上，好几个地方这样。

姜志斌到这里来过，在前面带路。"五保户"的房子正对着大门。欧平向四周看了一下，在这个破败的院子里，这个房子是最烂的。

"只有这一间吗？"欧平问。

"只有这一间！"姜志斌回答后，补充说，"'五保户'的房子都只有一间。"

欧平知道自己口失，在城市里，都当"五保户"了，哪还有好多房子的？房子多，不知道出租或者把房子卖了过日子？有房子，就会有人愿意上门来供养他和为他送终，还当"五保户"？这些事，没处理过，谁会去想。

"欧书记，要不要把门打开看一下？"

"你有这间房子的钥匙？"

"钥匙在财政所，我说你来看，恐怕要进屋里去，我带上的！"小姜笑嘻嘻地说。这小伙子精灵！

"那你把门打开看看。"

姜志斌开了半天才把锁打开，看来这里很久没有人来过，门没有开过了。

站在门口往里面看，房子只有十多个平方米的面积，地上是干的，说明屋子的排水情况还好，顶上也没有漏雨进来。抬头看屋顶，没有哪里有亮光，没有瓦烂的现象。屋子里没有多少东西，只有一张床、一个柜子、两张桌子。一进门一个小灶，灶门口一个小凳子。主人在世时在屋子的后半截睡觉，在前面煮饭。

前面姜志斌已经说了"五保户"都是只有一间房子，欧平还是又问："那几个组的已故'五保户'也都只有一间房子？"他在想，一间房子确实不好卖，多么想有几间连着的像样的房子哦！有连着的好房子，那就好卖啰！

"我去过的几家，也都只有一间房子，有的还没这间的面积大。"姜志斌说。

"也都是在这么深的院子里？"欧平还不甘心，问。

"都在院子的最里面，有的院子比这还深，要转几道拐才能进去。"姜志斌回答得很肯定。

"哦——"欧平眉头蹙起了。

不看不知道，一看才知道"五保户"的房子都是这个样子！这种房子怎么卖？有谁买？即使有人买，能卖多少钱？区委书记刘开山表态滨江办修宿舍，区政府给二十万元，从卖老城已故"五保户"的房产款中扣，还想"一石二鸟"，借此给区财政收一笔钱回去。这是在墙上画的一个"饼"啊！完全是空话，他不知道已故"五保户"的房子有多少，每个"五保户"的房子有多大，这些房子是个啥样子！

"五保户"的房子卖不出去，能卖出去，也卖不了多少钱，而要直接从区财政拿出二十万元给滨江办修房子，是完全不可能的！欧平知道区里那个财政有多拮据，困难有多大。

没几天时间，其他几个组也去了，回来集中汇总情况，都说"五保户"的房子不好卖，卖也卖不了多少钱。

要保证小西街宿舍工程早日竣工，要再想办法才行！

怎么办？

区委书记刘开山和区政府区长谢家旺来以后，滨江办召开了一次党委（扩大）会议，研究贯彻落实两位领导的指示精神。在讨论到小西街宿舍交款的问题时，主任张东生提出："这个宿舍底层的门面大约能卖六十万（元）。这还是一大笔钱……"听了张东生的话，欧平兴奋起来。城里的门面好卖，预售新宿舍底层的商铺是一条路子！

欧平提出预售商铺，大家一致同意这个主意。

了解同一地段商业门面的价格后，经党委（扩大）会议研究，定出了底价，确定由主任张东生牵头，党政办贺主任、姜志斌负责卖门面。

同时，对已故"五保户"房产的出售张贴启事，价格面议。

筹资有了可靠途径，欧平的心才定下来。否则，他是不安的。工程好不容易才复工，如果资金链又断了，又会停工。大西南建设公司知道这次资金的来源，是绝对不会垫资施工的。而且欧平是当着人家的面做了保证的，他怎么给人家说？他痛恨不讲信用、说话不算数的人，把这种人视为小人。欧平愿意当君子，不愿意当小人。如果再停下来，被人笑话他倒不怕，他的名声是小事，但会像前面的两任书记一样失去社会信任，这对以后开展工作带来的负面影响是很大的。而且，这并不仅是他个人的事情，滨江办的这房子已经修了几年，那么多干部职工已经交了几次钱，迫切希望早日住进去，这次复工对他充满感激并寄予厚望，又落空，他心里难受。

一摊子事情等着欧平和他的同事们去做。

"七一"庆祝活动，已经做了一些工作，区、办两级表彰的先进党组织和优秀共产党员正在评选，还要讨论党员发展和预备党员转正、审定评选报上来的，以及要上报的基层组织和党员、召开办事处离退休老党员座谈会、做庆祝大会的准备工作。

滨江办的党员人数多，来源复杂，工作量大。一些延伸机构，如法庭、派出所、农行营业所等的党组织都归办事处党委管理，党员的发展、转正、表彰、处分都是办事处党委负责。在党员转正中，有相当数量的无固定职业人员和退伍军警士兵中的预备党员，人都不认识，情况更掌握得不充分，很难做决定。

社会治安综合治理工作，是直接关系社会稳定的大事情，是年终工作考核"一票否决"的项目。滨江办由于是原江城县所在地的原因，人口多，流动人口量大，街道狭窄，老房子多，维护稳定的任务重、难度大，市、区综治委领导此前刚来专门研究过老城区的综治工作。"二五"普法结束，"三五"普法启动，党委分管综治工作的领导梁正建急得不知道怎么办。虽然能力和水平差点儿，但是他热情高，有责任心。汇报了区里"三五"普法工作会议精神后，他就催促欧平主持召开会议研究。庆"七一"大会做准备的空隙时间，欧平召集片区综治委成员研究，决定召开辖区"二五"普法总结暨"三五"普法动员大会，他做动员讲话。

区委书记刘开山和区长谢家旺来办事处研究工作没几天，区委常委、常务副区长严明阳又来办事处主持召开滨江各单位和居委会干部参加的以"三优一学"为内容的创建文明城市工作会议，落实了办事处党委、行政的领导和协调责任。

在做这些工作期间，还召开了一次党委（扩大）会议，研究新宿舍的修建、交款和相关问题；召开了六月办事处各部门工作汇报会；开会研究解决上、下河街四个居委会电灯线路老化改造的问题；等等。这些工作，有的是亟须研究的，有的是制度规定的，有的是为居民生活办的急事实事。不管大事小事，都需领导者做出决定，下面执行才有所遵循。有的工作，在进行的过程中出现问题，必须要领导出面才能解决。一些涉及有关部门、单位的问题，还要欧平和张东生出面协调。常言说，"上面千条线，下面一根针。"欧平这才有切身体会。不管什么工作，都要基层实施落实，所以作为一个"块块"的领导，任务多，压力大，每天都很忙。欧平长期在区委机关工作，主持区委办的全面工作，经常有领导交办的事务，每一件都不能马虎，做文字工作更是十分辛苦，但是相对单纯，而且比在基层当主要领导参加和召开的会议要少，处理的日常问题更少，因此要少费一些事。而现在，当一个经济困难、人口多、情况复杂、社会事务任务重的街道党委书记，要总揽全局，协调各方，有时确实感到分身无术，疲惫不堪。

十一

办事处党委召开"七一"庆祝大会之后，7月2日区人大常委会主任带着几位副主任、财经委主任和区财政局负责人来视察上半年各项工作进行情况，主要是各项指标的完成情况及存在的问题。

接着，召开办事处领导班子半年民主生活会、市综委领导检查工作、研究全办事处半年工作总结暨加强机关思想政治工作的问题、牵头开展民主评议公安派出所工作、召开全办事处职工会议总结上半年工作、提出下半年工作重点。

7月15日至18日，区里召开经济工作会议，书记欧平和主任张东生参加会议。会议一共开了四天，前三天半的时间研究经济工作，最后半天召开"普九"，即普及九年制义务教育工作会议。

区经济工作会议总结全区上半年的经济工作，包括工业、农业、商贸业和财政税收等各方面，提出下半年的重点是县属公有制企业的产权制度改革。

会上，区委书记刘开山传达了省政府常务副省长×××关于县属企业改革会议精神，区长谢家旺总结上半年经济工作并安排下半年经济工作，分管经济工作的副书记传达了全市经济工作会议精神，分管工业和农业的副区长分别就工业、农业传达了市里专门会议精神并对本区贯彻落实讲了意见。

会议中间安排了一天半时间的分组讨论和大会发言。

"普九"工作是全区社会事业发展的重点，区里在去年就做出了全面安排，这次是就开展这一工作半年多来的情况，再做动员，再做安排。分管文化教育的副区长讲了话，教育局局长通报了前一阶段的工作情况，市政府分管教育的副市长亲自到会做指示，区委书记刘开山做了强调讲话。最后，区委、区政府同各乡镇办签订了责任书，三个乡镇的书记做了表态发言。

这次会议时间长、内容多，欧平梳理了一下，滨江办事处没有农村，农业方面的改革、生产没有他们的事。办事处办的企业只有一个在生产，其他都垮了，欠一大坨账。滨江办办企业，前些年交了不少"学费"，掏空了办事处的全部财力不说，还债台高筑，到底欠多少还不清楚。现在不再允许兴办公有制企业，企业要改制，在运转的企业只有办事处属的规模很小的棉织厂和办事处辖的两个校办厂，另外就是已经关闭的汽车挡风玻璃厂在工农镇的山坡上有一两亩不值钱的土地和一千多平方米闲置的厂房，以及一些已经锈蚀了的机器，只要把账务理清，遣散人员，特别是解决二十几个铁路扩能占用土地、带资进厂的土地工的问题，处理银行的贷款而已。至于"普九"工作，要做什么，要达到什么标准，目标责任书上写得清清楚楚，一看即知，只是对照着去做就是了。城里的学校，条件相对较好，学生入学率、巩固率，教学质量、学籍档案都不成问题。只是解决校园内一百米的跑道比较难。

没有实际接触，更没有深入进去，欧平把企业改制和教育"普九"这两项工作的难度都低估了，到了实际工作阶段，才认识到自己当时的肤浅和盲目乐观。

散会时，欧平找到张东生一同往外走。已是下班时间，他们分别搭顺路车回家。

区委书记刘开山第一天传达全省县属企业改制工作精神时，最后强调说："今年的年终工作考核，要以改革的成效评判领导班子，评判政绩是否突出，党政一把手负总责无商量的余地！"这些话句句掷地有声，力重千钧，咬牙切齿，足见企业产权改革工作的重要性。

隔了两天，滨江办事处就召开由欧平主持的领导班子成员会议，由主任张东生传达区里经济工作会议和"普九"工作会议精神。办事处副主任李洪福传达早几天召开的全区工业工作会议精神。经过集体讨论，对几项工作做出了具体安排。

会后，分管企业的副主任李洪福会同企业办对办事处属企业进行了固定资产清理和账务清理。

滨江城区"普九"去年就已开始，几个月来已经做了一些工作。欧平来滨江办上班不久，就研究了办事处所管辖的学校的"普九"问题。那次会上，他提出了工作要求，做出了具体安排。

欧平说，"普九"工作是一种执法行为，是实施经济发展"两个转变"的需要，是江城精神的产物，是区委、区政府的要求，只能成功，不能失败！

他指出，抓好"普九"工作：一是要振奋精神，坚定"普九"的信心，不完成任务不行。同其他乡镇办相比，滨江办的基础好得多，有明显的优势，江城"创卫"那么难都赢了，"普九"也一定没有问题。二是明确"普九"的各项要求，对照着去做工作。三是确定专人做好软件工作。四是开动脑筋，多渠道筹集资金，广泛宣传，大造声势，召开校辖片区单位"普九"座谈会，调动全社会的积极性。清理现有在校学生来源，向市区争取。用三分之一的勤工俭学资金"普九"。五是建立奖励机制，严格奖惩。

欧平要求，办事处分管教育的副主任罗广明尽快召开一次会议，督促检查前期工作。

欧平分析，这两项工作，虽然都有困难，但对"普九"工作相对乐观，认为企业产权改革要复杂艰难很多。因此，他的精力更多放在企业改革上。

滨江办企业改制，首先改的是教育印刷厂和纸箱厂。

教育印刷厂召开半年工作总结会，欧平参加会议，要求该厂要按照中央和省、市、区企业改革的精神思考问题。不久，区委和区政府分管教育的领导和区教委负责人来教育印刷厂和校服厂召开座谈会。听取了办事处、教办和两个厂厂长的汇报后，认为两个厂是校办勤工俭学的股份制企业，自建立以来，运转正常，发展迅速，效益良好，如果拍卖给个人，会失去国家对校办勤工俭学企业的优惠政策的支持，还可能失去生产设备购进、原料采购和产品销售渠道优势，不利于发展，只适宜对现有股份制进行完善。实行股份制，符合改制要求，两个厂用不着再改。

纸箱厂是建市前的20世纪70年代由滨江镇和南街、东山两个居委会兴办的，有残疾人三十多人。计划经济时期，没有激烈的竞争，产品销售有相对稳定的市场，包括残疾人在内的员工收入有保障。改革开放后，原料无可靠来源，产品无竞争力，生产停顿。虽然有国家对残疾人企业的扶持政策支持，仍然难以生存。没有了收入来源，健康职工能够很快另谋生计，残疾人却难于和不愿意找工作，经常闹事，市区领导感到很头痛。每闹一次，区里就叫民政局用救济款临时解决一下，没过多久又闹。本来有些人还有一些技术，可以找事做，但因为是企业员工，是厂里出了问题，不愿意再找其他的路子，只找政府解决问题。长此以往，渐渐养成了一个习惯。区里分管工业的副区长，后来当了常务副区长，原来在滨江办工作，是办这个厂的经手人，这些人动辄到他的办公室门口堵着。这个厂怎么改，欧平和张东生、分管企业的副主任李洪福多次找他研究，建议厂子拍卖，厂里的残疾人给予每月定期救助并解决养老保险问题后，连同身体正常的职工一起解散。

这三个企业都是独立存在的，教育印刷厂和童装校服厂生产经营正常并且规模还在扩大，纸箱厂走解散工人和厂子拍卖的路。其他的几个厂，有十分复杂的往来关系，剪不断，理还乱，只有把头绪理清楚了才能下手。欧平听说，那是办事处的一个沉重的包袱。

两个校办企业和残疾人福利厂改制任务完成后，欧平把精力又转移到"普九"上。

欧平向分管教育的副主任罗广明了解滨江办管辖的几所学校的情况，罗广明叫他放心，说："没多大问题，一切工作都在抓紧进行。"

罗广明就是老城的人，是部队转业干部，先在原上坝乡当武装部长，后任乡党委副书记，行政体制变动时到滨江办任了副主任，由副股级提为了副科级，前年换届时进入党委。

早在罗广明在上坝乡工作时，欧平就认识他，只是没有什么往来。从在这儿几个月的接触看，欧平觉得总的来说还是可以，但爱喝酒，几杯酒下肚就表现出一切看透、玩世不恭的态度，是一个谙熟官场、不是很负责任的人。

欧平担心罗广明不可靠，怕被他的"嘻嘻哈哈"误事，亲自到教办找主任卢金凤过问。卢金凤也说工作总的说进展正常。各个学校的软件肯定没有问题，但硬件用高标准要求，就需要添置设施设备，有的学校还需要修房子，这些都要钱，不好解决。特别是一百米的跑道，有的学校就没法。城里的土地金贵，要拆别人的房子给学校做操场，即使用行政命令，也难以做到。

欧平同意卢金凤的意见，叫他们把能做到的事情一定要抓紧做好，达到最好水平。实在解决不了的土地问题向上级汇报，请求上级答复

十二

下午三点，欧平突然接到通知："到区委参加紧急会议！"

欧平听了，心里一惊："什么事情这么紧急？"他马上叫驾驶员，坐车向区委赶去。

滨江办刚刚从区人武部要了一辆旧帆布篷的北京军用吉普车。

区人武部由部队序列划归地方管理，用了近十年的这辆军队牌照的北京吉普车准备报废。经常跑区人武部的办事处武装部长吴世明那天回来，兴冲冲地来到书记室说："欧书记，武装部划归地方，他们有一个吉普车，那种哈，帆布篷蓬的，也有一点儿烂，我们办事处要不要？"

"人家的，我们咋个要？"

"我在说，就有我的道理嘛！"

"你有啥道理？"

欧平笑着问。吴世明说："滨江办从来同区人武部的关系就密切，每年征兵，城镇兵滨江办占大头，给他们解决了不少棘手的问题，现在他们都嫌这个车老了，太旧，甩在那儿没有用，我已经给管后勤的郭副部长说了，他没有意见，只要你书记出面给部长、政委说一下，拿过来就是了。"

"有这样的事？"

"我说的情况都是真的！"

第二天下午，欧平叫上主任张东生同吴世明一起到区人武部。

三个人来到武装部，区委常委、武装部长赵华兴和政委任祥云都在。

任祥云在区人武部多年了，同欧平早就熟悉，看见欧平老远就满脸笑容地打招呼，彬彬有礼地上来握手。赵部长来的时间晚一些，但每次参加区委常委会和到区委来办事都要见到欧平，关系也不错。两位领导看到欧平他们三个人来，马上请坐，吩咐勤务兵沏茶。

寒暄过后，又闲话一阵，年轻直爽的政委任祥云问："今天办事处的领导到我们这儿来，是有啥子事吗？"

政委问了，部长也看着欧平他们三个，说："我们是军人，吴世明带着两位领导一起来，有啥子就直说！"

"欧书记，你说一下！"主任张东生既是讲规矩，也是不善于在这种场合说话，推欧平说。

面前的两位都是正团级领导，跟区委书记和区长是一个级别，欧平也认为出于礼貌，应该他这个办事处党委的一把手说，于是难为情地说："部长、政委，真不好开口……办事处原来有车，但后来由于办企业欠了账和修小西街的宿舍，把一个开了好几年的'白鹿'车拿给教育印刷厂抵了债，这一两年办事处都没有车，领导外出和开会都是坐人家的顺路车或是坐公交，有时候着急，很不方便。听说你们部里有一辆旧吉普准备报废，我们想……"

部长赵华兴听了，微微笑着，没有开腔。政委任祥云看了看部长，说："哦，这个事情哈——我和赵部长商量一下，也同其他同志通个气，再回答你们好不好？"

隔了一天，吴世明和办事处的驾驶员文开兴把一辆烂帆布篷的军用吉普车开到了办事处院子里。

那天在武装部，欧平他们没有看车，现在开回来了才看到。这辆车外观看起来确实很破旧，但基本上过得去。有总比没有强，他们讲究不了那么多，只要开得动就行！

这个车原来是军牌，交给他们时，号牌给拆了，成了一个无牌号的车。管他的，先拿着，牌号再想办法找车管所上。

"车的性能如何？"欧平和张东生问把这个车开了一阵的文开兴。

"还可以！"文开兴喜欢地说。他好几年没有车开了。

文开兴比欧平只小一岁，魁梧壮实，退伍军人，当兵时就是驾驶员，复员回家后开了一段时间货车，区里办电子器件厂招到厂里，杨正明的前任把文开兴借到滨江办开小车，但一直没有办理调动手续。这一两年没有车，在党政办打杂，一天手痒痒的，现在好歹有了辆车开，当然高兴。

车开到区委、区政府院子里停下，欧平下了车，叫文开兴等着，因为不知道开什么会、有什么重大紧急的任务。

欧平三步并作两步走，急急匆匆地向区委五楼赶去。

会议室里的灯全部亮着，一片通明。他来到门口，看见里面已经坐了一些人，有些人正在往拢赶。

区委书记刘开山、区长谢家旺、区委副书记兼政法委书记聂军坐在椭圆形会议桌的北面中间，区委政法委专职副书记、区法院院长、区检察院检察长、区公安分局局长、区司法局局长，还有一个武警警官分坐两边。

看这架势，欧平估计是政法方面的什么事情。

"欧书记，快去找位子坐下！"刘开山对欧平说。

"老欧，你坐上来！"谢家旺见欧平要到后排去坐，叫他坐到会议桌前面来。

"对，欧书记不能坐后面！"区委副书记兼政法委书记聂军说。

欧平见几位领导这么重视自己，心想："咦，未必今天的事情与滨江办有关？"

欧平听从安排，在几位领导的正对面拉开一把椅子坐下，然后拿出笔和笔记本，等着会议开始。

他看时间，离通知的时间还有三分钟。

会议准时开始。

"同志们，我们开会。"区委书记刘开山说，"我们今天开这个紧急会议，是准备7日晚进行一次'严打'集中行动。前几次我们开展的'严打'行动，是打击的明显的违法犯罪分子，这一次主要是打击深藏的，重点是搜查流动人口居住集中的地方。这次组织的严密度和打击的力度比以前的哪一次都要大。下面请区公安分局局长张闻达同志讲行动方案。"

听了书记刘开山的这些话，一下解除了会议的神秘感，也知道了会议的具体内容。这些年经常开展"严打"，所以不觉得有什么大惊小怪的。

张闻达是一个转业军官从事公安工作的，个子高大，一脸刮得很光的络腮胡子，看起来很武勇，说话的声音却不十分洪亮。建区之初，他当公安分局政委，每次到区委来，见到领导就是一个标准的军人立正敬礼。那时候，他刚从部队下来，还是军人习惯。分局局长到市局当副局长，他接任了局长。

张闻达说，这次行动是根据省"严打"指挥部的通知进行的。行动的目标是三句话：抓一批逃犯，破一批案件，整治一些地方的治安。中央的主要领导讲："'严打'要坚持不懈，隔一段时间就要搞一次。"

张闻达说："从3月25日起，我们破案××件，抓获违法人员×百多人，抓逃犯×名，打掉犯罪团伙×个，逮捕起诉×人，还有××多人待处理。即使这样，仍然存在比较严重的社会治安问题：从汽车站到××一段的车匪路霸、市区公交车上和人员密集地方的扒窃抢劫、隐藏在流动人口中的违法分子在出租房中进行犯罪活动、仍有×多名负案在逃的违法犯罪分子利用出租车或出租房作案以及农村的治安等等。因此，这次决定用一天的时间进行一次'严打'集中行动。"

张闻达讲了这次"严打"行动各方面力量的分工。这次行动出动警力×××人。其中武警一百人，由武警支队王参谋长带领。公安警察和武警主要分在三个办事处，滨江办事处分得最多。

张闻达讲了行动时间，要求大家严格保密，依法办案，保证安全。

欧平边听边在笔记本上记下。他笔记得快，详细准确，这个能力是他读大学中文系上课做笔记和后来在机关参加会议做记录练成的。特别是做区委常委会会议的记录，每个领导是怎么说的，说了什么，必须完整详细，因为是要存档备查的，不能错误和遗漏。

区委副书记兼区委政法委书记聂军，对参加会议的领导到的地方做了分配。

区委副书记、区长谢家旺强调，一定要把这次行动的重点搞准确，要精心组织，周密安排，同时各地要做好相关保障工作。

区委书记刘开山最后讲话时要求，这次行动党委书记必须要切实履行职责，所有参与人员要注意安全，防止犯罪分子狗急跳墙。

下午，欧平下了班没有回家，在办事处食堂吃了饭后就到办公室休息、看报纸，等待晚上的行动。

九点多，欧平就往滨江办行动指挥部——位于小西街的滨江派出所走。

来到派出所，欧平看望了几个值班的民警，然后到三楼会议室。今天晚上，他是滨江辖区行动的总指挥。

十点过，分到滨江片区的三十五名武警战士由一个姓黄的中队长带领着前来报到。

一会儿，公安分局局长张闻达到了。他同欧平交换了一下意见后，也坐下来等待行动的开始。

十点五十分，武警、民警集合，张闻达讲了行动内容和注意事项后，欧平发出命令："出发！"

分成几个组的武警在公安民警的带领下，迅猛地扑向目的地。

公安分局局长张闻达也走了，会议室里只有两三个人，二楼的值班室里一直有人在电话旁值守。

"欧书记，你要不要去看看各处行动的情况？"派出所的孙指导员说。孙指导员是个女同志，分局长张闻达叫她留在指挥部。

"队伍刚出发，等一会儿再去。"欧平回答说。

"那好嘛！"孙指导员说。

没过多大一会儿，二楼值班室来人说："我们的人和分局的刑警在银运中心检查歌舞厅的时候，市文化局稽查大队的一个小伙子跟分局的刑警老王发生了争执，不准老王他们进他所在的房间检查，说这里归他们管，任何人都不能进入。老王说今晚上是统一的"严打"行动，并且出示了搜查证，但那小伙子说："你那是B证，我是A证，你们没权力查这里。"争执中发生推搡，那小伙子个头大，见老王个子不高，还想夺老王手里的枪。老王毛了，一个扫堂腿把他放倒在地上，然后和我们所里去的警察把这小伙子铐起甩到了带去的一个面包车里。这小伙子又吵又闹地说："我们去的人和分局的刑警请你们领导马上去一下。""

"孙指导员，我们去看一下！"欧平对站在身旁听汇报的滨江派出所指导员说。

已经过了子夜，街上的人和车少，欧平和孙指导员坐的车很快就来到了后马路南头的银运中心。

滨江派出所警察鲁正能和分局刑警老王站在楼下路边的一个明亮处，一辆白色面包车停在路对面。

"欧书记！孙指导！"鲁正能和刑警老王叫两位领导。

滨江派出所的民警鲁正能，欧平是认识的，刑警老王只是面熟，欧平上前同老王握手，说："辛苦啦！"

"人呢？"孙指导员问。

"在车里。"小鲁和老王说完，领着两位领导过去，打开车门，让欧平和孙指导员看。

车里不是很亮，欧平和孙指导员只见拆了座位的后厢里躺着一个年轻人，个子大概在一米七以上，身体魁梧。小伙子可能是想到在大街上，怕有熟悉的人路过，也许是先闹够了，这时完全没有出声。

欧平转过来看老王，四十多岁，身高一米六几，有些干瘦。可是这样一个其貌不扬的普通警察，却一身本事，把一个高出他一个头、那么壮实的年轻小伙子一招就拿下了，不简单！警察就应该这样，既要有智慧，浑身是胆，也要浑身有劲，有擒拿格斗功夫，不然，怎么同犯罪分子做斗争？欧平向老王投去敬佩的目光。

因为听说对方是市里相关部门的工作人员，欧平和孙指导员离开面包车，来到他们刚才坐的车前，问当时的详细情况。派出所民警小鲁和刑警老王说的跟前面在电话里汇报的完全一样，只是多了一些细节。

"这里你们清查完了没有？"欧平问小鲁和老王。

"其他我们都看了，没有啥。"小鲁说。

"走，回去！"欧平叫把人带上，回滨江派出所去，先处理这件事。

孙指导员也赞成。

凌晨，街上没有几个人走动，白天来来往往的车辆也不见了影子，街旁的路灯亮着，参差错落的大小建筑隐没在即将破晓的夜幕下。凉风习习，一片寂静，白天繁忙喧嚣的城市正静静地歇息。

这时，早已是新的一天。

车里的几个人没有谁说话，都感到十分困倦，连连打着哈欠。驾驶员小李把车窗玻璃往下摇了一点儿，晨风吹进来，一下清醒了许多。

到了滨江派出所，车停下来，孙指导员叫把铐在车上的那个小伙子丢在门口的小屋子里，把手铐打开，把手机还给他，等待处理。

民警鲁正能和分局刑警老王把人送到这里，打了个招呼后又继续执行任务去了。

欧平和孙指导员上楼，问二楼值班室其他地方有没有啥事，回答说没有，说公安分局局长张闻达马上要来。

张闻达从行动开始到现在，一刻没有停歇。在设在分局的指挥部里待了一会儿，同区里的领导见了个面后，就依次到城区的几个派出所检查，同时打电话询问城郊的两个镇和远在二十多公里外的全区第一大镇——明化的情况。在西城办，张闻达接到分局刑警打来的电话，说在老城银运中心发生同市文化稽查人员的冲突，马上坐车到滨江派出所来。

走到大门口，张闻达看到右边的小屋子里亮着灯，里面一个高高大大、皮肤白净、满脸红润的小伙子。当了多年分局的政委和局长，他经常到滨江派出所来，知道这个小屋子是关临时留置人员的地方。他叫值班人员把门打开，进去询问情况。

小伙子先还安静，看见张闻达进来，外面的人在叫局长，断定张闻达是公安局局长，立即大声叫喊起来。

"放我出去，你们乱抓人是犯法的！放我出去，你们为啥抓我……我要给市公安局马局长打电话，我要给刘市长打电话，我要告你们……"

小伙子的吼叫声打破了黎明前的寂静，传得很远很远……

在三楼会议室的欧平和孙指导员突然听到小伙子在叫，不知道发生了什么事，赶忙从楼上下来，看到张闻达在里面，推门走了进去。

欧平和孙指导员用点头向张闻达打了招呼后，静静地站在一边听张闻达询问那个小伙子。

那小伙子十分狂躁，还是不停地大喊大叫地要找市长，要找市公安局局长，说他认识谁谁谁，不肯回答张闻达的问话。

这个小伙子叫何正林，是市文化稽查大队的大队长。当晚在歌厅唱歌，听房间的女服务生说银运中心里面公安在清查。为了显示自己的权威，他从房间里走出来阻止公安人员搜查，说这里是归他管的地方，只有持A证的才能检查。刑警老王出示了自己的搜查证，他一看是B证，说："你们是县区的证，你们不能来检查这里！"老王和小鲁说这是省里布置的"严打"，他还是不听，然后同老王和鲁正能吵起来，要来夺老王的手枪。警察的枪是能随便交给别人的？所以老王和小鲁才制伏他。

张闻达见何正林这么猖狂，很生气。他不回答问话，也就不管他，叫人把门继续锁上。

不管你是什么人，有什么背景，妨碍公安人员执行公务都是违法的。凭当警察的经验，张闻达知道：再牛、再不可一世的人，关一两天就规矩了。现在我问你你不说，到时候你找我说我还不爱听！

公安分局局长张闻达也从关何正林的小屋子出来，同欧平和孙指导员一起上了三楼。

坐了一阵，欧平想，问题总要解决才行，对张闻达说："我认识市文化局局长陈光泉，这小伙子是陈光泉从原来当副书记的县里调过来的，他应该很听陈光泉的。天马上就要亮了，我给陈局长打个电话，叫他过来处理这件事。"

"对嘛！你有没有陈局长的电话？"张闻达很赞同欧平的意见，问他。

"我找人查一下，可能能找到。"欧平说。

已经四点多了。窗外，天已经蒙蒙亮。按时睡觉的人已经睡醒了，这个时候给别人打电话没有多大影响。欧平拨了一个电话出去，找到了市文化局长陈光泉的手机号码，然后拨过去。陈局长接了电话，听了何正林的事，非常生气，连连道歉，说他一上班就过来。

何正林后来可能也困了，没有再闹，睡了一会儿。

何正林被开门的声音惊醒，睡眼惺忪中看见进来了一路人，当看到这群人里有他的顶头上司——市文化局局长陈光泉的时候——陈光泉没到上班时间就赶来了，一直高傲的他尴尬地声音很低地叫了一声："陈局长！"头很快垂了下去。

看到这个平时很讲究、衣冠楚楚的下属一身凌乱、蓬头垢面的样子，陈光泉没好气地说："看你这样子像个啥，太丢人了！"何正林太没面子了！陈光泉也感到很没面子，狠狠地瞪了何正林几眼，然后转过身对张闻达、欧平和孙指导员说："几位领导，太不好意思了，我们没有把人管好，让我把他带回去，叫他好好反省，接受处分！"

让陈光泉把何正林带回去接受批评教育，是刚才在上面三楼会议室张闻达、欧平和孙指导员三个人商量决定的。

何正林被市文化局局长陈光泉带走了。

一个星期后，何正林写了一份深刻的检讨书送到滨江办事处综治办。综治办的人没有参加这次行动，不知道是怎么回事，带他把检讨书直接送给了欧平。

欧平熬了整整一个通宵！

一个新的清晨来临，街上又人来人往，车声一片。人们有的去上班，有的去上学，有的去送孩子上幼儿园，有的出门办事……安宁祥和，像什么事都没发生一样。

这时，参加集中"严打"行动的人——公安干警、武装警察、工作人员和领导们才拖着疲惫的身子回家。

这次行动非常成功。几天后的内部材料载：抓捕逃犯×人，抓获违法犯罪分子×××人，获取破案线索×条，严重震慑了违法犯罪人员，对维护社会治安稳定、保障人民群众的生产生活安全和安宁起到了很大的作用。

十三

昨天晚上开展"严打"，欧平早上八点多才回家。草草了事地吃了一个馒头，喝了半碗稀饭，就上床睡觉。吃了午饭，还很想睡，但想到工作堆起，熬了一个晚上，就要睡一天觉，有些不像话，就坚持着去上班。

坐在旧吉普车上，欧平脑子还是昏昏的。进了办事处大门，走到院子里，在办公楼门口遇到了党政办副主任姜志斌。小姜笑了一下，叫了他一声"欧书记"，也跟在后面往楼上走。

欧平到办公室，姜志斌也跟着进来。等欧平坐下，姜志斌说："欧书记，上午将军桥居委会的赵主任来找你，等了你好久哦。我给她说，你昨天晚上参加'严打'，今天早上才回去，上午在休息，她才走了。"

"她说啥没有？"

"她没给我说啥，在其他几个办公室去坐了的，不知道给人家说啥没有！"

将军桥居委会的赵主任是个老太太，叫赵玉珍，是个党员，是江城电厂退休的一个老工人。当了十几年的居委会书记和主任，现在已经七十多岁。

欧平想了一下，估计赵玉珍如果是工作上的事，对姜志斌都没说啥，对其他人也不会说啥。不是工作上的事，就肯定是她个人的事。听人传言，她准备不当居委会主任了，要她女儿罗瑞华当。她往下退，要求办事处同意给她十万元钱。

"肯定是这件事。"欧平想。

赵玉珍名气很大。

将军桥居委会十几年前同其他居委会一样，连办公的地方都没有。赵玉珍当了主任，带领几个也退了休和本来就没有正式工作的姐妹，在空地上架起大锅蒸馒头、煮稀饭和蒸凉面卖，做了几年攒了一些钱，就在公路里面的山脚下给居委会修房子。她找自己原来工作的电厂和辖区内的单位"化缘"要钢材指标，托人买水泥、木材，建了一幢三层一千多平方米的楼房，使居委会有了办公的地方，蒸馒头、煮稀饭和蒸凉面搬进了屋里，剩余的房间开了一个旅馆，居委会呈现出一派繁荣兴旺的景象。由此，将军桥居委会名声大起，年年被评为"模范居委会""先进基层党组织"等等，赵玉珍的头上也加上了很多耀眼的光环："优秀共产党员""省巾帼建功先进个人""省劳动模范""市人大代表"，得到省、市、区领导的青睐。欧平还在区委宣传部的时候，宣传赵玉珍的长篇通讯《小街"总理"》就在省报刊登和在省广播电台播报。

　　时代需要英雄，"不能让英雄流血又流泪"。欧平敬佩赵玉珍，自来滨江办工作以后，赵玉珍对他也很尊重。但是，听到她提出的这些要求，欧平有些反感，认为要她女儿当居委会主任，只要居民选她，办事处党委、行政同意就是了，这没有问题，而退下来不当居委会主任给她拿十万元钱，他是不同意的——这很荒唐。不是说共产党员就不能讲金钱，但是共产党员应该奉献，如果当一个居委会主任，创造了几十万元钱的价值，就要拿十万元钱才退下来，当一个县区委书记、县区长和市委书记、市长，创造的价值多少，那退休要拿多少钱？再往上，担任更高级别更重要岗位的职务呢？如果这样，共产党的干部还叫啥为人民服务，那不是做生意了吗？这个事，滨江办事处的绝大多数干部也觉得不可思议。赵玉珍在大家心目中的形象一下从天上降到了地下。

　　听姜志斌说赵玉珍来找他，欧平心里久久不能平静。

　　居委会是基层组织，党和政府的路线、方针、政策在城市的贯彻执行，很多方面要靠这最后一个层级才能落实到底，不少工作要通过居委会干部才能真正做到进门入户到人，居委会是党和政府最前沿的阵地，是办事处工作的"眼睛"和"耳朵"。在农村，前些年靠大队、生产队，现在要靠村、组联系农民、发动和组织农民，城市就要靠居委会和居民小组发动居民和组织居民。因此，必须加强居委会的建设。

　　从这个认识出发，欧平一到滨江办，就把了解居委会建设作为工作重点，在时间和精力上优先安排。他不仅热情接待来机关办事的居委会干部，还一有时间就下居委会，和居委会干部交朋友。开始大家对他不熟悉，对他说的都是好听的话，没有反映多少问题。随着时间的推移，建立起了信任，越来越多地暴露出居委会的一些矛盾和问题，有些居委会干部还找上门来要他帮助解决纠纷。

有问题就要解决，不能拖，拖是拖不了的，时间长了问题容易复杂化，会给工作造成不应有的损失。

才来没几个月，欧平就解决和处理了不少居委会长期存在的问题。

滨江办管辖7平方公里的地盘，常住人口和流动人口加起来七八万，有26个居委会。目前仍有4个居委会组织不健全，其中2个是大华纱厂的职工宿舍区、1个是同东城办相连的后发展起来的居民区，找不到人当居委会干部；有3个居委会的书记和主任或者主任和副主任扯皮，4个居委会只有1个主任唱独角戏；由于城市住房紧张，近一半的居委会没有办公用房。

其实，居委会工作再怎么复杂，只要领导班子健全有力，没有做不了的工作、完成不了的任务。班子的关键在人，需要思想素质好、热心公共事务的人当居委会书记、主任。

然而，滨江办是老城区，大多数居委会没有发展经济的条件，城市建设没有考虑给居委会留出发展经济的空间，没有像地处北郊的将军桥居委会那样有一个空地方架锅蒸馒头、煮稀饭和做凉面，更没有一块空地修房子开旅店和办公。居委会干部大多数是退休职工或者没有固定工作的人，需要解决工资报酬问题，开展工作也需要经费，但是没有经济实体就没有来源。居委会是城镇居民群众的自治组织，应该有可靠的经费保障。这几年，区政府采取给居委会干部一定补助的办法，但数额少得可怜，没有吸引力。因此，居委会干部很难找，整体年龄偏大，文化水平较低，领导能力存在问题，工作有热情无动力、居委会组织无战斗力的情况难以避免。居委会无办公地的问题，长期反映都未解决，一半以上的居委会干部仍然是背着公章办公或者群众需要办事到家里找人。

面对这些情况，过去办事处对如何加强居委会班子建设做了不少努力，但是都因为客观条件的局限而收效甚微。

这几个月，欧平把居委会干部队伍建设作为党委会的议程讨论研究了好几次，有了清晰的思路。

经过分管领导和居民办与大华纱厂的沟通和一段时间的多次做工作，把华南、华北两个纺织职工宿舍区的居委会搭起了"架子"，解决了在这两个片区开展工作找不到人负责的问题。滨江与东城相接的平桥居委会原来只有一个干部，这位同志是一个退休工程师，思想政治素质好，但是已年逾古稀，精力不够用了，办事处同意他在辖区居民中物色两个比较年轻、能够配合、素质比较高的人进入居委会班子。听这位老同志说，他已经有两个人选，正在考察。

新进居委会的干部，办事处党委坚持思想素质和工作能力两个方面的标准，宁缺毋滥，不让心术不正和当了没法工作的人进来。在北街和将军桥东的班子健全中，选了从一个重点小学退休的支部书记、一个从学校退休的工会主席和一个在纱厂上班的年轻人。两位学校退休的同志是退休后觉得没事做，愿意为社会再贡献力量的老党员。年轻工人精力充沛，对公共事务热心，下了班就处理居委会的事情，工作干得有声有色。

办事处对经济实体多、产值高和反映有问题的居委会进行了一个多月的清经。清理结束后，办党委（扩大）会议听取的情况汇报反映：被清理的二十个居委会，大多数都账务清楚，有三个比较差，总的情况是好的。但也确实存在群众反映的一些问题，如制度不健全或执行不够好、"白条子"多、修建付款金额超过合同约定、公用电话安装在主任家里、拿公家的钱做生意无责任约定、大额债券由谁保管无明确规定等等。

针对清理发现的问题，办事处不仅在清理经济工作总结会上明确点出问题，纠正存在的错误做法，办党委、行政还讨论研究了居委会经济管理制度，如主任不任会计、出纳等，以文件形式下发。

为了增强居委会干部的吸引力，使高素质的人愿意当居委会干部和稳定居委会干部队伍，办事处加大发展居委会经济实体力度。党政领导和联系居委会的干部和部门，帮助居委会干部分析市场，寻找项目，做好协调，解决困难，并通过季度汇报，督促检查和召开流动现场会，施加压力。还由居民办带队和组织居委书记、主任到成都等地参观学习，以此开阔视野，启发思路，使居委会经济发展出现了蓬蓬勃勃的好势头。

在过去的工作中，居委会干部也出现不少问题。有些问题还年深日久，拖得时间很长。如南街居委会，经济发展得好，主任年龄大不退休，也要求把班交给儿媳妇，本人长期拿高工资，把公家电话安在家里，公私不分，居民群众有不少意见，多次向联系居委会的李敏副书记反映。北街居委会的支部书记、主任把居委会公家的钱全部卷走。打铁街居委会主任和副主任闹得不可开交，严重影响居委会的整个工作。

欧平是一个不回避矛盾、勇于解决问题的人。在他还在乡学校当教导主任的时候，下辖的一所学校的两个当地的女教师发生极其严重的以愚昧陋习侮辱对方人格的激烈冲突，校长和书记不敢去解决，要他去。那时他年轻单纯，血气方刚，满怀正义，校长喊他去，他就只当着去完成一个一般的任务，没有想其他的，马上就去。他想的是，不管发生什么矛盾，只要客观公正，实事求是，以理服人，没有解决不了的问题。他到了那个学校，先分别找两个性子都倔的女当事人了解情况后，又找同校的其他教师了解，把情况全都了解清楚了，就停下这档子事，转而了解她们的教学情况。吃了午饭，他才把两个当事人叫在一起还原整个事情发生的经过情形，提出自己的解决意见。他说的事实清楚，有根有据，无可辩驳，两个人都表示接受。就这样，问题解决了。他回去，校长和书记问他："你这么快就解决了？""啊，解决了！"校长和书记还不相信。不过，承担主要责任的一方是欧平的亲戚，还是个长辈，为这个事情的解决没有偏袒她一直记在心里。你要记就记，只要没冤枉你，我才不理你呢！你错了，我能把人家对的说成错，把你错的说成对？没这种事！

打铁街居委会的经济发展得很不错，但主任吴光华和副主任柯金华闹得一塌糊涂。办事处的干部有人说吴光华对，办事处妇联主任和她当这个居委会支部书记的姐姐却支持柯金华，原办事处领导解决了几次都没有奏效。欧平来了，从侧面了解了一些情况，想找到真实原因，解决吴光华、柯金华不团结的问题。

欧平太忙，这个想法还搁在心里没有行动，主任吴光华就到办公室找他来了。隔了两天，副主任柯金华也来找他。欧平火了，下决心解决这个问题。

那天，欧平叫居民办把吴光华和柯金华通知到办事处来，让年轻、思想单纯的党委副书记李敏参加，他怕在办事处时间长的领导和两个人有关联，影响公正，同时叫党政办派一个人来做记录。

下午，来办事的人少些，在三楼小会议室里，吴光华坐一边，柯金华转着头坐在另一边，欧平和李敏挨着坐着。党政办来做记录的是韩军。

欧平叫吴光华和柯金华各自先说，要求要对组织讲真话，说假话是要负责任的。

"我提的要求你们听清楚了吗？"欧平问吴和柯。

"听清楚啦！"吴光华和柯金华回答说。

"那谁先说？"

"那她先说嘛！"柯金华是一个退休工人，没经历过这样的场面，要看一下事情怎样发展，看似谦虚地叫吴光华先说。

吴光华是一个小学退休教师，眼睛近视，戴着眼镜，朝在场的人左右看了看，才说："对嘛，我先说嘛。"听口气，好像她不想先说，是柯金华不先说她才只有先说的。

吴光华给柯金华指出了几个问题：一、对居委会的浴室管理不负责任；二、一个人背后收上河街的房租；三、居委会开会不通知她；四、修居委会的房子不出力；五、独占居委会"创卫"所获的奖金；六、增补居委会委员时骂人。要求解决：一、柯金华骂人；二、贪污几笔款项；三、浴室的安全；四、人身安全。

由于书记欧平要求讲真话，说假话要负责，吴光华说一阵就看一下会场上几个人的反应。

吴光华说完，确认没有再需要补充的，欧平叫柯金华说。

柯金华说，修商业局的厕所和大桥头的房子，她是很积极的。修浴室没跟他们商量，她就没怎么参与了。居委会的经济往来不公开，大半年来，居委会没开过会。要求解决：一、居委会大小事情不商量的问题；二、账目不公开的问题；三、浴室管理安排人要解决本居委会待业人员；四、骂人骂三个院子的问题。

柯金华确认说完以后，欧平问她："收了上河街的房租没有交给居委会，居委会得的"创卫"工作先进奖的钱没有交居委后进行分配是不是事实？"

"是事实。"柯金华知道经济上的问题从来都是严重问题，不敢隐瞒，立即承认，说："钱我拿出来就是了。"

"工作没有拿出你的全部力量，乱说本居委会的人在居委会浴室洗澡不收钱，引起混乱和增补居委会委员时骂人是不是事实？"

"是事实，但是也有原因。"

柯金华没有再说下去，欧平知道她心里想说的是推脱责任的话，既然是事实，就够了，没有让她继续说。

欧平反过来问吴光华。

"吴主任,居委会修浴室你同柯主任和居委会其他干部商量过没有?"

"没咋个商量,那我认为该修就动工了。"

"你们居委会的经济往来公布过账目吗?"

"没公布过,那有会计出纳嘛!"

"你骂人骂几个院子是事实吗?"

"嗯……有这个事。"

欧平问到这里,对坐在身旁的党委副书记李敏说:"我问完了,该你这个分管干部的副书记说话了!"

李敏看着他微微笑了一下,向吴光华和柯金华了解了几件事情,然后用一个年轻女人的温和口气规劝双方:"你们都是居委会干部,居民有那么多事情需要办,你们要团结,才能把居委会的事情做好哈,不要再闹了哈!"

欧平见李敏没有还要说什么的意思是要他来做结论,于是对吴光华和柯金华两个说:"你们两个都来找我,要我给你们解决问题,我现在就给你们下定语啰!"他这时有意地把气氛活跃了一下。

在听吴光华和柯金华各自陈述时,欧平分别问了当事双方并得到确认,副书记李敏又问了一些事情和自己之前了解的吴光华、柯金华发生矛盾的情况,欧平已经完全对发生在打铁街居委会的事情的事实和其中的因果逻辑完全清楚了。他知道吴光华自己是退休教师,从心里对工人退休、文化水平较低的柯金华是轻视的,又是主任,因此处处显得很强势,而柯金华虽然本质朴素,但个性也强,所以在一起工作就起了冲突,而在这以后,柯金华做了一些错误的事情,收取房租不上交,公共资金不交公,工作消极,煽动居民说洗澡不拿钱扰乱浴室经营等。如果作为居委会主任的吴光华作风民主,居委会收支公开,柯金华有可能不会乱作为。至于骂人,两个人都发生过,属于女人的平常事。

因此,欧平先肯定了打铁街居委会的工作成绩,两位主任都功不可没。说到工作做得好,他看到吴和柯都露出不易察觉的笑容。

接着,欧平批评吴光华、柯金华的错误和不足。批评柯金华因为不常开会通气,就背地里收居委会该收的房屋租金和据居委会集体"创卫"的奖金为己有是性质严重的错误,而且工作消极不说,还有意说洗澡不要钱煽动居民闹事,实在是不应该的。要求吴光华作为主任,必须作风民主,不能搞家长制,个人说了算，经济往来不公开，导致一些问题的发生。从前面吴光华、柯金华各自陈述后，他分别询问要害问题时两个人的神情，欧平知道她们已经知道了自己的错误，所以他敢于对二人进行严厉的批评。他的批评，二人完全接受，心服口服。

最后，欧平要求：柯金华必须立即退还占为己有的公共资金，不要把问题性质搞变了，而且要主动服从领导，积极工作；吴光华作为主任，要团结一切人一起工作，作风要民主，账务要公开，进一步把工作搞好。

欧平还说，今后自己要多关注打铁街居委会的班子团结，看她们改正自己缺点和错误的实际行动，看她们在居委会工作的起色。

"你们对我今天的解决有意见没有？有意见就现在提出来！"欧平讲了自己的意见后问吴光华和柯金华。

"没有。"工人出身的柯金华说。

"没有。感谢欧书记在百忙之中抽出时间同李敏副书记一起解决我们居委会的问题，我们打铁街居委会今后的发展，还要办事处多操心。"

这次解决问题后，直到欧平离开滨江办，都没有听到打铁街居委会再闹什么事情。

南街居委会的全面工作很不错，在经济发展上比将军桥的产值还要高。主任唐桂珍是快要七十岁的老太太，想把居委会主任的班交给儿媳妇卢玲。这件事，联系南街居委会的副书记李敏给欧平专门做过汇报，欧平在党政领导和部门负责人中征求意见，都认为没有大的问题。前不久，唐主任来给欧平说这事。欧平说知道了，要她再给行政主任张东生等领导谈一下。她请欧平到南街居委会检查指导工作。

卢玲三十出头，高高的，白白的，高中毕业，没有正式工作。自从结婚以后，就在家带孩子和帮助婆婆唐桂珍做居委会的事情。以前卢玲很少到办事处来，这几个月三天两头地在办事处看到。据李敏说，卢玲本人很热爱居委会的工作。

李敏也向书记欧平转告过唐主任请欧平到南街居委会看看的事情，那天卢玲又到李敏办公室来，说自己想找书记欧平汇报居委会的工作，李敏把卢玲带到了欧平办公室。

卢玲说的都是欧平已经听过的事情，欧平想人家是下了很大的决心才来见自己的，还是耐着性子听她把话说完才说："好，我知道啦！"

卢玲离开时，又转达她婆婆唐桂珍的话，邀请欧平到南街居委会看看。

人说，官怕三请。是说，你当再大的官，人家真心诚意地邀请，你都不应邀，是很不礼貌的。欧平从来没想过自己是什么官，当教师时老师不是官，后来当干部，即使在区委主要领导身边，主持区委办公室的工作，出入都跟区委、区政府领导在一起，也只认为自己是个大办事员。现在当了一个街道办事处的书记，很多人都说他升了，而他觉得自己是被贬了，没贬都没想到自己是什么官，贬了当然更不是官了。他不愿意别人把自己当成官，认为如果人家把他当成官，就说明他脱离群众了，与群众有距离了。

为了不让老唐主任和卢玲说欧平有官气，架子大，而且下居委会应该是自己的日常事，有一天他放下了其他事情到南街居委会去。

南街居委会管辖的是南街南头到后马路的那一片，北是东街，南是铁路，铁路外是海濠街，地理位置优越，来往的人多。那里有十几排20世纪50年代修的老平房宿舍，外观整齐，环境闹中取静，也住了不少人。就人多这一点，居委会在铁路边的空地上修房子开了一个饭店，又租用了几间门面开了一个茶馆、一个录像厅，饭店、茶馆、录像厅都生意兴隆。

欧平听了主任唐桂珍和委员陆琼珍、卢玲的汇报，以及联系南街居委会的党委副书记李敏的补充后，检查了几排宿舍的环境和卫生，走访了一些居民，听他们对办事处管理居委会工作的意见，查看了居委会几个经济实体的经营情况。

在做了一番考察后，欧平和行政主任张东生、副书记梁正建通了气，经过党委（扩大）会议研究，要求主任唐桂珍把公家的电话移出自己家，卢玲代理居委会主任，在换届选举时作为南街居委会主任候选人，通过法定程序选举。

一个星期后，唐桂珍把居委会的电话移到了居委会办公室。卢玲代理后工作干劲更大，写了入党申请书，经办事处党委讨论通过，确定为中共预备党员。

行政主任张东生是工农镇人，回老家来去都要经过将军桥，居委会主任赵玉珍在居委会忙碌或是在居委会那幢楼门前坐，不是他看到赵玉珍，就是赵玉珍看到他。

近一段时间，赵玉珍格外亲热，看见张东生就喊他。腿脚已经不是很灵便的她，有时候还小跑着过来给他拿一支烟，叫他来坐，歇一口气。

赵玉珍确实大不如前了，气乏气喘，嘴唇发乌，看样子好像有肺气肿病。居委会开的馆子请的有人，她现在只是经管一下，不需要去动手动脚。旅馆也有一个叫张娃儿的小伙子，赵玉珍叫他在负责，但是每天有多少人住，哪个人住了多久，都瞒不过她。职中的教导主任侯科良退休以后，担任将军桥和山坡上的将军桥东两个居委会的党支部书记，有时候也要到离他住的学校近的居委会的饭店和旅馆里来看一下。所以，赵玉珍主任每天不是很忙了。身子闲下来，但是她脑子没有闲，一天都在想，自己老了，身体越来越不行了，她领头挣下的居委会这份"基业"交给谁。一年以前，她把在企业里即将退休的女儿罗瑞华安进居委会当会计，掌管住财权。预备的是在自己确实动不了或者突然得个病躺在床上时，就叫罗瑞华当居委会主任。几个月前，她又萌生了一个想法：在居委会退休时，这是"二次退休"，从居委会拿十万元钱。

赵玉珍退休要在居委会拿十万元钱的想法在居委会说出来，所有人都愣愣地看着她，没有人表态。因为大家都知道，当共产党的干部，有工作单位的，从来都是退休后每月领自己的退休费，领多少，按政策规定计算，从来没有听说谁还要从所在的单位或部门另外拿一坨钱走。她退休后在居委会做事，是领了工资的，几个干部还又都买了一份商业保险。所以，连居委会党支部书记侯科良都不敢表态再给她拿钱，而且是十万元。只是在她问候书记的意见是啥时，侯科良红着脸，为难地说："这恐怕要请示办事处……"

赵玉珍见没有直接在居委会通过，就到办事处来找党委书记欧平。欧平到任后，了解居委会的情况、检查工作和"创卫"经常到将军桥来，每次因为人多，赵玉珍不好说这个话。她认为到办公室单独找欧书记，话要好说些。可是，恰好头天晚上"严打"，欧平上午在家休息，没有来。

后来，赵玉珍没有再到办事处找欧平——她已经七十多岁的人了，又有病，虽说坐公交车，但到办事处这头要走很长一段路，累不下来了。而且，她听说欧平也不同意给自己拿这么多钱。

书记不同意，就找主任，只要把事办了就行。

那天，办事处主任张东生从门前过，赵玉珍老远就看到了。她眼睛在年轻时就不大，但视力好，这么老了，几十米外过的人是啥样子，都还看得清清楚楚。

"嗯，张主任！"赵玉珍从坐的长板凳上站起来，下了街沿石，满脸堆笑地迎上去，双手递过烟，说："你回工农去来的？你过来坐下子，我给你说个事情！"

"小李，把那好茶泡一杯端来！"还没上街沿坎，赵玉珍就兴冲冲地朝饭店里喊。

张东生刚刚坐下，系着白色长围腰的女服务员小李就端了一杯热气腾腾的"三花"牌茉莉花茶出来："赵主任，茶放在哪里？"小李不知道这茶是给谁泡的。

"这女子，这是办事处张主任嘛，你认不到，我叫你给张主任泡的！"在赵玉珍的吩咐下，小李双手把茶恭恭敬敬地递到张东生手里。

其实，赵玉珍从来就没有把张东生放在眼里。欧平刚到滨江办时，一次到他们居委会来，欧平没有问她，她就对欧平说："欧书记，你来了就好了，你在区上那么多年，经见的事情多，认识的人也多，办事处就要变样了！那原来，杨正明书记一天光耍，没做个啥事。张东生从小上街在这路上过，后来开个拖拉机，背上背个草帽子，热天晒得流油，冬天冻得'突突突'的，脸皴得像啥样的，哪个把他看得起！也没啥能力……"赵玉珍边说边撇嘴。欧平虽然也听说张东生年轻时开过拖拉机，但十几二十年前，能开拖拉机也是不简单的。赵玉珍说的这些，纯粹是那个时候城里人对农村人低看一等的表现，开拖拉机的张东生也不在例外。

"张主任，我给你说个话嘛！你看我这岁数大了，也想下去了……"赵玉珍完全改变了态度，一脸温和亲近的笑意，巴结讨好地对张东生说，"你就给我表个态嘛！"

张东生对赵玉珍从居委会退下来要钱的事也有所耳闻，但是没想到她的心口子真的这么厚，要这么多钱！这不是自己说了就能算的事，"哼"了一声，一个淡笑，说："这个态我表不了，我回去给欧书记说一下，研究下子再回答你好不？"

"那好嘛！"赵玉珍有些失望。

张东生回到办事处，把赵玉珍的事情给书记欧平说了，欧平还是坚持他的观点：当共产党的"官"，你就莫想挣钱，想挣钱，你就莫来当共产党的"官"！

"她要的确实是太高了，你看如果少一点儿，能跟她谈不？"张东生的意思是赵玉珍要得太多，不是不可以给。

"我说是一点儿都不行，不能开这个头！这个头开了，后面有你处理的问题！而且上级领导还说我们在这里负责，连这样的关都把不住！这样的关都把不住，我们还是共产党的领导干部吗？"欧平明确地表示了自己的态度。

没几天，召开党委（扩大）会议，把赵玉珍的这件事作为一个议题。党委委员和行政副主任李洪福都认为不好做决断，决定请示区委，同时由张东生继续同赵玉珍谈，做她的工作。

欧平没有来得及向区委领导汇报，赵玉珍就捷足先登，找到区委书记刘开山的办公室。

刘书记很忙，像答记者问一样，一个接着一个地接待着区级机关部门和乡镇办来请示汇报的负责人和来访的客人及群众。书记室是一个套间，里间的办公室在说事情，外面的人排着队在等候。

赵玉珍先找到滨江办党委前任书记、现在的区委办主任杨正明。杨正明给她泡了一杯茶，叫她就在自己办公室喝茶等待，他先去给刘书记说赵玉珍要见杨正明。杨正明这样做，当然主要是因为赵玉珍年事高，不要叫她久等，但也有叫赵玉珍看他现在的地位有多高的意思——你看我现在随时可以见区委书记，有时书记做啥事还要听我安排。

过了半个小时，刘开山出来上厕所，回来时直接到杨正明办公室来。刘开山同赵玉珍是熟悉的，笑着上前对赵玉珍说："对不起，赵主任！叫你久等了！这一天事情多得很！"

赵玉珍好激动啊，马上从沙发上站起来同区委书记握手，说："我难得见到你，今天来找你，是有事情！"

"啥事，你直截了当地说，老同志了！"刘书记说。

"好，那我就说啰……"赵玉珍毫不隐瞒地说了自己退下来要十万元钱的事。

事情不简单，刘开山听了赵玉珍的述说，皱了一下眉头，顿了一下，说："赵主任，你说的大概意思我听清楚了，我们今天就不细说，我办公室里的人还等着我呢，改天我专门听你的情况，该给你拿的就给你拿，好不好？"

区委书记对她亲切热情，特别是刘书记后面的话，使赵玉珍心里升起了希望的光亮。

一个星期过去，又一个星期，区委书记刘开山专门到滨江办事处来处理赵玉珍的事。

刘开山没到办事处，也没到将军桥居委会，要欧平找一个清静的茶园，上午喝茶的人不多，好说事情。

欧平按照刘书记的要求，在一个茶园找了一个房间，办事处自己和张东生参加，居委会书记侯科良和赵玉珍参加，刘开山也只带了一个秘书。

赵玉珍详细说了她从江城电厂退休后在敞坝里架锅蒸凉面，做包子，用大锅煮稀饭，修房子到处找人买材料的艰难苦处和现在年纪大了，想叫年轻人上来干，自己退了，她为居委会挣下了价值几十万的产业，要求给她拿十万元钱，等等。

"这些年你在居委会拿工资没有？"刘开山问。

"开始没钱，拿啥嘛！后来挣的有钱了才在拿。"赵玉珍说。

"你们居委会的干部买保险没有？"刘开山问。

"前两年才在买。"赵玉珍说。

区委书记陷入沉思，想的很多——赵玉珍是退休工人，在领退休费，后来在居委会也在拿工资，还用居委会的钱买了商业保险，退下去又要钱，这些年她不是在打着居委会的招牌为个人挣钱吗？照这个道理，那不是凡是做了事的人，退休时都还要另外拿一坨钱走吗？而且，那不是负的责越大，创造的价值越多，拿的钱就应该越多吗？那我这个当区委书记的，退下来不是应该拿多大一坨钱？那成啥话！这个头不能开！说不给赵玉珍吧，人家吃了那么大的苦，没有赵玉珍，可能就没有今天将军桥居委会的繁荣……

刘开山难住了，觉得自己先把问题看简单了，那天在区委给赵玉珍的表态太草率！

刘开山站起来去上卫生间。他也是想出去透透气，换一换脑子，想有没有其他的办法解决这个问题。

上卫生间回来，刘开山问："欧书记，张主任，居委会侯书记，你们说呢？"

欧平和张东生说："我们没啥说的。"

侯科良说："你是区委书记，你说我们执行！"

见大家都不发言，刘开山对赵玉珍说："赵主任，你这个事牵涉的面太大，弄不好会引起很大的连锁反应，你看这样，我也无法表态，请欧书记、张主任他们下去研究一个意见，从实际出发，给你解决一下，好不好？我还要去开个会……"

赵玉珍很失望。

欧平和张东生把区委书记刘开山送到楼下上了车，看着他的车开走了才回来。他们还没走拢，赵玉珍和侯科良也从茶园里出来了。

欧平知道区委书记刘开山的难处和他最后说的意思，想既然赵玉珍在找主任张东生给她解决，就叫张东生继续给她做工作，如果数字小，可以以奖励的形式给予一定的补助。

在滨江办党政领导中说起区委书记刘开山来解决赵玉珍问题的情况，大家说这是正确的。党委副书记、人大联络处主任梁正建说："如果少一点儿，还是可以，她胃口太大了。"党委副书记李敏说："太贪心啦！要十万元，南街居委会的唐主任说，如果给她解决，她也要要。"党委委员、行政副主任罗广明，行政副主任李洪福和党政办主任贺吉文说："这个口子一定要堵住，不然的话，后面要出现很多问题！"

不久，欧平到北边那一片去检查和指导"创卫"工作，赵玉珍把他拉到一边，哀求说："欧书记，你给我解决一下嘛！你给我解决了，我们一辈子都忘不了你。我的女婿在交警队，你有啥事，他也给你帮得上忙。"

欧平越来越讨厌这个贪得无厌的老太婆，但是，他不能直接伤害她——她年龄那么大，是将军桥居委会的功臣，说："我一定会合情合理地给你解决！"

十四

欧平又接到参加区里紧急会议的通知。这是他到滨江办事处来以后,参加第二个紧急会议。

以前,他在区委宣传部和区委办的时候,没有听到过紧急会议之说。这才几个月,就是两次。不过,这次告知了会议内容——是"创卫"紧急会议。

听到这名字,欧平知道紧张的"创卫"工作要来了!

江城市是一个地级市,驻地原江城县,现在的滨江区。地处川、陕、甘三省接合部,嘉陵江纵贯全境,宝成铁路从市区经过,两条国道在这里相交,水陆交通都非常发达,从来就是人流和货物的集散地,商贸十分繁荣。20世纪90年代开始,高速公路和铁路的建设高速发展,毗邻地市和所辖区县通了高速公路和铁路,不再到江城坐火车,货物不在江城转运,各地派驻的采购站、办事处撤销。长期作为区域枢纽和重要码头的江城变得冷清。60年代中期建设的三线企业,冷战结束、世界形势转为缓和以后,一部分迁往平原和大城市,没搬离的也因为不适应生产经营转轨的新形势,变得不景气,更使江城的经济急速下滑。发展的区位优势丧失,资金、技术、项目等硬件缺乏,只有从软件着手——江城人从简单朴素的思维和逻辑出发,响亮地喊出了"创建国家卫生城市"的口号!这是卧薪尝胆,从头再来,从基础做起!这是栽"梧桐树",目的是招引"凤凰"来!

市委、市政府把"创卫"作为一个时期工作的重中之重,明确提出以"创卫"带动全面工作。

当时,欧平在区委办公室,各部门除了必要的公务外,其他的事情一概让路，"创卫"成为中心任务。"创卫"的要求很高，要地上不见痰迹、纸屑，物见本色，一尘不染，物品要美观，摆放要整齐。欧平同办公室其他领导和其他同志一起，挽起袖子大干。把桌子、柜子搬开，不仅抹正面两侧和顶上，还要抹背面、脚下，藤椅都是洗过的，门窗和玻璃每天擦，水磨石地板端水洗，厕所的洗手台、蹲位门、便池、小便器都是一点一点地抠，镜子抹得透亮……有些人不仅挽着袖子，还挽起裤子，穿着胶鞋或者打着光脚，一个个干得冒汗……

所有机关、学校、医院，工厂、商店和居民院落、家庭，每天必须把清洁卫生按要求搞了才上班、上街和做其他事情。

各单位各部门各街道各院落有专人清理打扫。环境整体消毒，除"四害"统一投药。家庭和单位室内卫生各负其责。

杨市长说："不管在哪里，发现一只苍蝇罚款五百元！"一天，区委五楼会议室发现一只苍蝇，欧平开玩笑说："区委上面（区委机关在五楼以上，政府部门在二至四楼）没有，是从政府下面飞来的！"本是开玩笑，而且苍蝇是能飞的，也有可能是从下面飞来的！有人给区长谢家旺汇报了，谢区长毛着脸问他："老欧，听人家说，你说区委上面发现的苍蝇是政府下面飞上来的，你的证据在哪儿？"欧平忙说："我是开玩笑的！"谢区长严肃地说："这些事情是能随便开玩笑的？"欧平知道谢区长是当真的。

"创卫"标准具体明确，各级的检查不断。检查就是督促，发现问题马上就要整改，一点儿也不敢马虎。市里明确提出："谁砸'创卫'的牌子，就摘谁的帽子！"可见要求有多严，各级所承受的压力有多大。

"创卫"花了很多时间，付出了很多劳动，流了不少汗水，还付出了生命的代价——市级机关的一个年轻干部、一个父母的独生子，擦外窗玻璃时意外坠楼！

国检时，连着下了几天大雨，街上流出的水都是清澈的，江城人"创卫"确实是下了大功夫的！国家检查组都被感动了！

江城是经济穷市，基础条件赶不上省内其他几个同时"创卫"的城市，但江城各项指标都得了高分，得到了"国家卫生城市"的称号！

"创卫"是江城市的一项重要工作，是一个阶段压倒一切的中心任务。欧平对去年的"创卫"记忆太深刻了，至今历历在目。在那时，欧平的认识就已经达到了应有的高度，深知对这件事不能掉以轻心。

到滨江办来工作，欧平多次找行政分管领导罗广明和办事处爱卫办了解掌握情况，平时走在街上、到辖区单位部门、商店、院落和居民家庭，都要扫视这些地方的环境卫生，有问题当场指出，同时要求立即整改。

前不久，市委书记彭渝亲自带队到辖区来检查"创卫"工作，参加人员有市委分管文卫的赵副书记、市人大分管文卫的吴副主任、市政府分管文卫的李副市长、市爱卫会主任李德胜和有关部门的一把手，队伍的阵容不小，规格很高。这次检查是先看，看完后召开了一个汇总会议。检查时没有通知滨江办参加，开会时点名滨江办党委书记欧平去参加会议——可能是想暗查，获得真实的情况，看到滨江辖区工作还做得不错，才通知的。

自去年开展"创卫"以来，大多数时候是市长杨天开出面，市委书记彭渝露面的时间不多。市委书记亲自带队检查，几大班子的分管领导和相关部门的一把手都参加了，这不仅说明市委最高领导对"创卫"工作十分重视，而且也透露出"创卫"工作肯定有新的情况。欧平心里疑惑，但是不好向同行的领导打听。他知道当着市委一把手的面，人家也不好说。他是这一行人中职务和级别最低的领导，又是检查自己管的这个辖区，往开会的地方去时，他默默地跟在人家后面走，注意听人家在说什么，人家有什么问他，就赶忙跑过去回答，要求某一问题怎么解决某一事情怎么做，就赶快拿出笔记下来。

会在一个宾馆的会议室开。

会议不是只针对滨江办所辖的老城区开的，而是讲的整个城市的"创卫"工作。主持会议并第一个发言的是市爱卫办主任李德胜。

李德胜提出，中心城区必须规范管理的几条街道，车辆停放要定点、整齐，对街边人行道上的邮亭要整顿。要组织三至五个大组检查卫生。

李德胜认为，滨江办所辖的河街和打铁街的两条街道路面有些破损，需要整治。

接着，分管文卫的副市长李仁发讲话。

李仁发要求各分指挥部必须在10月××日之前做好迎接检查的准备。各个领导自己分管的方面，要自行检查，实行打分，谁失分谁负责。

李副市长说了做好准备的时间，这就说明了国家或省里要来检查了。欧平先前的疑惑解答了。这很重要。因为工作要按这个时间来安排。

李副市长再一次强调，市、区两级的职责分工，要求各有关事项一定要按已发的文件规定办。车辆停放，车容车貌车管所、交警大队负责，运管所协助。

市委分管文卫工作的副书记赵立中指出，现在同去年刚"创卫"时相比，门前"三包"松了，卫生意识松了，卫生死角的管理松了。下一步工作要加强领导，执法监督部门要各司其职、各负其责，严管重罚，教育大多数，同时要加强舆论宣传。至于烂街的整治，谁收钱，谁负责。

听了前面市委副书记赵立中和副市长李仁发的讲话和市爱卫办主任李德胜通报的情况后，市委书记彭渝讲话。

彭书记说，"创卫"工作国家检查在即，希望各位领导、各个方面，要增强紧迫感，抓紧工作。执法部门要各司其职，把工作一件一件抓落实。做事情要一步一步地往前走，不要停顿回潮。如经商归店，不要检查完又摆出来。要充分发挥大众传媒的监督作用，好人好事要表扬，做得不好的要批评，要曝光。

市人大分管文卫的副主任吴万德听了彭书记的讲话受到启发，补充了两点：一、要抓各单位的"头头"；二、小食店要增设废纸篓。

参加市委彭书记带队检查的这次会议，欧平知道又一个"创卫"高潮即将到来。

滨江区在市委彭书记带队检查三周后召开的这次"创卫"紧急会议，是区长谢家旺主持召开的，区委书记刘开山没有参加。

上届区委汤书记到江城市委任副书记，分管经济工作，有一笔四百多万德国马克的贷款没有找到项目匹配，汤书记首先想到了刚离开的滨江区，给区委书记刘开山说了这件事。刘开山是个"经济迷"，一听说有钱没处用，觉得是咄咄怪事！他当区长和书记，一天都在吼上项目、办实体，可下面就是搞不起来，各乡镇办和各经济部门汇报，去年是那几个"摊摊"，今年还是那几个"摊摊"，刘开山听得鬼火冒，说："上项目办企业就有那么难吗？我看不一定。我认为经济发展不起来，还是个思想认识问题、工作干劲问题、吃苦精神问题……如果你认为干不了，就提出来，能干的人有的是！你不提出来，就要干，不要占着茅坑不拉屎！"各乡镇办的"头头"和部门负责人一个两个被训得抬不起头。有人提出，现在有项目，找不到资金投入。现在汤书记有这么大一坨钱，不正好拿来办一个像模像样的企业吗？但是，刘开山没有把这笔钱给哪个乡镇办，也没有给哪个部门，他要自己来当"操盘手"，办一个有规模上档次的厂给他们"几爷子"看看，你看我刘开山只会说不会干，只会搞农业，不会搞工业吗？我就要叫你们看看我是不是只会当区长、书记，只会搞一个全省有名的"农业样板"，不会搞工业！有了自己亲自来办一个厂的想法，刘开山就把大部分精力放在了这个事情上，又是选项目，又是跑建厂的土地，三天两头地往省里跑，去找有关部门，去找那些在他手下挂过职的省级机关部门领导。他要把一切搞稳妥，这个事只能成功，不能失败——如果失败了，那就偷鸡不成反蚀"一把米"，负面影响不可估量，甚至成为笑话——这可不是他愿意看到和能够接受的！

刘开山终于选定了一个做复合材料板的项目，并且跑下来了一个残疾人福利企业的牌子。福利企业是不向国家交税的，这给他的经营成功上了一道保险。

据说刘开山又到省城去了，这压倒一切的中心工作的重要会议也叫区长谢家旺代他安排布置。

欧平对滨江辖区的"创卫"工作心里有数，参加今天的紧急会议没有多紧张。

欧平找了一个位子准备坐下，坐在主席台中间的谢家旺对着话筒喊："欧书记，到前排来坐，你们市区两个办事处的书记都坐到前排来！"他说的两个办事处，还有一个是东城。

欧平站起来往前面走，看见正进会议室的东城办事处的书记跟在自己的后面。坐前排是给他们的"待遇"，更是因为滨江区"创卫"工作的重点在他们两个办事处。东城办是新建区，是市委、市政府所在地，检查组是一定要来的，滨江办是老城区，旧房子多，小街小巷多，工作的难度大，有可能检查。

政府一把手也是同级党委排在第一位的副书记。谢家旺以区委第一副书记和政府区长的名义主持今天的会议。

会议一开始，谢家旺就说："我受区委刘书记的委托主持召开这个'创卫'紧急会议。"

接着，谢家旺开宗明义地说："省里10月20日左右到江城来进行'创卫'复查。比原定时间提前的原因，主要是省里的领导想到江城来看看。省里的领导想到江城来，是对江城的关心和重视。”

"哦，复查是省里来人，不是国家来人！”参加会议的人都似乎松了一口气，但是弄不明白为什么国家卫生城市的复查由省里来实施。

"从现在开始到复检，‘创卫’就是我们各单位各部门的中心工作。”区长谢家旺说："各镇办，特别是‘三办’（三个办事处），党政领导要负总责。区级机关各部门仍然要联系街道，联系的人员××日到位，‘三办’点名。‘创卫’的经常性人员要到位，要把任务搞落实，做好迎检的各项准备工作，包括现场和情况资料的准备。”

谢家旺像发布战前命令一样，讲得非常干脆严厉。可能这才能显出"紧急"气氛吧。

区委常委、区委宣传部部长刘福全通报了"创卫"工作的有关情况。刘福全说，像江城这样的"国家卫生城市"，全国有125个，"国家卫生城市"有37个。"国家卫生城市"复查三年合格，才可以申报"国家卫生城市"。根据他所说的，"国家卫生城市"的级别更高，连创建算起，至少要四年才能获得这个称号。看来，江城的"创卫"是一个长时间的工作，必须坚持不懈。如果三年复检有一年不过关，就不仅不能争创"国家卫生城市"，而且还要摘掉已有的"国家卫生城市"的牌子。

市爱卫办主任李德胜被邀请参加会议并讲话。

区爱卫办主任邢明宣布了市区街巷"创卫"的责任划分。

最后，区政府分管文卫的副区长王小平做了强调。

"创卫"紧急会议开了一个多小时，时间不长，工作任务却十分繁重。

欧平回到办事处，立即召开全办事处干部职工会议，传达区里紧急会议的精神，进一步动员和组织，要求机关各部门、每条巷道、每个楼梯、每间办公室和办事处的院子里，包括办事处职工宿舍、就业站宿舍住户，首先按"创卫"标准搞好清扫和整理；党委、行政领导划片负责，联系干部立即下到居委会，把市、区"创卫"工作会议的精神、要求和安排传达到居委会干部和居民群众，不再召开专门会议，办事处机关只留守电话的人。

接着，欧平"泡"在了"创卫"里。

干部们都下去了，欧平来到了自己负责的北片——将军桥居委会和将军桥东居委会。

　　这里是城市的北边缘，也是南来北往进出省的必经之道，每天车多人多，有三个停产企业，一个居民点，一个火柴厂职工宿舍，一所职业中学，一所小学校，面积大，烂房子多，几十个旱厕，清洁卫生十分难搞，也难保持。

　　欧平和联系居委会的干部先把全境看了一遍，指出了哪些地方还要清扫，哪些问题要整改，要求居委会同居民小组立即行动。

　　欧平最头疼的是抗日战争时期遗留下来的火柴厂宿舍，房子又矮又烂，巷道狭窄，两处旱厕，垃圾直接往从西边经过的嘉陵江里倒，垒起几大堆，找不到人管。他找到厂里去，厂大门紧锁着。没有办法，他只好去找上级主管单位——市二轻局。二轻局领导也感到为难。去了几次，局里的领导才答应请人弄。但是两大堆垃圾，请的人只是往江里推了一下，站在江边看得清清楚楚。如果省里的检查组来看到，是通不过的。幸好，将军桥居委会有经济实力，请拖拉机拉了几车土覆盖在上面才掩盖起来。

　　江城酒厂是20世纪70年代原江城县办的，建市后收归市里所有。曾几何时，酒厂生产经营十分兴旺。欧平大学毕业分配到紧挨着的职中当教师，教师节时厂里给学校送来了不少酒。后来，由于厂领导扯皮，以及原料来源和末端销售阻滞等原因，生产停了下来，只有一个姓黄的副厂长一家人长期住在厂里，其他人不见影子。人一少，就冷落下来，院子里生出杂草，场坝里的东西乱七八糟地堆放着，地上还有一些纸屑、果皮和饮料瓶，宿舍走廊和各家门墙覆满灰尘。这个样子，不搞不行。黄厂长是欧平在县中的校友，欧平给黄厂长说，黄厂长不好推脱，答应尽自己的力量同爱人一起来搞。黄厂长是个负责任的人，几天后欧平去看，两夫妇把地扫得很干净，对坝子上无序放置的东西，也尽他们的力量进行了整理，这才基本上能看得过去。

　　两处旱厕改水，需要大笔资金，时间也来不及，欧平要求必须每天清扫、每天打药消杀，随时检查，确保万无一失。

　　镇办党委书记和镇长、主任要负总责，不仅要全面安排、全面检查，还要搞好对外协调，解决下级不能解决的问题。

　　到大桥居委会去检查卫生，有一处外区的一个单位原来的办公处所，长期锁着，从铁大门看进去，满地垃圾。居委会主任告诉欧平，这里几年都没见有人进出，他们也没法进去，只有在外面看着着急。欧平听说这是市黄金局的下属单位，马上查找市黄金局局长的电话，当即打过去说这个问题。对方承认这里是他们的一个单位，他们遗忘了，连连检讨和道歉，表示马上解决，就不麻烦办事处和居委会操心了。

东山上有一条沟，又大又深，一年四季有水往外流，里面经常有垃圾。但是，沟底是水泥混凝土打的，长着很滑的腻皮和青苔，又很陡，人很难下去，即使下去了，也不敢去清除。周围的人都在反映，居委会也知道，但是没办法解决。欧平看了，见这是城市公共区域，属于市建委管，于是给市爱卫办主任李德胜打电话汇报了这个问题。李主任来看了，确定由市建委处理这里。

办事处的干部把所联系的居委会启动起来以后，就抽时间回来打扫自己办公室的卫生，扫地、抹灰、擦门窗、扫楼梯和走廊。院子里的公共区域仍执行轮流值日制度，在这一段时间里还是轮到哪个部门负责哪个部门打扫。书记、主任办公室滨江办从来是党政办的人员打扫，这一向欧平亲自做。他说，亲自做，心里更踏实。

临近原定的复检时间，欧平带着办事处的分管领导、爱卫办负责人和工作人员一条街一条街、一个巷子一个巷子地进单位入院落，挨门挨户检查，发现问题当场解决。

省检查组没有来。如果是以常规形式检查，欧平应该得到通知，但是他一点儿消息也没听到。据说，有些复查是暗查。暗查也要反馈结论啊，也没有谁说通过了还是没通过。

管他的，"创卫"不是为了单纯挣牌子，地扫得干干净净，到处整整齐齐，人少生病，看起来也赏心悦目，仅后者就值得！

江城"创卫"已经一年多时间，人人明确"创卫"的要求，养成了良好的卫生习惯，天天打扫卫生成为自觉行动。

走到哪里都没有老鼠、苍蝇、蚊子、蟑螂，哪里都一尘不染、整齐美观。欧平对自己所管的这片城市的"创卫"工作心里有底，不管明查还是暗查，都充满信心。

十五

张东生端着一个玻璃瓶茶杯从一楼上来，满脸带笑地走到书记室来，说："欧书记，刘兴跃昨天打电话给我，说他们的工程进行得要完了，要请我们过去看一下！"

"这么快？"欧平知道张东生说的是办事处小西街新宿舍的事情，十分高兴，心想事情只要去做，也快，小西街这个工程经过了两届领导、拖了五六年时间，这才五六个月也就完成了！

小西街宿舍工程重新开工后，欧平去看了几次，但因为事情多，特别是集中"创卫"以后，天天像打仗一样，根本抽不出时间去关心自己到滨江办来以后做的最满意的这件事情。

"就是，还来得快！"张东生和欧平有同感，几年来搁在滨江办领导和干部职工心里的这件大事就算办成了，"这幸好你来抓了老宿舍房改这个工作，否则还是摆在那儿的——你看什么时候有时间，我们去看一下，我也好久没去看过了。"

下午，书记欧平、主任张东生，叫上党政办主任贺吉文、副主任姜志斌去看即将竣工的小西街新宿舍。

新宿舍的外墙已经处理完毕，灰白色瓷砖中嵌入了几条蔚蓝色的腰线和顶线，美观素雅。铝合金窗框反射银光，玻璃洁净明亮。整座大楼新新崭崭，巍然矗立，直接蓝天，在斜阳中熠熠闪光，同周围的青瓦矮房子相比，的确有一种鹤立鸡群的气派。

"这房子还是不错哈！"欧平感慨地说。

"还是可以！"即将在这里入住的三个同事掩抑不住内心的喜悦说。

走过底层面向街上的金属卷帘门商铺，从北头进到里面，坝子里还放着一些施工机械和材料。

从最右边的单元楼梯上去，每层门对门两家，里面几个女工在刷墙。工人们告诉他们："房间内墙还没做完。要看，上面做了几套！"

上了几层，就看到了全部做好的房子。

搞建筑，修主体是从下到上，后面的装饰工程却是从上到下，在底层收官。

走进全部做好的房子，户型和效果才完全看清楚：室内结构和布局很合理，使用方便；房间大小安排恰当，空间得到充分利用；公共设施水、电、气、电话线、电视闭路线全通；铺了地砖。墙壁和屋顶刷得雪白……家家户户只要打个灶，就可以直接搬进来住！

楼顶上，一个几百平方米的大坝子已经打扫干净，以前的繁杂凌乱荡然无存——夏天的夜晚乘凉、登高望远和平时晾晒衣被，这儿都是一个好地方！

西南建设公司的老板刘兴跃不在，四个人看完就走了。

回到办事处，欧平没有说什么，主任张东生和党政办主任贺吉文、副主任姜志斌各回各的办公室，欧平也回自己的办公室去了。

小西街宿舍不修是个大问题，买这个房子的人除了两个办事处属企业的负责人以外，其他都是办事处机关的干部，包括现在的区委办主任杨正明和他之前的书记、现任办事处主任张东生，大家都交了几次钱。主体工程接近完成就停了下来，整整两年了，大家都眼巴巴地盼望着房子早些修起，好住得宽展方便一些。可修起来了，又有新的问题必须解决。修房子关键是钱的问题，只要有钱，谁都能修，什么时候修都可以。房子修起了，要解决的多是人的思想问题。有时候，解决人的思想问题，有时候不比解决钱的问题容易。

这个房子也不例外。

但是，欧平想，不管如何，走到这一步了，再难，也要解决，烦恼也要面对。

这个房子重新动工不久的一次党委（扩大）会议，欧平记忆很深。

在那次会上，行政主任张东生首先发言，说："预算了一下，估计新宿舍120万就可以修起，底层门面售出可回收60万元。大概在10月中旬就可以竣工。住房商品化，主要是职工的承受能力问题，除了个别同志外，大多数人都有问题。"

他的话引起不少人的共鸣，会场上七嘴八舌地议论起来——修了五六年的宿舍终于要修起了，大家很高兴，同时对住房商品化大多数人都说承受不了，认为按张东生报的账，实际操作后的造价比原来的预算少了约60万元，门面预计可卖60万元，那么这房子的价格就很低了，办事处就应该按这个价把房子卖给大家。

张东生的话刚说完，认为按领导排序就该自己发言的梁正建抢了上来，说："新房子600元一平方米比较高，要加强审计。现在三室已投入了11000多元，简单地装修一下，也要七八千。区上表态的钱要拼命要，要来每平方的价格又可以压低一点。"梁正建以自己买的三室要花的钱为例说明职工的经济压力有多大。

党委委员、副主任罗广明接着发言，他在提了几个与这个房子相关的建议后，也说："住房改革也要考虑职工的承受能力。"

党委委员、办事处纪委书记姚文先说："根据我的承受能力，我就承受不了。如果实行商品化，是否可以分期付款，职工三至五年付清？对上级领导表态给的钱，就不要寄予多大的希望了……"

党委委员、党政办主任贺吉文是个老成持重的人，一般不多说话，发言说："住房商品化都考虑的是自己的承受能力，新建的这个房子，一共交了三次钱，第一次是1992年2月，第二次和第三次分别是1992年3月和1995年。办事处几年来基本上没有解决职工的福利问题，以前曾经研究过职工建房集资款付利息的问题。"

副主任李洪福说："自从到这里来以后，日子过得很辛酸。虽然我不在这里住房子，但我对办事处在这里买房子的职工很理解。根据上级的要求，住房商品化不搞不行。现在一方面要搞这项改革，一方面要找区上要表态的钱才行。"

副书记李敏可能是因为她要说的话大家都说了，抑或是她没有买这个房子，没有发言。

是啊，滨江办没有土地发展经济，没有好的企业支撑，前些年还在海南开发甩了一大坨钱，以后开商行进药材又被骗，真的是穷得没有"隔夜粮"了！

单位穷，职工也就穷，有时工资都发不出，更何谈奖金福利！

"干部职工的合法权益一定要维护！我在这里当党委书记，不为干部职工着想，就要当孤家寡人，还能使动谁去工作、去完成任务？但是，我是党委书记，必须从全局出发，严格按照政策办事。否则，就是失职。上次同张东生向区委、区政府汇报房改情况，区委书记刘开山明确回答：'降低价格无依据！'怎么能违背上级领导的意见呢？还有，如果新房子作价太低，已经改革了的旧房子的住户没有意见吗？那些老干部——徐瑞阳、罗文生和南下干部郝玉柱还不闹翻天？如果真是这样，整个办事处不就全乱套了吗？"房子马上就要竣工，又要收款，欧平一天都在冥思苦想如何处理这个问题。

工作要向前推进。

欧平走出办公室，到一楼的主任室找张东生。经过半年时间的相处，他对张东生的好感不但没有改变，而且在不断加深，觉得张东生虽然直爽，不拐弯抹角，有话就直接说出来，但是组织性很强，只要他这个当书记的定了的事，张东生都积极地去执行，没有对着干过，所以欧平爱和他商量事情。

"张主任，小西街新宿舍的修建你是一直在经手，你就管到底。现在工程就要结束了，你带人去把扫尾工作、质检、审计这些事情办一下。这几件事一环扣一环，前面的办了才能办后面的。等把审计搞了，才能说咋个定价、算每家每户该补交多少钱。

张东生想了一下，说："对嘛！但是有些事情我解决不了，还是要你出马哟！"

"那当然！"欧平恳切地说。

半个月后，小西街新宿舍全面完工。建筑垃圾全部清除，地扫得干干净净，大西南建设公司老板刘兴跃高兴地到办事处来向欧平报告："活路做完了！"接着问下一步怎么办，欧平知道他是说工程款的事，叫他放心，没问题。至于程序上的事情，已经给张东生交代了，叫刘兴跃去找他。

张东生带着姜志斌和大西南建设公司的老板刘兴跃一起到市建委建筑质量监理站去申请质检，质监站回答："尽快安排。"

第二周，市质监站来人对整幢建筑的质量进行全面检查。经对照图、承建方陈述、现场查看等规定程序，认定质量合格，等级：良。

质检以后，进行工程费用审计。区里规定审计由区审计局安排实施。

十一月二十八日，党政办副主任、专业会计姜志斌向办事处党委（扩大）会议汇报审计情况：

1. 土建：162.220646万元，审定：136.61721万元，审减：25.86万元；

2. 水电：22.287721万元，审定：16.5982万元，审减5.6万元；

3. 附属工程：7.0633万元，审定：5.543万元，审减：1.517万元；

4. 总金额：191.5575万元，审定：158.4848万元，审减：33.0727万元；

5. 每平方米（不包括附属工程）：519.21元；

6. 钢材：74.26吨，每平方米：0.02吨；

   木材：63.3吨，每平方米：0.022吨；

   水泥：668.26吨，每平方米：227公斤；

7. 以上均不含铝合金的13万多元。

工程审计报告出来，原来的工程预算和张东生的测定都不能作为依据，审计报告是政府法定部门出的，具有相应的法律效力。

根据审计报告，经征求各方面的意见，兼顾各方面的利益和诉求，包括干部职工的承受能力，办党委（扩大）会议对小西街新宿舍做出了比较合理的价格决定，并结合对职工住房的清理情况确定了购房人。

欧平来滨江办之前，区里就起草了全区职工住房改革的意见，还是他亲手执笔的。城市职工住房商品化改革，涉及包括各级领导干部在内的一大片人的切身利益，没有可以借鉴的经验，更没有可以照着施工的"图纸"——后来上级才不断地有精神下达——因此既是一件大事，也是一件难事。区级机关部门的房改仓促启动，没有建立专门的机构，更没有具体的操作流程，滨江办事处旧宿舍商品化改革以至先已进行的区里各部门没有地方报资料，收上来的房款也还在各部门各单位。

欧平正是看到了这个机会，打了个时间差，用这笔钱启动了滨江办小西街新宿舍"烂尾楼"工程，几十户人高高兴兴地住进了新居。

区里直到两个月前，才建立区职工住房改革领导小组及其办公室，办公地设在区城乡建设国土局。机构建立起，才要求各部门各单位的房改方案报区房改办，收回的房改款交房改办的专用账户，然后转区财政。

虽然房改已经结束，但是按照区里的统一要求，滨江办还是补充建立了住房改革领导小组，处理遗留的后期事务。党委副书记李敏任组长。因为行政主任张东生、副书记兼人大联络处主任梁正建都在办事处购了房，像球场上不能既当运动员又当裁判员一样，不宜担任组长，李敏是党委副书记，不在办事处购房，对工作也很负责任。

欧平和张东生想得很简单，房改是国家的政策，把职工的思想工作做通，钱收起来，去办房产所有权证和土地使用权证就对了。

其实，事情并没有这么简单。

滨江办机关院子里的老宿舍房改几个月前就完成了，钱收齐后用于小西街新宿舍楼的修建，现在都已经完工了。照理说，小西街新宿舍的住户补交的尾款和预售门面的钱、办财政临时周转借用的钱归还了旧宿舍改革的上交款，改革方案早已拟好，就万事俱备，就等上报后批复了。可是，副书记李敏和党政办姜志斌去报方案，房改办要求同小西街的新宿舍一起报。小西街宿舍当初批复的是集资建房，照理说房子竣工验收和审计后，把所有费用付清，剩余钱款收归办财政也就对了，因为事情是滨江办做的，办事处也是一级财政，又那么穷，应该补充一下"元气"了。区委书记刘开山却专门给房改办打招呼，把这幢宿舍纳入房改。刘开山很有经济头脑，是有名的"铁算盘"，琢磨滨江办的这个房子，算大账是赚钱的，商铺卖得好，赚的还不少。纳入房改序列，赚的钱就收到区里了。不纳入，办事处就得了这笔钱。而且，纳入房改，就要由区里派人评估价格，定的价格就会比成本价格高，这样就要多收钱，滨江办购房的干部职工就要相应地多交钱。

欧平先不知道刘开山为什么要把简单的事情搞复杂，非要把小西街宿舍拉进房改范畴不可的意思，后来才弄明白他是要把本来是集资建房赚的、属于滨江办的钱，收到区上去。但是明白归明白，下级要服从上级。

这一来，滨江办党委（扩大）会议的定价被推翻，滨江办购小西街新宿舍房子的干部职工增加负担，滨江办领导煞费苦心修起的小西街宿舍支出后的余款连同老宿舍改革的钱，全部收到了区上，滨江办不但没有要来区上补助的二十万（元），自己赚的几十万元钱反而被收走了！

上报滨江办机关职工住房改革方案时，一并汇报了刚筹建小西街新宿舍时调进的一个干部申请购房、两个办属企业负责人购房，以及副县级的前任书记徐瑞阳、副书记罗文生和离休老干部郝玉柱等几个特殊情况，请示区里答复。

"创卫"集中行动刚过，区政府分管副区长、区房改领导小组副组长兼办公室主任来办事处，对滨江办职工住房商品化改革工作走在全市乡镇办的最前头给予充分肯定和表扬，宣布对重启小西街新宿舍工程挪用房改资金的责任不予追究。他们的工作没跟上，还给下级超前漏子！欧平知道，这是为他们白白收走滨江办的几十万的辩护！

滨江办的方案批复下来，具有购房的人最终确定，欧平要求办房改领导小组会同党政办、财政所，尽快按方案批准的价格、不同级别的优惠政策，把每家每户应补或应退的金额算出来，尽快结清手续。

10月下旬，欧平来滨江办刚满半年的时间，购买小西街新宿舍的干部职工就拿到了入户的钥匙。这房子，本来只要打个灶就可以入住，但是有些人还想再装修一下。无可厚非。自己住，应该尽可能一次性弄好，以免后面弄多费事。

不要说都是干部，还没有人住过这种洗衣、解手都在家里的现代化楼房呢！没住过这种楼房的老土们，搬房子时又闹了一些笑话。

一个四十多岁、"文革"前的"老三届"1966级高中生女干部，她的文化知识是受人羡慕的，搬房子却做了一件叫人啼笑皆非的事情——她担心楼上如果把下水管堵住了影响自己家，别出心裁地把安装在室内的总下水管横着锯了一条口，在里面安了一个滤网。想的是，如果水管堵住，堵的是上面，自己家下面的水照样可以流走。没有几天，水管真的堵住了！从管子里冒出来的脏水给上面那家流得满地都是，顺着管子往下流的，给自己家淌了一地。她去找上面那家，说给她家漏了一屋子的水。上面那家开了门，说他们也不知道是怎么堵了，也满屋子是水。你说是我的责任，我说是你的责任，闹得不可开交，于是给书记欧平打电话。

"喂，欧书记吗？"女干部尽力克制着自己的情绪。

"我是。"

"我给你反映一个事情！"

"啥事？"

欧平刚在区上开会回来，正端碗吃饭。如果不是开会，他不会在家里吃午饭。

"我们楼上不知咋搞的，把下水的管道堵住了，给我们家漏了一屋子的脏水。我们去找，他们还不认账！"

欧平回来不久，太阳大，拢屋一身汗，听她说是这个事，有些不耐烦地说："这样的事，你们自己解决！"

"我们就是解决不了，才找你。"

"你找我，我在东城，在区上开会才到家。"

"那你说咋个办？"

"刚修的新房子，咋个会堵呢？"欧平问堵的原因。

"是他们上面堵的，把水给我们流下来了。我们就是怕出问题，才在我们楼顶那个地方安了一个滤网。"

"啥子滤网？"

"我们在街上买的，圆形的。"

欧平有些奇怪，下水管还可以安滤网，问："你们的滤网是怎么安的？"

"安在管子里的嘛！"

"安在管子里的？怎么安得进去？"

女干部一时说不清楚，结结巴巴，把话筒交给了她的爱人。

"喂，欧书记，我是×××。"

×××是一个中学教师，老大学生，在区教委教研室工作。

"哦，×老师，你好！你们的滤网是咋个安的？"欧平问。

"我们安在屋顶那个地方的……"

"你们是怎么安进去的呢？那不是要把管子锯开吗？"

"是嘛！我们只锯了一道口，然后又封好了的……"

×老师可能已经意识到了他们的过错。

"×老师，你想，你们安个滤网，渣子在滤网那里积多了，是不是就堵起了呢？滤网那里堵起，你们上面那一家肯定进水，水积多了就渗漏，不漏到你们屋里才怪！"

欧平又好气又好笑，两个知识分子竟然搞了这么愚蠢的一件事。

"那……"对方语塞，没有说出话来。

"这个事情完全是你们的责任，看你们咋去弥补！"欧平严厉地说。

下午，欧平来上班，没见那个正儿八经的"老三届"高中生女干部来找他。

一天，两天……一周时间都过去了，还是没有谁来说这事，大概已经自己处理好了吧。

如果住过楼房，定然不会出现这种事情。

那一段时间，搬新房子的人们星期天和休息时间都在买材料请工人打灶和小装修，还挺忙。但是，一个个都忍俊不禁地面带着笑容。看到大家欢天喜地的样子，欧平感到十分慰藉。

上半年老宿舍改革的房屋所有权证和土地使用权证因为区里没有专门机构，市里房屋管理权移交和文本的制作滞后，交清了款项的干部职工没有及时拿到"两证"，几个老干部很有意见，其他职工也在议论。现在说的是，只要区里把房改方案批复了，按批准购房的人员名册、价格、金额，把钱全部收齐交上去，就马上测量制图，很快可以拿到证书。

正式上报住房改革方案一个月后，参加滨江办机关住房改革的干部职工笑盈盈地拿到了房屋所有权证和土地使用权证。

到此，欧平才长长地舒了一口气。

他终于完成了艰难的房改和修建小西街宿舍这两件大事！

十六

正在欧平沉浸在进行了办事处机关房改，修了五六年的宿舍楼竣工，买房子的干部职工乔迁新居，滨江办的工作高歌猛进的无比喜悦的时候，发生了一件意想不到、直接冲着他来的事情。

那是一个星期天，住在东城区委、区政府宿舍的欧平吃了晚饭后，少有地走下楼准备去散步。走到院子里，进大门不远的地方，一个手握不锈钢茶杯、酒喝得醉醺醺的男人走上来拦住他。

"你是欧平嘛！"这个男人个头高大，黑苍苍的，怒气冲冲地问，"你为啥要把李芬芳赶回厂里去上班？"

"你叫什么名字？你是李芬芳的什么人？"欧平听清楚了，这个男人是为李芬芳而来，问他。

这个男人穿着一件棉大衣，脸色铁青，看样子来者不善，欧平立刻警觉起来，做好防御不测的准备。他从来没有遇到过这种拦路不让走、样子那么凶的情形，心里很紧张。

"我姓徐，李芬芳是我老婆！你今天不给我说清楚，莫想走！"自称姓徐的人提高了嗓门大声说。

看他报自己姓氏的气势和后面所说的话，是做好了来打架的准备的。

见姓徐的手里没拿其他东西，只有一个不锈钢茶杯，欧平仗着自己也有一把劲，左右看了一下，见不远处的单元门口有两个砖头，心想如果姓徐的敢行凶，他就上去抓起砖头自卫，吓唬他，制止他。

欧平知道，李芬芳的丈夫在铁路上工作，是一个火车司机，但是从来没见过，也不知道姓什么叫什么——他没有必要去了解这些与己无关的事。但是，人家可能看见过他，今天一见面就认了出来。

欧平从样子上看出，李芬芳的男人此时正带着傲慢与蛮横来寻事，他不得不有所防备。

"你咋个知道我住在这里的？"欧平定下心来后，调了一个话头问。

"别人告诉我的！"李芬芳的男人回答说。他只知道欧平住在这个院子里，是哪个单元几楼不知道。他已经来了很久了，在这里等。要是欧平不出来去散步，可能就不会和他遭遇。也有可能他问欧平住的房号，人家不知道他出于啥目的，没有告诉他。若有人告诉了，他闯到欧平家里，那就不知道要发生啥事了。

"你咋个要来找我？"

"我不找你找谁？你是办事处的党委书记！"

"那是按政策办的，是集体研究决定的，你怎么冲着我一个人来？"

"不行，你就是要给我说清楚！"

……

晚饭后，院子里很多人往外走，有些先出去的人已经回来了，看到有人在挡欧平的路，不让他走，都围了上来。

门卫老余最先来，已经劝了那男人一阵。

人一下围了一大圈。

那么多人围上来，欧平有了安全感，估计姓徐的男人不可能在大庭广众、众目睽睽之下行凶，完全镇定下来，耐心地做解释："老徐，你不要冲动，你回去问问李芬芳，她知道的比你清楚！"

"她清楚，就是回来一个劲地哭——"姓徐的男人垂下了头。

工作了几十年的欧平，处理了无数纠纷，有学生之间的、老师之间的、农民之间的、来上访找区里领导的等等，有各色各样的人、五花八门的事，听姓徐的这一说，对事情发生的来龙去脉完全明白了。

"老徐，你看这样好不好，你可能还没有吃晚饭，赶快回去吃饭，我明天一上班就处理这个事？"

"嗯……你说的是真的吗？"

"你问问，我什么时候说过假话！"

围观的人大多数是这个院子里的人，是知道欧平的，说："那你相信，欧主任是个好人，从来说一是一，说二是二，没哄过哪个！"欧平在人们中间的口碑很好，到现在大家都还习惯于用他在区委办的职务称呼他，叫他"欧主任"。欧主任在他们的心目中是一个正直、本真又富有同情心、对人态度平易的人。

邻居们听清楚了是怎么一回事，是工作上的事，都想早一点儿让欧平摆脱纠缠。

姓徐的人确认了欧平的话后，转身一偏一倒地走了。也许他心里也清楚了事情本身对他老婆李芬芳并没有什么不公和委屈，只是心里还寄寓着一个改变事实的希望，或者就是想出一口气。如果是后者，他的目的已经达到。

三十多年前，美丽的江城中学校园，秩序井然中蕴藏着勃勃生机和青春的力量。办公楼、教学楼、礼堂、教师和学生宿舍，全部是苏式建筑，布局十分严谨。

从南校门，也是正门进去，左边是传达室和医务室，一个打钟或拉铃的张姓校工和一个金姓的校医在这里上班。最早上课下课起床睡觉，都是敲击办公楼后面一口吊着的铁钟。后来有了电，安装了电铃，张师傅足不出户地拉一下连着开关的线绳，号令全校的电铃就响了，几百名师生员工就立即按照铃声行动。右边是一个用高高的竹棍编成的篱笆围着的网球场。穿过办公楼，一条笔直的大道把占地一百多亩的校园分成了两个部分：一边四幢教学楼，一幢宿舍楼，东边是初中部，西边是高中部，师生合住，大部分教师和全部女同学住在西宿舍楼，全部男生和小部分年轻教师住在东宿舍楼。接着是少有的能够同时几个班上体育课的大场。东边紧靠大道有一个五六十厘米的高台，是开校会的主席台。全校学生集合时，嗓门儿大的体育老师也站在台上使劲地吹口哨、喊口令。台前一大片操场，开会和集合只能占其一隅。紧挨着是一个面积接近标准的足球场。东南角上有一个高高的铁架，吊着两根竹竿，是训练爬高的吊杆。西边有五个篮球场、四个乒乓球台、单双杠和跳远用的沙坑。那座东西横着的大房子，兼做餐厅和礼堂。后面是伙食团，有厨房、洗碗台和储藏室等等。

"丁零零——"一声长长的电铃声。这是下课铃。随着铃声，上课的老师夹着书本走出教室，紧随其后学生们潮水般涌出来。

　　东边，初三（1）班的教室里，几个十四五岁的女生走出来。她们边走边说着话，不知说到了什么高兴事，笑得"咯咯"的。她们是那么的欢乐、那么的单纯。那个眼睛特别大，比一般的大眼睛还要大、珠圆玉润、文静素雅的女生叫李芬芳。

　　那时，欧平是一个刚迈进中学大门的初一学生，比李芬芳低两个年级，他品学兼优。

　　在学校，低年级学生很崇拜高年级的同学，羡慕他们书读得多，懂得多，有时对他们还充满神秘感。初中部的同学都还不成熟，男女界限分得很清，除非必要，男女同学互相不说话，更不要说谈情说爱。但是，哪个女生长得好看，男生心里就会生出喜爱之情，那个男生标致，女生也会产生想要接近的心情。李芬芳漂亮娴静，不仅在同班同年级和高中部的男生中留下了很深的印象，在像欧平这种年龄的小男生中，有时也会说："这个女子漂亮。"对男同学们在自己面前表现聪明和逞能，李芬芳只是莞尔一笑，没有再往深处想过——她的心思全部在学习上。

　　"文革"开始不久，学校就停了课。有的男同学开始追女生。漂亮的李芬芳成了一群男生追逐的对象。"李芬芳，我们在一起嘛……""李芬芳我喜欢你！""下乡我们在一起，我爱你……"几个很"匪"的男生一看见她，就拦住她，不让她走。十七八岁的李芬芳，这时心里虽然已有了爱的向往，但是仍然害怕造成不好的影响。她不敢再住在学校，回家躲着。有时候，有同学来约她，才到学校里来一下，但看一下又很快离开。起初，老师和同学们还经常看到她，后来越来越少见到，以至完全没看到了。

　　时间刚刚跨入1969年，所有的中学生都上山下乡——农村的同学回家，城里的到农村插队落户。

　　李芬芳没有上山下乡，同火车司机耍上了朋友。铁路上的工资高，开火车的更高。有可靠的经济来源，下不下乡无所谓，她逃避了那场运动。没有到农村去吃苦倒好，可后来的事情就难办了。没有上山下乡的中学生是极个别的人，两年后知青回城，每个单位的招工对象都是上山下乡的知青，李芬芳都不符合政策，进不了人们羡慕的那些好单位。靠着丈夫能够生活，但是一个名副其实的初中毕业生，一辈子当专职工人家属，当生活的寄生虫，李芬芳不甘心，也不愿，她也想有自己的工作，不在家里吃白饭。当滨江镇办街道企业的时候，她进了面积只有2亩土地、1000多平方米厂房、20多个工人的棉织厂。

欧平调到滨江办来以后，才看到当年县中校花之一的李芬芳在居民办上班。他没有问她怎么在这里，也没有时间问，也不知道她原本在企业工作。说实话，欧平和李芬芳是同学，她比他还高两个年级，同学和同学，只要不涉及原则性问题，他应该帮助和照顾她。

李芬芳肯定是认识欧平的，那时候江城中学虽然是招收相邻三个县的高中生，连同初中也只有七八百名学生，人数不多，从初一到高三的同学，即使不一定知道姓名，但也是熟悉的面孔，何况都是在学校东边的初中部，每天上课下课，早自习晚自习，都在一个区域内。欧平到滨江办来当书记，李芬芳没有到他办公室来过。但是，欧平几次到居民办去了解居委会的工作情况，他一坐下来，她就给他沏茶，还端来递到他手里，然后才淡淡地一笑，什么也不说就走开。她是觉得学弟都当领导了，自己还是从一个小厂借来的人感到惭愧，还是淡看名誉地位、不攀龙附凤？欧平不得而知，也没去想为什么。在同学时，他还是一个什么也不懂的毛头小子，她已经是一个大女生，从来没有说过话，以后直到他来滨江办才看到她，她没有理由对他有恶感。

国家的工作重点转移到经济上来，经济领域的各个方面都在改革的同时，政治体制的改革也在不断推进。作为政治体制改革的一个重要方面——党政机关的机构改革，几乎年年都有新举措，几年就有一个大动作。改革是利益关系的调整，不能不涉及人们的切身利益。机构改革的原则是精简高效，解决群众反映强烈的人浮于事、效率低下的问题，因此理顺关系，政事分开，政企分开，清理党政机关使用的企事业人员是应有之义。存在此类问题不解决，要严肃追责。前几天的党委会，按照上级的要求，研究清退办事处机关部门借用、抽调、调入的企事业人员，李芬芳在其中，也是年龄最大的一个。就个人感情而言，欧平完全没有要清退李芬芳的意思，她是自己的同学，年龄又相对说大一些。然而，同法不容情一样，公不容私，不能不执行政策，不能不一视同仁啊！

乡镇办党委的组织员是具体做干部工作的，在区里的对口部门是区委组织部和区政府人事局。滨江办组织员张开华是原来的县辖区——县的派出机关，管几个公社（后来的乡镇）的一个老组工干部。欧平还是教师的时候，张开华就在他们所在的区当组织员。

　　老张是一个转业军人，当过公社党委副书记，后来调到区上当组织员，级别为股级，算是提拔，很多公社书记、主任都很羡慕。他话不多，很实在，后来调到城里工作，随着机构的升级成为副科级干部。为了解决"天下第一难"的家属子女"农转非"问题，老张提出："只要解决了我的这个问题，我愿意一辈子不提拔。"说出去的话，泼出去的水，无法收回。十几年来，江城的区划和机构多次变动，听他做承诺的领导早已不知到哪儿去了，他仍然坚守诺言，不向组织提出要求，加上言语少，十几年过去还在驾轻就熟地做组织员的工作。老张两个子女，儿子当兵去了，女儿还在读书，爱人原来在农村劳动落下了一身病，一年要住几次医院，但是他从来没有对谁吱过声。

　　欧平信任张开华的工作，他管的这个方面的事，欧平来了快一年没有多操过心。

　　按规矩，党委决定了的有关干部人事问题，应该由组织员传达给本人。这次党委会研究清退机关单位的企事业人员，张开华列席了会议，他给人家谈了吗？那天还专门给他说了？如果谈了，是怎么谈的？

　　星期一上班，欧平一来就先到张开华的办公室去，说了李芳芬男人找他闹事的事情，问他给几个清退的人员谈了没有。张开华慌了，说这几天他爱人住医院，忙得还没顾过来。他还没谈，怎么李芳芬就知道了呢？肯定是其他参会人员泄露出去的。对这种不遵守保密纪律的行为，欧平很气愤。

　　"欧书记，那咋办，给你造成了这么大的影响？真对不起！"张开华听了欧平给他讲的李芬芳的男人找他麻烦的事，心里很不安，连连道歉。

　　"张主任！"办事处的干部都这样称呼张开华，欧平也随大流这样称呼，"李芬芳的丈夫姓啥？叫啥名字？"

　　"姓徐，叫个徐啥子——"老张想了半天才想起来，"徐——徐广银！这个事，我马上找李芬芳谈，叫她男人道歉！"

　　"我和你一起去找李芬芳谈！"欧平说。

　　"对嘛，我们一起去！"老张想了一下，没什么不妥，说。

　　李芬芳已经知道办事处党委要叫她回厂上班，但是没有人正式通知她，这几天还是按时到居民办来。

　　欧平走前面，张开华跟在后面。进了居民办的办公室，刘秀英看见，马上站起来，说："两位领导来了！欧书记请坐！"赶快拉过一把椅子给书记欧平后，又说，"李主任也请坐！"刘秀英招呼欧平和张开华，面向窗子背对着门坐的李芬芳听见，转过身来，见张开华还站着，赶快拿一张毛巾把靠墙放着刚抹过的一把旧长藤椅又抹了一下，叫组织员张开华坐。

"欧书记，你们来啥事吗？"刘秀英问。

"欧书记和我来是找李芬芳说个事。"张开华害怕欧平不好说，抢先回答说，"李芬芳，给你说个事情。今年区里下命令，彻底清理党政机关使用的企事业单位人员，上周党委会研究，清理了我们办事处的几个人，其中有你，因为你的档案关系在棉织厂。你是一个老同志啦，在棉织厂还任副厂长，希望你能够正确对待这件事。我因为老婆住医院，还没来得及给你谈。这是我工作上的失误。这件事是中央的要求，不是下级哪个党委、政府的意见，全国都在清理。滨江办事处这次清理的你们几个，是党委集体研究决定的，不是哪一个人决定的，也不是针对哪一个人的。所以，昨天你爱人徐广银到欧书记家里去闹事是没有道理的。他酒喝得一偏一偏的，这种时候胆子大，啥子事情都可能干出来，幸好没有出大的问题，如果出了大的问题，他是要负责任的，你也要受到牵连！"

组织员张开华才一开口，李芬芳就大滴大滴地往下掉眼泪，掏出衣兜里的一个手绢擦都擦不赢。

看到李芬芳这样，办公室里的几个人心里都很不好受。

李芬芳听张开华说到后面，擦了一下涌出的泪水说："我不叫他去，说这是我自己的事，与领导无关。欧书记和我，还是江城中学的同学，咋个会整我嘛！他不听，硬是要去。他喝了好多酒，我挡都挡不住。他这个人就是这样……"李芬芳好像还在回忆她昨天拦阻徐广银的情景。

"你们老徐的这种行为是极其错误的，他是那么大一个中央企业的职工、火车司机，我们不给他单位去函了，但他要来当面向欧书记道歉。否则，捕风捉影，无根无据，就找领导闹，甚至威胁到人身安全，领导还怎么工作？"不多说话的老组织员越说越严厉。

"算了，张主任！我昨天对老徐说，我今天上班就处理这件事，看老徐一会儿来不来，如果来了，把事情说清楚，我就原谅他，不追究了。"欧平阻止住组织员张开华，不让他说得太重。

哭了很大一阵的李芬芳这时没有再流眼泪了，她没有责怪这多年来一起相处的张开华说话不留情面，认为他说的在理。听欧平书记还等着徐广银来说清楚这件事情，李芬芳说："欧书记，这件事怪我，事情完全没弄清楚就回家去说，知道徐广银喝了酒就不能控制自己还让他知道。其实我也想通了，在哪里上班都一样，只是到厂里上班路远些。徐广银昨天见你对他还那么客气，说话十分真诚，他酒一醒就完全没事了。他今天上班去了，不会来了，你不要等他。事情我都清楚了，我回去给他说。他昨天的行为确实不对，我这里代他向你道歉！我今天把东西收拾了，拿回去，明天就到厂里去上班。"

李芬芳说得很诚恳。

同张开华从居民办出来，欧平回到书记室，坐在椅子上想这件事，徐广银的行为确实使他很受伤害，而李芬芳通情达理，在自己为难之时还为别人着想，使他很受感动。

十七

　　一年一度的征兵工作开始了。这是每年的例行工作。

　　多少年来，征兵都是在冬天，而且大多是国家征兵命令下达后，部队的接兵人员就来到地方，10月底前征兵结束，11月初新兵起运。一进入10月，就开始宣传动员，宣传征兵工作的意义、政策、工作步骤等等，主要是征集对象和征集条件。接着，自愿报名，对报名人员进行初审。初审要目测身体基本情况，了解在街道、村组或单位的表现，进行筛选。然后，进入体检。每个县区根据居住情况、人数多少，设置体检站。体检的医务人员和工作人员由县区征兵办公室会同卫生主管部门从地方医院和其他医疗机构抽调。各体检站的工作同时进行，一般两到三天结束。体检结束后进行政治审查，接兵部队家访。最后是定兵。一切工作完毕，赓即新兵起运。

　　国务院、中央军委的征兵命令一下达，在原来的乡和现在的滨江办事处当了近十年武装部长的吴世明来到欧平办公室，笑眯眯地说："欧书记，要征兵啰！"吴世明像是来传达，也像是来汇报和请示。如果欧平不知道就是前者，如果已经知道了这个消息，那么就是后者。这是吴仕明说话的风格，有退路，很圆滑。

　　"就是。我昨晚上看《新闻联播》看到了。"欧平的目光离开办公桌上文件夹里正在看的文件，抬起头对武装部长说。

　　听到欧平已经知道要征兵的事，吴世明说："你要加强对征兵工作的领导哟！"吴世明的话是要求，不是必须，说是希望、请求或者争取党委书记重视或加强领导更准确。

欧平见吴世明小心翼翼的样子，故意逗他说："你当了这么多年的武装部长，是老部长了，这是你分内的主要工作，你按文件精神进行就是啰！"

"嘿，那我不敢，我要听党委书记的！党指挥枪，你书记不下命令，我不敢行动。"

吴世明是当兵退伍回家，然后参加工作当武装部长的，懂得服从命令是军人的天职，此时这样说，既是懂规矩，也是出于他工作的需要。

改革开放已经十多年，社会发生了巨大变化，人们的思想不再是那么单一和纯洁了。大家都在寻找发财致富的路子，但又不能人人遂愿。有些怀揣梦想的失意者，不惜铤而走险，违法犯罪。少数人在新的政策允许下，财富越聚越多了，胆子也越来越大，忘乎所以，称王称霸，胡作非为。青年人在勤劳致富和读书改变命运的同时，入伍当兵也不失为一条实现理想的道路。在国家的征兵工作中，如果不认真把严思想政治审查关，思想不可靠甚至有劣迹的人就有可能混进军警队伍。这是非常危险的！这不是耸人听闻，而是内部通报披露的事实：有的因为偷盗财物暴露，引发杀害领导人的特大恶性案件；有的贪恋荣华富贵，驾飞机叛变逃跑，给国家造成重大损失；有的因为个人发展不得志，严重危害社会公共安全……如果出现这些问题，如果是在入伍时没有严格审查遗留的隐患，基层武装部，甚至党委、政府都被追究责任，而这样的责任，有些是负不起的。吴世明说的，就有这一层意思。

几十年前，欧平也自愿报名参军过，那是在"文革"中，是在参军是绝大多数青年实现人生理想的唯一出路的年代，竞争太激烈了，他没有能走成。他只有这段与"军"沾边的经历，实在太浅短。如果要具体管征兵工作，他没有眼前的武装部长吴世明那样的身体力行，当然谈不上有什么经验，特别是面对发生了巨大变化的新时期的新问题。但是，他默想了一下，也就是那么回事。

"有什么不敢？而且这是你的工作，不是你敢不敢的问题，敢也要干，不敢也要干！再有多大的困难、多大的风险，也要勇往直前！"欧平见吴世明有些畏难，虽然对自己来说更是新问题，他还是鼓励他说，"你严格按照文件和上级精神办，有大的问题及时汇报，党委、行政集体研究！"

吴世明抬起头，见党委书记一脸真诚，充满信任，于是说："好嘛！"

说完，吴世明站起身向门外走去。

没有几天，区人武部召开"一九九×年征兵工作会议"，各乡镇办武装部长参加会议。区委书记刘开山、区长谢家旺、常务副区长严明阳到会并讲话。

会议传达了国务院、中央军委的征兵命令和征兵政策。区人武部部长赵华兴对征兵工作的步骤、完成任务的时间做了全面安排。区人武部政委任祥云对工作要求，要注意的政策问题做了强调和补充。

区委书记、区政府区长、常务副区长分别对全面或有关方面对区和乡镇办武装部的工作提出了要求，明确了党委、政府的职责任务。

参加全区征兵工作会议回来，吴世明向欧平汇报了会议精神。

虽然征兵工作年年都在做，但每年的政策都不尽一致，吴世明先概括地汇报了主要精神，正准备做具体内容的汇报时，欧平说："大体精神我知道了，具体问题在党委（扩大）会议上传达。"欧平认为，征兵是大事，至少办事处的每一个领导干部对情况要清楚，要知道政策，他在会上听就是了，用不着浪费时间专门给他一个人汇报。

"那好嘛！"吴世明说。

党委（扩大）会议听取了吴世明的汇报后，结合滨江办的实际情况，对征兵工作的开展研究了具体意见。

在会上，欧平说："征兵工作是人武部每年的主要工作，具体事情由人武部去做，但是征兵工作也是地方党委和政府的重要工作，加强领导，积极支持，严格监督，化解矛盾，帮助解决实际问题，保证为军警部队输送合格兵员，也是义不容辞的责任。"他要求各位党委委员、行政领导关心征兵工作，为顺利完成征兵任务做出贡献。

"踊跃参军，保卫祖国"。"一人参军，全家光荣"。中华民族从来有参军入伍反抗侵略的优良传统。在滨江办征集的都是城镇指标的兵，从来竞争都十分激烈，所以完成征兵数量是绝对没有问题的，关键在要保证质量，保证向部队输送的是思想政治合格、体魄健壮的优秀青年上。身体质量由体检把关，是主管部门派出的医护人员的事，思想政治是否合格就主要由办事处来把关，由办人武部、党委和行政负责。为了把好关，使应征青年是政治合格的，欧平决定在报名环节，自愿应征的青年在居委会或单位报名，由居委会和单位先把关。因为他们了解和熟悉报名对象的家庭情况和本人言行表现。办事处人武部不接受报名，极个别要直接报名的，办事处人武部要派人亲自去考察报名对象的情况，听取居委会或相关单位的意见。

欧平提出的这些做法，在党委（扩大）会议上，大家一致同意。

办事处以人武部牵头召开了滨江办征兵工作会议，全文传达了区里征兵工作会议精神，下发了文件。以往征兵直接在办事处报名，工作人员两眼一抹黑，个人情况由自己说，是否属实，还要到居委会或相关单位一个一个地了解。这样报名，工作压力全部在办事处武装部，人手不够要临时在其他单位抽调，人员要培训，还不能保证都负责任，没出差错，累得要死。居委会和单位袖手旁观，还有意见，认为征兵事务不公开，办事处大权独揽，一手遮天。现在这样，工作更扎实，情况来自最了解情况的人，居委会和单位报名忙起来，但觉得手里有权，忙了还乐呵呵的。其实，主要不是权不权的问题，也不是办事处武装部落得了清闲，而是把应征青年的思想政治把关直接一步落到了实处，确保了新兵政治质量。

吴世明的办公室没有了过去打拥堂的现象，他只是接待有关征兵工作的来访，回答居委会和相关单位的询问，有大的事情去跑一跑。

二十几个居委会和相关单位把应征青年报名册报来，办事处党委、行政在会上过了一遍后，定出了参加体检的人头。

区征兵办在西城的一家区医院设立了一个体检站。西城和滨江两个办事处的应征青年都在这里体检。西城办的体检人数多，滨江办的更多，还有军分区、区人武部掌握的名额，这是全区体检人数最多的体检站，调集的医务人员是其他体检站的三倍多。设站医院的日常应诊不能停，他们的人没有都参加体检，所以这个站从市、区医院或其他医疗机构抽调了不少医生和护士。

体检人多，只有分期分批进行，西城一天，滨江一天，其他方面的人一天，三天完成任务。那天滨江办的应征青年检查，吴世明头一天下午就给欧平和张东生汇报，要求党委、行政的主要领导去看望滨江办参加体检的应征青年，鼓舞一下士气，做做思想工作。欧平同意，叫他通知张东生主任和梁正建、李敏两位副书记参加。

初冬时节，没有太阳，也没刮风下雨，天气还算暖和。

滨江办党委书记欧平，党委副书记、办事处主任张东生，党委副书记、办事处人大联络处主任梁正建，党委副书记李敏来到西城征兵体检站看望滨江办参加体检的应征青年。

体检站里，由于房间不够，敞坝里的路边摆着一张张长桌，桌子后面坐着穿白大褂的医生和护士。前面五六张桌子的人是测血压，接着的几张桌子的人采血样。参加体检的应征青年已经过了这两关到前面去了，医生和护士们正闲着。这里面不少人是他们几个认识的，向他们打着招呼，他们边回答着她们的话边往前走。有几个欧平原来在宣传部时就认识的护士，嚷着要给他测血压：

"欧书记，来我们给你测个血压！"

由于经历过长期艰苦劳动的锻炼，欧平的身体素质很好，从来没有住过医院，血压还是二十多年前他报名参军体检时测过的。那次，他特别想去当那个兵——汽车兵，心情很紧张，测出了高血压——90/130，当高原汽车兵不合格。他急了，去找接高原兵的刘连长。刘连长过来给他说情才通过，还掏出笔记本记下了他的名字，要带他走，他才放了心。可是，最后他还是没能走。以后，学习和工作忙，没有再测过血压，身体从来没有过什么不好的感觉。见人家那么热情，主动给他测，他不好驳人家的面子，于是说："来嘛！"

走过去坐下，姓王的护士给他测。在其他人的帮助下把袖子抹上去，伸出手臂，系好血压带，然后挤压气囊，他有了很强的鼓胀感，王护士扭开气囊边放气边说："你还好呢，80/120，舒张压80，收缩压120，正常得很！"欧平听了很高兴，他的血压那么正常！这以后，他在医院测过多次，都很正常。看来，几十年前他血压高，是假高，临时的高，是他太想去当汽车兵开汽车了！

欧平谢过王护士几个人，同在一旁等他的张东生、梁正建、李敏、吴世明几个又往前走。

他们一个项目一个项目地看了各个环节的检查情况，问候参检青年，同一些来陪同的亲属攀谈。参检青年都希望自己每一个科目都能顺利过关，这次能去参军参警，当一名光荣的中国人民解放军或者武警战士，保卫祖国，服务人民，为社会主义建设贡献力量。来陪同的亲属虽然心里舍不得自己的孩子或者兄弟离开，但出于大义，也愿意送他们从军从警，既尽保卫国家、保卫人民和平安宁生活的责任，也使他们开阔眼界，得到锻炼。

欧平们几个又在总检口一起看望集合在那里的滨江办全体参加体检的应征青年，向他们问好，要他们"一颗红心，两种准备"，能走就好好在部队的大熔炉里锻炼自己，走不了就好好学习和工作，好男儿志在四方。青年们一个个点头答应，感谢办事处领导来看望他们。

体检结果出来了。

就在这时，区里召开征兵工作紧急会议。欧平吃了一惊，以为征兵出了什么重大事情。结果是有几个乡镇符合条件的人数不够。区委书记刘开山、区长谢家旺、常务副区长严明阳、区人武部部长赵华兴、政委人祥云、郭副部长都到了会。各乡镇办党委书记、武装部长，区人武部各部门负责人参加会议。会议决定进行二次体检，使体检合格人数和应走人数之比达到130：100。

这些年，经济社会飞速发展，不少农村青年有了自己挣钱的门道，很多人远离家乡打工，对征兵的事没有多上心。因此，报名的人数没达到要求。现在再去宣传发动已不现实，只有在已报名人员中想办法，放弃体检中的拔高要求，增加身体合格人数。任何事情，正在进行时好做，过后弥补难弄，这次征兵就遇到了难弄的事。

还好，滨江办完成了任务，欧平和吴世明只是去听了一下会议内容，就开始进行对体检合格青年的政审和接兵部队来的人对准备接走对象的家访。由于报名在居委会和所在单位，已经把了一道关，这一阶段的工作很轻松，除进一步了解了几个青年的表现和对有反映的家庭做一些调查外，大部分青年都没有什么可了解的。

没有想到的是，这时突然冒出了另外一件难弄的事。一天，武装部长吴世明来向欧平汇报，军分区主要领导要求把一个汪姓青年送走。这位领导还亲自写了条子，吴世明把条子拿给欧平看。欧平看是署的这位领导的名，但他从来没有看过这位领导的字，问："这是不是×××写的？"

"是，我见过他写的字。"吴世明说。

欧平问吴世明怎么对待这件事，他没有经历过，没有经验。

"我也不知道咋个处理，所以来给你汇报，你说同意就同意，你说不同意，就回复他没法。他们不要又叫捉鬼，又要放鬼！"吴世明有些气愤地说。

好个吴世明，把球踢给了欧平，应了征兵刚开始时欧平对他思想的揣摩。其实，欧平也没有感到什么为难：不管是谁，严格按政策办事！

"政审的政策是怎么规定的？"欧平反问吴世明。

"按政策就不行。他是文了身的，按规定名都不能报。我说给他报个名，如果身体不合格就打发了，哪知道他身体没有问题……"吴世明嘟嘟哝哝地说。

原来是吴世明在报名时放了一马引出的后患！

东山上的汪家，改革开放后靠一个旧汽车运货起家，现在发展到一个车队，很来钱。钱多了，胆子大起来，在社会上蛮不讲理，群众反映很大。在这种家庭的影响下，他们的子女也天不怕地不怕，到处惹是生非，这个小子文了身。

征兵政策明文规定，凡文过身的，不予报名。

吴世明为难地垂头呆坐在欧平办公室的旧沙发上一言不发。

"振作起来！有什么难的？不行就是不行！你害怕得罪你的顶头上司，我不怕！"欧平大义凛然地说，"你就说我不同意，要找叫他找我，我看他咋个给我说！"

军分区的领导给武装部长吴世明打电话，吴世明说办事处党委通不过，叫他给党委书记欧平说。

吴世明把军分区领导的办公电话号码和手机号码都给了欧平，欧平看到是这两个号码来电，或者不接，或者推说自己在外地。欧平给吴世明打招呼："如果×××亲自来了，你通知我，我好走开。"

就这样，事情被软顶回去了。可能得罪了人，但坚持了原则，也许是避开了一次犯大的政治错误的可能。因此，他沾沾自喜这个已有的过程。他在想，要是这位领导亲自到办事处来，遇上了，面对面，要了结这件事，那就不知道有多么难了！

滨江办走的兵是在办事处党委（扩大）会议上一个一个定地过了的，是哪些人，每个人是啥情况，一共走了多少人，参加会议的办事处全体党政领导都有记录，清清楚楚，明明白白。

走的兵定了。一天下午，吴世明到书记室来说："市电业局×××的儿子这次走了，要请你一起聚一下，你看去不？今年兵是公开透明地定的，不是任何个人决定的，我看是人家的一片心意，去一下也没啥。"

"算啦！我有事，你去嘛！"欧平知道去吃个饭没啥，但他还是推了，他不愿意关系多了使自己的工作放不开手脚。

接连几个这样的"饭局"，都被欧平婉拒了，只有区人武部部长、政委邀请的庆功聚会他去参加了一下。

新兵要起运了，被通知到区人武部集中，看到滨江办一个个胸戴大红花、朝气蓬勃、威武雄壮、即将跨入人民军警部队行列的青年，生龙活虎地走在街上时，欧平感到由衷的高兴。

新兵集中待运，标志着一年一度的征兵，地方的工作全面结束。

十八

12月是一年工作的收官，最艰难的是完成当年的税收任务。

这是非常强硬的事情，来不了任何夸张和虚假。你说你经济发展了，税收有多少？完成税收任务，进入区金库多少，账面上才有多少，没法掺一点儿假。经济发展了，要把税全部收起来也是非常难的事。

过去每到年底，只听到书记、区长走到哪儿都在说税收，但欧平的工作没有收税的任务，因此没有亲身感受。当了基层领导，才知道这就是在打仗，在进行一个大的战役，紧张激烈，叫人绞尽脑汁。

自从刘开山调来任区长，税收作为重要指标进入一年一度的工作目标责任书，乡镇办党委、政府（行政）成为收税的主体责任人，不仅要收农业税、集体提留（税收是国家提留，各种不上交的费叫农村集体提留，俗称"双提"），还要参与其他税种的征收。对专门的税收机关，也把完成税收总任务作为首要指标考核。用刘开山的话说，叫"两头挂着"，为保证区里的财政收入上"双保险"。在实际过程中，乡镇干部把百分之八九十的时间和精力用在了收"双提"上，专门机关的压力反而没有乡镇办党委、政府（行政）的压力大。为了数字上的问题，乡镇办的领导还要找税务部门"勾兑"，而完成任务，税务干部人人拿奖金，乡镇办却没有。

谢家旺当了区长，由原来经常说这样不合理，到因为政府管财政的需要而默不作声，全部"萧规曹随"。

滨江办很穷，破旧不堪，财政寅吃卯粮，难以为继。可是，每年税收却是扛大梁的。在全区财政收入只有两千万元的时候，滨江办上交的税收就是347

万元。区里每年加码，近几年的增加幅度更大，去年607万元，今年810万元。纵观这些年全区的税收数字，滨江办均占五分之一以上。滨江办自己穷，却对区上的贡献大。

去年和前年，滨江办都没有完成税收任务，杨正明和张东生受到了刘开山和谢家旺的严肃批评，为这个事情一直抬不起头。今年在去年的基础上又增加了两百多万元，真是压力山大啊！

早抓早主动，有什么问题也好早些想办法。

10月中旬，征兵工作还没定兵的时候，在党委（扩大）会议上，欧平就把完成税收任务作为议题提出来研究。他没有乡镇办完成税收的经历，对此心中没数——对于这件事，他想起来就怕，他知道完成税收在区委书记和区长心中的位置——这可是“一票否决”，其他工作做得再好，税收没完成，也等于没做，全部抹去啊！他想在会上听听同事们的意见，可是说来说去，大家只是畏难，没有任何办法。张东生完全失去信心，一脸无可奈何的苦笑，说：“任务整得这么重，咋个完成得了嘛！一年比一年增加的幅度大，完全从他们用钱的需要出发，不看税源有多少，不为基层着想……”

对完成税收，张东生一肚子气。前两年没完成任务，他是行政一把手，主管这一块，加上同书记杨正明不团结，受的批评比杨正明还要多。梁正建对自己的位子一直气气愤愤的，在这个问题上却只是一直“咂咂”地唤猫，没有只言片语的意见和建议。李敏是纯党务工作者，对经济工作考虑得少，把书记欧平看着一言不发。平时叽叽呱呱，什么都不当一回事的罗广明坐在那里尴尬地似笑非笑。年龄大的党政办主任贺吉文、行政副主任李洪福一声不响，更无办法……

会议几乎冷场。欧平知道，再继续下去，显然也不会峰回路转、柳暗花明，于是把这个议题就此打住，说：“既然大家都没有好办法，那我们就找税务所把情况了解一下再研究，然后再行动。”

区委书记刘开山和区长谢家旺同他们的下属滨江办书记想到了一起。欧平在办事处党委（扩大）会议上研究税收工作无果后的第三天，区长谢家旺带着区地税局局长杨映祥、副局长孟洪研究税收工作来了。

滨江办今年的地税目标任务是459.38万元，截至10月底完成了272万元，估计11月可收25万—35万元，12月可收80万—90万元，但也还有80万的缺口。

账算到这里，孟洪表示把三轮车税收和建筑四公司在上西完成工程的税收调给滨江办。这两笔税收，前者不完全属于滨江办，后者是公司地址在滨江办而在外地施工，税收可交公司所在地，也可交施工地。同意都交给滨江办，即把数字记在滨江办头上。这叫内部调账。

孟洪建议，滨江地税所要晚上加紧查娱乐厅的交税情况。

区长谢家旺知道滨江办地税情况的严峻，但是他不会对完成任务松口。他确实也不能松口，滨江区地税收入的大头在滨江办，大头保不住，全区地税的缺口就不好说了。缺口大了，他这个区长怎么当？他讲话时，一开口就要求大家要对完成今年的税收任务不动摇，然后指出了他认为有可为的工作方向：一、税务所要认真分析个体户的税收负担是否合理，能否加税，特别是对完税偏低的；二、办事处要出面配合税务部门收房屋出租税，出面协调外流的税收；三、做市直属分局、区国税分局的让税和其他有关部门的协调工作。

他要求，办事处党委、行政要把税收工作作为重要工作。点名说，杨映祥局长也要出面收税。地税所的工作要抓紧，加大工作力度，事情不能只停留在口头，而要落实在行动。

谢区长对地税部门的工作显然不满意，但因为国税部门是中央管，地税部门是省直管，话没有说得太直白、太重。

工作是平行进行的，谢区长带队研究地税收缴工作后，欧平把全办工作的重心转到了税收上，召开了一次党委（扩大）会议听取各分管领导对照目标责任书对税收、学校及幼儿园清理，企业产权制度改革的汇报，研究房改中一些问题的处理、预算外资金管理和有关人事问题。听省委党校几位专家讲课（这是区委要求必须参加的）后，就立即投入和直接参与到收税的工作中。

滨江办的税收举足轻重，所以滨江地税所也人强马壮，一共有一二十个人。

滨江地税所所长以前是何明月，一个三十多岁的小伙子。由于在城里工作时间长、认识的人多，求他帮忙的人也多，久而久之有一股傲气，工作却搞不起来，被调到有几家央企的一个镇任所长。接替他的是陶玮——一个三十出头、工作泼辣的女子，原来是滨江办财政所所长，国地税分开时调到地税的。陶玮对在滨江办工作的时光很留恋，经常到办事处来看望小陈和另一个女子，以及当了办事处党政办副主任兼任办事处财政所预算外资金会计的姜志斌。

这一段时间，可能是他们杨局长和副局长孟洪给陶玮转达了区长谢家旺对完成滨江办地税任务的意见，陶玮到办事处的时间更多，但是到三楼财政所去看小陈她们的时间却减少了，大多数时候都是来向书记欧平和主任张东生把工作汇报和研究了就走了。只有稍微松闲一点儿，时间允许，才去打一头，也是看一下坐一会儿就走。完成今年的税收任务，她的压力也很大。

陶玮对滨江办地税的完成情况说得比他们局长说得更详细更具体，不只是几个大的数字，还对哪些地方欠税、哪些商户赖税说得清清楚楚，对哪些地方可以争取到税、如何争取，还提出了一些建议。欧平和张东生听了，觉得说得有道理、切实可行的，立即采纳。

有些商铺生意做得好也欠税，陶玮希望办事处领导能同税务干部一起去做工作。欧平和张东生同意，把办事处财政所和党政办的干部分成两组，由他们各带一组上街挨门挨户地催收。原来收税都是征管员，现在办事处书记、主任和税务所所长、副所长上门，很多人觉得很意外，但效果很好，大多数人都表示马上交，尽量交。对纳税积极又有能力提前交一部分的商户，做工作要他们支持办事处的工作，很多人表示配合。

欧平带的人在南片，张东生带的人在北片，除开在市、区开会和处理办事处的紧急事情外，他们都在地税干部的带领下，到商家厂家收税。跑了两三个星期，收了20多万元税款。

市国税直属分局的局长也姓税，陶玮说他好说话，答应从他们超额的部分里，给滨江地税所划一定数额的税款过来帮助完成任务。欧平听了十分高兴，要她抓紧做工作，争取早日兑现。没几天，陶玮说他们所想请税局长晚上吃饭，把事情说落实，请欧平和张东生参加。这是真正意义的工作餐，欧平和张东生爽快地答应。吃了一顿饭，给滨江所划拨了十多万元税款过来。对于这种做法，欧平感到存在一些问题，但是为了完成任务，他们实在无路可走，只有不能为之而勉强为之了！

欧平还同地税所的同志一起到企业协调了一笔外流税，努力把滨江办地面上的企业在异地产生的税收到滨江办来。他们还给区国税分局做工作把一些"两可"的税交给地税。

年底，不仅滨江，其他不少地方也在紧锣密鼓、日夜兼程地"跑"税。这是一场没有硝烟的战争！

到12月20日，滨江办的地税任务把可收的账算完还差51万元，区长谢家旺来滨江办，对滨江办特别是书记欧平所做的工作很感动，指示把区地税分局已收的车辆使用税、营业税交给滨江办。

全区20多个乡镇办，不只是滨江办的地税算不拢账，其他几个地方也完不成。区里的领导坐不住了。12月30日，区里还召开地税工作会议催收。在会上，区委书记刘开山明确提出两点：一、要求建设单位尽快给建筑公司拨付工程款，使建筑公司交税；二、预收房改资金抵税。参加会议的分管城乡建设国土的副区长对刘开山书记的第二条进一步具体化为：三个办事处房改自收自交各自的财税所，区级机关各部门收的房改款直接交区房改办入地税。对几大班子宿舍的干部职工，住三室的每户收3000元、二室的收2000元入地税，现在交的按5%计税，逾期交的按6%计税。

这是山穷水尽，是没有办法的办法！

国税任务是分开下达的，区国税局给滨江办下达的任务是340万元，区委、区政府对滨江办的工作目标是签的351万元，增加了11万元。因为企业改制、老城拆迁改造和"创卫"的影响，国税也收得很艰难，但到年底能够完成任务。这使滨江办的两位主要领导——党委书记欧平和办事处主任张东生松了一口气。交中央的任务完成了！

地税经过多种方式的催收，区里领导的支持——给滨江划账和对外协调，请求让税，等等，到最后两天，还有10万元的缺口。今年初到滨江办当书记，又要接续前任杨正明的完不成税收任务吗？欧平急得浑身冒汗，挠脑抓腮！

就在这火上房的紧急时候，区里召开人代会。市委要求各县区的人代会必须在年前开完。这次人代会有选举任务，欧平请假收税没有批准，只好去参加。虽然人在会场，但是他的心在收税上。

欧平出来去上厕所，在会场门前的坝子里看见区农业局局长林青枝，心里一动——遇见可以解决问题的人啦！

欧平在区委时，林青枝经常来开会和找领导请示汇报工作，见面的时间多，很熟悉，也很友好。早几年，兴起办农村合作基金会的高潮，滨江区的合作基金会办得很红火，一年就做到了吸收存款七八千万的水平。在区里汇报时，区委书记汤平在常委会上大加表扬。他现在身陷会议，不能去找税完成任务，来基层当这个书记不能在完成税收上梳个"光光头"，这使他心里七上八下的。看到林青枝，他想到了区农业局管辖的合作基金会有钱，如果可以贷10万元款，今年的任务不就完成了吗？先把任务完成，还钱的事后面再想办法！火烧眉毛，先顾眼前！虽然党政机关不能贷款，但现在这种情况，不贷款又有什么办法？

"林局长！"欧平向林青枝走过去。没在区上，滨江办又没有农村农业农民，他很久没和农业局局长说过话了。

"你好！我是叫你欧主任呢还是叫你欧书记？"老林笑嘻嘻地开玩笑说。

"你叫我什么都行！"欧平说。

"书记好当不？"老林调了话题问。

"好当啥哟，就是不好当，目前就有难事！"欧平很高兴，话说到路上来了。

"有啥难事？"老林一副关切的样子。

时候到了！欧平趁机把要在农村合作基金会贷款10万元交税的事给他说了。

农业局局长听了，低着头默了一下，打起了顿，说："你贷啥子款啰！"

党政机关贷交税，农业局局长林青枝从来没听说过，担心这个钱好贷不好往回收。

见林青枝语塞了，欧平说："你放心，我以人格担保！只有两三天了！等过了这个坎，我马上就想办法把钱还给你！"

农业局局长盯着欧平，掂量着这个事情，半天没有开腔。

上午散会，欧平去给区委书记刘开山说这个事，刘开山见他要贷款交税，很感动，也很高兴，一直笑眯眯地看着欧平，但是刘开山不答应出面帮欧平给林青枝说。欧平又去找区长谢家旺。谢家旺带着欧平去找林青枝。

"林局长，欧书记说的那个事情，你看能不能办，能办就帮他一下，他是贷款交税，又不是做其他啥事？"区长谢家旺说。

"说起就没法，钱的用途不符合合作基金会的管理规定。"老林明确地说出了原因，但是区长出面，又不好回绝，难为情地说，"我们回去通个气，下午回答。"

林青枝同意了。

欧平给张东生说了向基金会贷款的事，张东生很高兴，也说："管他的，先把这一关过了再说！"

办事处财政所所长小陈带人去区农村合作基金会办了手续，把10万元贷款转入了滨江地税所的账户。

滨江办199×年末的税收大战终于这样落下了帷幕。

十九

　　税收入库的截止时间——12月31日零点。目标责任书的其他指标的认定也是12月底。但是，在传统文化中，在人们的脑子里，过春节才是过年，过了春节才算是新的一年开始。因此，单位安排工作，老百姓安排家事，从阳历12月到春节前的十几二十天，多则一个多月的时间里，都是按农历"倒计时"，十分繁忙。

　　到底是新的一年，元旦节欧平休息了一天。从2号起，又天天事情排得满满的。

　　市人事局制发了统一的干部记事手册，每天干了什么都要记载。欧平的记事手册载：

　　1月2日，上午到区地税局了解年末税收入库情况；下午召开党委（扩大）会议。

　　3日，召开领导班子民主生活会，党委中心学习组学习。

　　4日，星期六，休息。

　　5日，星期日，休息。

　　6日，上午接待×××、×××、×××，谈居委会工作；下午接受区委组织部副科级以上干部考核。

　　7日，上午召开和参加居委会主任会议；下午召开办事处收费部门负责人会议。

　　8日，上午写199×年述职报告；下午找老书记徐瑞阳了解滨江办晒轩门土地问题。

9日，上午参加辖区灭鼠及春节期间治安、稳定工作会议；下午召开党委（扩大）会议，总结199×年工作，研究全办199×年工作总结表彰问题。

10日，上午改199×年班子创"四好"工作汇报稿；下午阅读文件，接待来访。

……

接着是接受区委聂副书记代表区委、区政府对199×年目标责任书的考核，召开党委（扩大）会议研究199×年滨江办事处的工作要点，召开199×年全办工作总结表彰大会，分解目标任务，等等。

一直到1月31日，腊月二十三，欧平和张东生才基本上把一些大的事情办完。

早上，欧平来到办公室，心里很轻松，想再一个星期就要过年了，天寒地冻，工作上不要再出啥事情哈！

欧平脑子里过完所有的事情，叫他最担心的是老城的老房子多，容易发生火灾——土木结构的房子，又小又旧，电线老化，很容易着火。

前几天，南门上刚发生了一起火灾，居委会来给办事处分管安全工作的副主任罗广明报告，罗广明转过来又给他汇报。这是大事。欧平和罗广明立即一起到现场去。

没有走拢，就看见一间老房子被烧焦，楼梯歪斜在外面，房顶下破瓦片盖着一大堆黑乎乎的东西。走拢以后，从歪斜着的门口看进去，屋子里全是烧坏了的塑料皮电线。问居委会主任，说是晚上起的火，起火原因不明，估计是照明电线老化漏电引起的。

起火的房子一边挨着别人的房子，一边是铁路，屋子里堆的全是电线等易燃物。幸好发现得早，消防车来得快，救得及时，没有人员伤亡，也没有扩大范围。即使如此，损失也不小，堆放至房顶的一屋子电线，恐怕也要值不少钱，如果是个小老板，可能因此就要破产。

看了现场，听居委会干部汇报，欧平的心情很沉重：一个人做生意，要多久才能赚这么多钱啊！他深感老城的防火责任太大了。老城区现在的这种情况，随时都有发生火灾的危险，不说自己住在东城，不在跟前，就是在跟前，又能怎么样？防不胜防，无法保证灾难不降临啊！

欧平坐下，脑子里还在想前几天看到的南门上火灾现场看到的情景，武装部长吴世明急急匆匆地闯了进来。

"昨晚上上河街108号发生了火灾，烧死了一个老头儿……"吴世明声音低沉地向欧平报告说。

"不可能哦！你从哪儿听到的？"欧平不相信自己的耳朵。

"我先听人家在说，来上班时到现场去看了，烧死的一个老头儿都还在那里。"吴世明说。

是确实的！为什么自己才想到火灾就发生了火灾呢？真是担心什么事就出现什么事，哪壶不开提哪壶啊！

欧平暗暗叫苦，当即叫上吴世明去找张东生。张东生不在，欧平对吴世学说："走，我们去看一下！"

欧平心急如焚，紧绷着脸走在前面，办事处的干部都正来上班，欧平和谁也没打招呼。吴世明紧紧地跟在后面，也没说话。

干部们和住在里面的家属看见平时平易近人的书记的那个样子，知道定是发生了什么大事，也不敢同他招呼和说话。吴世明在后面见到人，也只是点个头。

欧平和吴世明出了办事处大门，健步如飞地往上河街赶。

天冷，飘着小雨，街上的人和车不多，两个人很快就来到大西街口。

这是上下河街的相接处。

发生火灾的地方在上河街，但没有上去很远，过了大西街口就看到了。

火灾发生点前面的街半边拉起了绳子封闭，主要是为了保护现场，进行拍照。

到了那里，欧平想把全面情况搞清楚，要到里面去查看，执勤的两名消防员拦住他。吴世明上前说："我是滨江办事处的武装部长，这是我们滨江办事处的党委书记欧平，请你们让他进去看一下，他好向区里汇报。"

吴世明说得很清楚，两位消防员有些为难，说："我们领导下了命令，任何人都不准进去。"

正在这时，还穿着一身救火行头的市消防支队蹇队长从街的北头走过来了。两位消防队员说："那是我们队长，你们去给他说嘛！"

欧平认识蹇队长，蹇队长也认识他，只是没有单独打过交道。见了面勉强地笑了笑，打了个招呼后，欧平向蹇队长问这次火灾的情况。

"烧了好几间房子，屋子里啥东西都没留下，还烧死了一个人，严重火灾！"

"据你们的专业经验，起火原因是什么？"

"这个不好说。我们勘察现场的人还没有来，还要照相、取证调查，然后进行分析，不能过早地下结论。"

"是。你说得对！一般来说，多久结论才能出来？"

"恐怕最快也要一个月吧。"

寨队长简单地说了一下。

两位领导脸色凝重，都为这场严重火灾造成的人员死亡和财产损失痛心。

欧平和寨队长说话时，市消防支队中队长、区公安分局消防股彭股长也来了。他也参与了这次灭火。

"欧书记，你们滨江办火灾也太频繁了！你看，又发生了这么一起严重火灾！"彭股长同欧平很熟，像随便在说，却包含着不满意的埋怨。

"就是嘛！"欧平尴尬而又无可奈何地回答。

"你们要不要进去看一下？"彭股长问。

"你们的人不让我们进去。"欧平说。

"那该是不让其他人进去，你是办事处的领导，辖区的一号首长，咋能不让你进去呢？"彭股长说。

"我就不陪你们进去了，我在外面守着！"寨队长说。

彭中队长陪欧平和吴世明迈过警戒线，进到里面查看。

现场，一条一米多宽的巷子通向里面。进门右边的三间房子里寸物无存。里面还有两间，一些木头斜起吊着，也是一片焦黑。被烧死的老头在第一间屋子，人还在地上，已经被烧蜷了，看不出多大年龄。说是老头儿，可能是别人告诉扑火的消防人员的。

看到地上的老人，欧平心里一阵悲哀。老人偌大岁数，没想到最后这样离开这个世界！不管这场火灾的发生是不是他的原因，他都是很可怜的。在大火的炙烤、烧灼，浓烟的熏呛中，他忍受了多大的痛苦啊！人固有一死，都愿死得干脆，谁愿意受这种折磨和酷刑？火灾无情！谁都有父母、祖父母，但谁愿意自己的亲人死得这样惨、这样难受呢？

欧平噙着泪水从火场走出来，跟在他后面的吴世明和彭中队长也静默无声。

"欧书记，你们滨江办事处把防火工作好好抓一下嘛！"彭中队长当着市消防队的蹇队长说。

欧平盯着小彭和蹇队长，没有说话，他不知道说什么。

武装部长吴世明忍不住说："咋个没抓嘛！每年都同居委会签订了责任书，经常大会小会讲和检查，前几天开居委会主任会，又才强调了。就是这样一个容易发生火灾的条件，有啥法？"

吴世明道出了滨江办事处领导的苦衷，他们都在想到底有没有办法把火灾控制住。

欧平想到了中国古代晚上打更，边报更次边说"天干物燥，小心火烛"；想到了过去每户居民的门前都堆着的沙袋，沙子长年累月地堆着，就是为了一旦发生火灾，灭火用的；想到了江南古镇的"马头墙"，这样的隔离墙，能阻断火路，使其不能蔓延，减少损失；想到了可不可以去找供电局，把老城老房子老化了的电线换成新的……但是，他很快把这些想法全部否定了——这些有的是在现实条件下不可以做的，有的是自己的权力达不到或者要经济发展到一定水平才能做到的。

欧平认为，要防火必须有两条：首先，人人要有防火意识，谨慎用火。防火成为每一个人的自觉意识，随时提防火灾发生，可以避免百分之九十以上的火灾。其次，做好物防，发现火情立即行动。平时要尽可能地预备一些灭火物资（如沙、土、水等），器械设施（如消防栓、灭火器），家家户户都要有灭火扑火的工具（如水桶、水盆、水管等）。人人懂得灭火的方法，能够正确使用器械、工具，并及时报警呼救。做到了这两条，就可以把火灾损失和人员伤亡降到最低限度。

欧平认为，实现自己的想法，现实经济社会发展水平还没有完全达到，然而应该有所作为，也能够有所作为。

没一会儿，市消防支队勘验火灾现场的人来了。才来勘查，当场出不了结论，欧平向蹇队长和彭中队长告辞，他要回办事处给区里报告，准备挨批评。

欧平回到办事处，直接去找主任张东生说这件事。张东生说他已经知道，正准备去现场。

对于这次火灾，消防方面一直没有给滨江办通报起火原因，但是办事处民政办已经进行了火灾损失调查，拟根据受灾家庭经济情况给予救助，并妥善解决受灾居民过春节的问题。

欧平担心和害怕发生火灾，可是事与愿违，下半年又发生了一次更大的火灾。

就在欧平和滨江办"一班人"以及各居委会总结吸取一开年的两场火灾的沉痛教训，加强防火教育，居民防火意识进一步提高，如履薄冰，谨小慎微的时候，上河街和小西街东南转角处的卢家大院子又发生了一场大火灾，烧了五六家人，房子十多间，所幸无人员伤亡。

这次火大，烧得时间长、财产损失大，全城人都知道，市委书记和市长亲自打电话询问。欧平懊恼和沮丧至极，没有勇气向区委书记刘开山和区长谢家旺报告。常言道，事不过三，一年发生了三次火灾，他怎么交代。去看了现场后，他叫分管领导罗广明向区安办报告。他知道报告了区安办，他们会转报区分管领导和区委、区政府的主要领导。

这次大火也发生在晚上。区委书记刘开山和区长谢家旺得知情况后，马上到滨江办来查看灾情和慰问受灾群众。

中午下班后，欧平正准备到伙食团去吃饭，电话铃响了。一看，是区长谢家旺打来的，赶快接听。

"老欧，你现在在哪儿？"

"啊，谢区长！你好，我在办公室！"

"你赶快到狮子楼来吃饭，我和刘书记都在这儿！"

"嗯——对嘛！"

欧平虽然打了一个顿，但是想，不管怎样，书记、区长叫，还是要去才行。

狮子楼是个火锅厅，在后马路中段。欧平硬着头皮准时赶到。二楼店门口，谢区长的驾驶员小王走上来，说："我在这里接你，刘书记和谢区长在里面等你！"

欧平进去，见区委书记刘开山和区长谢家旺在大堂里的一张桌子上坐着，确实在等他。

狮子楼是江城有名的火锅店，生意兴隆。可能因为下雨，又是中午，吃火锅的人不多，坐在大堂里也没有什么吵闹，两位领导就选择坐在这里。

欧平还没走拢，区长谢家旺就在叫他："欧书记，在这儿！"

区委书记和区长在自己管辖的地面上吃饭，怎么说也应该坐包间，而且人不多，包间肯定有空着的。但是，欧平本来就没有逢迎讨好领导的习惯，又因为发生了火灾，心情很沉重，没有提出挪位子的话。好在这位子是两位领导自己先挑好的，他可以说是顺从他们的意见。这不是待人不真诚，是他认为坐大堂子也很好。还有，这是他们请自己吃饭。

"快坐下，我和刘书记都还没吃午饭，在这里吃个火锅，刘书记说叫你过来！"欧平走到跟前，区长谢家旺问，"你还没吃饭嘛！"

"没有。刚下班就接到了你的电话，就过来了！"欧平勉强地笑了笑，招呼两位领导，"刘书记，谢区长……"

"坐！"书记刘开山回答和招呼欧平，笑着说，"欧书记，你是火命人吗？"区委书记用一句听起来像是玩笑的话把话头引到了小西街卢家院子的火灾上。

欧平听出区委书记是说滨江办连续发生火灾和对他们办事处的批评，特别是对自己的批评，脸一下红了，一时不知道应该怎么回答，略顿了一下说："我不是！我是水命人……"

"你不是？你来了就烧了三把火！"刘开山还是笑着在说。

"唉！这个事也真是叫我头痛……"

"你们好好研究一下，看能想出一个啥子办法控制住不？"区长谢家旺插话说。

欧平苦笑，没有回答谢区长。他没法回答，要说研究，不知道研究了多少次，就他个人来说，是绞尽脑汁，要说控制住，他确实不敢保证，他不愿意说假话。

服务员端锅上来了，谢家旺说："工作上的事不说了，吃了饭再说——刘书记，你喝酒不？"

"还要去看火场嘛，喝啥酒！"书记刘开山说。

"对，下午还要上班，不喝酒啦！"区长谢家旺说。

开始吃饭，谢家旺说他肚子早就饿了。刘开山问他："你没吃早饭吗？"

"今天就是没吃，早上没搞赢！"谢家旺说。

"你这年轻人，起来早点儿嘛，不吃早饭要得啥！"刘开山说。

吃了几筷菜以后，谢家旺见欧平忧心忡忡的样子，没咋个吃，说："老欧，快挑起吃，莫要怄气，怄气也不起作用。"刘开山听了，给欧平挑了一筷子菜放在碗里。

区委书记刘开山和区长谢家旺对欧平这个"笔杆子"下到基层来当领导所

做的工作，特别是在情况复杂、难度非常大的滨江办事处率先进行机关住房改革、修起了拖了五六年的"烂尾"宿舍楼和年底完成税收任务几件事，感到十分满意。对于一年发生了三次火灾的事，他们从心里也认为滨江办确实尽到了职责，做了大量工作，也确实是谁也无可奈何的事情。他们没有责怪欧平，更没有声色俱厉地批评，还在安慰欧平。

欧平知道两位主要领导对他的要求是严格的，实际上是爱护他的。他从内心很感激。

没吃多久，书记刘开山就放下了筷子，问："你们都吃饱没有？吃饱了我们就走。"他急着到火灾现场去。

四个人站起身，驾驶员小王去结了账。欧平要去结，刘开山和谢家旺都说："你去结啥账，你那儿财政那么困难！"

"我私人请你们嘛！"欧平说。他自从到滨江办来工作，还没留书记、区长吃过一顿饭呢！公家和个人都没有过。

"你请我们干啥？今天刘书记和我请你！"谢区长说。

"我和谢区长说好的，我们请你！"刘开山恳切地说。

听书记、区长这样说，欧平只好作罢。

火灾现场围了不少人，凡是路过的人都要停下来看。人来了又去，去了又来，没有断过。被堵的汽车使劲地按喇叭，自行车铃铛"丁零零"地响个不停……

办事处分管安全工作的副主任罗广明接到党委书记欧平的电话，已经带着人先到了，见到区委书记刘开山、区长谢家旺和办党委书记欧平来了，走过来向书记、区长打了招呼后，对欧平说："这次火灾没死人，但损失太大了！"欧平点了点头，表示知道，叫他不要再说，听区委书记和区长指示。

见区委书记和区长来了，不少人走拢来，看区领导咋个说。

书记刘开山、区长谢家旺先同欧平、罗广明一起查看火灾现场。全部是木头穿斗房子，很多大木头都被烧得黑黝黝地吊起，人进去非常危险，刘书记、谢区长和欧平、罗广明也只能站在街上看，没法进去。从外观看，整个转角近十间房子已经全部烧了，院子前面的半边完全敞开了，站在外面把里面看得清清楚楚，也没有必要冒着危险进去看。

一些街坊邻居在旁边七嘴八舌地议论。"这个院子新中国成立前是卢天长卢大爷的，才修起的时候，体面得很，是全城数得上的好房子。上百年了，这一场火就烧了这么多！""这是咋个失的火嘛？""咋烧得这么严重哦？""……没死人还好，只要有人在！""不晓得东西抢出来的有没有？""听说几家人把家里贵重的东西、钱、存折等还是拿出来了！""才燃起来就有人救，可能还能抢出一些东西。""就是嘛，救火车来迟了，走拢水又加得不多，没喷多久又开去加水。""街坊邻居也该要参加救嘛！""半夜三更，被惊醒之后，冷天时候的，等把衣裳穿好，出来都烧了好久了。靠从各家各户的水龙头上接水，用桶提来，用盆子端，火大水少，能济啥事嘛！火燃起就要起风，又在河（嘉陵江）边边上，风大得很，救火车都加了几次水才把火势控制下来！"

几户受灾的居民一直跟在区里两位领导和欧平、罗广明身后，诉说着他们从火里往外逃的恐慌和惊险。刘开山和谢家旺问了他们一些疑惑的问题，他们如实做了回答。

通过查看，听周围群众的议论和询问受灾居民，区委书记刘开山和区长谢家旺比较全面地了解了卢家院子火灾的实际情况，要欧平和罗广明把受灾群众召集拢来，他们要了解各家各户和整个火灾遭受损失的情况。

就地搭了一张居民家里吃饭的矮方桌和七八把小凳子，区委书记、区长和欧平、罗广明及滨江办来的干部坐下，向所有遭受火灾的居民群众表示慰问。书记和区长说，起火的原因由消防部门去做结论，目前滨江办事处要会同区民政局和居委会安排好受灾居民这一个时期的生活，特别是解决好吃住问题，抚慰受灾群众的心灵。他们表示，回去协调保险公司给灾民再安家给予一定的救助。

听了区委书记和区长的话，几家受灾居民非常感激。

小西街和上河街东南转角卢家院子的这场大火，损失大，受灾人数多，办事处和区民政局妥善安排解决了灾民的生活，区财产保险公司给予了总额××万元的保险赔偿，几家遭受大火灾难的居民十分满意。

以上都是后话，到此回到眼前。

办事处民政办向区民政局报告解决上河街108号遭受火灾居民当前生活和过春节的问题不提。

当天下午，欧平仍然按计划召开老干部春节座谈会，并去医院慰问生病的老领导罗文生。第二天才研究机关干部职工的过年问题。

二十

2月4日立春。6日农历腊月二十九，就是除夕。7日是春节。除夕仍然上班，正月初一才放假。

季节转换快。过了春节，天就开始暖和起来。办事处在下河街，在嘉陵江边，冬天比里面纵向的北街、南街、后马路和横向的东街、西街、新华街、小西街、井巷子，风要大些，冷些。春天来了，上下河街却同城里的其他街巷一样凉热——江边的柳树也不声不响地冒出了满枝条的绿点，南河和嘉陵江交汇的那里一棵樱桃树还在料峭的江风中缀满绯红的蓓蕾。樱桃花是先知先觉者，接着杏花、桃花、李花也将开满枝头。下了几天滴廊檐水的雨，西边的江和南边的河都涨了水。这时涨的水叫"桃花水"，也叫"桃花汛"，是富有诗意的名字。日朗天青，柳绿花红，脱去厚厚的冬装，人精神起来，心里满是憧憬和希望。

区里在春节前召开的工作会议，总结了199×年的工作，兑现了目标责任书上签订的奖惩，表彰了先进集体和先进工作者，部署了199×年的工作，同各部门、各乡镇办签订了新的一年的工作目标责任书。

区里的工作会开了，一年的任务明确了。接着的一段时间，欧平和张东生又共同或者分别地参加了市区的一些会议，办事处也开了几个会布置和落实会议精神。事情很多，欧平把重点放在对新的一年工作的思考和谋划上。这些年，农村土地家庭联产承包责任制，即"大包干"，大获成功，方方面面的工作都照此办理，实行责任制管理。层层签订责任书，是上级要求必须实施的工作方法。区里的责任书存档了一份，责任单位或责任人持有一份用于对照工作。如何把区里下达的任务目标分解给党委、行政的各个分管领导和各个部门、各个居委会，对每个部门，单位和个人的目标责任如何设置更合理，是很费脑子的事。区里的各项目标任务是硬性下达的，没有商量的余地，更不能讨价还价，很有一些非议。滨江办的目标设置和任务下达，拟主要采取上下双方讨论和协商的方法决定。这样比较民主，任务切合实际，责任人容易接受，执行起来更有积极性。但是，这样做，作为下达任务的领导者欧平和张东生要多费很多时间和精力。他们一天都在召开会议，一天都在同助手、部门负责人和居委会书记、主任讨论，增加了很大的工作量。

正忙得不可开交时，电视里和报纸上传来改革开放的总设计师邓小平同志逝世的消息！人们一片悲痛——是小平同志毅然决然地扭转国家发展的方向，实行改革开放政策，对内纠正冤假错案，恢复高考制度，对外打开国门，引进外来资金、技术和管理经验，解放生产力，使十多亿中国人吃饱了肚子，古老的国度焕发出勃勃生机。中国有悠久的敬老传统，普通家庭的老人去世都要哀痛悼念，何况一代伟人的逝世！

根据区委传达的丧事办理会议精神，办事处立即召开党委（扩大）会议，学习告全党全军全国各族人民书，传达中央密传电报精神，按照中央和省、市、区委的安排开展悼念活动，下半旗志哀，2月25日收看北京举行的追悼会实况转播。

2月，春节假满已经进入中旬，滨江办的干部职工和居委会干部怀着悼念邓小平同志的悲痛开始新的一年的工作。

收看北京追悼会的第二天，欧平召开全办机关干部职工会议，讲新的一年工作目标任务分解和考核办法以及机关人员分流、规费收缴、财政工作、扶贫资金争取等重点工作。目标任务分解下达并签订了责任书。虽然住房改革已经完毕，但是要几任领导表态的20万元建房补助款，一直是滨江办干部职工的呼声。欧平抓住工作安排刚完的这一空闲时间，到区里找刘开山书记和谢家旺区长。欧平知道是没有希望的，但是他仍然做出了努力。

悼念小平同志的特殊日子里，各方面的工作都在正常进行。

区委首先召开的是党管武装工作会议。地点在雪峰水库，地方偏远，是为了保证会议质量专门选择的。军分区政委孔繁叶亲自到会讲话。分区政治部主任林发茂做形势报告，具体就国际军事发展状态、中国国防战略、国防力量的构成、民兵在现代化战争中的地位和作用，做了全面生动的介绍和阐述。

参加会议的各部门主要负责人和各乡镇办党委书记、武装部长实弹打靶，培养军事素养。

欧平在区委时参加军事活动进行过实弹射击，懂得基本要领，成绩优良。但是，那是打步枪。他没有打过手枪。听说手枪很不好打，不脱靶就算不错。这次，步枪五发子弹，他打了三个九环，一个八环，一个七环，成绩优秀；手枪三发，两发中靶，一发脱靶，初次打，也算不错。

会后，欧平和吴世明研究了滨江办的武装工作，对民兵整组、思想工作、军事训练和突发事件应对预案等提出了自己的意见。

稳定压倒一切。怎样才能社会、政治稳定？在长期的实践中，一些地方摸索出了一条基本经验，这就是社会治安综合治理。这是共产党人民战争思想在社会治安工作中的运用。

去年，区综治委提出创建全国社会治安综合治理模范区的目标。综治工作是稳定工作，是大事，是滨江区全面工作首要的"一票否决"项目，所以在精简会议和一再强调，三令五申：开年区里的工作会议后，不再召开"任何条条块块的会议"的情况下，全区综治工作会议和全区工作会议并行不悖地单独召开，而且规格不低于全区工作会议。

今年也不例外，参加全区综治工作会议的是区四大班子、人武部、法院、检察院的领导和区级机关各部门的主要负责人，各乡镇办党委、政府（行政）一把手。市委分管政法工作的副书记吴先林出席会议并讲话，区委书记刘开山讲话。会议由区委副书记、区委政法委书记聂军主持。区委常委、区综治委副书记严明阳做工作总结和新的一年的工作安排。

市委副书记吴先林指出：一、一切工作要以抓稳定为重点；二、综合治理工作要突出自身的重点；三、要抓政法队伍的素质建设；四、综合治理工作要为经济建设服务。

会议总结199×年的综合治理工作，表彰了先进集体和个人，对199×年的综合治理工作做出部署和提出要求。

综合治理工作实行属地管理，整个老城所辖的地方，包括市、区机关单位、学校、医院、企业的综治工作都归滨江办综治委负责。区里的会议一结束，办事处党委分管综治工作的副书记梁正建、武装部长吴世明就着手筹备滨江辖区的社会治安综合治理工作会议。

月初，书记欧平，主任张东生、梁正建和吴世明研究的过去一年上报市、区表彰的辖区综合治理工作先进集体和个人，已经在市、区的综合治理工作会议上进行了表彰，辖区表彰的先进集体和个人要在辖区的综合治理会议上表彰，先进集体的锦旗或奖牌要制作，个人的荣誉证书要填写，要研究会议议程，在会上讲话要做准备。他们这一级的会议，一般不发文件，听的人必须做好笔记，讲话的人没有稿子。会议多，也写不过来。没有讲稿，面对几百人讲话，很锻炼人，更考验人。这是辖区的会议，参加会议的有市、区部门、单位的负责人，不只是办事处机关的干部职工和居委会干部以及受表彰的集体来的人和获得表彰的先进个人。因此，虽然不发文件，但要有讲话提纲，对讲的内容和质量有很高的要求。欧平是辖区的党委书记，他的讲话是会议的主体讲话，更不可马虎。就在欧平在脑子里考虑自己的讲话的时候，梁正建和吴世明来找他，说开这样一个大型的会议，办事处的大会议室破旧简陋不说，还容纳不了那么多人，要在外面找一个有一定档次的会议室。情理之中，这不是讲排场，滨江办虽然穷，但应该对市、区来的客人尊重。梁正建和吴世明来说，他觉得有道理，同意采纳。据他们的了解，除了市委招待所和电业局、五金站有能坐二三百人的大会议厅外，其他单位都没有。市委招待所是营业单位，使用会议室要收费，一次要几百上千，辖区综治委拿不出钱。市电业局离得远，不方便，而且能不能说通还没有把握。五金站在计划经济时期是一个五金交化电器二级批发站，供应几个地区五金交电产品，级别高，是一个大单位，有个好会议室，但一般不外借。他们去了，没有说通，要欧平出面去找站里的主任，看能否行。

开会的时间定了，地方还没有定，欧平也有些着急。

为办事处争取光荣，欧平同意了！

原来，梁正建和吴世明只是找的站办公室，人家很容易就推了，欧平去找到五金站的主任，人家满口答应，并且主动提出他们安排人打扫卫生、协助布置会场和做会间服务，说辖区的会在他们站开，是对他们的重视，辖区的综治大会，他们理应出力。

不到半个小时，会场的问题就解决了。

从五金站出来，欧平问喜形于色的副书记梁正建和武装部长吴世明：“你们先找×主任没有？"

"那我们没有去找。嘿，这么大的单位的领导，我们咋敢去找？"梁正建和吴世明说。

"你们找都没找，怎么就说人家不同意呢？我才一说，你们都看到，人家嗯顿都没打，就同意了，多爽快！"

"老大难，老大难，老大出面就不难！"吴世明笑着说。

好一个老大出面就不难！

欧平苦笑。

滨江辖区社会治安综合治理工作会议在市五金站高规格的会议厅如期召开，参加会议的单位无一缺席。

会议按照区综治会的开法进行。

市综治委专职副主任张玉德到会并讲话，

滨江办党委书记欧平讲话。

欧平的讲话是会议的主体讲话，讲了一个多小时。

他纵横捭阖，逻辑严密，有理论，有例证，条分缕析，语言生动，声音不高不低，语速不快不慢，有提纲但不看，全场鸦雀无声，不少人在飞快地做笔记。他时间也掌握得好，刚好合适。大家都称赞他好口才、有水平！

会议开得圆满，非常成功。不仅认真地总结了过去一年的工作，表彰了辖区综合治理工作的先进集体和个人，而且同各成员单位和居委会签订了新的一年目标责任书，进一步深入宣传了社会治安综合治理的总方针，明确了任务，造出了声势，开出了影响，提升了滨江办的地位，展示了滨江办崭新的形象。

去文山会海，少发文件少开会，始终难以做到。

区综治会议的第二天，区里又开"普九"工作会议。参加人员只是把乡镇办分管综治的领导换成了分管教育的领导，其他都是原班人马。

"普九"的国家标准是一个很高的标准。从滨江区目前的经济社会发展现实来说，差距是很大的。作为自加压力、奋勇争先的滨江区，向省里承诺三年达标。这是一个非常艰巨的任务。

早在去年7月召开全区经济工作会议时，区委、区政府就同各乡镇办签订了"普九"工作责任书。这是区里向各地党政主要领导签订的第三份分责任书——第一份是综合工作责任书，第二份是稳定工作，即社会治安综合治理责任书——可见"普九"工作在区委、区政府工作全局中的地位。

国家标准不仅全面，对中（迄初中）、小学教育的各个构成要素都做了规定，而且绝大多数项目有明确的数量要求。欧平感到这几乎是一项无法完成的工作，同时又认为同其他乡镇办相比，滨江办只管了四所小学，其中的聋哑人特殊教育学校不属于义务教育范畴，其他三所小学从师资到校舍、设施设备都是很好的，其他乡镇办是几所、十所、几十所学校，有小学，也有初中，而且大多数都是农村学校，师资差，条件更差，人家能达标，滨江办也就一定能达标！

签订了责任书后，他召开党委（扩大）会议，把"普九"工作任务向全体党政领导做了通报并进行研究，要求分管领导罗广明深入下去，摸清情况，认真补"短板"。

在抓其他工作的同时，欧平经常向罗广明询问"普九"情况，专门到教办研究指导，深入三所学校同学校领导一起研究解决问题。

通过调查了解，欧平深感事情并不像自己想的那么简单。首先是，农村学校是农村学校的要求，城市学校是城市学校的要求，农村和城市又各要分一、二、三类，各类学校的标准不一样。滨江办的三所小学中，南街小学是2000多名学生的学校，是一类学校，要求非常高。其次是，有些问题是城市学校根本无法解决的。如生均活动面积必须达到××平方米，必须有×××米的直线跑道等，要达到要求，只有拆别的单位或居民的房子，或者学校搬迁。

这次全区"普九"工作会议由区委副书记朱国民主持。

分管副区长王小平第一个讲话。她讲了"普九"工作的"三个否决"：一是，学校有危房的；二是，没有达到三个增长（教育经费高于财政、教师工资兑现和教师工资、学生人平经费）的；三是，教育费附加征收没到位、生均图书拥有量没达标、工作弄虚作假的。

作为政府分管领导，她着急上火，提出多渠道集资"普九"，包括要离退休老同志出面为教育集资、乡镇办领导每人交1000元工作达标风险抵押金等。

区委副书记、区长谢家旺在讲话中要求，大家对"普九"工作思想上要重视，把目标任务搞明确，把要求、现状、下一步的措施办法弄清楚，把任务分到人头，在硬件投入上下决心，谁管的学校谁负责，教育附加费要收够，集资要按规定进行。

区委书记刘开山最后强调了几点：一是对"普九"态度要端正，决心要下定，不能后退；二是不准因此增加农民负担，乱摊派，谁搞了谁负责；三是依靠群众，发动群众，发扬党的优良传统；四是怎样计算几个否决的增长（表态当年农民负担增加6元，4元用于"普九"）；五是不能借勤工俭学，强迫学生在校吃早餐和卖书包、镰刀给学生。

这个"普九"工作会议像是一个军事会议，就是下命令，无条件执行，不给完成任务的任何条件，只等传来捷报佳音！

参加会议的乡镇办领导、部门负责人，特别是各乡镇办的党政一把手压力如山。散会时一个个苦着脸起立出门，神情严肃，没有一个人说笑打闹。

欧平和张东生、罗广明在党委（扩大）会议上立即传达了区里的"普九"工作会议精神，他们三个领导和教办的人员分成三个组分别到三所学校了解工作进展情况，特别是缺漏项和存在的问题。结果是：南街小学差两间教室和音乐室、教仪室、阅览室；民族小学厕所不达标，校门需要重新修缮；将军桥小学差五间各种用房。

三所学校很清楚办事处财政的困难，教育附加费连同税收全部交到了区里，没有再向"普九"投入的能力，解决钱的问题只有依靠学校自己动脑筋想办法，在不违反国家法律和政策的前提下多渠道多方面筹集。办事处财政拿不出钱来支持，书记欧平、主任张东生和分管教育的副主任罗广明明确表态他们搞好服务，帮助出主意，并且腾出一些其他用房做教育用房，同学校校长一起到招生范围内的大单位发动助教集资等。办事处拿不出钱，但外围工作和服务工作做得好，教办和学校也很满意。

"普九"达标验收的时间没有敲定，滨江办的软硬件工作一直在加班加点地进行。

……

一年之计在于春，2月中旬到3月底，区里似乎忘记了改变文山会海状况的命令，各种会议如雨后春笋般地不断冒出来。每开一个会，就有一项大任务，欧平忙得不可开交。

二十一

阳历3月的一个星期六，天气晴好，暖意融融。欧平在家休息，吃过早饭，他少有地陪爱人卢秀英去买菜。几年前，卢秀英还没有进城，先是一个孩子，后是两个孩子在欧平身边读书，他们吃饭除了吃伙食团外，为了节约钱，父子三人一有时间就自己煮饭，常常晚上煮面条。那时他们住在政府老院子里的宿舍，下了班他就骑自行车飞也似的去买菜。走几条街才到以街为市的菜摊上买一点儿葱子、大蒜、生姜和青菜，夹在自行车的后架上就往回赶。回来洗、切，在一个借来的大煤油炉上煮面条。想起那时，还是很辛苦。卢秀美进城以后在商业单位工作，她有时也买菜煮饭。随着工作岗位的变换，担负的责任越来越大，也越来越忙，她再也没有买过菜煮过饭了。不是她不愿，而是没有时间，有时候连星期天也休息不成。这天她有了闲暇，莫负春光，想出去走一走。

两年前，家搬到现在住的宿舍，到老城的大市场去买菜，这里坐公共汽车不方便。几年前，东城新建了一个市场，虽然也离得不是很近，但是毕竟比坐车到老城方便多了。这个市场占地面积有好几千平方米，南北西三面临街，东面是一幢长近五十米，底层是商铺、第二层是写字间、第三层住宿的楼房。市场里，纵横各一条大通道把中间的摊位分为A、B、C、D四个区，每天水泥台上摆满各种新鲜蔬菜，地上的大筐子里还有充足的储备。菜商或站或坐地在台子后面，买菜的人在前面挑选。四周的门店里多是卖干货和油、盐、酱、醋的，也有卖酒和杂货的。北边另外的一个区域，东头卖鱼、虾、蟹、鳝、龟、鳖等水产品和鸡、鸭、兔，以及野味，西头卖猪、牛、羊肉等。东城片区才只建了这个大市场，货源充足，品种齐全，凡是老城市场能买到的都能买到。所以，这里每天买菜的人多，卖菜的人也多，购销两旺，生意兴隆。

"春来不觉晓"。这季节的星期天，睡懒觉的人多，不少人还没有出来。欧平和卢秀英来得早，市场里人不多，摊主台上的菜水淋淋的。

卢秀英在前面挑选，欧平跟在后面提口袋和帮着把菜往里面装一下，纯粹就是一个随从、一个陪衬，没有多大的作用。

走了几个摊位，他忍耐不住了，对卢秀英说："你一个人买，我去转一会儿，你买好了我往家里提！"

"你去嘛！"卢秀英想他这样跟着也无聊，说。

欧平走出来，想："到哪儿去转呢？"

欧平抬头张望，看见东边那排房子二楼中间挂着一个牌子，突然想起这个市场是老家那里的一个侄儿赵宁生施工修建的，听人说赵宁生的公司就在这里面。

"这娃儿好久没看到了，在干啥？去看看他！"欧平心里说。赵宁生早已把家搬到了城里，瞎子老人每过一段时间回去看一下，买些东西拿点儿钱，有时候是把钱和东西找人带回去。欧平听人说。

走上二楼，前面的一个门上挂着华兴建筑公司的牌子。欧平隐隐约约地记得，赵宁生的公司就叫这个名字。

他走了过去。

门开着，屋子里摆着几个沙发，前面一个茶几，旁边一个绿灯亮着的饮水机。里面的一张长条桌后面，坐着一个二十多岁、白白净净、披着长发、个子高挑的女子正埋着头做事。

"请问，赵总在吗？"欧平站在门口，对着里面的年轻女子问。这时的人，喜欢听这"总"那"总"的，他也就这样称赵宁生。

"噢，你找赵总？"年轻女子赶快站了起来，把欧平从头到脚打量了一番，说："他在！"

"他在哪儿？"欧平左右看，没见赵宁生。

"刚才都在嗬……"这房子深，中间隔了，成为里外两间。年轻女子到里间的门口看，里面也没有，自言自语地说。

年轻女子出门去看，站在走廊上张望了一阵，也没见，回来说："外面也没得，这到哪儿去了……"

既然人家来找，肯定不是有事就是熟人朋友或者亲戚，可能公司也打了招呼，凡是来的人，要热情接待，也许这就是商机，放过了就可惜了。对于一个发展正在起步的民营公司，商机难寻啊！年轻女子又把欧平审视了一遍，觉得这个人大气不俗，绝对不是来公司找活干挣钱的，问："你是赵总的朋友？亲戚——"

"不是，我是他的长辈。好久没看见他了，我想来坐坐，看看他在做啥。"欧平直言直语、老老实实地说。

"你先坐嘛！"年轻女子更加热情起来，从饮水机底层拿出一个纸杯，然后放上茶叶，接了半杯滚烫的开水沏上，端来放到欧平座前的茶几上，说，"请喝茶！我去找赵总，看他是不是在人家办公室里去了！"

欧平见赵宁生不在，本来想走了，他没有事一定要找他，可见可不见，但年轻女子把茶沏了，不能不领这份情，想喝两口走，也是对人家的礼貌。

年轻女子还是一个人回来，没见赵宁生。欧平见女子抱歉的样子，说："你不去找了，我没事，把你泡的茶喝了就走！"

"你坐嘛，我去找！他没走远！"

年轻女子去了一阵，还是只身一人回来，说："这到哪儿去了呢？他又没说要到哪儿去——"

喝了一会儿茶，欧平站起来告辞，对年轻女子说："他可能是到哪儿去了，我不等了，我们在下面的市场里买菜！"

女子无奈地说："好嘛，赵总回来我一定告诉他！"

欧平走下来，站在楼梯口的空地上张望，看他爱人卢秀英把菜买完了没有。

"老辈子，上来坐！"江城市华兴建筑公司的老板赵宁生在二楼扶着栏杆向楼下大声叫。他刚才是上厕所去了，所以办公室的年轻女子没有找到他。回到办公室，年轻女子对他说一个四十多岁干部模样的人找他，说是他的长辈，刚才下楼。他听了，马上出来往下看，见欧平正从楼梯口往外走。

这时市场里的人已经多起来，欧平在一片嘈杂声的人群中看到了卢秀英，见她还在买。听到背后楼上有人叫，转过身看，见赵宁生在向他挥手。

"上来嘛！来坐！"赵宁生很高兴，修了这个市场，大赚了一笔，很想找欧平炫耀。

欧平见卢秀英还在买，一两年没看到赵宁生，折转身向楼上走去。

"老辈子，快来坐，我好久没见到你了！"一上楼，等在楼梯口的赵宁生就哈哈大笑地迎上来，像对待贵宾一样，同欧平握手，把欧平领进自己的办公室，对年轻女子说："小何，这是我的老辈子，先前你给泡茶没？"听赵宁生叫，欧平才知道先说了那么久话的女子姓何。

"泡了！泡了！我喝了几口才走！"欧平抢在小何前头说。

"这是公司办公室的小何！小何，我老辈子是滨江区的领导，以后来了要好生接待哈！"赵宁生一边给欧平介绍小何，一边嘱咐小何。

"知道了！"小何回答后，又马上来对欧平说："我给你加点儿水！"

赵宁生领着欧平进到自己坐的里间，欧平满屋扫视：里边一张长大的办公桌，一把可以转动的老板椅，办公桌前面一把来办事的人坐的普通椅子，背靠间壁一个文件柜。

"老辈子莫笑哈，侄儿子奋斗了这么多年，就这个样子！"赵宁生说。

"这很不错了，比我的办公室好到哪儿去了！"欧平说。

"老辈子，你在里边坐嘛在外面坐？"赵宁生问欧平。

"就在外面坐，敞快些，也难得往里面端杯子。"欧平说。

欧平出来还是坐在先坐的沙发上，把茶杯放在面前的茶几上面。

赵宁生叫小何给自己搬来一把椅子，对坐在欧平的左前方。

"老辈子身体还好！看起来比我还健康！"

"哪里哟，我不敢和你年轻人比——你现在在做啥工程？"

"就是还没有活路做。这市场修起后，又在北面乡下修了两所学校，都快竣工了！"

欧平端起茶杯喝了一口水后，说："我没在区上了，下基层了！"

"你到哪儿去了？"赵宁生一愣，看着欧平，诧异地问。

"办事处，滨江办事处。"

"老城吗？"

"就是。"

赵宁生没到滨江办事处去过，半天没把老城和滨江办事处联系起来。等他确认原来的老县城叫滨江办事处后，问："任啥子职务？书记吗？"

欧平点头。

"那好嘛！"到底好在哪里，赵宁生说不出来。顿了一会儿，赵宁生说："你们办事处有啥建设不，我们来修嘛，我们修的这个市场，你看工程质量还是可以嘛！"

"那儿穷得很，还有啥工程啰！"说到这里，欧平从赵宁生的表情上看到，自己在赵宁生心里的地位降了许多，如果自己身无长物，会被赵宁生更看不起，猛然想到成都新大新公司在南街搞的旧城改造，说："你想搞老城改造不？想搞老城改造我支持你！"

"老城改造？"赵宁生来了精神。但他从来没想过这事。

"啊，老城改造？"

"那咋个改造？"

"咋个改造？老房子拆了修新房子！"

"能赚得到钱吧？"

"赚不到钱，人家新大新会大老远地从成都跑过来？"

赵宁生陷入了思考。

"老辈子，老城改造这件事，华兴公司确实还没做过，江城本地的其他建筑公司也还没有谁搞，我们尽快找人测算一下，看可不可以搞。你知道，我们企业是要赚钱的，赚不到钱就不能搞。"

"我知道企业是要盈利的，没有利润当然不能搞。但是，你如果要搞，就要趁早，等大家都醒过来了，也许你们就挤不进去了！"

"那是，那是……感谢老辈子提供这个信息！小何，给老辈子加点儿水！"

听到赵宁生要论证测算，欧平站起来告辞，要出去找卢秀英一起买了菜回家。

20世纪70年代后期，刚过十六岁的赵宁生从老家南部县高中毕业。小学读五年，初高中都是二年制，也没有认真读，参加刚恢复的高考名落孙山，只好回到家里。

南部是川中大县，人口多，土地少，尤其缺乏燃料，老百姓煮饭都成问题。曾经有这样一件事：家里来了客人，女人没有柴火煮饭。情急中，女人拿起木匠丈夫的斧头，把门前的木头柱子片了几块烧火。木匠从远处回家看见，气得咬牙切齿，怪罪女人是败家婆娘，与已经为他生了儿子的女人离婚，从此终生未归。燃料奇缺如此，以致妻离子散！

因为生活条件艰苦，所以每一个男子成人，都要学一门手艺出门谋生。南部县的能工巧匠多，在外面闯荡的人多，就是这样逼出来的。

赵宁生高中毕业回家，父母已经给他做了安排，准备了一百多元钱，买了一部缝纫机，要他去当一个裁缝——儿子是一个高中毕业生，不能干体力劳动，这个手艺轻松干净，可以做一辈子。

赵宁生跟师傅学了两年，会上机和裁剪了，又到县城的服装厂当学徒。干了一年多，技术熟练了，可以留厂挣钱了！但是，他觉得在工厂上班不自由，挣不了多少钱，于是邀约同村的一个伙伴，决定背上缝纫机出门做手艺。四面八方都在眼前，往哪里去呢？他姑姑嫁给了一个铁路工人，在江油铁路上。全家人认为，凡是通火车的地方，人都多。人要穿衣服，人多裁缝的活路就多，就好挣钱。江油就是这样的地方，而且那里有亲姑姑，父亲的妹妹，可以住在姑姑家做活路，晚上不要住店的钱。

装上父母给的十多元钱做盘缠，把一部缝纫机拆成两半，他技术好些，是师傅，机子也是他的，背稍轻一点儿的机头，伙伴背机架，两个十八九岁的小伙子，三步一回头地离开了家乡，离开了父母，去闯天下。

他们坐汽车到江油。

亲侄儿来了，姑姑和姑父都很高兴，问他爷爷婆婆身体好不后，又问候他父母还好不。

姑姑家有三个表姐弟，一共五口人，只住了三间不大的房子，门外搭了一个棚子煮饭。单位的住房很紧张，这算住得宽的。他们两个来，住哪里呢？只有在一家人吃饭的小方桌旁打地铺。年轻的农村小伙子不讲究，只要有一个地方，哪里都可以睡一夜。

住下来后，他们在铁路家属宿舍区一个人多的地方摆开了摊子。大多数时间，他们在姑姑家吃了早饭，中午在外面随便吃点儿，晚上回姑姑家吃饭睡觉。遇到活路不多，中午饭也在姑姑家吃。刮风下雨不能做，三顿都在姑姑家吃。农村的人看到公家的人月月有工资，到时就拿，认为他们日子好过得很，却不知道他们也有难处，手散了，就可能这一个月的钱用不到下一个月发工资，一家人就要饿肚子。他姑姑家，姑姑没有工作，是一个纯家属，只有他姑父和表姐两个人上班，两个表弟都在上学，要缴学费，日子过得去。硬生生地添了两个吃饭的人，还是两个小伙子，用钱吃力了。找别人借，不好意思张嘴不说，大家都是自己基本够用，找谁借？吃粮就更扯手指头了！粮食是定量的，凭购粮证或粮票买，购粮证上有数字，粮票要吃不完的定量换。如果说钱用不拢可以借，粮食不够吃就没处借了，大家都只够吃或者也不够吃。买油要油票，买肉要肉票，副食品要副食票，都是定量的，多买不到。姑姑不好对他们说出口，只好买些毛毛菜来敷衍一家人的一日三餐。姑父吃得冒火，才来时跟他整天嘻嘻哈哈的表姐弟也变得不高兴了。早上洗脸和晚上洗脚，轮着来，要一个多小时才能洗完。晚上睡觉，住五口之家的房子，住了七个人，吃饭的桌子旁边打了一个地铺。吃饭时，至少有两个人没地方坐，要站着吃，或者夹两筷子菜端开吃。有时候屋里人打了堆，转都打不过。姑父和表姐弟经常发脾气，姑姑夹在中间受埋怨，表面上还要强装笑脸。她不能直接赶自己的亲侄儿和伙伴走，只是问："宁生，你们在这里做了又到哪里去做？"他年轻不更事，没有觉得有什么不正常，做活路没挣到多少钱，也没有想到在人家家里吃饭时间长了应该交钱，更没想到该在外面租房子住或者离开姑姑家去别的地方。只是姑姑接着问了他们多时走，在伙伴的提醒下，他把姑姑们一家人在他们才来时的亲热和现在姑父以及表姐弟的冷淡做对照，才想到姑姑的难为情和他们不应该再打扰姑姑一家人，应该离开这里了！

离开这里，又到哪儿去？想来想去，想外面也许都是这样，不如回南部，住在自己家里，在小镇上摆个摊子，也是挣钱，少花销，还安稳些。

从姑姑家走的时候，他给姑姑拿了十五元钱，说自己一个多月来没挣到啥钱，要是挣得多，应该再多给点儿。姑姑推辞不收，他把钱硬塞进了她衣服的包里，要姑姑回娘家要，说他们来这么久给他们一家人添麻烦了！

他背着缝纫机头，伙伴背着机架，回过头去看，姑姑正扯起衣角擦眼泪。

坐火车到江城，已经是中午过后时候，他们在路边的小店里一个人吃了二两面条。小伙子家吃二两面条，等于只打了个间，肚子只温了一下。虽然身上还有二十几元钱，但是舍不得用，想走回家不知要多少天，要是找不到活路，挣不到钱，怎么办？就是今天晚上，在哪里吃住，都还没有着落呢。

江城是大地方，他们老家那一带的人，出远门坐火车都在这里。他们都没有来过。但是，他们没有进城。这样的地方，城里有的是缝纫店，还有缝纫厂，没有他们的活路做，他们做裁缝手艺的天地在乡下，挣不到钱，进城去干啥？背着个缝纫机在城里走，还逗人笑！

管他的，到了江城，离南部县近了很多，心里踏实些了，他们准备一路边做活路边往家走。

春日暖阳，晒得人懒洋洋的，两个娃儿一跛一跛地走在公路上。腿已经走痛，还要往前走。哪天才能走到自己的家，心里一点儿底也没有。

过了九华岩，走了不远，到了一个叫曹家河的地方。刚过了桥，就听到里边的山上有人大声问："那两个娃儿，你们有法补旧衣裳裤子吧？"

山上的问话他们听得清清楚楚，但是以为是问别人，抬起头前后看，没有其他人，才知道是在问他们。他们朝上看，看见几个人像在做什么活路，连忙停下脚步，说："有法。你们要做不？"

听他们回答得很有把握，山上的人问起价钱："那你们咋个做起的？"

他们听对方在问价，是真的有活路要做，说："那看做啥。"

"你们上来嘛！"山上的人说。

走了二十多里路，背上背的缝纫机机头和机架都是好几十斤重，背上都湿了，也想歇一口气。还想如果有活路做，今天就可以不再往前走了。

他们一个背着机头，一个背着机架，向山上走去。

这里，山从上面延伸下来，公路外面是河，里面是铁路。他们上了公路里边的陔，跨过铁路，顺着在石壁上斜凿出的十几级阶梯上到岩上，接着是一段仍然横斜的土路，来到山上做活路的人跟前。

这是一个石场。几个石匠在打石头，这时在工间歇气。

石场上摆放着一些条石，堆了几堆片石，满地的石渣上面横七竖八地甩着手锤、錾子、大锤、二锤、钢钎等打石头的家什，场边放着做活路时脱下的衣服和生牛皮做成的工具袋等。

他们走拢站在边上，石匠同他们说起话。

"我们有三件衣裳搭过肩，两条裤子磕膝包上补长巴，后面补圆巴，你们做不做？"一个嘴里衔着短烟锅的中年石匠说。

"咋个不做，要做！"他们笑着说。

"那烂了的衣裳裤子需要补的，我们屋里几个人穿的，那就多哇！"坐在旁边年轻一点儿的石匠说。

"烂衣裳烂裤子哪个都需要补——你们有法裁剪吧，给我们打几条么裤？"另外一个年轻石匠说。

"有法，都有法！"他们一齐说，"那咋没法嘛！"

"你们做的啥价？"几个石匠问。

"你们说啥价就啥价嘛！"他们暗暗高兴，说得很洒脱。

"小伙子还说得大方，好，就先在我们屋里去做！那你们来坐，吃烟，放了工跟我们同路。"最先问他们的年龄大一些的石匠说。

事情说定了，几个石匠和他们都高兴。他们找了一个稍微平点儿的地方把背了半天的缝纫机放下来，伸了一个腰，长出了一口气。一个机子两个人背，背的时间短没啥，背着走长路还是累人。这一搁下，立刻觉得轻松利索了。年长的石匠拿起放在条石上的衣服，掏出自己舍不得抽的纸烟，抽出两支递给他们，他赶快双手接住，伙伴不抽烟婉言谢绝。给其他人，都谦虚，摆手表示不要。他就自己点着抽起来。

赵宁生上高中时就学会了抽烟。"文革"期间学校管得不严，烟不好买，有些城里的同学偷家里的烟到学校里抽，关系好的给他散，就抽上了。那时觉得抽烟神气，就上了瘾。这时从石匠手里接过打火机点燃，坐在石头上狠狠地抽了一口。啊，好舒服啊！顿时觉得飘飘欲仙！

太阳落到西边的山后面去了，石匠们收工，他们同路到年长的石匠家里去。

几个石匠都姓何，是一个生产队的，住得很近。

在山上已经休息好了，到了年长的何石匠家里，他们走拢就十分熟练地把缝纫机装起准备做活路。石匠说："天都快黑了，若是今天要做，也等把饭吃了做，不急着这一会儿。"

"行，但是我们要先做好准备——你们有多余的桌子不，大小都行，我们补巴也要把布铺平裁剪好才能上机子扎，这样补出来才伸展好看！"他们听从主人家的安排，答应吃了饭再做。但是想，如果主人家只有一张桌子，吃饭要用，活路就只有等都吃了晚饭，把碗筷收过去才能架势，时间就晚了。

"那有哦，还有一张大桌子！"石匠说。

"在哪儿？我们去把它抬到阶沿上来！"他们说。

跟着进了主人家的堂屋，他们看见一张坐席的四方桌，城里人叫作"八仙桌"的大桌子空着的，心里一阵欢喜，马上去抬。石匠要搭手，他们说："你做了一天活路，累了，快去歇一下，我们两个人得行！"

两个娃儿岁数不大，还知道疼人，石匠心里高兴。

大桌子抬出来，要来旧毛巾，在水里搓了又搓，一张一米多见方的桌面上擦得干干净净——在乡下做活路，难得有这么宽展的案子呢，赵宁生笑得合不拢嘴，对石匠说："叫你屋里把要补的东西和布找出来，我们先看看。"

石匠的女人很能干，在灶房里擀了一大案面，面刚刚擀好，还没有切，听见男人叫她找要补的衣服裤子和布，说："我把水都掺起了，你来烧一下锅，我去找补的东西和布。"

女人进了歇房，一会儿找出了两三件衣裳、四五条裤子和一截蓝布、一截灰布递给他们，叫他们不要笑，农民的衣裳不好。

他们把几件衣裳和裤子掇起来看，农民每天做活路，肩挑背磨，衣服都是肩膀上烂，需要搭过肩，裤子都是磕膝包和屁股上磨烂，要前后补巴。问石匠屋里："你们哪些衣服补蓝色，哪些衣服补灰色？"

"你们搭配嘛，看哪个配上好看就配哪个，蓝灰都没有啥，反正是补起做活路穿！"女人很活络，说得很大气。

赵宁生先拿起一件衣裳搭过肩，配灰色的布。把衣裳在擦干净了的大桌子铺伸展，用软尺量了长宽，然后铺开布，按量得的尺寸画上线，按线剪下来，交给已经在等的伙伴，叮嘱灰布用灰线扎。

熟手熟事，又配合默契，不到吃一碗饭的时间，一件衣裳的过肩就搭起了。他拿起搭好了的过肩给一直站在旁边抽烟的石匠看，问他要得不。石匠看了，平平顺顺，伸伸展展，没有一个地方是皱的，由心地笑着说："可以！可以！手艺好……"

石匠拿到灶房里叫他屋里的看："你看要得不？"

女人放下手里的勺子，擦了擦手，接过去翻过来翻过去地看了一阵，挑不出一点儿毛病，不仅抻展，大小也合适，笑起来说："做得好！做得好！手巧！"莫看给衣服搭过肩，很多女人都搭不好，大多数搭得都是皱的。

搭桌子吃饭了，女人先给他们用大碗捞了两碗面条，然后才给自己男人和两个娃儿捞。女人一儿一女，捞到小女儿时，锅里的面条已经捞完了，女人又给自己和女儿下第二锅。农村的人家里来客，是先给客人舀，然后才是自己家里的人，最后是煮饭的女人自己。先客人是农村人的待客之道，表示对客人的尊重。

女人一再对他们说："面擀得不好，莫要笑我哟！有法吃就多吃点儿，我擀得多！"第二锅面煮熟，女人又先捞了一大碗叫他们添加，然后才和女儿端碗。

他们被石匠一家人当客在待。

为了节约钱，他们中午吃的二两面条早已无踪无影。见主人热情大方，他们没推辞地都吃完了一大碗。女人的面擀得好，口味也调得合适，两个娃儿吃得酣畅淋漓。按饭量已经饱了，坐在桌子上的石匠一再劝他们再添点儿，他们又一人从添饭碗里捞了一筷。端碗时，他们确实饿了，现在完全吃饱了。这是他们出门以来，吃的少有的一顿饱饭。

晚上，石匠把他们单独安排在一间来人来客住的房子里的一张床上睡。这也是他们出门来第一次睡床。农历二月末尾，天气已渐渐暖和，但夜里还是有些寒意，主人家给他们盖的铺盖不厚不薄，刚好合适，他们一晚上睡得十分香甜。

第二天，他们给石匠们做了一整天，凡是要补要缝的，女人都拿了出来。

石匠家来了两个小裁缝，农村做活路的时间只有一些小娃娃和在家的人来看，晌午和下午放工以后，不少当家人也来看。农村哪家没有破衣裳破裤子需要补，看这两个娃儿做得好，又向石匠两口子打听或直接问他们，价钱也便宜。有的人问他们会做新的不，会做小娃儿的衣服不，有的姑娘问他们会做裙子不，他们说都会。于是，不仅又有两家拿了几件旧衣裳裤子来补，还有人拿布来让他们做娃儿的衣服。赵宁生在服装厂干过，做的童装样式，正是供销社和城里百货公司里卖的样式，都觉得好看。有的一种布一点儿，拿几种颜色的来叫他们拼起来做童装，他们搭配得很好看，穿起很洋气。一见娃儿的衣裳做得这么好，几个姑娘下决心拿布来叫做裙子。他们做的裙子，无论长裙短裙，都很入时，穿起好看，几个姑娘欢喜得不得了。

就这样，这家做了那家做，搬了好几个地方，做了半个多月还起不了身。

农村请人做活路，都要供饭和包住，不能老在一家麻烦人家，来的第三天下午，他们就从石匠家搬了出来。以后，给哪一家做活路，就在哪一家吃住。

南河流过的地方，土地肥沃，人口密集。曹家河对岸，依次是张家湾、李家湾、彭家河，祖祖辈辈居住在这里，两岸的人来来往往，都很熟悉。不少人家的姑娘，这边的嫁过去、那边的嫁过来，有的是几辈人的亲戚。对岸有人到这边来走亲戚和办事，见两个娃儿手艺做得好，问了价钱，就问他们愿不愿意到河那边去做，那边要做的人也多。就是出来做手艺，岂有不愿意的？

曹家河的活路做完，两个小伙子收拾东西，拆开缝纫机，他背机头，伙伴背机架，告别了曹家河，走过河上的木桥，来到李家湾。

在李家湾，又是挨家挨户地做，天天活路做不完。

李家湾有个李文明，经常在世面上跑，头脑比在家守着的人灵光得多，家里也搞得好。石盘公社安了高压电，他学了电工，生产队里哪家接个线，换个灯泡，都要来找他。他勤快，肯帮忙，人家一喊就去，在队里的关系处得很好。老李四十多岁，有三个女儿——大女子李春英招了一个上门女婿，已经有了娃儿；三女子李春丽还小，在石盘中学上初中；只是这二女子李春蓉，已经快满十八岁了，还没有人上门提亲，老李夫妇话没说出口，但心里暗暗着急。

赵宁生们两个在队里做了说长不长说短不短的这一段时间手艺，老李没事就爱到他们做活路的地方去，对这两个下河娃儿很看得起。

也难怪老李上心。

从长相上看，这两个娃儿也确实标致：赵宁生才十八九岁，就一米七几的个子，按这年龄还正在长，瘦条条的，面皮白，浓眉大眼；他的伙伴矮一点儿，也眉目清秀的。两个小伙子的手艺就不说了，赵宁生能裁能剪，心灵手巧；伙伴机子踩得好，也能裁剪。两个有这样的技术，不愁找不到饭吃。他们对人都热情谦和，客客气气。

一天下雨，没法出门，在家里没事，李文明走出自家院子，到堂弟李文义家去看两个下河娃儿打衣裳。

"文明哥，来坐！"李文明才走到院坝口，李文义就在叫他。

走到阶沿上，李文义从上衣袋里掏出烟给李文明。李文明说："我来看看这两个小伙子把你们的活路做完了没，我想请他们给我们做几天。"

"我们要做的倒做完了，就看他们接的有其他人的活路不。"李文义说。

李家湾前面是河，后面是山，人多土地少，农业上的活路不够做，田地一种上，都出外挣钱去了。李文义也经常到城里做活路，对有没有人拿活路来找他们做不是很清楚。

"我去看看。"李文明对堂弟说。

　　李文明走到他们做活路的屋里，见到两个小伙子正忙着，打了招呼后就给他们递烟。他们到李家湾这么久，对本地的这个能人礼貌有加。李文明把他的来意一说，赵宁生就说："那我们今天抓紧时间把还有几样小活路做了，明天就到你们屋里来！"

　　李文明说了什么，他们这样满口答应？他们不仅仅是因为李文明是本地的能人，主要是李文明说，他们家房子宽，可以长期免费给他们提供一间房子睡觉和做活路，他们家的活路做完了，其他哪家有活路，机子就免得搬来搬去，吃饭人家喊就去，不喊就在他们家吃，反正他们家顿顿有人煮饭。

　　两个小伙子很惊讶，说："那没法哟！如果这样，房子每个月我们还是拿几块钱的租金，吃饭我们两个也要交一点儿伙食费哟！"他们这一个多月挣了一百多块钱，说话大气了。

　　"你们住就是了，还拿个啥钱？一个月几块钱对我起得了啥作用？吃饭，我们吃啥你们就吃啥，农村的饭值得了几个钱！"李文明说。

　　给哪家做活路，就在哪家吃住，就要把家私搬到哪家去，这是农村请人做事情的规矩。但是，他们做缝纫，把一个缝纫机搬来搬去，搬走要拆，搬去要装，重铺摊子，还是很麻烦。还有，有的活路一会儿就做完了，一天要做几家人的，或者有时相邻生产队的人拿活路来，不能说不做，这些情况下在谁家吃饭有时候就没有着落。按李文明说的，等于是他们在人家家里开一个免费提供场地和吃住的裁缝铺子，所以哪有不满口答应的？

　　李文明家修了一栋楼房，带底三层，一层就有四个房间，间间宽敞明亮。搬到李文明家，按李文明说的在一楼东头给了他们一间房子，一张大方桌做案子，缝纫机摆在玻璃窗前；屋里一架新式床，铺的盖的都洗得干干净净，两个枕头还是有"鸳鸯戏水"绣花图案的。给李文明家做活路的那几天，天天下雨，李文明没法出门，吃饭顿顿作陪，桌子上热情相劝，要他们一定吃好吃饱，如同父母对待亲生儿子。

　　做活路不再包吃住，价钱虽然高了些，但是给有活路做的人省了不少事。包吃住，匠人来了要铺床，铺的盖的脏了怕人笑，匠人走了又得洗，吃饭差了端不出手，好了就要去花钱割肉。裁剪至少要个桌子什么的，不是家家都有，没有就要去找啊借啊的。所以，很多人宁肯工钱高一点儿，也懒得淘那些神！价钱加了，他们多挣了不少钱。

大女子李春英每天同丈夫出门做活路，在家的时间不多。从外面回来和刮风下雨不出去，就带她的娃儿，楼都很少下。三女子李春丽天天上学，早出晚归，星期天和放假才在家。只有二女子李春蓉每天在母亲身边。

李春蓉初中没上满就辍学在家。那时十三四岁，几年过去，眼看快要成人。她中等个儿，皮肤又白又嫩，浓眉大眼，性格开朗，见人一脸笑，很讨人喜欢。李文明的女人能干，家里的事和田地里的活路大多数是她做。一天三顿饭，都要她上灶，一天在家的二女子李春蓉帮忙也只是到门前的堰沟里淘个菜，在灶门口烧个锅。而且，一旦三女子李春丽在家，她就端着盆子到堰沟里去洗衣服。门前的大堰长二三十里，堰头在上面本大队五队的地面上，下面一直流到西城办对面的塔子山背后。堰里的水很大，也很干净，是所经之地的生产用水和两边几千上万人重要的生活水源。李春蓉很喜欢在堰里的小石桥上洗这洗那，同相好的姑娘亲亲密密地边笑边说话，看堰埂上来来往往过路的人。

母亲去赶场上街或是回娘家去了，李春蓉只有上灶煮饭。对于煮饭，母亲煮她看，也给她说了一些，已经教得差不多了。原来她只煮了自己吃，那简单。赵宁生们来了，要给他们煮，开始还是有些紧张，后来才慢慢习惯了。

赵宁生们在李文明家里，每顿的饭熟了，母亲都要叫老二李春蓉、老三李春丽去叫他们吃饭了。老三上学去了，老二叫。老三在家，老三叫，有时候两姐妹一起去叫。母亲不在家，李春丽上学，李春蓉把饭煮好，就自己到东头的房子里去叫他们吃饭。

李文明叫李春蓉对这两个下河娃儿态度要好，不要把人家得罪了，给人家留下不好的印象。李春蓉跟两个娃儿年龄接近，青年男女自有他们的语言，不知不觉中喜欢上了这两个小子——他觉得两个娃儿都可以，都长得好、对人好，但是从心底来说，还是更喜欢个子更高、眼睛更大、头发微卷、嘴唇有点儿上翘的赵宁生。还有，赵宁生的技术更好些。

少女动了春心，必然表现出来。李春蓉看见赵宁生就脸红心跳，时常说着说着话就脸飞红地跑了。赵宁生漂泊异乡，举目无亲，心里也泛起了波澜——他就喜欢这种含羞带娇的女子！快二十岁的小伙子，爱个姑娘非常正常。都有情有意，说话随便了，有时赵宁生逗她几句，她也直呼自己的名字开玩笑。她来看他的时间多了。很快一有时间就来了，来了就你打我一下、我打你一下，笑得嘻嘻哈哈的。

这个年龄的人很敏感，特别爱吃醋，对李春蓉也有些意思的伙伴见他们打得火热，在他跟前都说些叫人脸红的话，又眼热又嫉妒，觉得自己在这里碍事，就站起来走开，或者假装去上茅厕，上很久很久。有一次，伙伴轻手轻脚地回来，见两个抱在一起，然后倒在床上。他故意咳了一声，两个才急忙分开，满脸通红地站起来。等他们定了神，才假装没事一样进屋去踩缝纫机。

伙伴觉得很失败，不能还在一起坏了人家的好事，告辞离开。从此，没有了联系。

女子在娘家丢"丑"，是最辱没门楣的事，一辈子都说不起来话。李文明夫妇是过来人，二女子和赵宁生的言语动作他们早就看在眼里——这也是他们所希望的结果。但是他们很担心，赵宁生就住在自己家里，他们有时候不在家，大男大女，要是闹出丢丑的事怎么办？女子终究要与人，老两口商量：尽快把事情办了！

几个月以后，也是来李文明家一年多后，下河小裁缝赵宁生同房主人的二女儿办了喜事。

这桩婚事对外说的是托媒人说的，实际上是女儿的生身父亲，即女婿的老丈人李文明一手谋划和成全的。李家操办酒席，李文明有钱有人缘，宾朋满座，热闹风光，自不在话下。

一年后，赵宁生有了自己的儿子，取名赵涛。

结婚以后，赵宁生手把手地教，李春蓉学会了踩缝纫机，小两口开起夫妻缝纫店。

社会发展得太快，不知不觉中兴起了买成品衣服穿，没有了补旧衣服旧裤子穿的人，城里有名的大裁缝铺子都没有了活路做。农村土地承包到了户，田地几天就栽种和收割完了，还是那么多土地却长出了多一两倍的粮食。田地里的事做完了，人们闲不住，就到城里找活路做，有的直接贷款开店做生意挣票子。很快，农村的人也有了钱，要不逊色于城里人！商店里有的是好衣服，包里揣着钱，衣服穿破了觉得丢人，到商店里比着选着买，买了就穿，很方便，谁还去买布自己做衣服哟！就两三年的时间，城里的缝纫社、缝纫店，缝纫铺，一个个全部关了门。

倾巢之下，岂有完卵！一个行业的生产形式都发生了变化，处在最低端的赵宁生的"夫妻店"怎能不受到严重的影响？他们已经靠做缝纫手艺生存不下去了。

李家湾土地少，大姐李春英招了上门女婿，在队里分了土地，老二李春蓉分了的土地都应该退出来，何况给赵宁生和娃儿分！小夫妻只好缝纫有活路晚上做，吹风下雨没法出门做，赵宁生裁剪好后李春蓉做，其他时间赵宁生也骑着自行车跟老丈人进城找事做。

欧平老家有个老哥，年轻时就双目失明，终身未娶。父母去世后，孤身一人居住，十分凄凉。有人知道赵宁生一家三口的处境，牵线把他们抱给瞎子当儿子媳妇孙子。生产队同意接受，给一家三口分了土地，孤寡人有了人照顾。

合为一家后，赵宁生学着耕种田地，空闲时仍然跟着李文明在城里找事做。李春蓉在家除了经管孩子和照料老人，还做些队里人的缝纫活。一家人热热闹闹，生活水平超过当地的很多人。

赵宁生一家三口落户到欧平老家，欧平回老家时经常见到。赵宁生从别人口里知道欧平是长辈，也知道欧平先是教师，现在在滨江区委工作，在当地很有名望。他很尊重欧平。欧平骑自行车回家那几年，他们在路上碰到几次。见到欧平，赵宁生即使正在骑自行车上坡，也立即跳下来打招呼，问："佬儿，你也回去？"（当地人称呼与自己父亲同辈的年轻男子为"佬儿"）赶忙从里面衣服里掏出自己的好烟——云南玉溪卷烟厂的黄"红梅"，拿一支给欧平，用打火机点燃，然后装回里面的衣服口袋，从外衣下面的包里掏出揉得皱皱巴巴的二角几的烟抽出一支点上自己抽。欧平本来不抽烟，看到赵宁生这么殷勤恭敬，不好辜负他的一片心意，就接到点起。赵宁生骑的是一辆很旧的"永久"牌加重大自行车，一身读过几天书的农村小伙子的穿着，对人热情谦虚。

江城建市，李文明揽到在市政府办公厅后勤科管水电的工作，赵宁生当起他的助手。搞了一两年，政府办要在大门旁边修文印室，一排只有将近1000平方米的小平房。事情不大不小，一时找不到合适的人承建。天天出入后勤处的李文明听到，主动要求自己来修。后勤处长不放心，但见李文明说得头头是道，并说自己家的楼房都是自己修的，修平房更不算事。后勤处长来自基层，也知道这样的一排房子，有设计好了的图纸，照图施工，也确实简单，就把这活给了李文明。

李文明工程拿到手里，他不做，是交给赵宁生做，想在经济上拉他二女子家一把。他找了一个长期搞建筑的熟人现场指挥，赵宁生只在工地上经管一下。一个多月，一排漂漂亮亮的平房就出现在人们的眼前。短短的时间，赵宁生就赚了一两万元。一个干部的工资一个月才一百多一点儿，一年不到两千元钱，他三四十天就挣了一个国家干部十年的工资啊！

这是赵宁生人生淘得的第一桶金！

赵宁生出身于农村，但从小读书，做缝纫，没做过一天农业上的活路。才迁家到这里的那两年，土地分到户不久，作为当家的男子汉，他不能不下田下地干活。天生就不是一个种田种地的主儿，他个子高，很瘦，两条腿只有那些胖人的手臂粗，下水田时挽起裤子，光着脚走，像个"高脚雁"。下雨天，他扛一把犁头去耕田，光着脚走他们出门不远的庙坎脚下那一段石头瓦块的路，像踩在玻璃碴上一样，脚扎得嘴斜起，难受劲儿可想而知！种麦子，农忙正酣。他去耕坂田，半天扯了两把犁头。犁头是耕田耕地用的，没有它就没法耕田犁地，是重要的生产工具，是大型农具，一把要值好几十元，农人扯一把犁头要心疼好久，他是扯了两把！而且，他自己没有犁头，扯坏的两把犁头都是借的别人的。俗话说"打了旧缸赔新缸，新缸没有旧缸光"。还不好赔偿人家，难得人家满意，赔了钱，还要说一大堆好话。赵宁生耕田半天扯了两把犁头的事，一个生产队的人都知道，都为他惋惜，也作为笑话摆谈。

从此，赵宁生对耕田种地产生了畏惧。

挣了市政府办修文印室那笔钱以后，赵宁生看上了搞建筑这一行。到省城参加了培训，更增添了他的信心，到处找房子修，工程由小到大，一直到修了这个大市场。

欧平天天在老城上班下班，经常路过南街，看到新大新公司在拆迁南街商业最繁荣的那一段，有些上百年、一百多年的前面木门板、顶上盖青瓦的老房子都拆了，然后修钢筋混凝土的现代化新楼房。但是，他只是在看在想，老房子拆了修新楼房，这下就不会叫他担心发生火灾了，却没有从商业角度想过，从来没有想过拆了旧房子修新房子，然后卖出去能够赚钱，赚很多钱。他叫赵宁生参与老城改造是没当回事的闲聊，是临时说来回答赵宁生话的。谁知道，无意插柳柳成荫！无意间说的这件事，被赵宁生搞成了大事情，收获了巨额回报，滨江办事处参与合作，也挣了几十万元，引起轰动和关注！

二十二

电话铃响了，欧平拿起话筒，问："喂——哪位？"

"哦，老辈子，我是赵宁生！"

"有啥事吗？"

"你上次说的老城改造的事，我们已经找人测算和论证过了，认为可以搞。你今天有时间吗？我想过来一起去看看？"

这一段时间，欧平参加区综治会和召开辖区综治会、处理扶贫三轮车问题、欢送几位老同志退休、接连几个星期六和星期天到农村割麦子和插秧，忙得、累得早把对赵宁生说的改造老城的事忘到脑后去了，听赵宁生说了，又才记起。再忙，一会儿的时间还是抽得出来的，说："你过来嘛！"

"我在哪里找你？"

"你就到办事处来，我在办公室等你！"

"好嘛！好嘛！"

赵宁生是自己开车来的，十多分钟就过来了。

走到下河街，见这条小商品零售批发一条街的生意太好了，人车夹杂，拥挤不透，就找了一个地方把车停下，然后走路过来。

赵宁生对滨江办事处不熟悉，边走边看，还问了两个人才找到。

"你在这儿哈！"站到欧平办公室门口，现在金贵起来的赵宁生就抱怨起来，"你在这条街上办公，太挤了，我车都开不进来，只好停在那头！"

"啊，你来了！快坐！车停在哪里的？"正在看"普九"文件的欧平招呼江城市华兴建筑公司的老板。

赵宁生的眼睛扫视了一下欧平的书记室，屋子里全是一些旧东西，办公用具是旧的，人造革沙发还烂了一个洞，不屑一顾地说："你这书记的办公室就是这样？连我的办公室都不如！买点儿新的嘛！"然后嘴里"咂"了一声，哈哈哈地大笑起来："你们还在这城中心，条件也太差了！"赵宁生的笑是轻蔑，是笑自己这个原来心里景仰、工作了这么多年、名声在外的共产党的书记的"老辈子"，天天就在这样的条件下办公！

"有一张桌子、一个凳子，就可以办公了，要那么好干啥？"欧平不以为然地对建筑公司老板说。

欧平拿杯子给赵宁生倒水，被赵宁生拦住，赵宁生看欧平是拿的一个旧瓷杯，烧水还是最早用的那种开水器，待不住了，说："我就不坐了，我们一起出去走一下！"

人家不愿意在这简陋的地方坐，要走，欧平没强留。他的时间太宝贵了，要办事就直接去办，不喝茶聊天浪费时间也好。

"那好嘛！"欧平说。

下到一楼，给党政办贺主任打了个招呼后，欧平同赵宁生一起出了办事处大门。

欧平和赵宁生在拥挤的下河街上半段的人流中穿了很大一阵才走出来。到大西街口，人少了些。

他们从大西街上去，走到鼓楼口右转到南街。

"老辈子，我们看看新大新是咋个在修。"

"好！"

他们停下来，在外面看了一下，然后走进围栏，来到新大新的工地现场。

同其他地方的老城一样，南街的这一片也是一个院子接一个院子，都是平房。大多数院子是一个巷子通进去，里面住很多家人。街面上的房子值钱，很少有大门面对街上的。很多原来是大门的，也隔出一间窄一些的商铺，留一条一米多宽的巷子进出。现在修成楼房，相隔十多米一幢。已经封顶的一幢，数了一下：一共七层。不能再修高，九层以上必须装电梯，要增加很大一笔投入，后期管理起来也麻烦。旧院子的进深不完全一样，现在改造后面是因势就形，个性化设计。

看新大新的改造现场，对建筑老板赵宁生很有启发，他把人家的布局和一些问题的处理都默记在了心里。

新大新工地的南头是一所历史悠久的小学校，再下面是原江城县供销联社的几个公司和本地一个建筑商开发的两幢新楼。对面依次是县供销联社机关、回收公司和才建起没几年的一个大商场，后面二者之间夹着一个教堂。赵宁生知道，这里没有可以施展手脚的空间。所以，走到井巷子和南街相接的丁字路口，他就说："老辈子，下面没看头，我们从井巷子上去！"

到后马路口，欧平把赵宁生领到东山街。

赵宁生认为这里虽然是山坡，但不高，是老城和东城的连接处，交通方便，生活便利，又清静，是住家的好地方，房子修起好卖，而且全是旧房子，拆迁成本低，土地价格也便宜。

赵宁生却说这里的房子不好卖。

穿了几条小巷，到了高处，视野开阔，一片有几十亩面积的低矮青瓦老房子全部呈现在眼前。欧平又向赵宁生极力推荐，阐明改造这一片的光明前景。赵宁生却认为，这里修房子卖不起价，赚不到钱。赵宁生不能勉强欧平，是人家出钱。

从东山街下来，沿着后马路向北，走到东街口。赵宁生对东街南边教堂以西那一段很感兴趣。这一段一直到老城的中心——鼓楼口，有一百多米长，除了有一处两层楼房外，全都是低矮的老房子。

鼓楼口是老城东西南北四条主街的交汇点，是最热闹最繁华的地方。四个转角分别是：东北工商银行的一个分理处，西北一个百货公司，西南老江城有名的国营食堂，东南大众照相馆。这个交叉点上，原来有一座鼓楼，后来不知为了什么拆除了。鼓楼是江城的标志和骄傲，民间有一个广为人知的传说：一个陕西人夸西安的大雁塔："陕西有个塔，离天一尺八！"一个江城人听了，不服气，说："江城有个钟鼓楼，半截攦到天里头！"你还没挨着天，我半截到了天里头，高多了。西安的大雁塔还在，有多高都知道，江城的钟鼓楼攦到天里头肯定不真实，但很高应该是真实的。大凡有这种标志性建筑的所在，都是很热闹的地方，江城的鼓楼也是如此。至今，即使鼓楼早已不复存在，但逛老城的人，大都即使没事也要到鼓楼口来转一圈。

在城里，商业密集的地方就是黄金地段，拆迁的成本高，欧平不认为赵宁生的华兴公司很有钱，劝他说："这里你就算了，这里的地价贵得很。"

"这没啥。"赵宁生不以为然地说。

"是吗？"欧平吃了一惊，没想到这小子才没做几年，口气就这么大！

"地价高，卖的价钱也高。就这里！你拿得到不？"

"只要你有钱投入，我以办事处的名义去拿，肯定行！"

赵宁生下定决心要开发这里，反倒怀疑起欧平的能力，欧平怎么肯服气，欧平一股豪气充满全身，做出肯定的回答。不过，欧平也不是瞎吹，欧平对自己的表态是做了全面估量的。欧平认为，在自己管辖的地盘上，应该能做成这件事。

欧平的分析是：建市以后，政治中心转移到东城，不可能再在老城设重要的国家机关，而且这一段可改造的土地面积不到十亩，滨江办是一个部门设置齐全、拥有全面行政权力的机关，掌握着开发许可权的市建委的工作，对滨江办事处有很大的依赖性——所以，滨江办事处出面改造自己管辖的地盘，是无可非议的，何况非本地的企业都在改造。

"你真的有把握拿到？"赵宁生又一次质疑。

"赵宁生，你太不了解我了！我告诉你，我办不了的事我不会答应，我答应了的事，你老辈子就一定要做到！这就是你老辈子的性格！"欧平说。

"哈哈哈——"赵宁生笑得打嗝儿，好像是为自己的激将法成功了而笑，也好像还是为不相信欧平能做到而笑："那你既然这样说，我们公司就向建委打报告啰！"

"好！但你们必须以滨江办事处和华兴公司两家的名义申请！"欧平说。

滨江办事处参与改造老城，就是参与经商。对于党政机关经商，欧平是反对派。早在几年前，那是一个换届年，欧平单独一人被莫名地派到明化搞一次调研，要求回来要形成一个调研报告。为什么要搞这样一个调查，没人告诉自己。他不明就里地去了。明化原来是一个县城，并入江城后是除了县城所在的滨江镇外的第二大镇，有个科级党政机构，又下设了一个独立的股级居民办。前几年，为了发展经济又在这里设立了一个科级开发区，由区委常委、常务副区长任主任。当年，区里在这里召开滨江区第一届物交会，不仅邀请了本市的其他县区和省内毗邻的市县区，还邀请了陕甘两省的一些市县区。这样规格的活动，区里派了由区委办主任牵头的班子驻明化筹备。明化虽然地方大，还有几家中央和省市属企业，但是明化镇、明化村居民办、开发区都在这个地方行使权力，现在又来了一个物交会筹备组，欧平调研的内容就是这几驾马车在同一个地方运行的情况及存在的问题，调研的时间给的是一周。他同几个方面的领导和认识的干部座谈，向群众了解，三天就把真实情况搞清楚了，开始形成调研报告。这个"命题作文"完成后，一个思考了很久的问题忽然在脑子里出现，这就是关于党政机关办实体的问题。新上任的区委书记汤平是从市委办公厅调来的，是党政机关办实体的积极推动者，美其名曰是党政机关及其干部投入经济建设主战场。他觉得这样做必然把国家搞乱。还有一天多的时间，他就这个问题提出自己的观点，写了一份建议书交给区委。关于明化几驾马车的运行问题的调研报告，使区委、区政府主要领导对明化的真实情况和目前存在的问题有了清楚的了解，对指导工作起到了作用。而欧平的建议书，区委领导没有向他表示明确的态度，但是在他参加的一次全区干部会议上，区委书记就党政机关办实体大讲特讲，并明确说："有人说，党政机关办实体，官商一体，必然天下大乱。乱啥子？我看就不得乱！还能翻了天！还能把共产党赶下台……"他一听，这是针对欧平建议书讲的。他面红耳赤，觉得可能有暴风雨要来。但是，他认为自己是出于一个共产党员对党的负责，是好心，不应该出问题。过后，欧平才知道，叫他一个人到明化去搞调研，是对他的考察，准备把他调到区委办公室任副主任，分管区委的文秘工作。从工作安排来说，是对他的信任，对他个人来说，是晋升为真正的领导干部，进入了领导干部行列，而且是一个重要岗位的领导干部。那一段时间，不少人跑官要官，而欧平却没有给任何领导说过一句话，更没有跑和要，并没有因为他对党政机关办实体的问题提出对立意见而受到影响，而且事情就此打住，没有任何人再提起，他自己也早就忘在了脑后。

这时欧平又不自觉地想起这件事。

直到现在，党政机关办经济实体的政策还在执行，欧平仍然没有改变自己的观点，但是面对滨江办的穷困状况，他违心地决定办这件事，他要使滨江办进一步地鲜活起来。

这是滨江办的又一件大事，那天同赵宁生看了地方，双方有了意向，欧平把事情告诉了张东生。张东生惊喜过望，不太相信能做这么大一件事情，高兴地说："嘿，欧书记，这就要靠你的面子和人缘了，我就只能做一些现成事了！"

"人家说我们是党政一把手，我们是连在一起的，你说这些话干啥？我们一起来把事情搞成，彻底扭转滨江办的局面！很多事情还要靠你！"欧平说。

张东生对欧平对自己的信任很感动，说："你这个人对人这么好，我们不做也说不过去。过去杨正明要是像你这样待人，咋会发生那些矛盾嘛！这件事有啥子需要我做，你尽管安排！"

在党委（扩大）会议上，欧平通报了拟同华兴建筑公司联合改造东街的意向和进展，全体党政领导和做记录的党政办副主任姜志斌都很振奋，同时也担心办事处没有实际投入，能否成功合作。后者也是欧平考虑的主要问题，办事处不出一分钱，也穷得没有钱出，要合作成功确实难。但是，欧平要大家相信，尽管是"无本生意"，他也要尽自己的最大努力争取成功！他说，如果成功了，滨江办事处就走出困境了，如果不成功，除了费自己一些口舌和付出一些辛劳外，不会失去什么，对办事处毫发无损。做，办事处有可能出现生机；不做，就只有苦熬，境况不会有任何改变！

欧平先给张东生通了气，张东生是聪明人，知道这件事对滨江办有多重要，极力支持欧平。张东生在会上指出，这是欧书记捕捉的一个机遇，机会难得，稍纵即逝！

赵宁生由老丈人李文明带入市政府办搞水电，天天出入市政府大楼，熟悉楼上各个部门，认识不少楼上的人，他搞建筑在这里起家，因此获得了不少利益。修淘得"第一桶金"的政府打字房不说，接着又同市政府院子里的面包房老板，后来转为搞建筑的张冬合伙修建了政府第二招待所，一直到修公司所在的市场，使赵宁生真正进入了建筑行业，有了自己的公司，成为了一个有一定实力和底气的老板。但是，他不敢进市建委的大门。

建委的部门多、人多，是大单位，每天来办事的人多，新建市接待群众来访也多，市政府的办公楼容纳不了，在外面办公，赵宁生不认识人，很害怕自己的主管部门，连建委领导的面都不敢见。

华兴公司把改造老城东街的申请报告形成以后，赵宁生非要欧平和自己一起去，要欧平出面说话，他怕见了建委的头儿话都说不出来。因为是办事处同华兴建筑公司联合开发，欧平无法推辞。联合开发，不做事怎么行，欧平答应去。

那天到建委交申请报告，欧平叫上张东生一同去。他想的是，一个堂堂的城区的办事处主任，也要跟建委打交道，便于以后开展工作。张东生欣然同意，把茶杯端上，胳膊弯里夹着公文包同欧平一起去。

他们坐旧吉普车到市建委门口，赵宁生的车已经先到了。华兴公司离建委很近，是驾驶员开车送的。

欧平先向赵宁生介绍张东生，然后对张东生说："这是华兴公司的赵总，是我侄儿！"

赵宁生同张东生握手寒暄后，三个人一同到市建委三楼的主任办公室去。

"罗主任在不，你把我们喊来？"欧平一副老辈子派头地问赵宁生。

"在。我派人打听好了才叫你们的。你们领导日理万机，哪敢随便耽误你们的时间！"赵宁生说起俏皮话。

欧平走在最前面，接着是张东生，赵宁生缩在后面。话没说完，就到了市建设委员会主任的办公室门口。

新建地级市，新辟天地，工作十分繁忙。起初，市里和下辖的一个区在老城合署办公，地方不够，就租用旅馆等做办公处。同时，在东坝修建新城。要建设一座城市，规划必须先行，规划职能在建委。整体规划经四大班子和专家评审通过后，搬迁安置工作也由建委实施。几大机构的办公楼和宿舍如何建，人多的一些大局在外面摆在哪里，办公楼和住宿楼怎么设计，搬迁户的安置房的建设，住户要搭建一个棚子等，都要经建委审批……管的事太多，建委成了城里最忙最有权力的部门。如果新来一个人安排工作，选择部门，在同建委平级的市局里，十有八九要选择到建委。建委大权在握，去办事的人都望而生畏，就是赵宁生这样曾天天出入市政府大楼的人，进了建筑行业，也对这里惧怕三分。

欧平不怕，领着张东生和赵宁生直接进了主任室。

主任室是挨着的两间办公室在隔墙偏后的地方开了一个门的套间，右边是外间，是来人等候的地方，主任在左边的一间，也就是里间办公。

欧平他们进去时，外间没有人。推开中间的门一看，建委主任罗建平在里面，有人在和他说事。见有人，欧平给罗建平点了一个头致意。然后，礼貌地退回来等候。

等了十多分钟，里面的人还没见出来。欧平当过教师，认为这都一节课的三分之一的时间了，再啥事也应该说完了，有些忍耐不住了，说："走，我们进去等，不要让罗主任和说事的人还以为我们走了，一直说！"

欧平进去，张东生和赵宁生也跟着进来，三个人坐在里面的一张沙发上等。罗建平看了他们一眼，但没有说什么。

见有人进来等着，说事的人很快结束了谈话，起身向罗主任告辞。

欧平刚想张嘴，罗建平就先问起他们："你们几个啥事？"

"我们是公事，来找一下你！"欧平谦虚而直接地说。接着，欧平做自我介绍，并介绍张东生和赵宁生："我叫欧平，滨江区滨江办事处党委书记。这是滨江办事处主任张东生，这是华兴建筑公司老板赵宁生。"

欧平认识罗建平，但是没有单独接触过。现在来找他办事，怕他一开始就顶起，把口封了，就抢先说："罗主任，我认识你，知道你，你原来的很多同学×××、×××、×××……后来都和我同学，他们经常谈到你，所以我很了解你，很熟悉你！"

罗建平听了，回到了"恰同学少年"的学生时代，很难觉察地笑了一下。那笑是甜蜜的。

罗建平又高又胖，浓眉大眼，皮肤白嫩，出生于本市晴川县一个建筑工人家庭，1977年进入江城师范学校读书。那时候，他不很看重学习，行为散漫。学校挨着一个三线建设的工厂，经常晚上放电影。只要一有电影，他就不上自习，偷偷地溜出去看，多次受批评。毕业后，他回到原籍，在一所乡小学教书，后来被安排管修建。人说"煮酒熬糖，各爱一行"。他对建筑有浓厚的兴趣，钻研起建筑的学问。他设计的学校教学楼和学生宿舍，得到行家的好评，为县城设计的电影院造型新颖别致，一举成名，调到县城乡建设环保土局当了工程师，后任局长、县政协副主席。建市时的第一任建委主任升任副市长，他接任了建委主任。他为人直爽坦荡，第一次登记领导干部个人财产，就申报了500万元。他何以如此有钱？靠工资积攒是不可想象的。他是搞建筑设计和国家建水电站时入股抢采黄金得来的。对组织对朋友，他直言不讳地说自己钱的来历。

"其他我们不说了，说你们来办的事情！"罗建平在一种欣悦的状态中说。

"张主任、赵总，你们说！"欧平正需要罗建平有这种好心情，这种氛围出现了。欧平转过头叫张东生和赵宁生说。

"唉，我们不说，你说！"张东生说。

"欧书记你说！"赵宁生也说。

欧平见他们推辞了，于是如实地把滨江办事处的困境、办事处同建委的工作关联，以及与华兴建筑公司合作的意向、方式、拟改造的地段……简要地说了。

"这可能有点儿难啰！"欧平说完，罗建平说。

"有啥子难呢？如果在我滨江办事处管辖的地盘上，我们不行，谁行？"欧平态度强硬起来。

"你们想改的那一段，是一个黄金地段，你们能改造得好不？"建委主任对他们两家的实力和能力水平表示担心。这也难怪，一家是一个办事处，一家是一个没有多大名气的一般建筑公司。

"没问题！"欧平非常有把握地说，"改造不过是一要设计好嘛，二要有钱嘛，这我们都有充分考虑！"

说到这里，张东生和赵宁生也加入进来，说："罗主任放心，没有问题！"

"你们准备咋个修？"建委主任问起了很专业的问题。

"赵总，你给罗主任汇报一下！"欧平对赵宁生说。

赵宁生见欧平叫自己说，马上说："我们的申请报告里说得很清楚。"立即从包里拿出他们写的申请报告，毕恭毕敬地呈到建委主任面前。

罗建平盯了一眼申请报告，说："这阵不看报告，你先口头说一下。"

赵宁生一张脸红着，把他们的具体设想说了一遍。

建委主任听了赵宁生谈的改造方案，沉默了半天没有作声。他可能在想东街的那个地方有多大，能做什么用，能否再派上更大的用场。

张东生盯着建委主任，推测罗主任的心理活动，似乎想到了罗主任在想什么，说："罗主任，我们办事处同建委的关系很密切哟，你们的很多工作都是我们在协调。照理说你们建委应该感谢我们，现在这件事，请建委支持一下。"

事情到了关键时刻，欧平担心建委主任一念之差把事情给否决了，不以为然但十分强硬地说："如果滨江办事处在自己的地盘上做这件事都不行，任何单位和个人来我都叫他搞不成！"

"唉，欧书记，话不要这样说！"罗建平见欧平态度如此坚决，退了一步，说："我们再派人到现场去看一下，研究了回复你们。"

"多久能回复？"欧平带有催促口气地问。他怕他们久拖不决，时间长了不了了之。这件事是办事处的大事，他志在必得！

"我尽快派人去勘查，也快，不要火！"

"罗主任，这件事，我认为本该我们自己做主！"欧平含义深邃地说。

建委主任到底大人有大量，把欧平三个人送出办公室，在走廊上一一握手后，说："我们干的都是公事！"

二十三

改造老城东街的申请报告很快就批下来了。才一个多星期时间，通知华兴建筑公司去拿批复，赵宁生还不相信："市建委的办事效率这么高？"

报告顺利批复，滨江办党委书记欧平、办事处主任张东生和华兴建筑公司赵宁生都很高兴。但是，他们高兴得太早了。世界上哪有这么顺利的事情！

报告批复下来，规划科立即通知拆迁办给拟拆地段的单位、门店和住户发拆迁通知书。城里的房子，一直是原来的县建设局的房管所、建市后的建委房产经营公司在管，拆迁也是他们在实施。后来，因为城市化推进和旧城改造，拆迁行为增多，特别是征用农村土地矛盾大量涌现，国家要求建立政府的专门拆迁公司。政府的拆迁公司是由房管部门分出一部分人加上调入一部分人组建的。

无论私人公家的房子，不拆不迁没有事。一旦拆迁，事情就来了。东街的拆迁也是这样的。

几十年、上百年、一百多年的房子，又旧又矮，阴暗潮湿和家家都住得很挤，如果有大房子好房子谁不想去住？但是，人有念旧情结，祖宗传下来的、自己亲手置的、用惯了的，没有人舍得愿意马上放弃。这也是所谓的敝帚自珍。市拆迁办去发拆迁通知书，商店的老板和住户感到非常突然，很多人接受不了，不愿意搬，更不愿意拆。拆迁人员讲，这是政府的决定，旧城都要改造，这些房子时间太久了，朽了，采光不好，又潮湿，住了得关节炎，容易发生火灾，等等。不管说啥，就是不搬不拆。再三做工作后，又给了一段考虑的时间，有些人动摇了，多数人还在坚持。

街门上有个修车店，修理自行车，店主姓雷，腿有点儿问题，熟人背后叫他雷瘸子。隔一间门面开铺子的姓马，戴一副度数很高的近视眼镜，邻居叫他马眼镜。政府要来拆迁，雷瘸子和马眼镜闹得最凶，表示："坚决反对！"他们貌似代表拆迁户利益，吆喝了几十号仍然不愿意拆迁的人到市政府上访。

　　市信访办在一楼，接待了他们，对他们说，旧城改造是必然方向，否则就会出安全问题。问他们愿意自己的房子垮了把家里的东西塌在里面、把人砸死不？没有人回答愿意。工作人员还对他们说，如果出了大的安全事故，政府负不起那个责，政府来主导改造这些旧房子，作为市民应该支持。但是，雷瘸子和马眼镜们听不进去，吼着要见市长。信访办答复：市长的事情很多，这件事不复杂，用不着市长亲自解决。如果非要见不可，要同市长预约，约好以后通知他们。

　　等了两三天，雷瘸子和马眼镜没有得到市长接待的通知，又邀约了一伙人到市信访办去，指责信访办敷衍搪塞他们，没有向市长转告。而且这时，他们改变了说法："如果政府决定要改造，他们自己来改造！"信访办没有想到他们会提出这个要求，打电话给建委，要他们来人答复。

　　建委规划科来了两名工作人员，问雷、马两个："你们有能力改造不？"

　　"人家能改造，我们自然就能改造！"雷、马信心十足。

　　"东街是一个黄金地段，要改造就不是修原来那种平房，就要像南街新大新那样修，下面是商铺，二楼修写字楼或大型商场、大型娱乐场，三楼以上才建住宅，那么大一片，需要很多钱，你们能有那么多资金投入不？"

　　雷、马无言。

　　跟着去的人小声议论起来："那哪儿去找那么多钱？这不是一件小事情，我们哪个懂咋个修房子？"

　　信访办人员进一步说："改造那么大一片，投入不是几千、几万块钱的事，而是几百万、上千万的问题！"

　　听到这个钱数字，雷瘸子和马眼镜蔫了，耍起横来："我们就不改造，也不要其他人来改造！你们说了不算，我们要见市长！我们要见市长……"

　　一群人跟着雷瘸子和马眼镜愤愤地走出信访办，要进大楼去找市长。信访办的人拦住他们，告诉他们："市长今天不在，你们不要去！"

　　雷瘸子和马眼镜跟同路的人商量："政府的办公楼这么大，我们没来过，没法一间办公室一间办公室地看嘛，我们又不找其他人。我们干脆另外找时间来！"商量完，一路人出了市政府大门。

一天，市建委给华兴建筑公司打电话，要赵宁生下午到市建委副主任孙大涛办公室来一趟，有事找他。

"孙主任找我有啥事？"赵宁生想了半天才想到，肯定是改造东街的事。那天去找罗主任，好不容易才把东街的改造权批给我们，这是发生变化了吗？

赵宁生感到事情重大，马上给欧平打电话，说市建委孙主任召见他，估计是说东街改造的事，要欧平同自己一起去一趟。欧平同意，他怕赵宁生害怕建委，如果软了，东街那块地就会得而复失，一切就会成为泡影。

欧平没有叫张东生，一个人坐着旧吉普车到了建委。赵宁生离得近，早已来了。见面打了招呼，他们就一起上楼到建委副主任孙大涛的办公室去。

孙大涛原来是一个技术干部，后来做行政领导工作，分管规划、设计等主要业务部门。他五十多岁，戴一副深度近视眼镜，沉着儒雅。

欧平敲了两下门，里面叫："进来！"

欧平和赵宁生进去，孙大涛站起来，叫他们坐。他们坐下，孙大涛去拿杯子给他们泡茶。

"孙主任，我们自己来！"赵宁生见建委副主任给他泡茶，很不好意思，赶快说。

"我来。你们是客人！"孙大涛说。

孙大涛泡了两杯茶端过来，欧平和赵宁生站起来双手接住。

孙大涛回到办公桌后面坐下，欧平自我介绍说："我叫欧平，滨江区滨江办事处书记！"欧平认识孙大涛，但他想孙大涛不一定认识他，他说了自己是谁，孙大涛才好说话。

"哦，欧书记哈，幸会幸会！"孙大涛说。

"这是华兴公司的赵宁生。"欧平介绍赵宁生。

"小赵我见过。"孙大涛扶了扶眼镜，转入正题，"小赵，你们要的东街那块地，住户和商家不同意拆迁，到信访办上访，闹得很厉害。为了维护稳定，我们建委研究，建议你们放弃，你们是啥意见？"

赵宁生看着他们的主管领导孙大涛，说："孙主任，那不只是我们一家，是欧书记他们办事处和我们合作开发，看他们是啥意见。"赵宁生不敢得罪建委，明显地把话推给欧平。

欧平见建委的态度动摇了，这是给他们做工作，要他们退出，很是气愤，说："建委作为市政府的一个职能部门，怎么能够出尔反尔，迁就落后群众的意见呢？这样，政府还怎么行政？不管什么事，只要有人一闹，也不管闹得正确还是不正确，就改变主意，就停下来，政府还能干什么？这件事我们决不放弃，群众工作拆迁办做不通，我们去做！"

欧平一通话说下来，书生气的建委副主任脸上红一块白一块，说："好嘛，我是代表建委领导转达意见，你们不同意，我去汇报。"

出了孙主任的办公室，赵宁生笑起来，说："老辈子，你太厉害了！你一个科级干部把人家孙主任一个县级领导整得难堪的！你看到没有，孙主任坐在那里尴尬的？"

"我没看到，真的吗？我主要是气愤不过。"欧平边说边在心里检讨自己。

市建委把地批给了滨江办事处和华兴建筑公司，住户和商户不同意拆迁，市拆迁公司先后派了几批人采取分工负责的办法挨家挨户做工作，重点突破雷瘌子和马眼镜等持坚决反对态度的人。但是，各种努力都没奏效。市拆迁公司很着急，因为按规定，这是应该他们做的工作。华兴公司也急，但是赵宁生从未接触过社会工作，也一筹莫展。滨江办事处同华兴公司合作，虽然还没有签订正式协议，但基本前提是滨江办到建委拿土地开发权，华兴公司投资建设，现在事情刚开始，建委把土地批给了他们，拆迁却遇到了这样么大的阻力，如果土地拿不到手，合作就自然解除。欧平和张东生都不愿意失去这个机会——这有可能是不能再有的机会——他们要做最大的努力。

欧平始终充满信心，就像找建委拿地时说的那样，他认为这是拿滨江办事处自己的土地，一定能拿到。东街的居民和商户都是自己管辖的人，一定能够做通工作。他给张东生说了自己的想法，张东生也和他想的一样。他们做出安排，派人去了解与"雷瘌子"和"马眼镜"等几个领头的人关系好的人，希望能通过这些人去做工作。古人说："射人先射马，擒贼先擒王。"只要把领头的人工作做通了，其他人的思想也就通了。派出去的人还没有回话。是没有找到与雷、马关系好的人，还是工作仍然没做通呢？欧平心急如焚。

欧平和张东生准备亲自同东街拆迁群众对话。党政办主任贺吉文建议他们两个一把手先不要出面，他担心如果事情弄僵了没有回旋余地。副主任姜志斌也这样说。欧平给党委副书记梁正建和李敏说自己要亲自同东街的居民对话，他们也不同意一开始欧平就出面。

这是一件大事，整天都萦绕在欧平的脑子里，不办成这件事，他寝食难安。

过了五一，天一天比一天热。好长一段时间，每天都是万里晴空、骄阳似火。欧平的心里也像火烧火燎一样。焦躁中，他想到东街居委会主任吴凤菊，想到这个心直口快，以敢于为居民群众说话闻名的区人大代表、1964年到林场的老知青。欧平认为：吴凤菊敢为居民群众说话，居民群众就一定听她的，她有可能把工作做通，即使做不通，也能了解他们的真实思想，她把情况转达给办事处，便于有的放矢地做工作。

早上来上班，欧平从家里戴了一顶草帽到办公室。上午来办事的人多，怕有人找他，就没有出去。下午天热，来办事的人少，他戴上草帽，出了办事处大门，到小西街去找吴凤菊。办事处的干部看见他戴着草帽，有些奇怪，问他："欧书记，你戴个草帽干啥？"他回答说："太阳大，我出去办事。"

下午两三点，正是最热的时候，街上的人很少，他没管有人没人，只管埋着头朝前走。人家看见他在城里戴着一顶草帽在街上走，也觉得奇怪。见怪不怪，他装作没看见那些异样的眼光，只顾走自己的路，觉得在这样的烈日下戴草帽凉快。

吴凤菊是东街居委会的主任，家却并没有住在东街，据说搬到了小西街，在市防疫站那里住。欧平估计天这么热，一天爱在外面跑的她可能这时也没出门。

走到那里，欧平问吴凤菊住在哪里，立即有人给他指了地方。吴凤菊是老江城人，当居委会主任的时间长，名声响，认识她的人多。

门开着，欧平在门上轻轻敲了两下，吴凤菊看见了他："哎哟！是欧书记！你咋个找来的？你有啥事吗？有啥事带个信喊我到办事处来就是了，你还这么大的太阳亲自来找我！快坐！"吴凤菊对办事处书记登门来访很惊异。

"我来找你帮忙，虽然不是我个人的啥子事情，是办事处的事情，但是哪有被帮的人坐在那里动也不动，要人家帮忙的人走路，喊人家来帮忙的？"欧平说。

"你是办事处书记嘛，是我们的上级，喊我们去有啥子嘛？"

欧平听出了伶牙俐齿的老知青对有些领导同志的高高在上、居高临下、颐指气使的反感。

欧平知道吴凤菊对她的几次建议没被采纳对自己有些意见，但是他深信在平等待人、关心下级这一点上，她不是针对自己的，尽管她是一个既直爽也个性很强的人。

吴凤菊把杯子洗了又洗，然后给欧平泡了一杯茶端来放在面前，说："不管啥事，这天热的，喝一口茶再说。"

"好茶！"欧平迫不及待地端起茶杯，揭开杯盖，把还没沉下去的茶叶吹开，喝了一口，咂了一下嘴，称赞说。

"好啥嘛，一般的茶！我们平头老百姓有啥好茶！"老知青话里带刺地谦虚着。

吴凤菊又拿了一把扇子叫欧平扇凉。坐了一阵，喝了几口茶，欧平在大热天走了这么远的路，涌到脸上的血色退去。

见书记喘了一口气了，急性子的老知青说："你说，有啥子忙要我帮，看我帮得到不。"

欧平把为了改变办事处的财政困境，同华兴建筑公司改造东街，居民和店户不愿拆迁的事，原原本本、毫无隐瞒地给她说了一遍。

"哦，这个事啊！我听说了，有些人是在说不同意拆，他们在那儿住惯了，不想往其他地方搬。但是，去住好房子，哪个不愿意，就看政府给啥子条件。"

"街门上的老雷、老马说他们自己改造，你想可能不？"

"他们有多少钱，修个自行车，做个小生意，不可能！"

"我本来想和张东生直接去同要拆迁的居民和店户当面说，都说我们一开始就去不妥，今天我来找你，是想请你帮着先给你管的居民做一下工作，了解一下他们的思想情况和有些啥要求。"

"啥子我管的居民哟，那是你们政府的居民，我只是像当一个值日一样。"欧平这话本来也是想调侃一下，却被反应敏捷的老知青抓住反驳。

"不管是哪个管的居民，你先去帮办事处做一下工作。"欧平说。

老知青、东街居委会主任吴凤菊答应了。

　　江城市市长杨天开是一个很讲究的人，每天西装革履，打一条颜色精心搭配的领带，络腮胡子的脸刮得铁青，头发梳理得一丝不苟，个子又高，浓眉大眼，高级干部的风度和气派十足。

　　早上，特意梳洗后的杨市长去上班，两位副市长在旁边边走边给他汇报工作。进了政府院子，走到信访办跟前，早已在那里等候的东街自行车修理店的"雷瘸子"经常在电视上看到杨天开，认识他，大叫："市长给我们做主！市长给我们做主……"一下上去紧紧地抱住杨市长的双腿，接着往起一站，杨市长身子一下向后面倒去……幸好两个副市长眼疾手快，左右出手，才把杨市长扶住。否则，杨市长那么大的个头，一个仰绊下去，后果不堪设想。

　　到政府大楼里上班的人正一路一路地往里面走，不知道发生了什么事，走拢来看，见是杨市长差点儿摔倒在地上，问明原因，都谴责"雷瘸子"的这种行为。信访办主任在打扫卫生，听到外面闹闹嚷嚷，也同两个同事出来。当知道"雷瘸子"差一点儿把杨市长绊倒，严厉批评他的鲁莽，要他立即给杨市长道歉，自我检讨说："杨市长，对不起，是我们没把工作做好，才发生……"杨市长当时大吃一惊，这时情绪已经稳定，也庆幸没有大的问题，十分生气但声音不高地问："这就是你们汇报的老城东街拆迁那件事吗？你们要认真做好工作！不能容许这些人乱来！"

　　下午，市政府办召开建委、拆迁办、公安、武警等几个方面的会议，传达杨市长的指示："有序地进行老城拆迁改造，有利于改变江城的城市面貌，有利于改变老城居民的居住条件和商户的经营环境，也能减少和杜绝火灾等安全事故的发生，是为人民群众办的一件实事、好事，但是鉴于目前政府的财力，没有可能投入这一事业，动员和吸引并引导企业和个人等社会力量加入改造是必选之路。因此，不允许一切个人或单位、团体无理阻挠。"

　　会议提出，在切实做好拆迁户思想工作，妥善解决补偿和安置事项的前提下，依照法律，强行拆除！

　　"雷瘸子"抱杨市长腿的时候，"马眼镜"紧随其后，后面还跟着五六个一起来的人。见"雷瘸子"差点儿把市长绊个仰绊，都怕了。"雷瘸子"吓得冒冷汗。杨市长宽宏大量，没有当时追究他的责任。

　　欧平在办公室焦急地等待老知青、东街居委会主任吴凤菊来回话。吴凤菊没来，"雷瘸子""马眼镜"却来了。进了欧平的办公室，他们没敢坐下，

"雷瘌子"就认起错做起检讨，说他们这回做错了，要求办事处谅解他们，他们向杨市长赔礼道歉。"马眼镜"也在旁边一个劲地认错。

见他们态度主动、诚恳，欧平叫他们坐下，实事求是地狠狠地批评了他们一顿，要他们遇事要头脑清醒，眼光要长远，要顾全大局，不能只以一己私利说话做事，以实际行动改正错误，将功补过。两个人头像捣蒜一样，连连答应。

物极必反。事情发展到登峰造极的时候，就是出现转机，眼前一亮，走出黑暗的时候。

"雷瘌子"这一闹，闹出了一个新局面。赵宁生在电话里笑得"咯咯咯"的，说："老辈子，我们接下来就是要同拆迁办谈价格啦，你也要协助我们啰，李代德那个人滑得很，嘴很会说……"

"谁是李代德？"欧平问。

"拆迁办的主任嘛……"

李代德是市拆迁办主任、市拆迁公司经理。市拆迁办和拆迁公司是两块牌子一套人马，前者是一个政府行政机构，后者是一个市建委的下属企业，典型的政企不分。李代德是本市雄关县人，大学本科文化，财经专业毕业，本来应该从事财政金融工作，却进了建设行政管理机关。他中等偏上的身高，白白胖胖，戴一副眼镜，很有些派头，却并不斯文。

同拆迁公司谈，主要是谈价格，包括拆迁安置和土地两个方面。这本来应该是华兴公司谈，是他们出钱，滨江办事处可以不参与。但是，赵宁生打电话邀请，又是合作方，对方有要求，应该满足。

欧平没有一个人去，是同张东生和姜志斌一起去的。办党委（扩大）会议决定，姜志斌负责这次合作的联络和一些具体工作。去三个人，是因为这是公家的事，是经济活动，应该公开透明。

李代德是市拆迁办主任，代表市政府至少是市建委。从这一重关系说，他是在行政，他的行为是政府行为。同时他又是市拆迁公司的经理，是一个企业的代表，是谈判的一方，可以讨价还价。有这两重身份，他可以这样说，也可以那样说。他深知这双重身份的便利，没把在座的所有人放在眼里。

李代德主持并且参加谈判。他先叫一个副经理说拆迁安置费用问题。他们不知是否做过测算，要价很高，华兴公司不能接受，要求大幅度降低。华兴公司在决定进入这个改造项目时，对这一块地找有经验的专业人士测算过，所以要求降的幅度不是没有根据、空穴来风。

双方各持一端，主持人李代德又以企业负责人的身份，把前期给被拆迁人做了多少工作，拆迁需要多少人力多少机械，人工需要多少工资，装载机械需要多少费用，运输车辆需要多少钱，等等，算了一扒拉。李代德的账算得好，财经大学毕业的嘛。但是，赵宁生不接受。

相持不下，谈判无法继续进行。欧平和张东生以中间人名义出面调停，要拆迁公司降一点，华兴公司加一点，往拢走。李代德寸步不让。

欧平知道拆迁价格高低是关系两个企业利益的事，不涉及国家利益的损失，提出由华兴建筑公司拆除，给拆迁公司一定转让费。李代德连连摆手，说："那不行，我们这是代政府拆，无权转让。"

欧平问："你们有工程队没有？"

李代德不知道欧平问这个是什么意思，实话实说："我们没有工程队，我们请人租机械拆。"

"好，你们自己没人没机械，华兴公司有，就请他们，他们有人有机械！"欧平说。

李代德无语，他的话把自己套起了。

李代德很滑头，而且在很多问题上显得不讲道理和可笑。欧平也故意出错，叫他李代德的时候把他叫"李德代"。

正式谈判失败，赵宁生找了一些李代德的熟人和领导做工作，李代德把过高的价格降了一些，赵宁生勉强接受。

至于土地价格，政府按区域、地段有评估参考价，老街东街是一等一级地段，这是进入市财政的钱，李代德没有权力左右，华兴公司也无价钱可讲。

市拆迁办——市拆迁公司按政策和先例安置拆迁的居民和商户，或暂住安置，等东街改造好了再搬回来，或直接搬入满意的房子不再回来。

住户和商铺把家搬完，人一走，拆迁机械就喧闹轰鸣起来，七亩多面积的老街老巷老院子几天时间就被夷为平地。

二十四

中午在办事处食堂吃了饭后，欧平在办公室的烂沙发上躺了一会儿。到上班时间，去走廊南头的水龙头上擦了一把脸就上班。

赵宁生打来电话，要欧平下午四点在东城市场南大门旁边的海泓公司来一趟，商量有关东街开发改造的具体问题。

欧平坐办事处的旧吉普车到了那里，叫驾驶员回去，说已经四点多，他在这里不知道要耽误多久，就不再用车了，这里事情完了，他走回家。

欧平对这里很熟悉，但是没有看到哪里有个海泓公司。时间过得太快了，一晃就两个多月没来过这里了，也许又新成立了一个公司。没错，他从市场南大门往东走，没过几个铺面，就看到一个门口挂了一个不大、字小、很低调的白底黑字的木吊牌，上面写着"江城市海泓实业开发公司"。

门开着，欧平走进去，听到了华兴公司老板赵宁生高谈阔论的声音——里面一间开着空调的房间里，赵总正在同一个二十出头的帅气小伙子说话。小伙子说话声音纤细，外面只听到赵宁生的高声朗气。

"滨江办事处欧书记来了！进来坐！"欧平走到门口，赵宁生看见他，哈哈大笑地招呼说，"李松，这是欧书记，我的老辈子！"

"欧书记好！"李松面带笑意有些拘谨地对欧平说。

"李松是这个公司——海泓公司的老总，李总！"赵宁生有些戏谑地告诉欧平。

欧平心想，这完全还是一个小娃儿，怎么就当老总了呢？但是，他还是不失礼节地上前同李松握了手。

"你今天咋个在这儿？"欧平问赵宁生。

"我们这边搞老城东街那个项目，我和李总合作。"赵宁生说。

后来，欧平才知道，李松是市工商银行行长的儿子，刚大学毕业，成立了这家公司。赵宁生想利用他的关系在工行贷款，同时李松的公司也要直接投入一部分资金。

"哦——你叫我过来要商量啥事？"欧平问赵宁生。

"李总，你把门关上，我们跟老辈子说正事。"赵宁生对李松说。

"啥事，这么神秘，还要把门关上说？"欧平问。

房间里只剩下赵宁生、李松和欧平三个人，赵宁生开始说事："改造东街这个项目，是你说起的，通过这两个多月的工作，开发权拿到了，现在已经开始拆迁。跑了这一段时间，从找罗主任批地，到同孙主任谈，同李代德的拆迁公司谈判，虽然你们办事处的张主任、党政办姜志斌也在跑，但没起到啥作用，人家是看你的面子，认你的账。我同李总商量了一下，这件事，我们就只认你，就不同你们办事处再发生关系了，我们给你个人二十万，你那个家庭，两个娃儿上学，婶婶又在服务部门，挣不了几个钱，你看如何……"

"不行！不行！赵宁生，你不要害我！我现在是老城的党委书记，我就是老城的共产党！我怎么能这样干？我现在虽然穷，但还吃得起饭，钱不够，我可以找你借，但我决不会要这个钱！这件事说是给公家干就是给公家干，我决不会以私人名义干！"欧平急了，一脸凛然，没等华兴公司老板赵宁生说完，就坚决地回绝。

"'哈哈哈'——'哈哈哈'——你这人也太迂了，你给公家干，公家一个月给你多少钱？"

"不管多少钱，我愿意！"

"你一个月工资多少？"

"三四百嘛！"

"你这一年才几千块钱，我是给你二十万哈！"

"管你好多万，我不要！"

"欧叔叔，你拿到嘛！"一直没说话的海泓公司老总李松也说。

"不，李总！不能这样做！"欧平对李松说。

"没其他的事嘛？"欧平问赵宁生。

"没其他的事。"赵宁生有些遗憾地笑笑说。

"没事我走了！"欧平说。

欧平站起身，拿上自己的文件包就向外面走。

欧平的家是一个困难家庭，两个孩子上学，儿子去年考上省城的一所名牌大学，女儿明年参加高考。爱人卢秀英进城晚，那时他在任区委办任副主任，她可以进区级机关工作，但他认为老婆在自己眼皮下工作影响不好，就把她安排到了一个商业单位。这些年，个体私营经济迅猛发展，公有制商业的生存空间越来越受到挤压，卢秀英每月只有一百多元钱的工资。欧平吃过不少苦，不把任何困难当困难。他的生活标准很低，认为只要三顿有饭吃，晚上有地方睡觉，就行了。四口之家每月总收入只有五百多元钱，给上大学的儿子寄二百元，开始几个月是一百八十元——他想的是，娃儿钱多了就要出去耍，影响学习，没钱就不会出去。书学费是交了的，每月一百八十元吃饭够了。其实，这是家里拿不出更多钱的无奈之举！在大城市每月一百八十元也只够吃饭！后来，他又给增加了二十元零花钱——家里剩下三百多元，维持家里三口人的生活和供女儿读书。他们的日常生活中，吃菜是从在城边种菜的姐夫那里拿，很少在市场上买。几天才买一次肉。才进城时，租不起房子，他带着儿子和一个同事合住一间顶上只盖着一层水泥板的简易平房，冬天冷得睡不着，夏天像"烤箱"，要在门口坐到很晚才能勉强进去睡觉。一年腊月底，他把被子拿回家洗，领导临时交代任务，晚上睡觉才记起没被子。院子里住的都是干部，他不好意思向人家开口借，从旅馆里租又舍不得花钱，就父子俩抱着裹一个床单睡了一夜。他的直接领导——区委常委、宣传部部长谢家旺到他的寝室里来，见他们父子俩睡的是一张单人床，靠墙一边加宽是砌的砖上搭了两张木板，上面只铺了一层稻草，马上找到民政局局长，要求救助他一床棉絮。过春节，组织部副部长给他送来一百元困难补助，他坚持不要。组织部副部长说："我们天天在一个楼上班，哪晓得你家里这么困难！"他从不认为自己困难，因为一天三顿饭在吃，晚上有地方睡觉！他从不对人说自己经济困难，谁相信为区委写了大量文字材料并为区里巨量文件、讲话、文章把关的区委办副主任、一个管辖近十万人口的街道办党委书记，还没有完全解决家庭生计问题！欧平清贫自守，"君子固穷"，但不取不义之财，从不为金钱所动，从来都是把经济宽裕的希望寄托在两个儿女长大读书毕业、有了工作以后。他还在区委宣传部工作时，就有人来请他给军队高干子弟搭桥倒卖汽油，给十五万元酬金。他认为这是扰乱国家经济秩序的不正当行为，坚决拒绝。所以，他分明是在给公家办事，赵宁生给他二十万元，就不再给滨江办拿钱，他怎么会接受？赵宁生看错了人！

没过几天，华兴公司和滨江办事处签订合作开发改造老城东街协议。

地点：××会议室。

参加人员：

甲方

1. 华兴建筑公司；2. 海泓实业开发公司

赵宁生（华兴建筑公司法定代表人）

欧维福（华兴建筑公司办公室主任）

李　松（海泓实业开发公司法定代表人）

乙方

滨江区滨江办事处

欧　平（中共滨江办事处委员会书记）

张东生（滨江办事处主任）

梁正建（滨江办事处人大联络处主任）

李　敏（中共滨江办事处委员会副书记）

罗广明（滨江办事处副主任）

李洪福（滨江办事处副主任）

贺吉文（滨江办事处党政办主任）

姜志斌（滨江办事处党政办副主任）

甲乙双方对各自在本项目中承担的义务很快根据各自的条件达成一致：甲方负责全部资金投入和工程设计、建设、销售；乙方负责改造项目土地的申请、协助调解拆迁中出现的问题和尽最大可能争取各种优惠政策、协调解决施工的道路和用电用水问题等。

甲乙双方同意对各自所负责方面出现的问题自行解决。

在项目所获利益的分配上出现了僵局。

欧平认为，据估算，该项目可获利润近千万，作为党政机关的滨江办事处应该让利于企业，在巨额利润中所获利益应该在六十万元以上。

而赵宁生认为，滨江办事处没有任何资金投入和物资的付出，也不承担任何风险，只同意给二十万元。

欧平听到赵宁生叫出二十万元，顿时气从心起，明确表示不同意。

滨江办在场的领导张东生、梁正建、李敏、罗广明、贺吉文、张洪福、姜志斌也都认为赵宁生给得太低，赵宁生又才一点儿一点儿地往上加，一直加到三十万元。

三十万只是最低六十万的一半，欧平不同意。

赵宁生不同意再增加。

场上鸦雀无声，谈判停了下来。

"欧书记！"张东生拉着欧平来到门外，说："你看这样行不，三十万就三十万，我们——"

"三十万绝对不行，大不了没有这件事！"欧平态度强硬，不肯掉价。

"我觉得三十万还是可以。明说，这个事情就是凭你的人缘关系和面子，我们也只是跟你同了个路，没起多大作用，办事处又没费椒子没费盐，也不担任何风险，就得三十万，区财政每年一共才给我们拨二十多万元钱，这比区里给我们一年的财政拨款还多，莫把事情搞砸了！如果你觉得三十万确实太少了，我们又从另外的方面叫他增加一点儿……"

欧平觉得张东生说的也有些道理，确实人家也承担着巨大的风险，说："那你出面说，我不想再给赵宁生说了！"

欧平和张东生回到会议室，甲乙双方的人都看着他们，不知道他们两个商量的结果如何。

"赵总，前面欧书记提出的标准也不是没有根据。东街是老城的黄金地段之一，当前房地产市场行情见涨，我们这个项目的前景一定很可观。在很好的收益前提下，我们办事处才得三十万元钱，不是欧书记不同意，也确实太低。当然，你说你们要承担风险，做任何事情都有风险，我们也承认这一点。我刚才给欧书记做了一些工作，我说我们应该让利于企业，欧书记也同意。但是，你到我们办事处来过，你看我们的困难情况，要办这样一件事，少不了要发生一些你来我往的接待，你看能否另外解决十万块钱的开办经费？"欧平没有作声，张东生说。

"是啊，办事处从这么大一个项目中只得三十万元钱，没法再从里面拿钱来办事嘛，是该专门解决开办费！"梁正建认为这时候该他说话了。

"赵总，这个该解决！"李敏说。

"这个该解决，办事处拿不出来！"罗广明说。

"这该解决！"贺吉文说。

"该……解决。"李洪福说。

……

"开办费可以考虑，但十万太多。"赵宁生说。他想照顾一下老辈子的情绪，确实这件事是人家说起的，为了拿到东街这块风水宝地，对自己看到话都说不出来的建委主任罗建平、副主任孙大涛都不惜得罪，说话义正词严，要不是人家，这块地哪里拿得到手！他对这个老辈子的性格脾气是了解的，可能只给三十万也确实太低了。

赵宁生是十分吝啬的人，张东生同他讲了很久，五万元的开办费都不给，只给四万元。

欧平进来后一直没说话，见说到这种情况，再也忍不住了，拍了板："就这样，总共三十四万，但是必须在项目开工之前汇到滨江办事处账上。以后如何设计，如何施工，销售得怎样，都与滨江办事处无关。今天双方的约定，我亲自动笔起草合作协议书，然后双方加盖公章和双方负责人签字盖章执行！"

在利益分配上，欧平完全站在公家的立场上，为他正在供职的滨江办事处大义凛然地力争，一点儿也没为他的侄儿让步！

对这一点，赵宁生后来一直耿耿于怀，经常开玩笑说："老辈子是一个真正的共产党员，要为公家服务！你那样为公家干事，公家又给了你啥嘛？"

"对呀，我是共产党员！你不管公家给了我啥没给我啥，我愿意！"欧平坚定地回答他说。

赵宁生哈哈大笑。

会后，欧平亲手草拟了江城市华兴建筑公司和江城市滨江区滨江办事处合作开发改造老城东街的协议书。

这份协议书是不是合同的合同，确立市场经济体制才几年时间，签订合同的事很少，欧平也还是第一次书写这种文书。他听到过很多旧时写契约，即现在的合同，因为表述不清或一字用错引起纠纷的事，在写这份协议书中，字斟句酌，反复检查后才交给张东生、赵宁生看。协议书打印出来，党政办副主任姜志斌校对后，欧平又校对了一遍，才复印并交给华兴建筑公司和赵宁生、滨江办事处和张东生盖印和签字盖章。

协议签订后，滨江办事处开始履行解决开发道路和用电用水的义务。

交通没有问题，门前就是大街，市拆迁公司进场就封闭断道，禁止行人和其他车辆通行，只允许上班的工人和拉运拆下的旧料和垃圾的车辆出入。

解决施工用电问题，欧平叫党委副书记李敏——她兼任老干部支部书记，有老同志们的电话——让她叫退休的原办事处妇联主任王文英来，说自己有事找王文英。王文英是一个性格直率开朗大嗓门的人，也是一个组织性强、热心帮忙的人，一接到李书记的电话，说欧书记找她，放下家里的事一会儿就从电业局宿舍赶来。上了二楼，看见副书记李敏，问："李书记，你晓得吧，欧书记找我有啥事？"李敏说："关于办事处的事！""关于办事处的事，我都退休了，有啥事？"王文英心里嘀咕着跟李敏进了欧平办公室。

"王主任，快坐，快坐！"党委书记欧平说。

"你一天忙的，未必还找我这个老太婆来摆龙门阵？"王文英打趣地问笑着招呼她的欧平。

王文英在沙发上坐下，李敏也跟着坐下，欧平说："就是想跟你摆龙门阵呢，但是又抽不出时间！不过，我一定要抽时间跟你老大姐摆！然而，今天是说正事，是办事处和我要找你帮忙。找人帮忙，应该登门拜访，但又怕给你添麻烦，就叫你移步，到办事处来一趟，顺便出来走走。"

自从去年春天到滨江办事处，在老干部会上见到王文英，听她给办事处新班子——实际上滨江办事处班子只是欧平和杨正明对调了一下——提希望和建议，她快言快语、诙谐活跃的个性，给欧平留下很好的印象，王文英对欧平也有好感，所以见面就多了一些题外话。

"书记你说，要我帮啥子忙？"王文英性子急，憋不住了，问。

于是，欧平把办事处和华兴建筑公司合作开发改造东街，办事处负责解决施工用电问题的事给她详细地说了一遍。

听说是办事处参与改造老城，只争取土地，解决水电和交通，不投入一分钱的资金，可以挣三十几万元，王文英高兴得不得了，说："这下办事处不穷了！"

"噢，就这个事。我听办事处的同志说，你爱人在滨江区供电局管业务，想请他帮忙把开发改造项目用动力电的问题解决一下，你看行不？"坐在旁边的副书记李敏帮腔说。

王文英想了一下，说："这可能没问题哟，我们老赵就在管这些事嘞！但是，光我答应还不行，我还是要问一下再说，因为具体是他在管！先不肯定，你们等我的电话！"

事情说完，闲话了一阵，王文英就站起来说："我不耽搁你们的时间，你们领导的事情多，我到其他办公室去转一下。"

第二天，王文英就打来电话，他爱人老赵说没问题，叫来找他，随时都可以。

拆迁将要收尾，欧平安排姜志斌带华兴公司办公室主任欧维福去办了用电手续。

自来水公司就在老城南门上，在滨江办的地盘上。欧平对张东生说："你在滨江办事处当了这么几年主任，水厂的关系应该很熟，你就去把东街开发改造用水的事办一下，我就不去了。"

"对嘛！"张东生满口答应。

张东生和姜志斌到自来水公司找到经理室，进去一看，不是原来的翁经理，而是一个从来没见过的矮个子，据说姓李。张东生说改造东街工程用水办个手续，新任的李经理正在摆弄新配给他的电脑，似听非听，只间或"嗯""啊"几声，表示他在听。张东生是个有个性的人，想这个李经理大不了也就是个科级干部，和自己一样，却打官腔，摆架子，很不满意，没说几句就发了火，同李经理吵起来，屁股一拍就走了。

回到办事处，张东生还是气呼呼的，上楼来向欧平汇报到自来水公司的事，说："这是个啥经理，你还在滨江办事处的地盘上嘛，我说话他大刺刺的，那个派头叫人看了就是气。所以，我转身就走了，说不找他了，我们去找领导！"

欧平叫张东生不要生气，自己去看看。

欧平还是同姜志斌同路去，走进自来水公司经理室，就先自报家门说："我是滨江区滨江办事处党委书记欧平，现在来找你们办理东街改造工程的用水手续！"

还是在摆弄电脑的李经理说："你是办事处的欧书记？"

"啊，我是！"

"昨天来的是办事处的主任？"

"对，办事处党委副书记、主任张东生！"

"那个人也脾气太大了，他昨天来，我正忙，正在电脑上找个数据，他就说我没理他，跟我闹起来。"

"那他是误会你了！"

"请坐，欧书记！"

经理室没有服务人员，李经理亲自去倒了一杯水送到欧平面前。欧平赶快道谢，叫姜志斌喝水自己去倒，不要麻烦李经理。姜志斌说他口不渴，不喝水。

"欧书记，我到这里来上班不久，很多情况还不熟悉，有不周到的地方，请你批评！我们公司在你们管辖的地盘上，你们要用水，用就是了，我表这个态！"李经理其实是个很谦虚爽快的人，并不傲慢。

"李经理，那你是同意这个工程用水了吗？"

"同意了！你们用！"

"那办手续我就不一定来了，这是我们办事处党政办副主任姜志斌，具体事情他和施工方的人来办！"欧平指着姜志斌说。

"你不用来了，你们领导的事情多，叫小姜直接来找我就是了！"李经理看了一眼姜志斌，姜志斌向他点头示意。

不到半个小时，工程用水的问题也解决了，欧平很高兴。

江城是新中国成立几十年以来川北地区的现代交通枢纽和20世纪60年代中期开始的三线建设重地，毗邻地区交通的发展和国有企业的低迷，江城风光不再。又是新建市，底子薄，百废待兴，经济掣肘，政府规定，开发和改造交纳城市建设维护费。这是一笔数目不小的钱。按占地面积计算，华兴公司毕竟成立时时间不长，感到每亩二十多万，难以承受，以赵宁生的能力，争取减免政策是完全不可能的。尽管那天在利益分配的谈判时，他对老辈子欧平完全站在办事处的立场上说话，一点儿也不维护他这个侄儿，很不满意，但是在这可以为自己减少成本，使利益最大化的时候，他又放下了架子来求他。因为合作开发，尽可能争取优惠政策是滨江办的义务，欧平不十分情愿地去找了建委主任罗建平。罗建平很给面子，一亩减了几万，总额比滨江办事处从改造项目中得到的还多。事情办成，赵宁生和他的投资伙伴李松千恩万谢，对他们给办事处按他们的计划多拿出了十几万元的记恨才消了一些。

水、电、路的手续都办了，自来水厂新安了水表，供电局来人拉了动力用电专线，城建维护费交了，设计图纸的审批通过就可以开工了。《协议》规定，工程开工前，四万元开办费和三十万元利益分配就应该转到滨江办的账上，而华兴公司只拨了四万元开办费，三十万元收益说还一时没钱。

区人武部又要收回军队，滨江办正在使用的旧吉普车也要往回收。到市、区去开会或者到哪里处理急事，很需要一辆车。旧帆布篷吉普车区人武部收走了，党委（扩大）会议决定：有了钱，买一辆车。东街的工程建设动工不久，华兴公司在银行贷款办下来，赵宁生主动打电话过来，说要把该给滨江办事处的钱付一部分，欧平提到办事处准备买一辆小车的事，赵宁生说他也想换个好一点儿的车，如果一起买，能少拿出一些钱。欧平同党委、行政几位主要领导商量，决定买一辆"桑塔纳"。原来滨江办事处没有车，后来借用区人武部连牌照都没有的破吉普，现在有了一辆电动窗的"桑塔纳"，很多人羡慕得不得了，区里的很多领导都羡慕。这时，区级机关的很多局长、主任还在坐国产的"野马""白鹿"等，滨江办向前跨了一大步！

华兴公司的赵宁生同时买了一辆"红旗"牌轿车。外界以车测人，高看他一眼，生意好做了不少。

滨江办事处参与老城东街改造，得了三十多万元钱，除了公家买了一辆车外，春节前又转来几万元，还有几万工程结束支付。四万元开办费，是用于合作双方有关事务的接待支出，实际上华兴公司没有怎么用这个钱，剩下的也归了滨江办财政。

华兴建筑公司同滨江办事处合作开发改造老城东街，获得了丰厚的利润，鼓楼东南转角的铺面每平方米售价上了一万元。巨额的回报增强了华兴公司的实力，由一个小公司成为了一个大公司，也由此正式步入房地产开发行业，赵宁生由一个建筑老板成为了一个建筑和房地产开发一体的老总。人熟了，路顺了，赵宁生没有再来找欧平，开发改造东街后，紧接着改造了老城小西街东段，并且把公司办公地迁到了那里。

二十五

　　滨江办事处计生办主任叫张国香。

　　欧平去年调滨江办事处上班的第一天到各部门去，第一次看到她。没几天，张国香来给他汇报工作。

　　"欧书记，你今天有空吗，我来给你汇报一下计生工作，这几天我看你都忙得很，我来了几次，你办公室都有人。"张国香的话说得很随意，没有笑意，好像满腹怨气的样子。

　　"哦，你说！这几天来找我的人就是有点儿多！"欧平觉得人家来了几次，有些对不起，赶快说。来了几天，他知道她是办事处的干部，但是哪个部门的，叫什么名字，又一时记不起来。那天看见她，就好像以前从来没有见过这个女人似的。对全区的干部，包括乡镇办的，他在区委时绝大多数都见过。

　　"我叫张国香，在办事处管了多年的计划生育工作……"张国香自报家门以后，具体但不啰唆地把全办计生工作的情况和他们现在在做的工作说了一遍，最后说："欧书记，你现在来当滨江办事处的书记，你要支持计生工作哟！"

　　"那当然，计划生育是基本国策，哪敢不支持！"欧平看这个女人说话一副不以为然的样子，但是眼睛在不停地扫视着自己，察看着自己的脸色，觉得这个女人不寻常，把一项工作简明扼要地说得清清楚楚，应该有些能力。

　　听了张国贤的工作汇报，欧平下楼去上厕所。回来，到副书记李敏的办公室去坐。说实话，虽然是斜对门，但一天忙得很少有时间到这位区委办的老下级办公室里坐。

　　欧平进去，在门口靠墙的长藤椅上坐下，李敏要给他泡茶，他连忙阻止，说他在办公室里已经泡起了。

　　"欧书记，刚才张国香找你来的？"

　　"啊！"

　　"这个女人你要注意哟！"

　　"注意啥？"

　　"你慢慢了解嘛——这个女人作风孬得很啰，你要警惕哟！"李敏说完，"咯咯咯"地笑起来。

　　欧平明白她说的意思，脸红了一下。

　　李敏是不到三十的少妇，女儿上小学了，说男女方面的事还有些羞涩，但也不是完全说不出口，为了进一步让老领导警惕，李敏说："据说她跟办事处好几个男的都有往来，就是对原办事处的老程书记都要去勾引，还说人家程书记在办公室里搂她抱她什么的。老程书记你应该记得嘛！"

　　欧平咋不记得，那时他在宣传部，老程书记是乡镇办书记里年龄最大的一个，平时非常严肃。据说，他是从原县公安局调过来的，爱穿一身黄色公安装，个子不高，又瘦，爱抽烟，人黄黄的，精明中带着些萎靡，也就五十多一点儿岁数，看起来就完全是一个老头儿。张国香竟然连他都看得起？是为了人，还是为了权？

　　欧平陷入沉思，回答了李敏一句话："那咋记不得！"

　　李敏是个朴实单纯的女子，先在纪委工作，到重庆西南师范大学习，回来留在区委办当打字员，后来有了专业打字员，又去做保密、档案、信息等工作。有时打字员没在，有急件，领导就叫她上机。那时是老式打字机，要一个字一个字地抓，很辛苦，但是她从无怨言，对谁都是一笑，说话细声细气，很受区委各部门的好评。到滨江办事处前，她在区委办从事一般文字工作。从区级机关到办事处，是为了推动干部下基层工作，也是组织上为了培养她。

　　欧平和李敏在区委办是直接的上下级关系，现在是领导和助手的关系。他对李敏的印象和区委机关的大多数人一样，觉得她踏实、可靠。所以，他把李敏对他的告诫牢牢地记在心里。

　　欧平从来不单独叫张国香到自己办公室来谈工作。平时即使对面相遇，也从来不招呼她，她招呼他，除了应付性地答应一声，没说过第二句话。

欧平发现，张国香喜欢到主任张东生的办公室去。有时是在说工作上的事，多数时间是在闲聊。一个办事处主任，各部门的负责人和办事员要请示汇报的事情很多，听到他们在说私事，不少人本来去找张东生，瞄一眼就转身走了。欧平是党委书记，有时要找主任张东生商量工作，他不知道他们有什么不正常，一来就直截了当地走进去——不管他们在说什么，他不该给他们让路。有多次，他突然走进去，两个人都一脸的惊愕，张国香逃之夭夭，张东生面带羞色。有时候，张国香看见欧平来了，招呼都不打就飞快地转身出去了。

　　欧平没有想这些现象有什么蹊跷，他不知道张东生和张国香有事，而且在门大开着的办公室，即使听到他们在说私情，他又能怎样。

　　欧平后来时不时地听到有些女同志来他的办公室说工作上的事时抱怨："这个事我本来不想打扰你，该去给张主任汇报，可是去了几次，人家张国香在里面，所以我只有来找你……"他也发现，有些男同志，对待张国香的态度也有些异样。

　　时间长了，欧平感觉到：主任张东生和张国香可能确实有某种特殊关系。

　　欧平记得副书记李敏说，张国香跟办事处好几个男同志都说不清楚，经过他观察，也可能确有其事——在一切场合，办事处的那几个男同志说话说得无论有多高兴多起劲，一旦说到计生工作，说到张国香，舌头就伸不直，结巴了。

　　去年秋天，发生了一件事。

　　晚上，卢秀英上夜班去了，吃了晚饭，欧平一个人在家看电视。

　　"砰砰，砰砰砰！"突然有人敲门。

　　他站起来，边往门口走边问："谁？谁在敲门？"

　　"我，欧书记！"门外是一个女人的声音。

　　欧平推开门一看，是滨江办计生办主任张国香："哦，张主任！你找我有事吗？"

　　他把张国香让进屋里，自己在后面关上门。他想不关门，又怕秋天蚊子厉害，飞进来了。

　　"快坐！"

　　"坐。你们这房子还大呢！"

　　"也不大，只是有三个卧室，我们一儿一女，要三个房间才住得下。"

"哦，你是两个娃儿哈？听说老大去年考上名牌大学啦？"

"啊，也在省内！"

张国香坐下，他问她："喝水不？"

她说："不！我没有经常喝水的习惯。"

他几句话说完，正没话说，张国香开口了。她说："我们这次市里组织到深圳、珠海去考察学习，我给你们女儿买了一个小礼物，给她拿过来。"

"唉，那不要！"

"你莫嫌弃嘛！一个女孩儿穿的短袖衫，几十块钱，牌子倒是'梦特娇'，但是假的，正宗的要好几百！"

张国香手里拿着的纸包着的东西就是她说的短袖衫，她打开，粉红色，小翻领。

他说："你大老远买回来的，我看你穿也合适，你就自己穿，我们女儿是学生，她不能穿这么鲜艳！"

管她怎样，来者是客，他还是站起来给她倒了一杯水放在面前，说："喝水！"

说自己没有经常喝水习惯的张国香还是端起杯子喝了一口。

都憋着不说话不行。他突然想起，张国香是第一次来，从老城到东城这么远，还找到这里来，不容易，问她："你是咋个找到我们这儿的？我们这儿不好找哦！"

"我们经常到计生委开会或办事，知道区政府宿舍在这里，走拢在门卫上一问，人家就说你在这里住。"

"哦——"他这才想起，区计生委在下面的小街上，离这里不远，张国香说的是实话。

张国香坐在那里没说话，也好像没要告辞的意思，他觉得成年的一男一女，在门关着门的一室之内太尴尬，撒了一个谎说："张主任，我现在出去有点事，你有啥明天在办事处说，好吗？"

"好嘛……"张国香双颊飞红，从座位上站起来，镜片后面的双眼望着他。

张国香走时，把她拿来的短袖衫留在旁边的座位上。他叫她拿走，她怎么也不拿。

他无奈，不好同她拉拉扯扯，只好作罢。

把张国香送到院子里，等她走远，他又转身回家。

回家坐下，欧平舒了一口气——终于送走了这个女人！

欧平后来一直在想，张国香为什么选择那个晚上的那个时间到他家来？她进门没有问他爱人，有可能知道他爱人不在家，知道她在商业部门工作，这天晚上上夜班。她是怎么知道的？她也知道他女儿不在家倒很简单——她知道他女儿上高中，明年毕业，那时正在学校上晚自习，她的女儿在同一所学校读高中，只是低一个年级。这种女人啊，要拉一个男人下水，是处心积虑啊！

作为一个女人，张国香为什么会这样呢？

张国香年轻时是一个军婚。那时的姑娘爱找军人——军人入伍时是经过严格体检的，身体好是没问题的，身高、五官也不会差；政治上根红苗正，当了兵家庭是优待对象，军人在社会上人人尊重。张国香的男人贾大荣就是这样的人，家也是这样的家。

但是，事情往往美中不足。

贾大荣在西藏当兵，高原寒冷缺氧，条件艰苦，但是他在部队学医，没有天天顶风冒雪摔爬滚打过。

他们是突击结婚，办了酒席没几天贾大荣就远离温柔之乡，进了雪域高原。蹚过男人河、入过男人怀抱的女人，寂寞是难耐的。新婚燕尔，天各一方，思念之苦无以言表。好在新兵期满，贾大荣就回来探亲，男欢女爱，张国香怀上现在的这个女儿。以后，每年都有半个月探亲假，但毕竟还是聚少离多，不能骋怀。特别难以想到的是，如果贾大荣天天爬山卧雪，累得筋疲力尽，倒下就呼呼大睡，或是一天吃不饱肚子，也就没有时间和精神想女了。可贾大荣偏偏工作轻松，部队的生活开得好，身边的护士女兵个个如花似玉，天仙似的，一天在眼前晃来晃去，惹得他神魂摇荡，天天想女人，染上手淫，得了阳痿。回来探亲和张国香到部队去，都没有满意的夫妻生活。张国香不再想到部队探亲，他也害怕回家。年纪轻轻的张国香怎耐得住独守空房、禁得了欲火中烧，开始青睐外面的男人。只要女人主动，有多少男人挡得住诱惑！滨江办事处的几个男人被她一一俘虏。

工农镇原为工农乡，同滨江镇（办）时分时合，张国香早就认识张东生，熟悉以后经常开一些深层次的玩笑。从工农镇调到滨江办当主任以后，张东生有权有势，很快成了张国香猎取的对象。张东生大多数时间住在工农老家，他爱人在厂里也有一间房子，有时也在那儿住。滨江办事处在老城南偏西，他爱人上班的工厂在北面，相距一公里多路，工农老家离得更远，空间上的条件给张东生光顾张国香造成了极为有利的机会，经常借开会、加班、有事等理由回家很晚或者不回家。

久而久之，张东生只有被张国香牵着鼻子走。凡是她说的，张东生必须听，凡是她要办的事，张东生不得不办。办事处的其他几个占过她便宜的人，也时时处处要把她维护到和讨好着。张国香的这些荒唐事，在滨江办工作时间长的人，很多人都知道，只是心照不宣。

张国香靠这种手段，在滨江办飞扬跋扈，说话口气很大，有时对张东生都大呼小叫，不放在眼里，更莫说其他那几个相好的男人，她说啥就只有老老实实地听着，叫帮啥忙就跑得比兔子还快。

张东生是有个性也极爱面子的人，见张国香对他这个主任指手画脚和纠缠不清，慢慢感到有些厌烦。欧平来当党委书记，办事处的工作迅速出现新局面，他也想好好地搞工作，欧书记这么强的能力，不可能在这里久待，他走了，争取自己在职务上再上一步。他想摆脱张国香，开始疏远她，见到她就躲，有时候宁愿端着茶杯到国土办、财政所，同别的女同志闲聊，也不到计生办去同她说话。张国香非常敏感，见张东生这样，认为他是移情于别的女人，要抛弃她了，心里那个气涌上涌下，随时都想找地方出。

一天，下午下班，欧平坐旧吉普车回家。走出大门，驾驶员文开兴说："欧书记，我们办事处最近可能要出大事！"

欧平不禁大吃一惊！

欧平认为，滨江办目前蒸蒸日上，正处于近些年来最好的时期——率先在全市乡镇办一级的机关成功地进行了房改、修了五六年的小西街宿舍去年10月职工就搬进去了、在连续两年没有完成的情况下完成了税收任务、与华兴公司合作开发东街为办事处财政增加了三十多万元收入——这些都是大事，可圈可点，其他乡镇办羡慕不已，区里领导也交口称赞，形势一片大好

可是，他哪里知道繁荣兴旺的背后，早已埋藏的"红颜祸水"呢？

听了文开兴的话，欧平在脑子里搜索："没有啥事呀！"但是又想，既然文开兴在说，还是无事防有事。他淡淡地问："出啥大事？"

“有人要整张主任。人家还准备的有枪啥子的！”

“那个张主任？”

“张东生啊哪个！”

“为啥要整他？”一听是整张东生，还要动枪，欧平神经紧张起来，问，“是哪个要整张东生？”

“为啥？我不好说。对方是谁，我也没法说。我只是叫你引起警觉，因为你是书记。”

文开兴明确说他不好说、没法说，他也不愿意逼他，只是把事情记在心里。

驾驶员文开兴是西边城郊的人，年龄只比欧平小一点儿。因为和自己年龄差不多，欧平很尊重他，把他叫老文。

老文当过兵，在部队学的开车，退伍后在农村开过货车，当过生产队长。区里建电子管厂不知通过什么渠道，被招为工人。城乡差别是一道不可逾越的鸿沟，电子管厂是城镇企业，是不会招收农村户口的人的，老文是农村户口。杨正明的前任从西城调滨江办当书记，借调老文来给他开车。后来办事处把车强迫抵给教育印刷厂还账，老文没有车开，就在党政办跑腿打杂。有了区人武部的旧吉普车，老文又来开车。经张东生提出，把老文转为了机关工人，正式调入滨江办开车。这是他人生的一个大转折，由一个借用人员变为一个国家机关的正式职工。

老文牛高马大，魁梧健壮，开车技术也好，平时话不多，但心里有数。老文住在办事处的旧宿舍里，儿子跟着他在城里上高中，老婆仍然在农村。老文父子俩每周回家。老婆在家很忙，除了买自己种的瓜菜等外，很少进城看望他们父子。

常言道：说人是非者，定是是非人。老文开车，很多人求他，张国香就是一个。老文在城里，下班把饭吃了就没事，儿子晚上上自习很晚才回来，觉得无聊，张国香请他到家里耍，就和张国香染上了。老文是张国香家的常客，不知是不知道老文同自己老有关系，还是有意放纵，贾大荣和老文还成了朋友。这次老文转达给书记欧平的那些话，是贾大荣对自己说的，准备的有枪的人就是贾大荣。

贾大荣有最使男人沮丧的病在身，虽然自己是医生，也没能治好，不能满足欲望比一般女人不知强多少倍的张国香的需要，回家探亲不但不能成为一段甜蜜的时光，反而百般讨好也只能招来骂、奚落和天天斗嘴。他回家探亲的时候越来越少，只有在部队用拼命工作来忘记自己难以言说的痛苦。有付出就有回报。他的努力表现得到领导的认可，提了干，一步一步地成为了副营职干部。百万大裁军，他转业到江城第二医院工作。当兵的人懂得"稍息""立正"，听话，有礼貌，他当了科主任，换新院长时当了副院长，其分管工作中包括安全保卫。

回到地方，经中医调理，贾大荣的难言之隐有了好转，但仍然不能使女人如意，从表面看两口子的关系还过得去，但对张国香在外面找人，还是睁只眼闭只眼。这次爆出要整张东生，也是为了讨好张国香。如果张国香不被张东生疏远，不天天回家抱怨张东生没良心，不明确说出张东生同她怎样怎样，贾大荣和张东生还是你好我好、亲亲热热的朋友。老文每天给书记欧平开车，贾大荣认为，他警告张东生的话说给老文，老文就会说给欧平，再由欧平转达给张东生，张东生就会改变和张国香的关系，重归旧好。这样就安抚了他女人的心，同时也告诉张东生，贾大荣知道张东生和自己女人的事，使张东生对他恭敬顺从。

老文带话，是因为和贾大荣关系好，帮他的忙，有没有保护张东生或者是同张东生争风吃醋不好说。老文说又不明说，可能与怕暴露自己与张国香的关系有关。

老文似是而非的传言，确实使欧平紧张，他和张东生是搭档，他是党委书记，是张东生最直接的领导——党政一把手，其实政府或行政一把手在整个领导班子中是二把手——如果张东生出了问题，不说今年的"四好班子"考核成了泡影，也不说他要受影响——对班子成员管教不严，负领导责任——就是这一年多时间里，张东生在工作中的配合，对自己的信任、尊重和建立的感情，自己也不希望张东生出啥事，特别是人身安全出问题。但是，说到底，这是男女私情，而且还没有明朗化，没有公之于世，他要管这件事，又怎么管，从哪里着手？欧平一边忙着繁杂的工作，一边思考着这件事。他希望的最好的结局，就是使这件事悄悄地来也悄悄地去。

事情终于露了头。

这一年多时间，滨江办事处的对外形象发生了根本变化，财政状况有了好转，对外争取资金的工作在持续进行。

晚上，欧平和张东接待完客人后，欧平坐老文开的车回东城去了。街上，灯火辉煌，霓虹闪烁，行人如织。时间还早，张东生转了一阵才往小西街新房子走。这里大多数时间是他一个人住，爱人和儿女们很少住这里。

张东生一步一步地爬着楼梯，鼻子里闻着一股新房子散发出的气息。今晚上的事情谈得好，市财政局领导答应年底给办事处几万元钱，他很高兴。他又想到这房子，自己在城里终于有了这么好一个住处，心里很庆幸。走到二楼上面，快到家了，他突然看到自己家门口有一个小花圈！

他一怔："这是给谁送的花圈？怎么搁在我的门上？"

楼道里灯光昏黄，他走拢才看清楚，落款是："成都地奥公司送"。

楼梯上，上下都没有人，连开门关门的声音都没有，他冷静想了想，既然在自己的门上，肯定就是针对自己来的！

"谁做的这事？这么恶毒！"他无比愤怒！

他脑子里默了一阵："我平常没有得罪过谁呀？"

最后，他想到了她——张国香。想到他这几个月对她的疏远，这几年跟她在一起工作和私下的相处，知道她的性格和脾气，只有她才能做出这种事！

他想，不能发作——是不是她还没有肯定，也不能发作——一声张，这时家家户户都亮着灯，全楼的人都会知道，影响就大了！

他忍住怒气，上前把小花圈拿到楼梯上放下，然后开门进屋。

他预感到，一场大的风雨就要来了！

早上，又是欧平刚在办公室里坐下，吴世明就走了进来。

"欧书记，有人给你说了吧，昨晚上办事处出事了？"吴世明紧绷着脸说。

"啥事？"欧平的神经又绷紧了。

吴世明看欧平的脸色，确认他是真的不知道，说："昨天晚上，不知是哪个给张东生送了一个花圈，不大的一个，不晓得有人看见不，我看见后才把它拿到楼下甩了！"

"哦！你认为是谁做的这件事？"欧平问。

"那晓得的。"吴世明的意思是他也不知道。

事情已经露头了，让它再发展一下再说。欧平想。

　　没错，花圈放在他的门口，针对的就是他！张东生的判断没有错，这一点很明确。但是把送花圈和老文说的事相联系只是一种推测或臆断，当然归于其他可能性也一样没有依据。再说，在他的追问下，老文也没有告诉他谁要对张东生构成威胁。

　　这个人是谁呢？

　　对这件事，欧平在进行福尔摩斯式的分析推断，但是他没有停止其他的工作，没有去做什么调查，也没有问张东生，这种事情不好问，只是暂且在心里搁着，等待事情的进一步发展。

　　老文说有人要整张东生的话三四天以后，吴世明报告有人在张东生门口放花圈。又一周以后，一个星期六或者是星期天，欧平接到素昧平生的贾大荣打来的电话，要求到家里来见欧平。

　　贾大荣是市二医院的副院长，是有头有脸的人物，又是办事处干部张国香的丈夫，欧平最近心里装着的两件事情，贾大荣的影子时不时在他脑子里晃动——好，叫他来！

　　欧平同意了贾大荣的请求。

　　"砰砰砰！砰砰砰！"贾大荣来得很快，接连敲了两下门，欧平把门推开。

　　贾大荣看没看见过他，他不知道，但是他从来没有见过贾大荣。两人面对面，欧平看贾大荣——个儿不高，但肉皮白嫩，眼睛又黑又大，看起来很机灵。

　　"进来坐！"欧平估计这就是贾大荣，没有再问他的名字就领他到客厅里在人造革沙发上坐。

　　"欧书记，不好意思，这星期天来打扰你休息！"从这话看，贾大荣好像是见过欧平的，因为他并不显得多陌生。

　　"有啥事，你说！"欧平边同贾大荣说话边叫在厨房里做事的爱人："卢秀英，给贾院长泡杯茶来！"

　　贾大荣整理好思路要开口说话，欧平的爱人卢秀英端茶上来，又合上嘴。

　　"这是市二医院的贾院长！"欧平对卢秀英说。

　　"哦，贾院长！"卢秀英看着贾大荣重复了一句。

　　"欧书记，这是你——"贾大荣不知道卢秀英是谁，问欧平。

"这是我爱人！"欧平说了卢秀英和自己的关系，没有说卢秀英的名字，他认为第一次见面的人，没有必要告诉那么多，而且他叫卢秀英泡茶，贾大荣也应该听到了她的名字。

"哦，嫂子好！"贾大荣招呼卢秀英。

"喝茶！"欧平说。

"哦！"贾大荣端起茶杯喝了一口。

见卢秀英在跟前，贾大荣不好意思开口，欧平说："贾院长，我们到这边来说！"

欧平把贾大荣带到儿子的房间，儿子上大学，房子空着。欧平叫他坐在凳子上，自己坐在床上。

"这下你说，你有啥事？"欧平心里虽然早已明白，却装着一无所知的样子。

"张东生和我……"贾大荣见这里只有自己和欧平两个人，没有了顾忌，把张东生和自己老婆张国香的关系说了出来。

"哦——这张东生，我要批评他！"欧平说。

"依我的气性，我就想把张东生弄死算了，弄死了我也不活了……"贾大荣气愤起来。

"你不要这样想！你这样做是愚蠢的，你作为一个领导干部能这样做吗？"欧平批评贾大荣。

贾大荣说的是气话，他是舍不得抛弃自己现在的工作和全院医护人员都仰望的副院长职务的，欧平批评他，他一言未发。

贾大荣应该是下了很大的决心才来见欧平的，他对欧平说的那些是很长时间一直憋在心里的话，现在终于把这些话全部说出来了，他好像轻松了许多，一下舒服了。

欧平看他好受了一些的样子，虽然没有问要对张东生动刀动枪和送花圈、自称"成都地奥集团"的人是不是他们，但已经肯定了自己心里装着的两件事或者就是一件事，是一人所为。他一再告诫贾大荣："千万不能干违法违纪的事，有任何危险的举动，否则没有谁能帮你！"

贾大荣点头。

同贾大荣见面以后，欧平也像贾大荣一样，心里轻松起来。

虽然事态被暂时控制下来，但问题仍然没有解决，明确了事情原委的欧平知道这是一件大事，弄不好会成为一个恶性案件，他决定向区委、区政府主要领导报告，听他们的指示。

欧平去区里找区委书记刘开山和区长谢家旺，可是都不在。他问办公室，说他们在市政府第二招待所礼堂开会。他坐车直接去二招，上了礼堂二楼，来到会场门口，告诉工作人员他有急事要找滨江区委书记刘开山和区长谢家旺。

区委书记刘开山和区长谢家旺出来，欧平把他们领到礼堂侧面的外走廊上，详细地汇报了滨江办事处主任张东生发生的事情和到目前为止所做的工作。对这件事，两位领导非常重视，指示欧平一定要继续密切注视，做好工作，控制事态，杜绝发生恶性事件。书记刘开山明确指示欧平，去找市二医院主要负责人、党委书记、院长——杨天书，要他管好自己的人——这是社会治安综合治理的一个总要求：看好自己的门，办好自己的事，管好自己的人——贾大荣是市二医院的人，还是院领导。

下级服从上级，欧平告辞两位领导下楼来，马上坐车到市二医院去找杨天书。

杨天书是老江城人，知名度很高，认识他的人很多，欧平也认识。

走到门诊大楼北楼的办公区，欧平改变了去找二医院一把手杨天书的想法。他认为张东生和张国香的男女作风问题，说到底是贾大荣的私事，最好不要张扬，至少不能过分张扬，如果搞得风风雨雨，人人皆知，对贾大荣个人和他所在的单位二医院的声誉都不好，他想努力把这件事的影响控制到最小，并把问题解决在人们不知不晓中，不把事情作为一个案件摆在纪委和监察局的案头，处分张东生。

欧平从一间副院长办公室门前经过，见里面坐着贾大荣，他敲了敲门，走了进去。

贾大荣没有想到欧平会在他们医院出现，会出现在他们医院院长、副院长办公区，不知道他到这里来有啥事，有些尴尬地对欧平笑了笑，声音很小地说："坐。"

欧平对贾大荣不热不冷的态度有些不舒服，但还是回答说："坐。"

欧平坐下，明确地说明了自己的来意并要贾大荣同意放下危险的想法，理性解决问题。

贾大荣给欧平倒了一杯水，对不使用过激方法不做承诺。

和贾大荣继续说下去也不会起多大作用，欧平甩下一句话出门走了："贾院长，我今天没有找杨院长，只给你说了一下，你看着办！"

没过几天，贾大荣又给欧平打电话，问欧平在家吧，自己想见欧平。

贾大荣可能是打车来的，打了电话一会儿就来了。欧平给他开门进来，直接把他领到儿子的房间坐，泡了一杯茶端来。

"你是咋个考虑的？"

"我没咋个考虑。"

"你没咋个考虑来找我干啥？"

"我觉得张东生这个人太可恶……"

"你说你想怎么样？"

贾大荣连着喝了几口茶，凝视着欧平，没有说话。

欧平看他这时可能在想问题，出门到客厅去端自己放在茶几上的茶杯。

欧平端着茶杯进来，贾大荣还在那里发呆。

欧平不愿意这样跟他耗下去，忍不住地说："老贾，你想男女之间发生这样的事情，会只是一方的责任吗？你老婆不同意能成吗？会不会还是她很主动呢？再说，有没有你的责任，会不会有由于你作为丈夫自身的某种原因的放纵和默许呢？还有，你说张东生和你老婆有关系，你拿得出证据吗？就是在法庭上，对方如果矢口否认呢？你怎么办？"

欧平这一段时间一直在谋求问题的解决，对事情的本身他早就有自己的看法，不过没有说出来罢了——如果事情能大事化小、小事化了，追求事情的情节和是非曲直还有什么意义呢？是想听故事吗？但这两次见面，贾大荣好像道理全部在他们一边，而且还有得理不饶人的意思，再怎么给他做工作，都坚持己见，不听好话。对于这种钻"牛角尖"的人，欧平知道软的不行，只有来硬的说真的，往往他还一下清醒了。实在忍无可忍，欧平只有把话说破，说彻底，叫他去想，去选择。

贾大荣脸红脖子粗的，欧平的话句句说到要害处，给他很大的震撼。

憨坐了一阵，贾大荣把杯子里的茶水喝见底，颓然地站起身，说："我走了。"

贾大荣走出房间，出门走了。

第二天上午，这一向没有了往日的得意扬扬和傲气的张国香，一脸愁容地到书记欧平的办公室来，说："欧书记，我给你请个假，我得了性病，到成都去看病。"

欧平一惊，这是他第一次听哪个明明白白地说自己得了性病，要请假去治疗。一个才三十多岁的女人，竟然能堂而皇之、无惊无诧地在一个年轻男领导面前说这些话，其厚颜无耻到了何等地步！张国香无羞耻可言，是长期搞计生工作的缘故吗？

欧平没听说过哪些病是性病，性病有哪些外部症状和内在反应，男性有哪些特征，女性有哪些问题，而张国香却明确无误地说自己得了性病，是哪个医院确诊的？作为一个男人，一个女人公开对他说性，欧平已经很不好意思了，他没有问她什么，说："你去。"

张国香快快地出去了，欧平还是蒙的——他第一次准了一个特殊的病假！

这样的女人，真难缠！

这些年，张国香对张东生好，贾大荣对张东生也好，张东生经常是他们家的座上宾，很多时候在他们家吃饭喝酒，现在因为张东生的疏远，闹到了说要杀人的程度，事情已经在一定范围内公开化了。

张国香叫贾大荣给张东生门口送了一个花圈，这是世上少有的事情，当知道这是针对他的，也断定是张国香干的，张东生有自知之明，没有去找张国香。在贾大荣这边，第二次到书记欧平家去，欧平讲了他对问题的性质、产生的原因和他们应负的责任的看法以后，贾大荣和张国香晓得搞不出啥名堂了，想找个台阶自己下来。但是，他们没长脑子，两口子一起去，在张东生的家里一点儿也不回避，当着张东生的爱人和一个已成人的女儿、两个快要成人的儿子，说张东生和她有关系，给她传染了性病，这把个张东生搞得无地自容，只能矢口否认，说："你同外头那么多人在一起，哪晓得是哪个给你传染的！"

一个说有，一个说没有，要说清楚这个问题，首先要证明自己是否有性病。

张国香请假治性病，说明她承认自己有性病。是真是假，那天欧平在慌乱中没叫她拿检验报告。在张东生家里，张国香明确地说张东生同她有关系，给她传染了性病。张东生否认同她有关系和自己有性病，豁出去了，不仅自己，还要带着爱人和女儿一起去做检查。

早上，张东生满脸怒气地到欧平办公室来说："欧书记，张国香说我给她传染了性病，我今天和我爱人、女儿都到医院去检查。如果我有性病，我爱人就肯定有，两口子嘛，经常在一起；如果我们都没有，那看她咋个说！还给我赖不？"

事情发生以来，欧平一直没有给张东生谈过，欧平知道这是丑事，不好给张东生说，也不好问张东生，怕张东生难堪。张东生主动来说也到医院去检查，知道欧平知道了，想欧平知道了也好。但是，对张东生夫妇，还有女儿，都去检查，把张东生看了很久，欧平也没说出话来，张东生不想让自己爱人和女儿去。

张国香有没有性病，到成都治没有，没有回音。张东生夫妇和女儿到江城市人民医院去检查，结果也没有说。后来只听别人说，张国香在挽回和张东生的关系，说他们没有要把张东生整倒的想法。滨江办的女同志说："既然是这样，他们又要做那些事情干啥？"

7月，滨江区委免去了张东生滨江办事处党委副书记、办事处主任的职务。区纪委对张东生做出党内严重警告处分决定，张东生被调到区里的一个局当一般干部。

八年后，张东生因病去世，时年五十四岁。

张东生小时候读书，后来辍学，未成年时就在同龄人中出人一头。农村刚有拖拉机，就当拖拉机手，天天在从工农公社到县城的路上飞驰，很多人羡慕。后来当大队干部，入了党，工作有能力，有干劲，调到公社任党委副书记、书记、滨江办事处党委委员，后来任滨江办事处党委副书记、办事处主任。观其生平，作为农家子弟，应是佼佼者！最后却栽在一个女人手里，免职调离，积郁成疾，英年早逝，可惜，可悲，可叹！

二十六

欧平为张东生惋惜，不仅因为他从一个普通农村青年一步一步走来，当上了乡党委书记、街道办事处党委副书记和办事处主任，经历了多少坎坷曲折，付出了多少艰苦辛劳，多么不容易，竟然最后这样终结一生，更在于一年多来做搭档，张东生对自己工作的配合、个人的尊重和忍让，在于这一段时间里建立的感情。欧平没有能够挽救他，张东生违犯了纪律，造成了很坏的影响，欧平的努力调停和多方奔走，只是让张东生避免了一场可能以危险手段伤害张东生肉体的个人报复。

欧平沉重的心情被接踵而来的工作冲击，也得益于有这么多事情，他脑子里才比较快地淡化了张东生的事情。

时值一年之中，正是粮食和花木孕育果实的季节，如果这时候没有充分的阳光照耀，没有丰沛的雨水浇灌，没有足够的养料补给，就不可能有秋天来临时的累累硕果。完成工作任务也一样，这时不抓紧时间做该做的事情，年底考评就难以有好成绩，因此他把各项工作都抓得很紧。

7月上旬，召开办事处机关各部门半年工作总结会，汇报上半年工作的进行和任务完成情况，做下半年的安排打算。接着，又召开全办居委会干部会议，纠正去年下半年以来出现的一些思想混乱，理顺了部分居委会干部的思想情绪，并对提高居委会干部待遇做出了决定，增强了大家完成全年经济社会发展任务的信心。

从7月底起，办事处机关开始新一轮机构改革。部门合并，职能转变，人员调整，矛盾凸显，十分棘手。特别是涉及人的问题，接触切身利益的问题，令人非常为难。

8月，配合区教育局研究辖区教育问题，对一些学校和办属幼儿园的发展前途做了重新设计，调整了一些领导，分流出一部分教师到校办企业，使辖区教育格局更符合现实需要和未来发展，师资资源得到合理配置，做到了人尽其才、才尽其用。

9月上旬，召开滨江辖区创建社会治安综合治理模范片区大会。总结了去年以来综治创模争优工作，通报了近期社会治安，特别是刑事发案处置以及司法调解情况，进一步统一了辖区各单位各部门和居委会的认识，提高了对社会治安综合治理重要性和必要性的认识，明确了方向，增添了措施，坚定了做好下半年工作的信心和决心。

创建省"双拥"模范城是市委、市政府提出的重要工作目标，几年来做了大量工作。9月中旬，省"双拥"模范城检查验收，滨江辖区全面达标，为整个创建工作赢得一分，受到市、区表扬。

几个月来，欧平多次参加市、区有关方面对滨江办中心工作或业务工作的检查，召开和参加了若干会议，到辖区不少单位和居委会实地解决问题，接待来访群众，有时一天要参加甚至同时参加几个会议……

繁重忙碌的工作使欧平深深感到分身乏术，身心疲惫，于是向区委书记刘开山和区长谢家旺提出增加"人手"——给滨江办派一个主任来。

区里的两位主要领导这几个月的工作十分繁忙，把张东生免职调离后，滨江办行政主任空缺，需要补员的事给忘记了。欧平提出来，他们马上表态，并且要欧平从全区的副科级干部中挑选。

这是区委、区政府对欧平的信任和对他一年多来在滨江办工作的肯定。

但是他们的洒脱，却把欧平难住了："选谁呢？"

欧平选择区里一个经济部门的副局长，可是人家志存高远，不愿意到基层。组织部部长王志东给欧平推荐了一个，欧平觉得这个人能力可能比较差，没有从事经济工作的经历。欧平认为，就全局来看，滨江办主要差在经济工作上，他要找一个懂经济、工作能力强的人当主任，好和自己一起把滨江办的经济工作搞起来。后来经人推荐选择了一个社会事业部门的副主任——唐华。选择唐华的理由是：对人热情大方，在原来的一个大镇的教办办的一个印刷厂，还搞得风生水起的，多早就买了一辆汽车。滨江办虽然现在已经走出了困境，但同区里经济发展最好的乡镇办比，还有差距。从财政拨款年年不足的情况出发，非常需要一个会搞经济工作的人任行政一把手。

对唐华，区里的两个一把手也印象很好，特别是区长谢家旺，对唐华很欣赏。因此，欧平提名唐华，同两位领导很合拍。

唐华何许人，有如此人缘？

唐华不是江城人。20世纪60年代，父亲做手艺带着他来到江城，在明化山上的一个地方安了家。"文化大革命"中期，被推荐读了江城师范，毕业后分回家所在的公社学校教书。山区人才缺乏，他对人一脸笑，工作负责任，当上了校长，后来当了县辖区的教办主任，再后来调任区××委副主任。

唐华为人，只要是他需要的人，老远就哈哈大笑，忙着掏烟拿火，然后问候奉承，样子既热情又爽快。谁要找他帮忙，都满口答应，并不惜违犯原则地办。他在区××委任副主任，起初分管计财，胆大妄为，对一些大的支出不请示不汇报，对不符合报账规定的个人支出也敢签字同意。这样管了一年，被主任收回自己管，他坐起"冷板凳"。

欧平对唐华不是很了解，只从表面上看他还可以，而对他的坏毛病以致因此在××委遭冷落一无所知。

"近水知鱼性，近山识鸟音"。对人的脾气秉性，人格品行，接触多了就知道了。

11月中旬，唐华来滨江办上任，离过春节只有一个多月时间。唐华来，张东生的办公室还没有腾出来，欧平安排唐华暂时在二楼的一间办公室办公，给唐华说等一楼的主任办公室张东生把个人物品全都拿走了，打扫干净，他就马上搬进去。唐华哈哈大笑地说："这没问题，哪里都是办公！"欧平听了很高兴。在工作上，欧平对他说："你刚来，情况不熟悉，又从来没有从事过基层党政工作。先熟悉一下情况，特别是目前企业改制和教育'普九'的情况，然后再履行全面的职责。"唐华答应得"噢噢噢"的，说欧平考虑得太周到了，他就是需要熟悉基层党政工作的情况，欧平太关心他了。

欧平对唐华的工作做这样的安排，是出于对全面工作的考虑，也是为唐华着想：一是唐华确实需要熟悉情况；二是春节临近，干部职工的过年问题很难处理。在乡镇办，过年过节是主要领导很头痛的事情——财政拨款少，解决干部职工福利待遇全靠找钱。企业多、企业发展得好的地方，靠收企业管理费。

滨江办没有直属企业，过去的企业都垮了，还背了一屁股债务，只能靠费率低、少且难收的一些其他法定的行政事业性收费来解决。因此，出现了在一个区里工作，同样是干部，有的甚至还辛苦得多、付出得多，而待遇还差些的现象。职工要攀比，人家工作轻松还待遇好，在待遇差的地方当领导，很难调动职工的积极性。今年的春节，是欧平和张东生每月一个各部门工作汇报会，加大收费力度，欧平向上争取和大幅度降低接待费用等公共开支等积累下来的资金解决的，人均在前一年的水平上提高了一倍。对此，大家都很高兴，外界也把这作为滨江办事处改变了面貌的一个例子。即将到来的又一个春节怎么过？张东生犯错误调走了，欧平一天忙得"倒栽葱"，还没有时间多考虑这个问题。但是，虽然没有说出来，他心里还是有些底。他想的是，就是再难，也要负责把干部职工过春节的问题解决好——争取在去年的基础上再有较大幅度的提高。要实现这个目标，还要做很多工作，跑很多腿，磨很多嘴皮子，动很多脑子，唐华刚来，情况不熟，以前没有考虑过这些事情，就不要把这么大一个烫手的"炭丸"甩给人家，叫人家为难，而且解决不好，还是要找他。还有，他也想把春节过了，叫财政所把他交出时财政是欠债还是有盈余，欠，欠多少？余，余多少？出一个清单，财政存档一份，他和其他党委委员、行政副主任各一份，然后再给唐华做移交，让他从一个新的起点开始，三年换届，届满看唐华财政管得好还是不好，以此来督促他，推动他。

欧平以己度人，认为自己过了春节交财政是为唐华着想，让唐华不初来乍到就犯难，但是他太书生气了——唐华认为自己来当主任，党委书记仍然不让他管财政，还像在原来的委里一样坐"冷板凳"，可原来他是副职，现在是区委、区政府发了文的行政一把手呀！唐华满腹委屈，在别人向他任滨江办主任表示祝贺时，区委、区政府召开乡镇长和办事处主任会议摆谈时，禁不住发起牢骚："我这啥行政主任，财政都没有管……"其他乡镇长、办事处主任听了感到不解。区委书记、区政府区长听到也感到奇怪，认为："欧平太霸道了！"

一天，欧平到区里去办事，下了老文开的办事处的新的"桑塔纳"，在区委、区政府办公楼大门口碰到区长谢家旺出去。

"谢区长到哪儿去？"欧平招呼谢家旺。

"我出去——唉，老欧，我问你！"急急忙忙的谢家旺停下脚步，把欧平叫到一边，问，"你不是说办事处的事情你一个人忙不过来吗？怎么把主任给你派来了，你还要把财政管到呢？"

"我是想唐华刚来，春节那一摊子事情办完再清清楚楚、明明白白地交给他，看他三年届满干得怎么样……"欧平听了谢区长的话，猛然感到唐华对自己来了一个多月没管财政有意见。唐华是在原来的委里"冷板凳"坐怕了，还是冲着管财政来的？

"老欧啊老欧——"谢家旺略想了一下，咂了一下嘴，说，"公家的事你一个人干得完吧？就你一个人得行！"谢家旺的话有对唐华的维护，也包含着对欧平过于负责的不同看法。

欧平完全听懂了谢区长的意思，马上明确也略带生气地说："好！马上交！明天就交！"

这下轮到欧平感到委屈，也确实有些生气，没有想到自己起了好心不被理解。唐华还是这样的人！掌权的心这么迫不及待！权是好掌的吗？他知道这个穷财政，是不好管的吗？知不知道权力是一把"双刃剑"？板凳还没坐热，就等不及了！

欧平心里对唐华有些反感。

唐华由一个部门的副科级干部一跃而为一个地方领导，由一个副科级干部升为一个正科级干部，在一个地方县区里是很多干部一辈子都实现不了的梦想，是一个了不起的大事。他能这样，是区里主要领导的认可，更首先是由于与他平素并无交往的欧平的推荐！不知道区委组织部是谁或者谁们，抑或是区里的某一领导亲自谈的话，他和他们是怎么谈的，可能不但没有告诉唐华是欧平要来的，还有可能在唐华面前邀情讨好、自表其功，说是他们或者就是他举荐的。如果说过欧平在这件事中起了关键性的作用，唐华知道这一点，可能就不至于做出这种伤害欧平的事，还会对欧平感恩戴德。

欧平给领导汇报工作从来不说自己的成绩，只说存在的问题，为别人做了好事，帮了谁，也不愿意说出来，有施恩不图报的君子之风。他当领导从来没有想过怎么弄权，而是一心想怎样把工作做好。眼前没有立即交出滨江办财权这件事，也完全是出于不把解决过春节职工奖金这样棘手的事交出去为难唐华，而不是舍不得失去那个权力。而且，至今没有明文规定国家机关党的书记不能管财政，政府或行政领导有事，书记管财政的例子却很多。更重要的是，一个穷办事处，有多大的财权？欧平想都没想过"权力"二字。他没有舍不得交出这个权的理由！

第二天，欧平上午就叫党政办通知："明天上午召开党委（扩大）会议！"参加人员除了全体党委委员、行政副主任和其他副科级干部外，财政所长小陈也列席。会上，欧平郑重地宣布："即日起，由党委副书记、办事处主任唐华分管财政，一切支出由唐华'一支笔'签字。"原因只字未提，他觉得不用说。不过，他仍然要求财政所："把迄今天为止的财政情况出一份清单，给今天与会人员一人一份，留三份存档。"说出了这些话，提前交出了具体管了几个月的财政，欧平顿感如释重负，一身轻松。

唐华接管了财权，当起了自己想象中的办事处主任，每天办公室里的人络绎不绝。其实，这近一个月，书记欧平叫他熟悉情况，他已经以主任的身份处理了一些问题，只是有些拿不准又比较重大的事情，才来同欧平商量一下。按一般的规律，政府或行政一把手在一个地方待得时间长了，而且又能够解决一些实实在在的问题，特别是财政支出的签字，有求于他和有意于巴结、讨好、拉关系的人更多。唐华的关系广泛，到办公室里来找的人不断，现在有了财政支付的审核签字权，有时还人多得打挤。唐华忙了，书记欧平有了空闲，觉得有时间仔细读文件，细致地领会上级的精神了，有时间还可以翻翻报纸，觉得十分惬意。

在这次换办事处主任中，欧平完全从工作出发，没有夹杂一点儿私心，没有拿这个位子去笼络人谋取私情，也把问题看得太简单，认为都是党内的同志，都应该相信，只要能把滨江办的工作搞起来，谁来当都行，所以才选择了唐华。现在，唐华已经对他表现出不满，以后到底怎样，还要拭目以待。另一方面，滨江办原来的几个党政副职原封未动——他认为梁正建水平太低，一肚子怨气而办不了什么事；李敏虽然是自己的老部下，思想单纯，做事踏实，但要作为一个行政一把手还不够成熟；罗广明当过原来西城上坝乡的党委书记，但玩世不恭，爱喝烂酒，就是因为这些，一直提不起来，现在也还没有根本改变。然而，实事求是地说，这些岗位的实际要求并没有欧平那么高，有他在这儿当党委书记，原有的几个副书记、副主任，当个主任也不是不可以。有些级别更高的机关，又用的是多优秀的人？副职中，只有李洪福因为想轮也轮不到他，没有多想什么，前面所说的几个，都觊觎着主任位子，只是没有明确地说出来。如果他们其中上一个，像武装部长吴世明、组织员张开华也可以跟着上一个行政副主任。这些人不是没有想法，也不是不够资格。这样一来，就会皆大欢喜，工作的积极性更好调动，他这个书记就会更加好当。从外面调来一个唐华，原来的副科级干部恰恰相反，不知怎么，都知道唐华是欧平要来的，可想而知，他们对欧平的埋怨不言而喻。欧平把职务和权力看得淡，误认为原来的那些同事也和自己一样，忽视了人家也有追求上进的想法，而这正好是最重要的一点。可是，当时欧平根本没有想这些。唐华来了以后，这些人时不时地出言吐语，才明显地表现出对欧平有些意见。

区委常委、组织部部长王志东给他举荐的是区人大的一个正科级干部，欧平没有同意，不仅没给区委管干部的领导面子，被推荐的人也从此对他面面相觑。

唐华长期在社会事业部门工作，那些部门是知识分子成堆的地方，但这并不意味着其他行业就没有知识分子，就没有优秀人才，而唐华却认为在滨江办除了欧平就是自己，对一般群众和办事处的一般干部态度和蔼，因为唐华觉得不屑于与这些人起争执，而对于其他副书记、副主任和副科级干部，唐华都是一脸的严肃，经常不等人家把话说完就拦腰打断，不尊重别人，有时候甚至进行严厉的批评和指责。对年龄长于自己的梁正建和罗广明还好一点，对像李敏、李洪福等，从来就只有听自己的，还说人家这也不对那也不对。这些人都是班子成员，本来对自己来当滨江办的主任心里就不舒服，这一来更加深了矛盾。这些情况，梁正建、罗广明、李洪福等没有对书记欧平说过什么，可能认为唐华是欧平要来的，他们一定关系很好，而且唐华是党委排名第一的副书记、办事处主任，很多事情还要经过唐华，就忍气吞声。是老下级的李敏憋不住，认为太难受了，经常向欧平诉苦，还说欧平的风凉话。

"这个人是个'笑面虎'！原来觉得他还可以，这接触了，才晓得他太坏了！你咋不就在办事处内提一个起来呢？你硬要他，你现在好受了嘛！"李敏说唐华坏，列举了很多事例，说，"张国香一天都在往唐华办公室跑，那亲密的……"

欧平很吃惊，唐华才来了多久，怎么又跟张国香打得火热呢？"他们怎么那么说得来？"欧平问。

"你不知道他们都是一个地方的，年轻时在一起，听说还耍过朋友……"

李敏说。

欧平一想，此话不一定是空穴来风，唐华和张国香确实是一个地方的人，年龄相差不多，两个都是从明化山上出来工作的，当年这种情况结婚成家的不乏其人。

李敏的话，引起欧平的警觉。

确实，唐华不是全在得罪人，也在拉拢人。驾驶员老文就是其中的一个。

上半年，区里给办事处下达了一个工人编制，欧平同张东生、梁正建、李敏商量后，给了计生办在办事处工作时间长、区长谢家旺的妹妹谢清秀。老文对此很有意见，说他是驾驶员，那个编制就是给驾驶员的，应该给他。往天，老文开车有说有笑，那两天却闷着不开腔。欧平见他这样，问："老文，这两天有啥事吗？"

"没啥事！"老文有些气呼呼的。过了一会儿说，"那个工人编制你们咋个给谢清秀呢？"

"哦——是为这个事情不高兴！"欧平想了一下后，说，"老文，人家先到办事处工作，时间比你长，又是谢区长的妹妹——就算不是谢区长的妹妹，你说搁得平不？去年我来，张东生提出，我们才把你从企业工人调到机关作为正式人员开车，这种好事咋能总给你一个人呢？"

"那就是驾驶员的编制！"

"区委编办没有这样说哈！"

欧平这样明确地说了，老文没再说啥，但心里一直搁着。唐华来了，老文每天上下班先接送欧平，然后接送唐华，把这事给唐华说了，唐华劝他不要怄气，说他想办法再去弄个编制给他就是了。老文很高兴，从此对唐华交代的事情跑得飞快。

国家对机关事业单位的人员编制的管理非常严格，绝对不是可以随便要来的，但唐华为了老文能听他的，竟敢这样许愿！

没过几天，欧平到外地出差，老文在唐华的允许下，把买了不到半年的新"桑塔纳"又这样整那样整，花了一两万元，很可能有猫腻，欧平回来知道后很不高兴。

机关开小车的驾驶员一般上了五十岁就要转岗，老文年龄不小了，同张国香有往来，欧平决定把他换下来做别的工作，早些适应转岗。

欧平把唐华、梁正建、李敏叫到办公室说这件事。梁正建表示没有意见，李敏完全支持，说张国香经常把老文喊上出去，很多干部都有意见。唐华提出可不可以不换，欧平说了换的理由，唐华也同意了。欧平知道这件事看似小事，但必须重视，干脆利落，马上都不用车，把车钥匙先收回来。李敏分管党政办，又是女同志，叫她散会后马上去找老文拿钥匙。

李敏性格温柔，到老文办公室，对他说："文师傅，领导决定调换你的工作，你把小车的钥匙交给我哈。"突如其来，老文没有说什么，把钥匙交给了李敏。

老文坐在办公室里想不通，唐华走了进去，说："你怄啥？莫怄气！这是欧书记决定的，把我们喊去通了个气，我问可不可以不换，欧书记不同意……"老文听了，大眼睛里泛起泪花。

那一段时间，"创卫"工作很紧张，第二天市里的主要领导要来检查卫生，欧平和唐华分工，欧平到自己一直负责的北片，唐华接替张东生负责南片。

北片远，欧平第二天早上直接从东城打车到北片的点上。走到后马路，电话铃响了，一看是唐华打来的，马上接听。唐华在电话上说，市里检查是流动的，是不是叫老文把钥匙拿来把车用一天。欧平明确表示："不行！"唐华还要分说，欧平很生气，觉得他把会议决定当儿戏，气愤地挂断了电话。唐华气得在办公楼走道上跑来跑去地骂欧平。没几天，新上的驾驶员石大勇早上发动车，发动了很久才打燃，没跑一会儿又熄火。到修理厂检查，是油路堵塞，油管里全是盐巴。这显然是搞破坏，是想用盐腐蚀油箱油路以至发动机，把车搞坏。这是才买的新车啊，太可惜了！欧平马上给滨江派出所打电话，叫他们来查一下。但是没查到线索。谁搞的破坏？可以想到，但没有证据，只好排除了故障作罢。

这次"创卫"检查以后，唐华公开同欧平闹对立。欧平要制定招商引资的奖励政策，奖励有功人员，唐华说对招不到商、引不到资的干部不公平，是欧平出于自己的有利身份想多挣钱。奖励办法出台以后，基本上没有得到实施，主要原因就是看到两位主要领导意见分歧，怕不能兑现。

唐华找被欧平批评和处理过的中层干部搜集欧平的问题，结果一无所获。转而，又从他认为最忠实于欧平的党政办主任姜志斌（原党政办主任贺吉文提前退休后，他接任）入手找问题，用以削弱欧平在办事处机关中的"势力"。

　　凡属大事，欧平都召开会议使所有领导都知道，通过集体研究决定，从不搞暗箱操作。办事处财政困难，欧平严格控制对上接待，使每年的接待费比原来下降了百分之七八十。个人从没用公费报销过一分一文账，该由个人支付的账自己掏钱。虽然经手过的事情不少，但没有收受过任何人的钱财。他心胸坦荡，一腔正气，虽然唐华在找欧平的问题，却一无所获。

　　真金不怕火炼。唐华在背后搞欧平那一套，欧平仍然一如既往地忙工作。因为欧平知道自己根本就没有可找的问题，心想让他去查一查也好，他才知道以后在滨江办该如何当领导！

　　同唐华在工作的合作上，欧平一切按规矩办事。对于唐华，欧平的要求是，只要唐华努力工作，能把滨江办搞起来就行。对于在背后搞的那些小动作，欧平觉得可笑，假装不知道，也没打算向上级报告——我是书记，他依然该说的说，该管的管，该做决定的做决定。

二十七

又是一个县区领导班子换届年。要召开党代会、人代会、政协会，区里和乡镇办有很多工作要做，事情比平常年份更多。因此，区里的年终工作考核，除了要看数字和可能存在的"一票否决"项目外，其他项目提前到11月底前进行。考核采取分组方式，各组由区四大班子领导带队。

来滨江办考核的带队领导是区人大常委会副主任李中文。李中文资格老，江城建市前就是县委农工部副部长，建市后曾经任过两个大镇的镇长、党委书记，资历深厚。考核组的成员有区统计局局长等。看资料、查数据、同各方面的人员座谈等等，整整进行了两天。在结束时，考评组组长李中文向滨江办领导班子反馈情况，提出了五点意见和建议：

一、对张东生问题引以为戒，不要在领导班子内搞一团和气，团结要讲原则；

二、对个别居委会干部调整后的处理不当，要防止引起传染病；

三、对下级同志要热情；

四、对分管领导要放手，工作效率要提高；

五、下半年机关工作作风有很大好转，要保持；

……

李中文很谨慎，好像怕说重了欧平生气。因为欧平毕竟是从区委办领导的位子上下来当这个书记的，从他在宣传部开始，到区委办公室，李中文对欧平的能力水平和对人对事的态度都很赞赏。是这种关系，只要是实事求是的，即使李中文不是竭力想要轻松地说出负面意见，欧平也不会接受不了。不过，今天说的几点，欧平是不能全部接受的。

张东生的事不知存在了多少年，欧平才来了一年多，虽然是在自己当党委书记的今年爆发的，但不是自己在班子里搞一团和气，不讲原则造成的。而且，男女关系问题具有隐秘性，即使自己是办事处领导班子的"班长"，也不可能在问题没暴露出来之前就去过问人家个人感情的事。白天上班在一幢楼，下班后各回各的家，人家住在老城，自己住在东城，怎么知道别人晚上在哪里睡觉，和哪个女人在睡觉？不是贾大荣找上门来，事情"敞阳"了，欧平还不知道老文说的是因为啥事、是和谁。这件事最终没有酿成恶性事件、造成大的影响，是欧平费了时间、心思、精力，采用了正确方式方法，做了有力的思想工作的结果，否则不会这么轻松。他不应该有任何过错，还应该是大功一件！

调整居委会干部问题，点明说就是将军桥居委会赵玉珍退休要钱的事。欧平一直是坚持原则的，处理意见是集体研究的，是区委书记刘开山起初的表态才使她坚持自己意见不改变的，办事处领导班子一直在坚守，从来没退让，有何过错，他负啥责任？

对分管领导要放手，欧平没有什么不放手，不是不放手，而是放不下手，啥事都要自己去解决，欧平不去就是不重视某某分管的工作。

对下面的人要热情，能举出例子说明有什么不热情吗？又要讲原则，不搞一团和气，又要热情，怎么去热情？下半年好了，要保持，完全是错的！直到五六月，办事处一切都是很顺利的，后来张国香和张东生的事情暴露出来，问题的最后也是在半保密的状态下解决的，工作照常进行，把影响控制到了可控的最小范围、降低到了最低程度，不是方法得当、工作有力，能有这样的结果？倒是这后一两个月，领导班子的意见经常不能统一。

欧平虽然满腹委屈，但是仍然按捺着怒气，没做任何辩解，最后还做了正面积极的表态。但是，对李中文这个他一直敬重的领导，确实有了新的看法："你工作了几十年，当了那么多岗位的领导，怎么能别人说啥你就信啥，不去做分析？你多年来欣赏和佩服的欧平，一年多时间水平不但没有提高，反而变得没有水平了，可能吗？"

只要是欧平接手了的事，不管有多大的困难，他都要想法去办到，圆满完成，中间出现问题，不是非报告不可的，他也不会报告，而是自己努力支撑，一步一步地往前走。然而，一些上级部门、一些领导，一听到有点儿啥事，就大惊小怪、沉不住气、坐不住了！你们学过《矛盾论》吗？矛盾无时不有，无处不在，有什么了不起的！欧平心里有数。

对于滨江办上半年张东生的事情，唐华来了的这几个月，机关的人心有些浮动的情况，区纪委、区委组织部几次三番地来搞调研和找借口多次来了解情况。

年底的民主生活会，区纪委书记李茂、区委组织部部长王志东，副部长谢源、干部科长杨碧水一齐参加，好像滨江办出了多了不起的紧急状况，他们是来救火的一样。不知道他们是受区委派遣，还是表示他们在履行部门职能，反正区纪委书记和组织部部长都是区委常委，若受指派，也可以代表区里的两位主要领导甚至区委常委会。

欧平认为，滨江办领导班子来了唐华，有像张国香、驾驶员老文这些人在背后挑动，确实没有张东生没出事时期那么容易统一意见，但是问题不大，完全在可控范围内。他从来没有希望班子内部只有一个声音，他一个人说了算，反倒觉得有不同意见存在能使决策更谨慎，避免出现差错。因为这也是一种监督，有监督比没有监督好，他不反对有人监督，也自信地认为自己不怕监督。区委规定，区级机关各部门和乡镇办领导班子每年要召开两次民主生活会，上半年一次，下半年一次。不严肃地说，已是一种例行公事。纪委书记和组织部部长来参加滨江办事处领导班子的民主生活会，实事求是地说，他心里不是多爽快——他认为这会对滨江办带来负面影响，这是对他的不信任，而且也没有多大的作用。

领导来都来了，欧平向他们请示民主生活会的开法，两位领导都说："按你们的安排开，我们只是参加一下，听一听。"

民主生活会由欧平主持。说了欢迎领导莅临指导以后，会议照原计划进行。

党委委员，副主任罗广明第一个发言，说："领导要多关心干部。调动大家工作的积极性。"

接着党委副书记、主任唐华发言。他发言很简短，只是说："希望党委主要领导在工作方法上注意，多沟通。如棉织厂移交手续上欠考虑。"

欧平认真听了唐华的发言，也觉得自己有时有些急躁，一些同志难免有些接受不了，这一点应该努力克服，发展下去有可能犯主观主义错误，使人感到自己粗暴武断。但是对棉织厂手续移交方法欠考虑的事，他不知道是怎么回事。在这种时候不好追问，否则会被误解为是不接受批评意见，所以他没有作声。

副主任李洪福知道领导们想了解问题，说："党政一把手通气不够。通气达不到统一，可扩大参加人员的范围。"

武装部长吴世明提出："个别居委会干部与党委对着干的问题应该重视。"

宣传干事李隽提出："学习应该形式多样化。"这是她管的事，没有谁不允许她学习采取多种形式。她还提出行政上安排工作应该公开，以免影响一些同志的本职工作和机关有政令不畅通的问题，改变这种状况要有具体措施。

……

可能出于区纪委和区委组织部领导的意外，整个民主生活会就只提出了这些问题，并没有出现他们想象和所听到的汇报那么严重的问题，更没有闹得不可开交。

不知道他们找唐华单独谈话和找领导班子成员个别了解情况没有，几位领导没有找欧平单独交谈。会前没有谈，会后也没有向欧平反馈什么要他注意的问题。

听了以上发言，区委来的领导讲话。

"滨江办一年来的工作是有成绩的，实实在在地做了一些事情。存在的问题：一是学习的深度和广度不够，系统性不够；二是对机关和居委会干部的管理存在问题；三是有人不断告状，说明有问题。意见和建议：一是把理论学习作为重点放在首位；二是班子要加强团结，相互通气，办事公开；三是完善工作规则，应制定办事处工作规则、党委议事规则，做到有章办事；四是党委会议要提前通知，与会者在会上都要发言，有事必议，有议必决，有决必行；五是加强干部教育，对干部要敢管；六是过硬考核；七是进一步明确经济发展之路；八是注意居委会建设；九是对小车搞破坏的事要一查到底……"组织部部长王志东说。

"把整顿纪律作风作为干部教育的重要内容，制度要健全，健全了就要坚决执行。"纪委书记李茂说，"对于告状的问题，要正确对待，属诬告的要处理。对于办事处告状的，办事处纪委要先查，需要区纪委出面的，我们可以协助。"

组织部副部长谢源说了两点：一是加强学习，采取多种形式和方法，要尽快把电教站建起来；二是改进机关作风，重塑机关形象。

除了工作中不可能不出现的一些现象，三位领导没有提出一个大不了的问题。至于理论学习深度广度不够、不系统，与民主生活会的主旨离得比较远。有人告状，到底告的什么，会上没有指出，会后也没有说，欧平还蒙在鼓里。改进作风，重塑形象，可能是指的张东生的事，那是过去就存在的事情，也完全是个人问题，与现在的班子基本上没有责任关联，何谈重塑形象？

区委主管部门的领导来参加办领导班子的民主生活会，欧平虽然觉得没有必要，但既然来了，他不仅表示欢迎，也寄予希望——滨江办领导班子没有大的问题，内部意见难统一的情形是存在的，领导们来了，通过正确引导，找出原因，对责任人给予严肃的批评教育，杜绝出现大的矛盾，使全办各项工作能够更好地开展。但是，这次民主生活会没有开出这样的高质量。

区委领导参加滨江办的民主生活会，影响出去了，但问题却没得到解决，欧平很失望。

平心而论，这一年确实做了很多事情，特别是同华兴公司合作开发改造东街，没有任何资金投入，只通过欧平和张东生、姜志斌一起，充分运用和发挥自身优势，凭着跑腿和磨嘴皮子，几个月时间就给滨江办财政挣回了超过一年财政拨款的钱，解决了机关外出办事的交通工具问题，提高了干部职工的福利待遇，干部职工的工作积极性充分地调动起来了。但是，由于张东生出事和唐华来后工作有不协调的问题，领导班子没有评上"四好"班子，由于老城大拆迁，税收任务在去年的基础上又增加了一百多万的情况下，任务没有完成，由于天灾抑或人祸的三次火灾，安全工作"一票否决"，滨江办党委、行政的全面工作在最后的目标考核中"归零"！而且，全区上下，不了解实际情况的人认为现在的滨江办是一塌糊涂。面对这种状况，作为党委书记的欧平，虽然天生旷达、充满自信，但是心理上承受的压力非常巨大。

二十八

滨江区的企业改制工作，是在去年年中召开的全区经济工作会议上提出的。

那次会议，第一天的第一个议程是区委书记刘开山传达全省企业改革工作会议精神。

省里的这次会议，研究的问题是县属企业产权改革。会议认为，全省县属企业生产经营存在很多问题，根本原因在于企业产权实际空位，生产经营者责任心不强，职工积极性不高。明确地提出，必须把县属企业的所有权落实到人头，使企业命运与生产经营者的利益紧密相关。最好的选择是，把企业所有权有偿转交给自然人。

全省的企业产权改革工作，已经取得了很大的成绩，但推进仍然存在阻力和困难，主要是：一、政府怕失控，部门怕失权，厂长怕失利，职工怕失业；二、怕改革是换汤不换药；三、相应政策没配套。

改革的取向是，呆滞的资产要盘活，凝固的资产要流动，低质的资产要高效。

上级对这项工作十分重视，提出要像抓农业联产到户那样抓小型企业改革。

会议明确了改革要达到的目标，要求行动要早、快，不要等待观望。

过去，刘开山讲经济工作，都是如何发展企业，如何增加企业个数、扩大企业规模和体量，现在是要把所有企业的产权通通交出去，更不准再兴办公有制企业。他讲得很严厉，但是可以看出，他是在照稿子读，没有任何发挥，就

227

是照本宣科，脸上表现出的是一种不理解、不情愿的神情。

县属企业改革，是区里的事，是区里经济主管部门的事，与乡镇办无关，终于有了一个不要乡镇办完成的任务！参加会议的乡镇办党委书记和乡镇长、办事处主任松了一口气，感到很高兴。欧平也如此。

经过第一天下午和第二天上午的讨论，下午区委书记刘开山做下半年工作安排的主题讲话，第一个问题就是"加大改革力度，促进全区经济发展"，着重讲企业产权制度改革。

刘开山要求大家，要敢于面对现实，正视问题，增强企业产权改革的紧迫感和责任感，强化认识，背水一战。要清醒地认识到，目前企业存在的一切问题的根源都在于产权不明确，全面推进产权制度改革。要完善措施，配套政策，保证和支持产权制度改革。要加强领导，党政一把手要负总责。

刘开山强调说："要以改革成效评判领导班子，评判政绩是否突出。产权改革党政一把手负总责无商量余地！"

昨天讲的是县属企业改革，今天怎么又讲党政一把手负总责，而且无商量余地，只有对乡镇办党委书记和乡镇长、办事处主任才有党政一把手的称法呀？怎么不但把乡镇办拉进去了，还比昨天的调子高了几度呢？所有参加会议的人都有些蒙。当时又没法提问，后来工作开始了才明白，县区及下所有全民和集体所有的制企业都要改，任务主要在乡镇办。

一个月后，区里又专门召开企业改制会议，滨江办是分管企业的副主任李洪福去参加的，回来向欧平详细汇报了会议精神。

建立市场经济体制，要求从中央到地方的所有公有制企业都要改制，都要把产权搞明晰，搞落实，彻底解决长期产权实质上空位的问题，除了关系国家安全和国计民生的少数或个别企业外，国家和集体不再拥有和不再兴办任何企业。

区委书记刘开山从本区实际出发，强调了一些要注意的问题，如改制企业必须重新登记、税收不能流失、承包期未满不影响改制、村和街道以下的企业要按程序办、债务多又效益不好的要坚决卖、移民企业和与村民有关的企业要做好工作等等。

听了李洪福的汇报，欧平知道：一场全国性的全面的企业根本性改革的暴风骤雨来了！

李洪福资历不浅，当副科级干部都好几年了，人忠厚实在，一说话就脸红，边汇报边看书记欧平的脸色，见欧平一直在认真地听自己说，中间没有任何插话，表情凝重，好像在沉思什么。

"欧书记，我汇报完了！"正把手里的笔记本往拢合的李洪福说。

"哦。对这个工作你有什么想法？"抬起头看着李洪福的欧平问这位年轻的副主任。

"我去开了这个会，只觉得这是一个大事情，做起来可能难度很大。工作到底怎么做，我还没有想，听你的指示！"

"不要说指示不指示的，我们是同事，有事商量着办——唉，你咋个说这是一个大事情，工作难做呢？"

"你想嘛，前几年发动大家办企业，要求区、乡、村、组、个人都要上，要'五个轮子'一起转，下面都不知道干啥好，又没资金、没人才、没经验，办得好艰难哦！现在除了人家个人办的外，又要把公家的全部改为私人的，干部中有多少人的思想通嘛？特别是有些效益好的，谁愿意交出去？效益差的，资不抵债的，谁又愿意接手？不管好的差的，改制以后那么多人，又去做啥？"

"是啊——"

欧平认为李洪福说的是心里话。当年鼓励办企业，他在区委宣传部，他们的"鼓"与"呼"，就是要下面"家家点火，户户冒烟"，以搞起来论"英雄"。而要把这么多企业都变为私人所有，思想工作是难做啊！在7月的全区经济工作会议上，区委书记刘开山传达省里县属企业改制会议精神时，乍一听，欧平也感到不理解。挨着他坐的几位与会领导在下面小声议论，也表现出对这种搞法吃惊和不接受。包括书记刘开山，照着讲稿读原文，从神情中可以看出他的思想也没有转过弯。不过，欧平想，既然省委、省政府这样要求，一定有其深谋远虑，而且还有可能是中央的精神。他深入地思考这个问题，把人们对公家的事情的态度和对自己个人事情的态度进行对比，终于从根本上想通了——企业的产权只有落实到个人，才能最大限度地增强管理者的责任心和调动生产者的积极性，使企业良好运转，从而创造更多的财富。产权的改革是一场深刻的革命，一开始的阻力会很大，但是一旦取得成功，就会在一种人的主观能动性被充分调动的机制下运行，这对经济发展的推动作用不可估量！

"那你看这个工作咋个进行？"李洪福问。

"怎么进行，我们要集体研究。李主任，你刚才谈的想法是实事求是的，我原来也是你那样想的。后来，我认真地想了一下，理解了，思想也通了！"

欧平把自己的思想过程毫无保留地给年轻的副主任李洪福说了。

李洪福望着欧平，觉得他说得非常实在，有道理，思想开通了："确实是这样。大家一时可能转不过这个弯，工作难做，但从长远来看，这样做了可能会好些！"

"李主任，你在分管企业，你下去好好地思考一下，在我们办事处怎么进行这项工作，在集体研究的时候，我们先听你的想法！"

"嘿，还是要你们拿主意，我也想不出啥好办法！"

"唉，你给张东生汇报了没有？"

"没有。我想的是先给你汇报了再给他说。"

"你也先给他说一下。"

"好嘛！"

老实、身体微胖的李洪福答应着走出了欧平的办公室。

凡是大的事情，欧平都要集体研究，大家出主意想办法。所有县区及以下的公有制企业都要改成私人所有——或独资，或股份制，是一件大事，他把这件事作为一个专题，在党委（扩大）会议上进行研究，一是让所有领导干部都知晓这件事，二是想多听些意见，集思广益，使工作顺利开展，争取不出或少出问题，少走弯路，把任务完成好。

除了书记欧平、主任张东生和分管企业的李洪福以外，其他参加会议的人听说是开会研究企业改制，都是一脸懵懂，问："企业改制，改啥制，咋个改？"

人到齐，主持会议的欧平作了简单的开场白后，对李洪福说："你把区里召开的企业改制工作会议的精神传达一下！"

"前两天，我到区里参加了企业改制工作会……"李洪福才说到根据上级的指示，公有制企业要把产权改给私人，或独资，或股份合作时，下面就议论起来。

副书记梁正建一脸疑惑地问："公家的企业交给私人去搞，这对不？"梁正建边说边看其他的领导，想从他们的眼神中寻找答案。

"你莫着急嘛！听李主任传达完了你再说嘛！"也不知就里的罗广明笑着阻止梁正建。

"这样改，那问题就多了……"年龄大的党委委员贺吉文说。

平时言语很少，性格沉默的纪委书记姚文先说："不管你们怎么说，上级定了，下级都必须执行……"

副书记李敏说："姚书记说得对，既然上级做了决定，我们就必须执行。并且，上级的决定也不是随便做出的，肯定有他的道理。"

李洪福把区里会议的精神传达完，欧平没有自己先说什么，要主任张东生说。

刚才大家议论的时候，张东生一直没有出声，听书记欧平叫他发言时，才谈自己的意见："前面大家说的，我在认真听，觉得都有些道理。我刚听到这件事情时，思想也不通，心想那些发动大家办的企业，党委政府不知是费了多大的力气才办起的，咋个一下又要把它们全部交给个人去经营呢？后来细细一想，这些企业或者是区上的，或者是乡镇办和村、居委会的，也不是个个都运转得好，没有利润甚至亏本的也多，资不抵债的也有，像我们办事处，先后上了那么多项目，大多数都垮了，落下了一大坨债摆在那里，还不知道咋个解决。我想上级既然在下决心把这些名义上叫起来好听——是公家的，但是公家是谁？说不清楚——的企业全部交给私人去管，就是针对公有制企业存在的那些问题提出来的。而且，交给私人，也不是白给，还是要拿钱来买，只不过在这个风潮中，价钱便宜点儿。把公家的那些企业的包袱甩出去了，从此再不以公家出面办企业，我们党委、政府就能轻装上阵，把其他我们该做的事情做好。所以，我现在的思想就是通的，我认为现在不是考虑改不改的问题，而是讨论怎么改的问题。"

欧平充分肯定了张东生的发言。欧平认为，企业产权改革是一场革命性的改革，其意义不亚于农村土地承包责任制改革，当前要推动这一改革，作为党政干部，特别是领导干部，应该真正从思想认识上有所提高，不仅为改革消除自身的阻力，还要宣传教育群众，引导群众积极参与。他接着把前几天同李洪福谈的一些观点在这里说了一遍。大家认为，他说到了问题的根本，做任何事情，如果没有高度的责任心和充分的积极性，都不可能做得很好。办企业也是这样，也只有责任心增强了、积极性提高了，企业的发展才有永不枯竭的动力。

欧平还从国家建立社会主义市场经济体制的角度，讲了公有制企业产权改革使更多自然人成为明确的责任主体的必要，从理论的高度阐明了问题。

会议开始时的议论，是没有对问题做认真思考的传统惯性思维的表现，当进行了深层次的理性分析后，大家也认识到了这次企业产权改革的现实作用和长远意义。

"细想起来，改了也好。企业现在存在那么多问题，不通过产权改革，可能是永远都解决不了的！"第一个表示出不理解的梁正建的话代表了所有与会者这时的转变，会议的思想倾向于一致。

会议转入讨论滨江办的企业怎么改的问题。经过各抒己见的具体分析，会议做出决定：一、从易到难，先改容易改的教育印刷厂和纸箱厂，后改遗留问题多的其他企业，对问题多的企业逐个清理资产，再根据实际情况决定改制形式；二、成立滨江办事处企业改制工作领导小组，欧平为组长，张东生、李洪福为副组长。

这次会议，拉开了滨江办事处企业产权改革的序幕。

会后，欧平、张东生、李洪福带领办事处企业办、教育办、居民办等部门开始了具体工作。

10月，摸清了全办企业的基本情况：办属企业10个，其中挂靠的7个；居委会所属的摊点进行了工商登记的42个。

由于机构改革、社会治安综合治理创模、"双拥"创模、教育"普九"、建工业大区、扶贫验收等等，近一年里，全区企业产权改革只是在常态化推进，滨江办也是如此。

已经是北风呼呼、草木凋零、寒气瑟瑟，区里召开企业改制工作汇报会议，通知各地或党委书记或乡镇长、办事处主任参加。这实际上是全区企业改制工作的再启动。张东生已经调离了好几个月，这几个月里欧平书记和主任"一肩挑"，一个人独立支撑局面，有时忙得开会都安排不过来。欧平怕这个会议有什么新精神，撇开其他事情去参加会议。

参加会议的人不多，由区长谢家旺主持。

先听各地和区有关部门汇报。

有的地方在去年8月的企业改制工作会议后，没有怎么行动，现在叫汇报，只能说一些笼统的话，如工作难度如何如何的大、正准备如何如何。欧平从来不说假话，也自认为滨江办在这方面的工作做得一般，就把在党委（扩大）会议上传达区里改制工作会议精神，统一班子成员的思想认识，建立企业改制工作领导小组，领导小组成员和相关部门深入企业了解情况，纸箱厂和教育印刷厂已经基本改制结束等情况如实做了汇报。

谢家旺一听，当场表扬："滨江办事处的工作是踏踏实实的，并且已经取得了成效，不错。"

接着，区企业改制领导小组办公室主任谢明涛通报了他们所掌握的全区改制工作进展情况，着重谈了存在的问题：有的乡镇办工作力度不够、操作不规范、没有向上报送材料、配套措施没跟上、政策性问题没解决、认识上还存在问题（如对企业不赚钱不卖、审计收费不让步等）、时间抓得不紧等等。

区长谢家旺讲了话。

谢家旺认为，总的来看，各地各部门贯彻区里动员会的精神是卓有成效的，但有的地方没达到进度，工作的力度不够，效果不是十分明显。

对下一步的工作，他要求："一、思想要坚定，力度要加大。不改革咋办？有的企业几百万的资产只有几十万了！这些情况给我们一个启示：必须改，立即改！现在不是讨论改不改的问题，而是立即改！这是考察我们工作能力的时候！改制就是要像过去的运动那样搞。市委彭书记说："就是要'刮风'！"二、工作要扎实，进度不能拖。主管领导和分管领导就是要带兵打仗。三、思想要放开，办法要灵活，只要触及产权，啥办法都行。四、重点要抓住，难点要突破。五、操作要规范，不留后遗症。六、督查到位，进展情况要清楚。各地要随时报告情况。七、宣传工作要加强。要深层次挖掘素材，企业改制在电视台打广告收一点制作费就行了，要多方位地宣传……"

新任区委常委、组织部部长接着讲了四点：一是改制的形式是拍卖、破产、股份制，不能再搞承包；二是难的企业有效资产拍卖，债务挂账；三是同银行商量，依法处理债务；四是建立改制工作五天一汇报制度，从现在起倒计时！

他最后补充说："滨江办的棉织厂要在明年5月前完成。"

参加这个会，欧平明确地意识到：企业改制是下半年一段时间里全区的中心工作，必须以更多精力投入，抓紧时间，不管以何种形式，一定要按时完成任务。

二十九

《江城日报》有关企业改制的文章连篇累牍，还开辟了专栏。市电视台企业改制动态成了热门新闻和焦点话题。全市的工业大县的县委书记在改制大会上慷慨陈词："对公有制企业就是要卖得高高兴兴、卖得干干净净、卖得彻彻底底，不留私货！不留死角！"他的讲话在电视台专题报道后，在全市引起轰动，人们街谈巷议。市委书记也在电视上大讲特讲，企业改制，要"卖"字当头，改制的形式是：一"卖（拍卖）"、二"股（股份制）"、三"租"（出租）、四"破"（破产）"。这四种办法都不行，就"送"（推送）。

区里抓得这么紧，是市里把企业改制作为了头等大事！

区里五天一汇报的例会制度，搞得烟冒火起，不行动怎么去汇报、说什么，还能说已经说过的话？而且，还有个倒计时，有些企业明确规定了完成的具体时间。经济部门，特别是乡镇办领导，一个个被逼得走转转！

全江城，从上到下，到处都在谈论卖企业，人人都在说企业改制！

区里每五天的改制汇报会，唐华还是不去参加，理由都是对企业情况不熟悉，说欧平去好些。在这一级，政府或行政一把手遇到难事往往给党委书记推，到党委书记就没有再推的，再难再不愿意也要硬着头皮上。开会不仅仅是开会，去开会要汇报，开会回来要召开领导小组成员会议传达会议精神，研究贯彻落实意见。大的问题，还要召开党委会或者党委（扩大）会议传达贯彻，做出决定，落实到位到人。

滨江办事处是全区唯一一个没有"三农"的纯城市街道的办事处，这使它从很早起就在办企业并形成传统。城市有一些人没有职业，没有职业就没有经济来源，就没法生活，就有可能闹事。同时，城市有很多需求。于是，政府就把长期无事可干的人组织起来，针对城市需要办起一些厂、社、站等，给无工作的人找一个生活来源。城市建设需要砂石，就组织一些人在嘉陵江边筛沙洗石子；包装需要纸箱，就招来残疾人用大纸板做成各种规格和形状的纸箱；生产需要工具和劳保用品，就办综合加工厂生产草绳、木把、背篓、簸箕和手套、草帽、垫肩、云肩等。江城是川北门户，新中国成立前因战争、饥荒等原因，很多北方人往四川跑，在这里落了脚。他们会赶马车，就成立搬运社，既搬运货物，也在城郊客运载人……

建市后，镇改为办事处，所属企业的个数和规模相当可观，有可靠的税费收入，被收到市里，成立第三工业局管理。

20世纪80年代末，掀起"南海潮"——开发海南岛。全国风起云涌，不少单位、企业、个人前去淘金。刚建立的滨江区派人去建采石场，滨江办去办了一个砖厂，想的是要抢占先机，那里要进行大规模的建设，必然需要石头和砖瓦。谁想到，热潮很快退去，迅速由火热降到冰点，所有的投资变成了搬不走的废墟，人员全部撤离，留下"一地鸡毛"。滨江区和滨江办都是其中的"冤大头"！

滨江办原来的日子还可以过，这次元气大伤。贷款要还，不可能有上级拨款偿付的事，决定再办企业，起死回生。又继续举债上项目，先后办了砂轮厂、铝箔纸厂、炼油厂、家具厂、汽车挡风玻璃厂、棉织厂、纸箱厂、药材商行、教育印刷厂、校服厂、建筑公司等。直到前两年药材商行进货被骗，责任人受处分，才止住脚步。

几届领导要发展经济的心情不可谓不急切，不能说没有改变滨江办面貌的决心和坚韧，也不能不说追求的良苦，但是事与愿违，所办企业，除了几个没由他们直接操控的以外，其他全部或由于项目选择失误、技术缺乏、没有市场，或因为经营不善、负责人出了问题等原因，有的一两年、有的几个月就关闭，然后把债务转给下一个企业，最后一个接盘的企业就是北门外的山坡上只有两三亩地、一千多平方米破厂房的挡风玻璃厂。上项目急需资金的时候，不仅向银行、信用社、保险公司贷款，还招收西城铁路扩能的二十五个土地工每人带资五千元进厂当工人。

滨江办事处办企业屡遭"滑铁卢"的事，欧平在区委时就有所耳闻，但办企业为了积资招了二十几个土地工，企业倒闭了每个月由办事处发生活费的情况是今年春节前才知道的——春节的前一天，欧平在办公室，一伙人来找他要钱。他有些蒙，不知道是怎么回事。把党政办贺主任叫来问，才知道是原来办事处办企业缺乏资金，人家是带着占用土地的安置费进厂的。厂垮了，没有班上，挣不到钱，厂里又用了人家的钱，前面领导解决的是给每月发生活费。这又几个月了，快过年了，人家来要钱。欧平听了，立刻感到这是一件大事，是滨江办稳定的一个隐患！

以前办的企业多，现在改制的任务就重。时间久远，人都散了，情况很难弄清楚，改制的难度增加。只好一边对情况复杂的企业进行调查了解，一边先改相对容易的企业，完成一个少一个。

在这次企业改制调查中，欧平知道办事处名下有一个建筑公司。

这个建筑公司是一个既没财产也没人，只有一个牌子的企业。自从登记注册后，办事处没有用它进行过一次建筑活动。出现这种情况的原因有两个：一是办事处机关受编制限制抽不出人，也没有熟悉建筑施工和对这一行有兴趣的人，因此没有人出面去承揽工程项目、建房、筑堤、修路等等。二是对外没有物色到合适的人来负责这件事。牌子办回来，一直放在那里，落满灰尘。后来，有一个叫老汪的外地人，住在东城办与滨江办相连接的卢家湾，是个搞建筑的，需要牌子揽活路，经人介绍把牌子拿去用，承诺每年给滨江办支付一定的费用。办事处领导认为，反正牌子搁在那里也是浪费，人家拿去还能起点儿作用，办事处也多少有些收入，就叫老汪把全套证件拿去了。开头一两年，老汪给办事处交了钱，后来就没有了音信。

分管企业的副主任李洪福汇报了这件事，欧平很高兴："这还是个值钱的东西，办事处身无长物，这还是一笔资产！"欧平这样说，是因为国家已经停止颁发建筑许可证，而当下建筑行业很来钱。

建筑公司没有什么麻杂事，还可以卖一笔钱，就先改建筑公司。他安排李洪福，让企业办派人去把老汪叫来，跟他谈——一是要按承诺交清这些年的牌照使用费；二是企业改制，这一套证照要收回出售，如果他买，可以优先。

李洪福行动迅速，很快就把老汪叫来了，但是没谈拢。老汪是一个十分狡黠的人，说这些年没找到活路，证照没用，也没年审，完全没做工程，没有钱交费。还说前些年每年年审的费用是他交的，他拿去使用时没有明确叫他负责年审。李洪福谈得冒火，但老汪就是不承认交钱。李洪福把同老汪谈的情况向欧平汇报了，欧平也很气愤。无商不奸啊！

区×委计财股长兼会计的谢旭和老汪住得很近，而且很友好。老汪回家遇到下午吃完饭转路的谢旭，两人说起话。

"谢股长在耍？"老汪谦虚恭敬地招呼当干部的谢旭。

"啊，汪老板！你才回去？"谢旭笑脸回问。

"我们咋能跟你们端'铁饭碗'的比嘛！我们是自己找钱吃饭！"狡黠的生意人向前走了几步又停住了，脑子里转了一个圈，又转身向当干部的谢旭走来："唉，谢股长！听说现在滨江办事处的主任是你们×委去的？你帮我个忙嘛！"

老汪向谢旭说了自己使用滨江办建筑公司执照，企业改制，滨江办要他交清费用并要收回牌子的事。

"没问题，我给老唐说一下就是了！老唐也爱帮忙，是我们那儿去的！"谢旭没等老汪说完，就拍着胸脯打起包票，"这事包在我身上！"

没几天，谢旭到滨江办来了。

谢旭是借口到滨江×办有工作上的事来的，来了先到唐华办公室，把事情说了，才上二楼到×办去问了一下一笔经费的问题，走了一下过场。谢旭和欧平也非常熟悉，正在×办办公室说话时，看见欧平从门口过，赶快站起来打招呼，还跑出来同欧平点头哈腰地握手，说："你这一天忙的，我才在唐主任那儿坐了一阵。"到唐华那里干啥没说。

李洪福谈了几次，老汪都死死咬定不松口，还是叫他交费没钱，叫他把牌子拿回来还给办事处又不愿意。

事情僵起了，改制工作催得急，欧平只好叫李洪福把问题在党委（扩大）会上提出来，让大家来出主意想办法。

会上，欧平说，一个建筑公司牌子，要十万元才卖。

参加会议的人被吸引住了，你看看我，我看看你，好一阵没有反应过来。

其实，欧平不是漫天要价，他的理由是，建筑业很来钱，不少人没有多高的文化，也没有多了不起的技术，甚至只会码砖，在工程技术人员的指导下照图施工，做几个不大的工程，就由原来的一个普通人、到小食店吃早餐都要挨别人结账的人，就很快西装革履、油头粉面起来。有的做了一个大工程后，就开始有钱给自己修一幢楼！如果有人揽到一个工程，就缺一个施工许可证，十万块钱不就稳稳当当地进了办事处的财政，办事处的日子不就好过些了吗？

十万元是一个诱人的数字，党委委员和行政副主任等领导们，也希望办事处的企业中这个值钱的东西能卖一个好价钱，并且以为他们的党委书记神通广大，能够找到这样的一个买主。当欧平说出他并没有买主时，大家才知道心直口快的党委书记欧平表达的只是一个美好的愿望。大家都知道，眼前的改制工作三天一个会，五天一个会，逼得有多紧，这个牌子要卖，即使在市电视台打广告，不说要穷困的办财政付广告费，就是时间上也等不及，于是各自发表自己的意见。

李洪福最着急，他在分管企业，企业改制自然就是他分管。在他心里，巴不得一下把工作搞完，听欧平说的那个价，早已涨红脸，说："这个价现在可能卖不出去哟……"

"不说十万，五万卖得了不？我说五万有人买，就赶快卖啰！"党委委员、行政副主任罗广明腰斩欧平说的十万的价格，"欧书记说的价，如果时间允许，广告打出去，慢慢等，也许等得到有人出这个价，但是现在不行。"罗广明"嘿嘿嘿"地笑了几声闭住嘴。

"当年办这个证也没花啥钱，我看能卖多少钱就卖多少钱，卖了算了！"知道办这个牌子情况的党委委员、纪委书记姚文先明确地表示，"不要攀高价，实现不了，得之容易，弃之也不要可惜。"

干瘦的党委副书记、人大联络处主任梁正建听着别人的发言，时不时地扫视一遍全场，在会议一时冷场后，习惯性地干咳了两声，咂了一下嘴，表示为难地说："办事处财政穷，没有啥值钱的东西可卖，这个牌子能多卖钱当然好，但是短时间又不可能……据我所知，当时办这个牌子没花钱，是不是就便宜地卖给老汪算了……"

"欧书记，改制逼得这么紧，我也是梁书记的这个意见，能卖点儿现钱，便宜也把它卖了算了。"副书记李敏试探性地对欧平说。

党委委员和行政主任们的态度都明确了，欧平说："既然大家的意见都是不管价高价低卖了算了，那就卖嘛！但是，还是要有个底价，便于下来具体操作。大家说，最低价多少才卖？"

大家七嘴八舌地议论了一阵，最后定了一个价：四万！

"四万就四万。"欧平拍了板。

党委（扩大）会议后，分管企业的副主任李洪福把老汪叫到办事处，给他谈了办事处党委、行政的意见。

老练的商人坐在那里不开腔。

李洪福对他说，如果他不要这个证，就还到办事处来，如果他要买，就把钱马上交来，老汪还是不言语。

李洪福拿老汪没有办法，带着他到书记室来。

"欧书记，这是汪老板！我又按党委（扩大）会议的决定给他谈了，他还是不来气。我给他谈不了，请你给他谈一下！"李洪福气呼呼地说，"汪老板，这是我们办事处党委的欧书记，你有啥话给欧书记说嘛！"

"哦，汪老板，请坐！"欧平指着一进门的沙发对五十多岁、略显肥胖的建筑商人说。

"你是个啥意见，你不给我说，欧书记就在面前，你当面给他说！"李洪福边往下坐边说。

"坐下慢慢说，不着急！"欧平说。

老汪和李洪福都坐下后，欧平问："李主任，你和汪老板是咋个谈的？"

李洪福涨红着脸把同老汪谈的情况说了一遍。

"汪老板，你给我说你是个啥意见，实话实说，我喜欢直截了当！"欧平问老汪并说了自己的性格。

老汪一进门就在打量欧平。他听说他是从区委办公室主任位子上下来的，今天第一次见面，见他对人热情，说话诚恳，但是却有一种凛然的威严。当他认为把欧平的脾性基本码定以后，才开口说话。

老汪对欧平说了一些恭维奉承的话，然后倒起一肚子的苦水，哭穷说："欧书记，还是你们当干部的好，搞我们这一行，难得很哪！这几年，工程难找。像我们这些人，又没钱，更难找。有的工程大，交给我们也做不了——没那么多的资金投入。在银行贷款吧，要抵押，又没有抵押物。这一两年，我只是做了一些零碎事情，没挣到啥钱，挣的钱只能保住一家人的生活。"

老汪停下来，欧平没紧跟着追问，耐着性子让他说。

停了一阵，老汪终于说到了证的事情："办事处的这个证，我是想要，我是个搞建筑的，没有证施工就是违法。但是你们改制要卖，我又拿不出那么多钱来……"

"你是想叫办事处把证白白交给你用？那是不可能的！"坐在老汪身边的副主任李洪福气愤地说。

"李主任，让汪老板继续说！"欧平阻止住李洪福。

"我也不是想白用……"老汪说。

欧平听明白了老汪的话，知道他想要这证，但又不想多出钱。他也知道老汪说的他没钱是实话，因为没有看到和听说他做了一个什么像样的工程，挣了多少钱，但是肯定也不是他自己说的那么穷，而是了解了改制卖企业的底，有意要出个"白菜"价。

"老汪，你干干脆脆地告诉我，你出啥价？"欧平说。

老汪还是不说话。

从前面听到老汪对他这个初次见面的滨江办党委书记的信服，欧平说："老汪，我相信你说的话，相信你的难处，给你少一万，理由我去给党委会说，怎么样？"

有句名言叫作："市场经济不相信眼泪。"但令欧平没想到的是，他这么真诚，建筑老板仍然缄口不言。

副主任李洪福见书记欧平已经有些难为情，生气地说："再给你少一万，两万，如何？"

老汪仍然没有开腔。

李洪福看见建筑老板还是没有说话，冒火地说："一万五，你不买就算了！"

欧平对李洪福这样一个劲地往下降很不满意，但对他作为企业改制的分管领导想要完成任务的心情非常理解，既然行政副主任的话都说出来了，他不好阻止和改变——滨江办事处副主任表态也应该言出必信，一诺千金！共产党的组织和人民政府都应该如此！

欧平见建筑老板不易察觉地一笑，说："就这样，既然李主任说了，就依他说的。你不要，我们就收回来！"

"对嘛，就照你们说的一万五。我哪儿有那么多钱嘛！"见好就收的商人老汪假惺惺地说。

李洪福如释重负地长出了一口气——又啃下了一个硬骨头！

"老汪，你三天之内把钱交到办事处，找李主任完善有关手续，否则，滨江办事处可以反悔哟！"欧平吩咐完后，吓唬建筑老板说。

如欧平所说，一周内，卖出了滨江办事处建筑公司的牌子——滨江办建筑公司改制完成。

三十

知道滨江办前些年办企业在海南甩了一大坨，后来为了发展经济，为了跌倒了再爬起来，最后不惜以还在使用的这幢办公楼做抵押贷款上项目，但还是归于失败，又背了一大笔债，留下了一个令人头痛的"烂摊子"！欧平来当这个书记后，不愿意提滨江办原来办企业的事，不去揭这个叫人痛彻肌肤的伤疤。他在心里暗暗地说："短时间里，滨江办办企业——戒！"

事情到了今天，所有"公"字号的企业都要改制，不去揭那些"伤疤"是不可能的！

"工作就是斗争。"伟人的论断太正确了！工作不是请客吃饭，哪怕再难、再不情愿，也要勇敢上前！

欧平通过党委（扩大）会议和企业改制领导小组决定：办事处和居委会两级的企业，居委会登记的企业由办事处联挂干部负责弄清情况，同居委会干部商量后拿出方案，办事处所属企业由主要领导和分管领导以及相关部门直接安排力量理出脉络，清产核资，制定方案。

全体联挂干部立即下到居委会去了。欧平和李洪福几个改制领导小组成员或分别或一起找办事处在职或已经退休的老同志座谈访问，了解前些年先上的哪个项目后上的哪个项目，哪个项目是哪些人在负责，资金是从哪里来的，是怎么办不下去关门的，有无债务，有是怎么处理的。过去了好多年的事情，很多人都记不清楚了，一个人记不清楚，就多找几个人回忆，然后予以综合，还原事情真相。

下了很大的功夫，倒闭停产企业的基本情况才有了一个眉目。但是，贷款的金融部门迄今为止还没见面，贷款金额各是多少还不知道。

银行、信用社、保险公司在本身的业务外，是很少同外界往来的部门，一般人不存取款或办相关事情也不会到那里去，因此这些部门内部的情况行业外的人知之甚少。欧平虽然工作时间长，在区委时同一些金融部门的负责人有接触，但私人在银行存钱没几年，过去没钱存，前两年才开始有点积蓄，也是存钱取钱才到银行，而且事情办了就走，对银行，他是交道打得很少的陌生人。保险公司从来没去过。遇到滨江办的企业改制，必须要找这些部门的人。

世上的事情有时也奇怪，欧平还没去找银行，银行的人就找他来了。

滨江办大门口有一个区农行的营业所，主任叫马洪明。这个营业所的主要服务对象是这一片的居民和全城最热闹的小商品批发零售一条街的商贩，业务还挺忙。

下午，欧平在办公室，营业所主任马洪明来找他。

"欧书记，我来找你一下。"马洪明走到欧平办公室门口说。

"噢，洪明来坐！"营业所党员的组织关系在滨江办，马洪明到办事处开过几次会，欧平认识他。

"你有啥事吗？"

"前些年办事处的企业在农行贷的款，这么多年没还，不晓得现在有钱了不？"

马洪明可能是听说办事处同华兴建筑公司合作开发改造东街挣了三十几万元钱，买了新车，还是"桑塔纳"，估计现在有钱了。

"办事处在你们那儿贷了多少钱？"欧平想趁机了解情况。

马洪明从背在身上的一个包里拿出一个本子，然后一笔一笔地报给欧平听：

"1. 砂轮厂　　　 48.3万元；

2. 铝箔纸厂　　 11万元；

3. 黄油厂　　　 7.5万元；

4. 药材商行　　 15万元；

5. 家具厂　　　 3万元。

以上合计本金84.8万元，利息38.2万元（截至6月底），本加息共123万元。"

听了马洪明报的数字，欧平倒抽了一口冷气，一百多万！滨江办一年的财政拨款还不到三十万元钱，全办机关干部职工不吃不喝也要还五六年、两届党委、行政才能还清，但是滨江办干部职工不能不吃不喝、工作也不可能停摆啊！

欧平如波澜起伏的心镇静下来，问："有那么多吗？"

"那咋没有，都有票。"

"这个数字是整个区农行的，还是只你们这个所的？"

"这是在我们所贷的，其他地方贷的我们不知道。"

欧平身上冒汗。

"办事处现在还可以嘛，有钱就先还一部分。"

"有啥钱啰！"

马洪明说到办事处改造东街的事。作为办事处党委书记，欧平毫不保留地说了他们同华兴公司的合作开发和获利情况。马洪明也相信，说："书记，那我们这些贷款咋办？"

"你说咋办？"欧平反问。

马洪明想了想，笑了，说："我也不晓得咋办。"

"你们银行对确实无力偿还的贷款是咋个处理的？"欧平好像很轻松地跟区农行营业所主任聊起天。

"主要是抓紧催收，如果个人饭都没吃的了，就先挂账停息，人死了或者企业彻底垮了，不能再起死回生了，就只有冲销了……"营业所主任说。

欧平"哦——"了一声。

马洪明见没有收款的希望，又坐了一会儿就告辞走了。

马洪明这一来，欧平探到了银行处理坏账的底，心里有了数。"癞蛤蟆躲端阳——躲得了初一躲不了十五。"丑媳妇终究要见公婆。经过深思熟虑，欧平决定会一会给滨江办贷款的所有金融部门的人——把给滨江办事处办企业提供贷款的银行、信用社和保险公司的负责人通知到办事处来开会。开这个会，一是把办事处欠钱的情况进一步弄清楚，二是请他们来对滨江办企业改制出谋划策。他把自己的想法告诉唐华，正无计可施的唐华完全同意，并推举在会上主要由欧平同金融部门来的人谈。欧平见他确实表示胆怯，答应了下来，叫唐华和李洪福带人去通知相关银行、信用社和保险公司，并且一定要保证到时一定有人到场。唐华没有推辞。

滨江办三楼小会议室打扫得干干净净，灯火通明。欧平吩咐唐华安排党政办特地买了好茶叶，茶几上还摆了瓜子和水果。这是两年来在这里开会没有过的规格。欧平想的是，金融部门的人生活标准高，口味高，欠了人家的钱这么多年没还，应该以此表达一下滨江办事处的歉意。

出于礼貌，欧平、唐华等现办事处领导班子成员提前十分钟就到会场等候。

会议室门口设有签到处，各参会人员到会都要签到——对姓名、单位、职务做登记，有事便于联系。每到一个，欧平、唐华就上前迎接寒暄，然后安排坐下，请喝茶、嗑瓜子、吃水果。

相关银行、信用社和保险公司参会人员到齐，会议开始。

办事处主任唐华主持。

首先，党委书记欧平讲话。

他代表滨江办事处对各银行、信用社、保险公司的同志表示欢迎，说："滨江办事处这么多年用你们的钱不还，对不起了！"接着站起来深深地鞠了一躬。银行收贷款都是银行上门催收，还有不少人躲藏，滨江办主动请金融部门研究解决贷款问题，各金融部门参会人员感到新奇，当党委书记欧平这样说并鞠躬表示诚恳歉意时，更为之感动。

会议的融洽气氛造起来以后，欧平说明了今天会议的内容，讲了企业产权改革的意义、做法、时间要求，介绍了滨江办事处包括居委会已登记企业改制的进展情况，然后请求在座各金融部门的支持。

各部门参加会议的领导或负责人争相发言。

区农业银行是贷款最多的银行，参加会议的严林第一个发言。他说，铝箔纸厂的贷款转到了挡风玻璃厂。药材商行的贷款也转给了挡风玻璃厂，在处分有关干部时，农行收回了一部分。

"滨江办事处的企业改制只有拍卖，现在应该对资产进行清理评估。"区农行陈副行长提出建议。

市人保公司吴广大表示："同意农行意见，但必须通过审计部门评估。"

市交通银行小梁说："同意第一步清理资产，其他再说。"

……

其他部门来人的意见与以上基本一致。

会议开了两个多小时才结束。

通过这次会议，各银行、信用社、保险公司对滨江办事处留下很好的印象，滨江办弄清了所欠贷款的具体金额和金融机构的态度，在改制应采取的步骤、形式、方法等方面受到了启发。

半个月后，滨江办事处又召集了一次相关金融部门的会议。几家银行、信用社和保险公司无一缺席，只是个别部门参加人员有变动。滨江办事处以前办企业有一个特点，就是上一个企业垮了债务转给下一个新办企业或还在经营的企业，最后倒闭的北门外山坡上的汽车挡风玻璃厂承接了百分之九十五以上的债务，生产经营正常的棉织厂承接了五万元。这就是说，解决了挡风玻璃厂的改制问题，也就完成了与之关联的其他几个倒闭企业的改制任务。前次会议后，办事处拟定的挡风玻璃厂改制方案是拍卖，这次会议是把这一方案交给所欠债务的各金融单位讨论。

摘录会议的部分记录：

马洪明（区农行滨江营业所）：

一、办事处的这个方案我们要上报后才能回答。土地工个人入股不能作为特例优先解决。利益分配银行贷款要本息都考虑。

二、铝箔纸厂的贷款先是由棉织厂担保，后来才转给挡风玻璃厂，此处有纠葛。

罗主任（市交通银行南坝分理处）：

一、1993年在交行贷款20万元，到今年三季度本息已达32万元。现在这样处理要报市分行。

二、滨江办的工作是扎实的、有诚意的。

三、银行可以采取法律手段，贷款时代表人是××，以土地证抵押的。

四、贷款不等于入股，以贷款额分配卖企业所得不好说。

…………

几个企业在银行贷款的具体数额清楚了，问题水落石出，事情真相大白。滨江办企业的烂账理清晰了，这几个企业的改制进入了问题处理阶段。

在银行和保险公司为自己贷款回收争执时，欧平首先明确地表示："对于这几个企业，不管过去滨江办事处投入了多少人力财力，我们都一概不要了！"

他慷慨大方的表态，使几家金融机构为之一震，闹闹嚷嚷的会场一下静了下来。

欧平最后说："各银行、信用社、保险公司的领导，企业改制的时间十分紧迫，形势逼人，已经进入了倒计时阶段，容不得我们再犹犹豫豫，今天交给大家讨论的几家企业的改革方案，是办事处党委、行政经过反复认真的研究提出来的，也得到了区里的同意，我们将尽快对仅存但已关闭的企业的资产请专业机构评估，然后申请破产，待法院判决后即对外公开拍卖，在首先解决职工问题——25名土地工所带资金后，剩余部分由各银行、信用社和保险公司分配，请大家回去，抓紧研究，若有不同意见，尽快回复！"

一个星期过去，各银行、信用社和保险公司无任何意见反馈，欧平和唐华商请区审计事务所对资产做出评估后，到区法院申请几家企业破产。

法院经济庭庭长带着一名法官来滨江办了解了情况，支持企业改制，在走完法定程序后，迅速裁定：支持滨江办事处挡风玻璃厂等几家企业的破产诉求。

这是江城市第一起公有制企业法院裁定破产案！

有人调侃地对欧平和唐华说："你们行，又争了一个全市第一！"

其实，他们这样做纯粹是出于情急和无奈，欧平总觉得有些愧疚。这种做法的是非功过，让后人去评说、时间去检验吧。

拿到法院的破产裁定书，滨江办立即去找市拍卖公司谈判对挡风玻璃厂土地、房和废旧机器的拍卖事宜。

挡风玻璃厂等几家企业的破产，理清了滨江办事处几届领导不敢触摸的"烂事"，使滨江办的企业改制工作迈过了最艰难的一个坎，去掉了滨江办身上的沉重债务，特别是甩掉了为带资进厂的25个铁路扩能土地工支付生活费的大包袱，使其又轻装上阵重新出发！

在办属企业改制进行时，各居委会进行了工商登记的企业的改制工作也取得显著的成效，一直闹得不可开交的小西街浴室完善了合伙经营制，经常扯皮的打铁街居委会浴室实行了租赁经营，其他规模小的因企制宜，一企一策，或卖或租，落实了产权，转换了机制。

三十一

　　抗日战争时期，日本占领东北、华北以后，即向中国全境推进。1939年10月，日寇的飞机轰炸西安，公司总部设在武汉的大华纱厂机器被毁，棉花被烧，损失惨重。1940年，厂里失火，又烧毁棉花三千吨。石姓老板决定工厂搬迁。当一行人一直向西，走到宝鸡的时候，他们知道继续向西就是古代西域的荒凉之地了，于是翻越秦岭，向南走。

　　走到江城，他们眼前一亮。

　　这里，群山向后面退去，也没有了刚经过的地方那么巍峨险峻，视野开阔起来。从城西流过的嘉临江波涛滚滚，汹涌奔腾。两岸土地肥沃，一个接着一个的平坝上炊烟袅袅。县城里人口上万，商业繁荣，非常热闹。

　　石姓老板喜不自禁，说："这是一个好地方！"随从们也盛赞这个地方好。

　　更使石老板兴奋不已的是，东边的凤凰山，不高不低，可以在山里建隐蔽车间，日本人的飞机来了发现不了。山脚下是一片空地，也可以建厂房。

　　一行人停下脚步，歇息吃饭。

　　坐在店里，向人打听这里的出产，特别问到产不产解决开工厂动力问题的煤炭。回答说："煤多，北边几里路远的地方就有煤厂，东边和大河对岸的煤厂更多，城里每天都有卖煤炭的。"当知道此地盛产煤炭，价格十分低廉，主人高兴得想要跳起来："这里水源充足，有一条大江，又有低价的煤炭，也好招工人，还水路旱路都通，是建纱厂的好地方！不走了，就在这里建厂！"主人一拍大腿说。

旋即，工厂就在县城东山脚下动工。

半年多后，为抗战修建的川陕公路上，由40辆汽车组成的一支浩浩荡荡的车队，载着动力设备和6000锭纱机从西安运往江城，大华纱厂进入边建厂房边安装机器的阶段。

购进了棉花等原料，不到一年，新工厂就开始生产。

大华纱厂是一个规模很大的现代工厂，需要招收大量工人，城里不少没有营生的人进厂做工。

"没办法，进大华"是江城人的一句口头禅。意思是，在大华纱厂做工很辛苦，但进去做工可以挣钱，能够养家糊口。纺纱是轻工业，需要的女工多，女工天生手快手巧，还工钱低，老板很喜欢用。这些城市的无业人口，都是穷人，后来成了老工人，成了江城最早的工人阶级。厂里需要煤烧锅炉，附近乡下的"背二哥"每天往纱厂背煤卖，稍微有点钱的买骡马驴驮。大华需要的煤多，长年收购，许多人便以此为生。总之，有了大华，江城的人又多了一条求生活的路。

正在纱厂办得热火朝天的时候，日本的飞机来了，据说轰炸目标就是大华，可是由于东边凤凰山的掩蔽，飞机从东边来，丢了两颗炸弹，一颗掉在了城里的广场上，一颗甩到了嘉陵江里，工厂毫发未损。

大华建厂后，先只纺纱，后来也织布，到解放时已经连带家属上万人，成为了涪阳专区所属最大的工厂，还由它建起了川中纺织厂。

几十年来，大华纱厂不断发展壮大，创造和获得了巨大的财富，也同本地人结下了不解之缘，深深地扎根于这片土地。

借助大华的纱锭和技术支持，江城县建起了织布厂。几年后大办乡镇企业，滨江办也利用大华的棉纱办了一个城市街道企业，织白布、毛巾、手套等，这个厂取名棉织厂。

滨江办棉织厂建在城北的一个山坳里。所占的土地原来是城郊农村的。虽然在山上，但是很大一块平地，地里农民春天种玉米，秋天种小麦，有时也种一些大白菜、胡萝卜、白萝卜，或者栽莴笋、莲花白等。无论种的粮食还是蔬菜，都长得茁壮茂盛。棉织厂只占了其中的一小部分。这个地方有农户，也有20世纪60年代县里修的城市居民居住点，还有县里的一个机关和一所小学（后来附设初中的学校）。棉织厂紧挨着学校有偿征用的这三四亩地上，建了近

2000平方米的车间、库房和办公室。

厂建起，招收城里的无业青年和具有城镇户口的残疾人。产品畅销时有五六十个人上班，有时还几班倒。随着企业发展和物价上涨，利润逐渐上升，到停产时年纯利润达到5万多元，上缴利润2万—4万元，其余留作生产和发展资金。

棉织厂是大华棉纺织厂的缩小版，是一个袖珍小厂，但它对解决滨江办城镇就业尤其是残疾人就业起到了一定作用，也为经济发展和滨江办财政做出了一定的贡献。全面企业改制开始，正值厂里产品滞销停产的时候，厂里辞退了工人，等待改制。

厂里有四个管理人员——厂长唐玲玲、副厂长李芬芳、党支部书记郝玉柱、会计贾燕。唐玲玲在大华纱厂当了很长时间的工人，干过不少岗位，不知什么原因辞职出来了，办棉织厂的时候当了厂长。这样的一个小厂厂长，不可能是专职，也一有空就上机干活。在这个厂，技术上全靠她，她不懂的就去问当年同她一起上班的那帮姐妹。新工人培训和新技术运用，也是她联系现场观摩和请大华的老师来教。李芬芳进厂后，先也是上机子。她有文化，又心灵手巧，做事认真，干得很出色，后来当了副厂长。她更不例外，一有空就上机干活。办事处企业发展相对好的时候，李芬芳被借调到企业办当会计。她很乐意，因为她的家住在西城，每天上下班要少走一多半路，不骑自行车走那段很陡的坡路。有没有在办事处机关上班更有面子、说起来好听的想法，不好说。郝老爷子是老革命，因为厂里有几名党员，建厂时办事处党委派他去任支部书记。他去以后，同厂里的人处得好，退了休人家仍然挽留他。会计贾燕是一个二十多岁的年轻人，一个大大方方、十分精明的女子。这四个人相处协调，把厂子管理得不错，一直正常生产正常经营，没给办事处找过麻烦。

这次企业改制，棉织厂却成了最后的一个难攻的"堡垒"

厂里的几十个工人，包括十几个残疾人，厂里给了一定的补偿——或给买保险，或给现金遣散了。产品滞销时辞退了一部分后，办事处副主任李洪福和企业办主任李玉鹏去开了改制会，又发给生活费把技术骨干等全部辞退了。由于工作做得好，被遣散的人无一例上访和找办事处领导解决问题的。

工人的问题全部解决了，厂里的几个管理者有了集中心思考虑自己问题的时间，开始了对办事处讨价还价。

郝老革命任厂里的党支部书记，工资一直在办事处按南下干部的标准领取，办事处职工要发的钱物也少不了他，厂里的福利他也在享受。离休以后，仍然留在厂里。虽然没有给他再发一份工资，但每月都要发给他一些钱，发多少与厂里的效益挂钩，发什么东西时，他也有名在册。工厂改制，是卖是股是租还说不清，反正是要换产权人了。人换了，他还能被聘用吗？还能每月多领几百元钱吗？他年纪大了，人家要的可能性很小。厂子要改制，他的思想也是疙疙瘩瘩的，一谈这事就叹气。他没有说出口，他资格老，离休费比他同级别的本地和后任职的办事处领导高出不少，所以只好在口头上说他心疼这个厂，觉得把这个辛辛苦苦办得好好的厂子交给别人太可惜。

把工人全部辞退以后，唐玲玲几个晚上没有睡着觉，她在想自己的后半生做啥？这比解决工人的问题难啊！解决工人的事情，大政策在那里，大的形势所趋，她豁然大度，做工作振振有词，头头是道，很打动人心，而且厂里有钱，给你买保险，你不买保险要钱创业或是急用，给你拿现钱就是了，至于你以后干什么，就是你们每个人自己的事了，不该我管了。轮到自己，她左也不是，右也不行，刚才想得还好好的，马上又不自禁地摇头否定了。昔日一厂之长，很有主见的她，此时却为自己拿不定主意！

唐玲玲四十出头，中等个子，皮肤不白但也不黑，脸型和五官长得不多么俊秀但也不难看，总体看还是一个很漂亮的女人。

唐玲玲出身于一个小商家庭，父亲年轻时就是生意人，做生意从外地来到江城落脚的，新中国成立后转入集体性质的合作商店。新中国成立前，因为想生一个儿子，娶了两个老婆，还是没有如愿以偿，最后花钱领养了一个与生身父母完全断绝关系的男孩。唐玲玲对自己的两个母亲都是接受的，但是对谁也没有说过这件事。父亲把两个女人都带进了只准一夫一妻的新社会与她无关，而生长于这样的一个家庭，却熏陶和造就了她一般女人不能企及的精明和逐利。

在改制中，本应该工人是怎么处理，企业的管理人员也怎么处理，或者买保险，或者补偿略高于一般职工。但是，唐玲玲不同意，而且邀约李芬芳和贾燕一起反对也同处理工人一样处理他们。没有啊，她们的标准高于普通职工呀！为什么还这样呢？

郝玉柱由于自己老革命的身份不好向组织闹，同时作为一个已经离休的干部没有理由闹，办事处党委、行政没有去管他。

欧平和唐华、李洪福分析，李芬芳虽然是副厂长，但比唐玲玲大好几岁，再两年就到国家规定的工人退休年龄了，丈夫老徐是火车司机，工资高，娃儿也快要参加工作了，而且李芬芳的思想素质好，对人处事通情达理，对办事处提出的解决她们问题的意见觉得已经很有人情味了，她不会再站出来反对，她从来没有单独就厂子改制对自己事情的处理找过办事处的任何一位领导。会计贾燕不是厂里的负责人，只是一个一般的管理人员，进厂也晚，没有提多高的要求，因此也没有单独找过任何人。问题就在唐玲玲！是她把李芬芳和贾燕拉来做挡箭牌，一切都是这个老生意人的女儿心里生的机巧！

唐玲玲的内心是什么？有什么个人要求？她想的是，不管怎么样改，只要不是她自己买，以后都是别人的，她再也无权支配和过问了。特别是，她是一个不愿意失权的女人，一想起这一点就难受。而且，这个厂虽然小，但是她亲自参与办起来的，她对它有感情。还有，她才四十出头，后面的时间还长，干啥还没想好。如果另起炉灶，再创业，又要费很多精力，还保不住能成功。她显然没有那么多钱自己把厂子买下，所以也就完全没有往这个方面想。她正在一心想的是，要尽可能多地从厂里拿些钱在手里，厂里也有钱。拿了这些钱，她可以用来养老，也可以用来瞅准机会再做事。她也知道，这些想法是非常阴暗非常自私的，是不公平的，以至于都不好意思说出口，更不好说只是她一个人。这也是她要把另外两个管理人员拉在一起来闹的原因。她期望着办事处党委、行政开口，满足她的要求。有很强的潜在商业意识的带头大姐同时也知道，说到底，厂子是公家的，她们的要求要实现是非常难的，更不可能把现有厂里账上的钱全都给她们。

事情还耗着，区里改制工作却催得火上了房一样！

摘录一次会议记录：

区企业改制工作领导小组检查工作

时间：199×年3月4日。

地点：滨江办事处小会议室。

参加人员：欧平　唐华　李洪福　范天全　谭怀成　许广和等

谭怀成（区委调研员）：棉织厂能卖则卖，也可以搞股份制。要搞股份制，办事处可出面帮企业贷款，收回办事处投入的6万元，不出具任何手续。

要卖最好公开拍卖，才有竞争。如果"招安"，在办事处改造后，旅馆交给棉织厂三个管理人员做，不能搞承包，只能搞租赁。无论如何，4月底前必须完成。该厂搞了两次评估，相差几十万，原因一是看资产折旧，二是看第二次评估资产评估完没有……

许广和（区委政法委办公室主任）：挡风玻璃厂等几家企业走破产之路，建筑公司和棉织厂要在4月底前完成。居委会的企业愿卖的给以指导，不愿卖的不强迫。

区委谭调研员提到的"招安"，是前一段时间中央电视台黄金档热播电视剧《水浒传》，宋江为首的梁山一百单八将被朝廷招安，受其启发，唐华提出把棉织厂的三个管理人员调到办事处安排工作，棉织厂由办事处出售，所收资金归办财政。所说的旅馆是办事处拟对临街及现有办公楼进行改造，区委党校没有地方，租用一部分地方办公，党校培训干部必须配套住宿的旅馆，唐玲玲等三人调到办事处经营旅馆。

谭调研员听了办事处领导的汇报后，所以这样说。

区委政法委办公室许主任提到的建筑公司已由老汪买了，几家企业的破产已经结束，他是才调来搞企业改制督导工作的，不知道情况。

三月暖阳，天气暖和，街上车水马龙，人来人往。

欧平上街办事，走到上下河街与大西街交接处，突然听到有人叫他："欧书记，你哪儿去？"

欧平转过头去看，是区乡镇企业局办公室主任杨永发和爱人小周从大西街下来往下河街走，问："唉！你们两夫妇到哪儿去？"

"我们就是来找你的，说你们棉织厂要卖嘛，我们一个朋友要买！"老杨说着拉开胸前的一个黑色挎包的拉链，指着里面让欧平看，说："全款，45万！"

欧平一看，偌大一个皮包里，全是一扎一扎的浅红色百元大钞，赶快说："快拉起，老杨，别人看见了不安全！"欧平知道，光天化日下，这么多人，不会出事，但还是习惯性地叫他提高警惕。

"不怕。大天白日，不敢！又是在你的治下！"老杨的老婆小周说。

小周浓眉大眼，性格开朗，爱笑，是律师，可能是知道犯罪情境和犯罪心理，胆子这么大。欧平从来没经手和带过这么多现钱，遵循的是"财大不外露"的古训。

"那咋办？你去办啥事，我们跟你一路？"老杨夫妇说。

"不用！你们带的有东西，小心为好！这样——你们先到办事处去等我，我一会儿就回来！"欧平对杨永发夫妇说。

"那对嘛，我们去办事处等你。"老杨答应，朝办事处走去。

杨永发两口子行事莽撞，事情先说都没说一下，打了个耳边风就带了那么多现钱来买厂！45万，全款，一分不差！欧平嗔怪杨永发夫妇，心里却很高兴："棉织厂有人买啦，很好！如果能这个价卖出去，办事处财政就真的富起来了！"

棉织厂卖45万，是办党委（扩大）会议讨论过的：棉织厂的一个评估价将近50万，都认为这个评估价是合理的，如果厂子要卖，就按这个价，也不上涨，要50万、50多万，企业改制急卖，可以少5万，即有人出45万就卖。

这个信息不知杨永发是从哪里知道的，就冒冒失失地抱着45万现钱来了。

欧平办完事，很快回到办事处，他先在一楼找，杨永发夫妇在副主任李洪福办公室里坐。他们和李洪福是老乡，知道他在滨江办分管企业，就直接到了这儿。

"老杨，你们在李主任这里哈！"

"欧书记，你这么快就回来啦！"

"你们在这里等，抱了这么多钱，我不赶快回来？"

杨永发夫妇看着欧平笑，李洪福说："就是嘛，他们一下就抱了45万，全款，来买棉织厂，这些人有钱！"李洪福一边对欧平说，一边同他的老乡开玩笑。

"我们到你办公室去吗？"杨永发问，李洪福也看着欧平，等他决定。

"就在你这儿说嘛，哪儿说都一样！"欧平说。

李洪福看着欧平，见他决定在自己办公室说事情，马上对还站着的欧平说："欧书记，那你坐下说，我去给你泡茶！"

"给杨主任和周律师先把茶泡起，人家来支持我们企业改制，实实在在的支持！谢谢哪！"欧平边往沙发上坐边说。

李洪福给欧平和杨永发各泡了一杯茶端来放在茶几上，杨永发的爱人小周不喝茶，李洪福给倒了一杯白水。都喝了一口水后，开始说事。

"李主任，你是管企业的，棉织厂改制的事情你先说！"欧平对李洪福说。

"欧书记，还是你先说！"李洪福谦虚地推让。

因为是李洪福分管的工作，也为了锻炼他，欧平还是叫他说："老杨夫妇都是熟人，你照实说就是了！"

李洪福涨红的脸好一阵才恢复到正常，结结巴巴地说了棉织厂改制的一些情况。

等他说完，欧平才说："老杨，是你们两夫妇，我就实话实说。我们党委、行政巴不得现在就把这个厂卖给你们或者你们的朋友，厂归你们，你们这包里的45万元钱就归我们办事处。但是，现在厂里的几个管理人员的思想还不通，不交手续，我们正在做工作。我表态，我们工作抓紧做，到时候要卖，如果价格是45万，优先卖给你们，因为你们是第一个买主。今天你们这钱我们还没法收，你们就把钱拿回去暂时存起，我们把工作做通了，通知你们！"

杨永发夫妇一时有些懵，没想到他们兴冲冲地来，却遇到了这样的情况，可能也感觉到了确实有些唐突，说："那对嘛！那等你们把工作做好了再……"

欧平安排李洪福抓紧找唐玲玲、李芬芳和贾燕来谈，把党委（扩大）会上定的给他们买保险或支付现金及标准告诉他们，区里对棉织厂改制催得很紧，要她们尽快做出决定。

李洪福那天谈，只有唐玲玲一个人来，李芬芳和贾燕都没有来，说是有事、有啥给唐玲玲说就是了。由此更可见，唐玲玲说的是她和李芬芳、贾燕三个不同意，实际上就是她一个人不同意，就是她的问题，办党委、行政对问题的分析是正确的。态度温和的李洪福没有做通唐玲玲的工作，他在那里说好话，唐玲玲笑一笑也不开腔。

李洪福没有办法，带着唐玲玲来找欧平。

李洪福很生气，走到书记室门口还在边走边说："我把工作给你做不通，让欧书记给你说。看是我说的那样不——欧书记，这唐厂长的话我没谈下来，请你给她谈，看她思想通不！"

两个人已经进了办公室，欧平看了他们一眼，说："坐。"两人在烂沙发上坐下，欧平问："唐厂长，你现在已经是一名预备党员了，你心里到底是咋个想的，实话告诉我。"

欧平的话语气温和，但唐玲玲却感到震动。她是去年12月办事处党委决定发展的党员，目前正在预备期，而现在在工厂改制的问题上，在党的工作中，却成了阻力，为自己的私利讨价还价，她感到愧疚。她流出了眼泪，头转了过去，不好意思面对办事处的党委书记。

三个人都沉默了，谁也没说话。

"唐厂长，你也不要哭，欧书记在这儿，有啥子话，你就给他说！"过了一阵，心软的副主任李洪福开了口。

欧平很理解每个人失掉工作时的心情，知道她的想法，在李洪福说了后，说："办事处党委和行政知道你在棉织厂的建设和发展中所做的贡献，改制中几十个工人的工作也是你们做的，厂子的资产评估是你们搞的，正是因为如此，才对你们做出了最大限度的优厚处理。但是，厂是公家的，你们仅仅是在里面上班的职工，厂长、副厂长、会计与工人只是分工不同，能够再给你们多拿很多吗？厂卖了，能够让你把钱全部抱回家吗？那是不可能的！那些被你们遣散的工人同意吗？代表国家和集体利益的政党和政府能够这样样做吗……"

欧平有些激动了，他停下来，没有再说下去。

"欧书记，我没那样想……"听了书记欧平的一席话，唐玲玲说。

"唐厂长，你看欧书记把要说的都说了，你下去再好好想一下。尽快给我们回个话，工作是耽误不起的！"李洪福说。

书记欧平谈了以后，唐玲玲还是不甘心，又去找办事处主任唐华。

唐华认为当了一把手就可以扬眉吐气，不受约束了，一来就迫不及待地想掌握财权力。当欧平闪电般地把准备管到过春节的财权交给他，由他行使办事处主任的全部职责和权力，由他来处理过春节的一摊子用钱的事和在几个月的工作中接连碰壁以后，才醒悟到刚来时欧平要把职工过年的问题处理以后才让他管财政是爱护他、是为他着想，才知道权力是"双刃剑"，既有权，也有责，既被人羡慕，也难为，既能为人，也容易得罪人，一把手不是好当的，在滨江办当个一把手，不如在区×委当个副主任，大树底下好乘凉！

通过反思，唐华感到现在面对的还是书记欧平来了一年多面貌大改变的滨江办事处，是在全市乡镇办率先成功进行房改、把"烂尾"的小西街宿舍修起了、改造东街挣了几十万元、各项工作出现了新局面的滨江办事处，否则，仅干部职工过春节没有钱这件事他都解决不了。他佩服书记欧平的知识水平和工作能力，为他的豁达大度，为人真诚，坚持原则，不曲意逢迎，为人做了好事也不说的领导风范折服。他变得做了事、开了会积极主动向欧平汇报，经常到欧平办公室商量和请示工作了。他开始厌烦有些人经常来给他说这说那，要他们不要搬弄是非，把心思多用在工作上来。

欧平的人格魅力征服了唐华。一个星期天，唐华邀请欧平全家到自己家里做客。

唐玲玲来找他，他问她："欧书记给你谈过没有？"

"谈过了。"

"咋个给你谈的？"

唐玲玲把欧平和她谈的给唐华说了一遍。

"这都是党委和行政领导集体的意见。改革开放是一个大政策，也是一个趋势，任何人都不可阻挡……"唐华想了一下，问，"嗯，你不接受的顾虑是啥？说来我听下子！"

唐玲玲抬头看了一眼办事处主任，当把他问的目的弄清楚，确认可以照实说以后，说："主要是年龄倒大不小的，离退休年龄说长不短，还有十年，这个岁数又去做啥？说要又耍不起，没钱耍，说再干事情，又不知道干啥，也不愿意再动脑筋去想再做……"唐玲玲哽咽了。

听唐玲玲说的是心里话，唐华动了恻隐之心："哦——你想干啥嘛？办事处帮你们……"

"我也没想好……"

"我——这样你看愿意不，我们把你们几个调回办事处来上班，现在先打杂，办事处要改造，区委党校搬到这里，经常有培训，要开一个旅馆，你们就在那里上班。这个事情我给欧书记提过。如果你们愿意，我再给欧书记汇报，党委集体研究决定。"

唐玲玲脸上露出意外和惊喜——她从来都想进机关上班，但是没有实现，没想到办事处主任说叫她们到机关来上班！

唐华知道企业改制也是自己的工作，这一段时间也在为办事处的企业改制动脑筋，看电视剧《水浒传》，他突然受到启发——把棉织厂的管理人员

"招安"。

唐华把这个想法给党委书记欧平谈了，欧平觉得这违反党政机构改革的精神，机关事业单位正在清理私招乱雇的人员，把企业人员收回机关不妥，区里知道了一定会受批评，而且这样对外影响不好，被辞退解散的工人也可能提出同样的要求，都这样来，怎么办？还有，办事处办公楼的改造才在谋划中，要拆迁临街几家居民的住房是非常难办的事，把房子修起来不知要多久，他从来不做没有把握的表态。

唐华算了一笔账，欧平倒是觉得有道理：棉织厂的几亩土地加上一两千平方米厂房和设备经评估要值五十万元，把唐玲玲们三个管理人员招回来，一个人每月才两三百元钱的工资，办事处把厂子拿过来卖出去的钱要给发多少年的工资？唐玲玲还有十年退休，李芬芳只有两年了，贾燕还有二十多年，发工资加交保险才多少钱？时代在前进，社会在发展，我们现在解决不了的问题，将来不一定不能解决。何况人家来了要上班做事，因为编制少，机关不是常常感到人手不够用吗？

欧平没有表态，唐华也没有追着说，但是却在区委调研员谭怀成和区委政法办公室主任许广和代表区里督促指导滨江办企业改制工作汇报会上说了出来。

欧平没有想到，党委（扩大）会议竟然通过了把唐玲玲们三个收回办事处上班的提议，而且没有多少反对的声音，也没有人弃权中立。

唐玲玲和李芬芳回办事处上班来了。二十几岁的贾燕不愿挣机关上班的几个"死工资"，拿了两万元补偿费自谋职业去了。

"堡垒"终于攻破了！

时间199×年3月下旬，比区里规定时间提前了一个月。

三十二

党委总揽全局，协调各方。滨江办党委书记欧平每天的时间都安排得满满的。上级开会必须参加，回来又要开会传达和安排落实，还要到社区、企业、学校调查研究，了解情况，解决问题。坐在办公室里，请示汇报工作的、来信来访的，走了一批又一批。人来人往，应接不暇，有时候看文件的时间都没有，几天翻不成一下报纸。

不过，已经下来三个年头了，基层领导的这种时间节奏和工作模式欧平已经习惯了，虽然累，但十分充实。

欧平两个孩子，儿子欧长茂已是大二学生，女儿欧芳菲今年高中毕业。欧平的女儿个儿高高的，白皙靓丽，浓眉毛，大眼睛，漂亮出众，逗人喜爱。他儿子大学学的是理科，想叫女儿学医。可是，他那些在机关当干部和当中学校长的同学都说："芳菲身材那么好，不从事艺术太可惜了！"他觉得人家说的有道理，是为了他女儿将来发展得更好，于是，他们做出了两手打算——参加艺体考试，能走艺术就走艺术，不能走艺术就读医学。

两年前，儿子长茂高中毕业时，他刚到滨江办上班，忙得不可开交，没有时间关心儿子高考的事情。填志愿时，中午儿子从学校拿回来一大摞高考学校及专业目录，要求选定后晚上交回学校。他这才慌了，赶快拿起来看。招生学校和专业太多，看得人眼花缭乱，到底该填哪些学校和专业拿不准。填志愿要根据成绩决定，儿子平常的学习情况他在过问，但是过问得不多，更不细，他想学校老师了解，马上下午请假，到儿子就读的江城中学找自己的一个当教务处副主任的同学，跟他一起找班主任和任课老师了解儿子的成绩，听他们的建议。结果，志愿没有填好，虽然后来儿子也是读的"211大学"，但是没有上成最想进的学校，这使他们一生遗憾！好在儿子是一个大大咧咧的毛头小子，没有多怪欧平。

今年女儿考大学，欧平想应该多关心一下。

艺术类考生先要进行专业考试。考点设在省城。欧平安排好工作，给区委书记刘开山和区长谢家旺如实说明事由，请了假，带女儿芳菲赴省城参加专业考试。

又是一个阳历3月，春意盎然。车窗外，大山脚下的山坡和平坝低矮的山丘上，野樱桃花粉扑扑地开得到处都是。人户家的院坝前、房背后，时而见到杏树、李树和桃树蓓蕾缀满枝头。平原千里，一望无际的麦田和一大片一大片镶嵌其中的蔚为壮观的金黄色的油菜花、一处处城镇与村庄铺展开去，就是一幅让人惊喜的、硕大无比的自然画卷！和煦的阳光挤进窗口，照亮车厢，每一位旅客都沐浴在春风和阳光里，呼吸着清新的空气，鼻孔里满是浓郁得有些闷人的油菜花香，感受着春如处子和少女似的蓬勃气息。在怡然自得的陶醉中，不少人恹恹欲睡，有的已经进入甜蜜的梦乡……

铁路几次大提速，但是仍然坐了五六个小时才到达省城。

他们对情况不是很清楚，出发前问招办和学校，都只说了个大概。到了省城的音乐学院，才去询问招收哪些专业、考试的形式和内容。艺体考试的内容是可以问的，告诉你也做不了假。工作人员不胜其烦，叫他们自己去看招生简章和参考须知。也是，那么多考生和家长，哪里回答得过来。

简章和须知贴在门口一个平时夹报纸的橱窗里。认真地看了一遍后，就选择专业。女儿从来没有出过远门，决定参加这个考试是短时间里的事，所以什么也不知道。他征求她的意见，问她想学什么、将来想做什么，她也没有思想准备，她的心思还全部在文化考试上。于是欧平代芳菲做了主。

手续不烦琐，凭学生证和学校的介绍信现场登记报名，交费后发了考号就排队等待考试。其实，这种考试很简单。他们选的专业，第一道关是考试老师提问，考生回答，然后读一篇短文和一段绕口令。从里面出来，进入第二道关——进入第二间考室，做了几个形体动作，然后选唱了一首歌曲。

考完后，考生回自己所读的学校看成绩，没通过的不通知。

认为很大的一件事，没多久就进行完了。

再简单的考试，都是有高低差别的。为了保险，他对芳菲说："电影电视学院在涪城设了一个考点，也有我们所选的专业，再到那里去看看，能参加的话再考一下。"

女儿顺从了父亲。

出了音乐学院，父女俩到南门车站坐汽车前往涪城。本来觉得从省城到涪城不远，坐汽车方便，也快一些，谁知道这个私人经营的中巴，脏兮兮的不说，还不走大路走小路，一路拉客，走走停停，有的路段路况不好，车况也差，颠得人想呕吐，比坐火车用的时间长了许多。既然上了车，没有办法，只好竭力忍耐。

到涪城已是下午，父女俩找到少年宫——考点就设在这里。熟悉了一下周围的环境，就去找旅馆。

涪城是原来管辖十几个县的地区专署所在地，老城却比江城的县城还小。改革开放之初，曾经一度车站一带的小偷、卖假手表的骗子成堆，只要看到是外地人，就马上围上来，缠着叫你买手表，甩都甩不掉，小偷就追着伺机对你的钱包下手。

欧平南行求学，第一次在涪城下了火车转车，在这里买汽车票时就被小偷掏过包。

那是欧平第一次来这里，只身一人，一切都不熟悉，在哪里买去哪里的汽车票也不知道。下了火车，只见一些人在前面疯跑，他估计也是要再赶车的人，就跟着跑起来。没跑多远，看见前面一个小房子的窗口在卖自己要去的地方的汽车票。

天快黑了，这可能是最后一班车，人人心慌，否则不会有这么挤。没有排队，一大堆人在那里拥起，一个个手伸得长长的，拿里钱大声叫着："我买一张！我买一张！"场面混乱而激烈。

这时的欧平，同每一个人心里的想法一样：如果买不到票，就要搁在这里，不仅晚上要掏钱住旅馆不说，还会影响明天的事情——对于他来说，明天就不能上课。

欧平身上背着一个包，左手提着一个口袋，急匆匆地跑上去。很多人在往前挤，他也参与进去。当他右手高高地伸出手给钱接票的一刹那，忽然感到后面有人把他外衣上面左边的小口袋一扯：他马上意识到包里的二十多元钱可能被偷了！他拿着票急转身出来，伸手摸，小包扁了，上面的扣子是解开的，里面将近一个月工资的钱不翼而飞了！

这是个惯贼所为，选择时机之准，出手之快，技术之熟练，叫才二十多岁、脑子也算反应快的他从没见过！短短几秒钟，有所觉察，都没把贼抓住，他愤怒、后悔，很无助，但那么多人，知道是谁？

怕坐掉车，他快快地跟着人家去上车。

上车坐下，一个在他后面上车的年轻女人在位子上坐下就惊叫起来："小偷把我的钱偷了！小偷把我的钱偷了！我90块钱，装在表包里的！我要下去……"年轻女人站起身，分开走廊上的人走下车，看见车门旁边站着一个三十多岁的男子，左手弯上搭着一件衣服，右手伸出去掏一个上车的乘客的包。那女人还真精灵，一把抓住那男子，往脸上瞅了一下，确认自己上车时他就站在这里的，就紧紧地抓住不松手，大叫："你把我的钱偷了！给我拿出来！给我……"那贼抵赖，想离开，但那女人抓得很牢，怎么也挣不脱。一个肩上一根拐杖挑着一个大提包卖东西的外省人做证说："就是他拿！我在后面看见你刚一抬腿上车，他就把手伸到了你衣服底下，我以为你们是两口子，就没有吱声！"贼无法抵赖，又被女人牢牢地抓着手腕，只好用另一只手从包里把一大卷钱掏出来还给女人。那女人一数，刚好九十！

当时时兴在裤子的腰根打一个小包装手表，很多人认为表包保险，常常把钱装在那里，殊不知贼心诡计，小偷专门琢磨起如何偷表包，上车那一刻正是掏表包的最佳时机——那时人的心里比较着急，注意力全在上车上面，头仰着看前面，没顾其他地方，腿一抬腿，把表包里的东西顶得露了出来，如果前面的人一堵，更给贼作案增加了时间。贼站在车门口，左手腕上搭一件衣服挡住别人的视线，右手迅速拿走别人表包里的钱或贵重物品。其他人多以为贼是送客和亲人的人，没有去注意。

看到那个贼还赃，还在上车的乘客吼起来："打贼！""打他狗日的！"欧平听到喊打贼的声音，伸出头去看，看到买车票时伸手去接票，突然一只手从左肩上伸过来迅疾掏走他的钱时，这个人站在他身后。他断定偷他钱的也是这个贼！

欧平跑下去找那贼要钱："你也偷了我的钱，还给我！"贼一惊，看着他，没有狡辩。显然，他默认了。越来越多的人围上来，车上的人也喊："打贼！打贼！"那贼害怕，边盯着前面，边后退，瞅一个空子冲出圈子，撒腿疯跑。他在后面追，贼在前面疯狗一样没命地狂奔。他担心放在车上的行李，也怕车开走了，从地上捡起一个砖头跩了过去，但是没打着。

回到车上，想被贼偷了，又看到贼，让贼又跑了，他遗憾和难受极了。

那个贼又从车窗外的高坎上走过，若无其事的样子，是朝卖车票的那里走。如果还要发车买票，不知谁又要遭殃！他已经坐在车里，那时车是不等人的，贼在面前走，却无可奈何，他只觉得这次太倒霉太窝囊！

幸好出门时分开装了二十元钱，车票也买了，否则身无分文，两眼茫茫，那才是叫天天不应，叫地地不灵呢！

这件事情在欧平脑子里的印象太深刻了，以后每次，以至今天，一踏上这块曾经伤心的土地，都会想起。

俱往矣！

眼前，涪城已经发生了天翻地覆的变化，欧平几乎认不出来了！

长虹大道横穿东西，又宽又直，望不到尽头，看不见首尾。大道两边，一幢幢新建的现代化楼房高大气派，崭新簇亮。新增加的不少街巷，条条整齐大方。广场干净宽阔，安装了几处体育器械和游乐设施，人们随时可以在这里锻炼身体和带着孩子玩耍。漂亮的大商场里，灯火辉煌，窗明橱亮，各种商品琳琅满目，堪比省城的百货大楼。到处整齐干净，很难见到乱丢的垃圾和污浊的痕迹。市民举止文明，问路问事都得到热情负责的回答，使人感到轻松和温暖。

他们找到一家旅馆，虽然不大，但用品齐全，床被整洁，服务热情周到，价格便宜，于是就放下行装住下来。

洗了脸，梳理了一下头发，父女俩就下楼上街去吃晚饭，然后转了一圈。

同是一个专业，电影电视学院的考试与音乐学院的考试大同小异，女儿觉得自己的表现还可以。

在女儿考试时，欧平在外面等候，没想到遇到一个人——十几年前在大学时给他们上过课的老师——谢彦平。

欧平一阵惊喜，上前问："谢老师，你怎么在这里？"

谢彦平是路过，不知道是不是叫他，问："是叫我？"谢老师认不出欧平了。学生认识老师容易，老师不记得学生正常。

"谢老师，你不认得我了？我在××学院听过你的课，讲怎么说好普通话。"欧平帮助谢老师回忆说。

"哦，有过这个事！你叫什么名字？"谢老师想起了上课的事。

"我叫欧平，你给我们讲课时你在电视台播音！"

"噢，是是是！"

那时，电视还没有普及，在电视里露面的人是公众人物，很神气。谢老师最神气的是普通话讲得特别好，响亮而有磁性。他有一套特殊的发音方法，说普通话不费劲，学会了即使播长篇稿件也不会出现变腔变调的情形，更不会喉咙嘶哑。所以，中文系请他讲课。但是，就只讲了那一次。过去整整十年了，欧平都还记得这件事，谢老师的影像还刻在欧平脑子里。

"谢老师，你怎么会在这儿呢？"

"我在这里代表学校组织考试。"

"是艺术学院的专业考试吗？"

"是的。我早就离开电视台，调到学校去了。"

"就这个电影电视学院？"

"是的，你是涪城人吗？"

"我不是。"

"你在这儿干啥？"

老师问起，欧平把带女儿考试的事情给他说了。

"你女儿叫什么名字？"

"欧芳菲。"

"哦，孩子表现还不错！她认真准备过没有？"

"没有，我们是临时说起，只是找我在她就读学校的一个当教务处副主任的同学找语文老师和音乐老师辅导了一下！"

"这孩子先天条件好，可以好好培养一下。"

"噢！"

芳菲考完试出来，欧平问她考的情况，她说总体还可以，但中间出过两个错。明天还要复试。

"明天复试？"欧平想已经出来两天了，办事处的工作不知怎么样，有些心急了，但又想到这是关系女儿前程的大事，是女儿一辈子的事，又平静下来，说："对嘛！"

没想到女儿芳菲比他更急，说："我们今天回去算了！"

"那复试咋办？"

"不参加了！"

说着，芳菲就催促着拿包到火车站去买回江城的票。

"不行，明天参加完复试再回去，不能半途而废，已经耽误两天了！"

"就是嘛，已经耽误了两三天的复习啦，我咋赶得上进度嘛！"

他知道女儿说的是赶不上全班同学的进度。说的也是，但是要读艺术院校，专业考试也要过关才行啊！

父亲讲明要留下来参加复试的理由，女儿芳菲仍然坚持要回江城。

芳菲从小就很温顺，很听话，第一次这么犟！

在这为难的时候，他突然想起了谢彦平老师，想请他帮忙能否让女儿不参加复试。

他找到谢彦平，谢彦平听了他说的情况，答应了他们的要求："复试可以不参加，但在校本部举行的三试必须参加！"

他后来才知道，谢彦平能够这样表态，是因为他是这次所有专业考试的负责人，更因为他还是电影电视学院分管教学的副院长。哦，怪不得他这么有权！

欧平大喜过望，辞别了谢老师，同女儿芳菲高高兴兴地去坐火车回江城。

回江城后，欧平上班，芳菲到学校复习不说。

按照谢彦平的交代，半个月后，欧平又抽时间带女儿到省城西郊的电影电视学院参加三试——专业基础和能力的最后一次考试。

参加了前面的两场考试，这次芳菲表现得更加出色，一举通过了"三试"。

"三试"完，马上通知了专业考试成绩，欧芳菲名列合格名册。

拿到"专业考试"合格通知单，父女俩放下了心里的一个负担，高兴地回江城。这次也只来去两天，没有多耽误时间。

欧芳菲参加完统一高考，文化成绩出来不几天，就收到了电影电视学院的录取通知书。

得到大学录取通知书的高兴不言而喻。

女儿芳菲高兴——六年中学的"黑暗"一去不复返，迎来的不是阴晦的光亮，而是灿烂的阳光和美丽的鲜花！

作为父母，欧平和爱人卢秀英对女儿考取大学虽然没有大肆张扬，可心里一直是甜蜜的。

老家的长辈和同辈以及亲戚朋友，欧平的同学、同事、熟人，都向他们祝贺，为他们骄傲，夸奖他们的儿女。

高兴之余，欧平和卢秀英也深深地感到经济上的压力太大——录取通知书附带缴费通知，要预交建校费21000（元），报名费（包括学费、书费、服装费、实习费、当月伙食费等）10850元，两项相加共计30000多（元），是他们夫妇两年工资的总和！几万元钱是个大数字。同十年前的"万元户"比，是三个"万元户"的家当之和，非常吓人——欧平工作了二十几年，现在每月的工资才四五百元，卢秀英的工龄短，又在商业部门，每月才二三百元钱。

到哪里去筹钱？只有去借。借钱是没面子的事，不好张口，非特殊关系，人家也不会借给你。一个当过县区委办公室负责人、现任城市街道办党委书记的人，向别人借钱给娃儿交学费，更不好启齿！但是不借不行！欧平来没有钱，却能借到钱。这在于欧平任过的职务和现任职务，更在于他的人品——他对人热情平易，关心人，帮助人，诚恳厚道，讲信义，值得信任，对欧平友好，同时也看中欧平的这个家庭正在上升，前景美好，将来一定会兴旺发达。

欧平没有向亲戚、朋友、同学、同事借钱，他在自己一大家子人中筹措。

放暑假，上大学的儿子长茂在家，欧平叫上他，先到银行取出几年省吃俭用存下来的10000元钱，要了一张报纸包起拿上，然后往住在老城的二哥家去，借了10000元——几天前，他在电话里同电影电视学院的院长讲价钱，说他家庭经济情况不好，减了3000元——只交18000元，交学费还剩余2000元，准备再到妹妹家借10000（元），带上这12000（元）去报名和做车旅费。

从银行取钱出来，欧平走在前面，儿子长茂抱着用报纸包的一包钱走在后面，他不禁有些心酸：娃儿上学还要借钱，叫人面红啊！但是，他马上又振作起来，昂首挺胸，眼望远方："我然穷，但穷得干净，心里踏实，没有惭愧和恐惧！这样好！"

说起用钱，欧平倒是有些埋怨芳菲："这个女子，才是个花钱的主儿！"

小学毕业，芳菲就读的这所中学很长时间只办高中，这一年赶潮头办一个初中实验班。社会上都知道，这样的班要招"尖子生"，学校也许愿读这个班将来读本校高中优先录取。高中学校办初中，还要搞实验，教学质量肯定高，孩子以后考大学更有把握。读这个班说起来好听，有面子，又增加了将来升学的概率。因此，人们蜂拥而至，有的还找关系，托人情，使劲往里挤。芳菲的考试成绩符合条件，难就难在要交1500元钱的学杂费。时间越往前，钱越值钱，欧平那时工资才一百多元，这学杂费的价钱就是他将近一年的工资。给她交了学费，一家人就莫吃饭了！欧平愁得晚上在院子里走来走去。

想放弃，又害怕影响了女儿的前途，芳菲长大后埋怨他们。想读吧，全家人的生活怎么办？

那天，他想到学校去了解一下"政策"，同时想看能否减免一点儿。

走到学校大门口，他又不好意思进去，怕遇到熟人说起，惹人笑话。他转身往回走，没走几步，恰巧碰到了原来在一个学校教书现在市委党校任教的老同事。打了招呼，两个人站在路边聊起来。对方问他的两个孩子，他说到芳菲上学的事，说上实验班要交1500元的学费，觉得太贵。老同事听了，顿了一下，说："贵是贵了点儿，但是智力投资，值得……"他没有因为老同事的爱人是这所学校的老师，认为他是在帮着他们学校说话，而是觉得他说的有道理，看问题眼光长远，于是回去凑了1500元钱给芳菲交了学费。很自然，芳菲很高兴，而一家人却精打细算、节衣缩食了好几年才缓过气。

现在高中毕业，又要花将近人家两倍的钱上大学！

难怪欧平有怨气，但有气归有气，只在心里想，没有说出来。

秋季开学，芳菲去上大学，欧平和卢秀英送她到学校。

儿子和女儿上大学，欧平和卢秀英过起更加节俭的生活。家庭收入不多，开销大，他们平时肉都很少吃。幸好卢秀英从来就不怎么吃肉，有油吃就可以过日子。他在外面开会、朋友一起吃饭，油水够。

儿子长茂开始读大三，女儿芳菲进大学，读四年，兄妹俩有两年同时大学在校。那两年，负担重得叫人伸不起腰。人家的孩子每月最低都是给300元，他们给200元。他拿不出钱，却找了一个冠冕堂皇的说法："钱多就事多，娃儿光去耍，就不能好好地读书。"

两年后，儿子长茂大学毕业了，本来应该直接读研究生，但是他知道家里需要挣钱，放弃了考研到改革开放的最前沿——深圳，挣高工资去了。工作四年后，才回母校读研，一直读到博士毕业。自从儿子长茂上班，欧平的家庭经济逐渐宽裕起来。

三十三

女儿读大学去了，欧平全身心地投入了工作，当前工作的重点是"普九"。

"普九"是普及从小学到初中的九年义务教育，但绝对不是简单的学龄儿童和青少年上满九年学的事，而是既要讲入学率，又要讲巩固率和毕业率。既要讲适龄儿童和少年进学校读书没有，又要讲读书的时间够不够九年，学得好不好，是否达到国家的要求；既要看学生，又要看师资，看教师人数够不够，各科教师是否齐全、学历是否达标。不仅要看人，而且要看校舍、操场、几"室"（图书室、阅览室、实验室、储藏室等等）、厨房、宿舍、厕所及周围环境、校容校貌，要看有无设施，也要看面积、个数、册数、台数等等；不仅要看硬件，还要看软件，即各项工作或活动的计划、方案、记录、登载等资料及其标准化归档及管理……这些要求很多是量化指标。

世界上的事情，怕就怕"认真"二字。各个方面、各项工作要认真做，达到考核标准，实非易事！

滨江区"普九"，是欧平刚刚到滨江办那年，在全区半年经济工作会议期间召开的第一次工作会上，区委、区政府同各乡镇办签订的责任书。从那次会算起，已经是第三个年头。三年里，区委、区政府和区教委召开了多少次"普九"会议、讲了多少次"普九"工作、督促检查了多少次，已经记不胜记。主管部门区教委为"普九"开的各乡镇办教办主任和中小学校长会的次数更可想而知。"谁的学校谁管"的总口号下，区里负责区直属学校，其他各乡镇办土地上的学校各乡镇办党委、政府（行政）负责。区直属学校只有五六所，而有的乡镇办连同村小一个地方就是几十所，任务十分艰巨，各地各校的压力非常大。如果以科学的精神、实事求是的态度说话，这是根本不可能完成的，是超越经济社会发展水平和基层财力、群众负担能力的。但是，这是上级下达的任务，不能完成也要完成，没有商量的余地，没有条件可讲！没有办法，各乡镇办也只好效仿区上的做法，乡镇办的直属学校乡镇办管，村小各村管。任务层层分解，层层都有任务。全区掀起了一次修建学校的高潮，或者说一次群众运动。

"普九"，主要难在硬件上，重点是绝大多数学校的校舍离达标要求相差甚远。绝大多数学校，特别是村小学，是土墙青瓦，破旧简陋，有的还漏雨。就是这样的房子，有的还教室不够，更无图书、阅览、实验等几"室"。

滨江区虽然是市所在地，但经济发展并不好，区财政只是一个吃饭财政，乡镇办也没有几个有好企业的，没大的经济来源，村组更没钱。没几年就是21世纪，建学校不能再修土墙青瓦房子，村组干部想出政绩，争口碑，一分钱没有也要修钢筋水泥的。这一来，村民投工投劳，有的地方还要集资出钱。把在外工作的干部请回去捐资，利用各种关系找省市和在上级当领导的本地人要钱，想尽了办法。

有一所村小学，在大山顶上，买商品河沙拉上去，是山下四五倍的价钱，实在买不起，就发动群众，把任务分到各家各户，就地取材，挖本地的白色泡砂岩打碎在石磨上磨沙，用这种人工"沙"和水泥码砖和粉墙。村子小，人口少，修一座学校要多少沙，磨多少工，何其艰难，可想而知！在"普九"中，区教委在这里开了一个现场会，号召各地学习他们这种精神。

相比这些既有直属小学、初中，又有十几、二十所村小，而且大多数校舍是破破烂烂的乡镇，滨江办所辖的三所小学的基础和环境条件算是很好的，压力相对较轻。但是，城市学校的标准高，也有一些确实难以解决的问题，如跑道长度、生均面积和修建几"室"的土地。城市的土地金贵，有的地方拿钱也买不来，房子修得挤挤满满的，要拆迁腾土地，何其难啊！城里的土地是市里管，非市委、市政府出面是解决不了的。

三年"普九"，区里下了最大的决心，各乡镇办和广大人民群众像打一场战争一样建学校，历尽艰辛，取得了骄人的成绩。其他地方的学校焕然一新，滨江办所属的学校也上了一个档次。

省里马上就要检查验收了，各级领导和群众既感到紧张，忐忑不安，又想展示几年取得的成果。

2月下旬，区里召开全年工作会议后，接着就召开"普九"达标誓师大会，区委书记、区政府区长在会上讲得咬铜啃铁似的，要求各级党委、政府（行政）和教育主管部门、农村村支两委，要把"普九"达标作为工作的重中之重，再次发动，动员社会各种力量，对"普九"达标的软硬件建设和相关准备工作查漏补缺，务求省里检查验收一举达标。虽然没有说"一票否决"，但说"谁砸了'普九'的牌子，就摘谁的'帽子'！"上级不准滥用"一票否决"，其实"一票否决"是针对年终工作考核，"一票否决"了拿不到区里悬赏的几千元奖金而已，而摘"帽子"就是撤职，比"一票否决"的处理还重。

开了几天会回来，欧平马上召开了党委（扩大）会议，传达了几个会议的精神，专题研究滨江办"普九"工作。

根据区里的要求和实际工作的需要，滨江办建立了以党委书记为组长，办事处主任、分管副主任为副组长，党政办主任，教办主任，各校校长为成员的滨江办事处"普九"工作领导小组，领导小组下设办公室。各校设立了专门办公室，组织专门的领导力量抓"普九"工作。

为再一次发动群众，调动各方面的力量，形成"普九"达标迎检的浓厚氛围，完成所属几所学校的达标任务，办事处党委、行政召开了辖区"普九"誓师大会，全办干部职工、学校校长等人员、各居委会书记主任和辖区大单位负责人、关心教育事业的社会人士参加大会。

在会上，欧平以滨江办党委书记的身份讲话。

他从现代化建设的关键是科技，科技的基础是教育；实现"两个根本转变，提高劳动者素质靠教育；"普九"达标是滨江区政府对省政府的庄重承诺等几个方面阐述了"普九"工作的重大意义。提出要破釜沉舟，背水一战，确保"普九"达标。要求加大宣传力度，发动社会各界积极支持和参与"普九"，严格标准，确保软硬件达标。指出解决资金投入问题，一是向上向外争取，二是内部挖掘。强调要依法治教，做好常规性工作，政府负责入学率、普及率，学校负责巩固率、毕业率，家长负责按时送子女入学并接受规定年限的义务教育。还强调，要落实目标责任，加强组织领导：一是办事处建立领导小组，各校设立专门办公室；二是严格执行目标管理，对有功人员重奖、阻碍破坏者严惩；三是实行工作"倒计时"；四是及时上报工作进度和反映情况，及时解决存在的问题。

他最后说："同志们！国运兴衰，系于教育，'普九'验收在即，任务艰巨，机遇和挑战同在，辖区的'普九'已经做了大量工作，取得了显著成绩，已经有了很好的基础，虽然还有很多困难需要克服，但是我们一定要坚定信心，知难而上，奋力进取，千方百计确保今年省检一举达标！"

大会开得很成功，鼓起了士气，增强了斗志，是一次最后冲刺的动员会、加油会！

会后，各个方面的软硬件都以高标准严要求，加紧做工作。

一个月后，办事处"普九"工作领导小组召开全体成员会议。

会上宣读了领导小组成员的调整和办党政领导联系学校的通知。

教办主任卢金凤通报了一个月来的工作情况，讲了省里检查验收的要求。

办事处主任唐华提出，从现在起，领导小组一个月开一次例会，办事处"普九"工作领导小组办公室和各学校"普九"办公室制定验收达标前的日程表。

办事处分管教育工作的副主任罗广明提出，软件要从实，能否变通一定要汇报和请示，硬件要抓紧。

办事处党委副书记梁正建提出对工作采取挂牌销号的办法，以使任务明确，避免工作的遗漏。

对以上建议，会议决定采纳。教办负责软件建设的赵国君提出的具体问题的处理，会议给予了明确答复。

两周后的一个下午，欧平同党政办主任姜志斌去检查民族小学落实月例会决定的情况。

欧平想，学校上午的课排得满，上午去会影响老师上课，下午课少，即使调整也好办些。这次联系学校，考虑欧平作为书记事情更多，市、区有可能随时召唤，让他联系最近的民族小学。

民族小学在办事处的隔壁，欧平从自己办公室的窗口看到的操场上学生上体育课的学校就是这个学校。

新任党政办主任姜志斌是办事处"普九"领导小组的成员，和欧平分在一个组。

欧平和姜志斌来到学校，先在校内看了一遍才到办公室。校长文国芳听说办事处党委书记欧平来了，立即放下手里的事情，叫上副校长聂显春和副校长何富中一起出来。

"欧书记，你来咋不先通知我们一下，我们好到校门口来迎接！"女校长文国芳一半恭敬一半开玩笑似的说。

文国芳是江城师范毕业的，她在读师范学校时，欧平在隔壁的江城中学读初中，文校长要高三个年级，按年龄也可能大三岁，是大姐。欧平的一个堂兄同文校长是同班同学，他经常去看堂兄，那时他们就互相认识。文国芳毕业后分到南边的一个区小学，后来调回城里，那年评特级教师，往区里报材料，欧平在区委分管文秘工作，又有一些接触，很熟悉。

"我多大的干部，还要你们迎接？你是不是认为我是搞突然袭击？"欧平笑着说。

紧随欧平的姜志斌对文国芳说："我说先给你们打个电话，通知一下，欧书记不让！"

"这一段时间，你们在做些啥事？"

文校长不自觉地汇报起"普九"。

"你怎么知道我是来看你们的'普九'工作？一走拢就说起来？"欧平问。

"我咋不知道，你要不是来检查'普九'，恐怕我们请都请不来你，你当书记的一天那么多事情！"文国芳笑着说。

当确认欧平是来研究"普九"工作时，文国芳叫副校长何富中把教导主任孟江、政教主任温云福、工会主席王德芬都叫来了。

孟江先说软件建设情况。

江城与北方接壤，有不少少数民族居民，大多数居住在上下河街和大西街，当年办这所学校面向这些少数民族孩子招生，所以就取名民族小学。直到现在，大多数少数民族家庭的子女读小学都在这里。

目前，迎检的口头汇报材料已报齐，"五率"（入学率、巩固率等）都合格，学生移位点名也搞完了。学生移位点名是拿着点名册叫一个站出去一个，检查入学率、巩固率等，以防弄虚作假。

温云福任体育课，他反映，在区教委教具仪器站定购的体育器材，至今无货。

　　两位主任讲完，文国芳校长做全面汇报。

　　该校生均活动面积规定不少于1.5平方米，已达到4.8平方米；生均教室占地规定1平方米，已达到1.7平方米；篮球场50米跑道均达到标准；修了新厨房，正在往里面搬迁；校园绿化已做安排；校园文化建设已经做了一些工作；几"室"的桌凳已经备齐。

　　副校长聂显春做补充说，学校召开了居委会主任会议，了解了学生辍学情况，学校教职工为"普九"捐款1.5万元，下下周举行庆"七一"卡拉OK赛。

　　欧平和姜志斌检查了软件资料。

　　各项资料完备，整齐规范，清楚明白，拿出任何一卷，查封面标明的内容，都一目了然。

　　他们还看了图书室、阅览室、储藏室、厨房、厕所，都干干净净、整整齐齐，校容校貌既漂亮又清新雅静。

　　欧平对学校这一段时间的工作非常满意。他故意问学校领导："你们认为你们现在做的，离验收标准还有多大差距？"

　　几位领导互相看了看，文校长谨慎地说："我看都差不多了！"大高个子聂显春副校长是个"炮筒子"，说："我也看差不多了！"副校长何富中、教导主任孟江、政教主任温云福、工会主席王德芬说："我们也认为按标准对照，没有啥做的了……"

　　"这么自信？"欧平心里也这样认为，说，"好！应该有自信心！"

　　在接着的月例会上，联系学校的领导汇报各校的情况，都喜形于色，一副大功告成的样子。教办主任卢金凤通报了上次月例会后捐资的情况和区里拟于7月初检的安排，要求三所学校在暑假期间做好校舍维护和座椅等的维修等工作。

　　初检就是市区验收，由各乡镇办及学校分别组成验收小组，在市区领导的带领下按省里的标准交叉检查。这实际上是一次自查，为迎接省里的验收摸底。

　　滨江办检查金轮镇和龙池乡，由办事处副主任罗广明带队，抽调了办事处妇联主任吴桂华。检查组要求18个人组成，除办事处2人外，另外16人由教办和学校抽调。教办主任卢金凤负责检查业务工作。

　　滨江办的三所学校也同时接受其他乡镇办的检查组检查。

11月，省里对滨江区普及九年制义务教育工作进行验收。验收组由省里的专家和部分义务教育阶段学校的领导组成。检查采取分类抽签形式，在市城区和乡镇、村的小学和初中学校随机抽了一部分学校检查验收。滨江办一所学校都没有抽上，忙活了三年的办领导和学校负责人及教职员工很庆幸，但也非常遗憾，辛辛苦苦做的大量工作、自认为值得夸耀的成果，没有能在省里领导面前展示！

省里验收，各乡镇办党委政府（行政）没有参与，全部在教育行业内部进行。

经省里验收，江城市滨江区普及九年制义务教育工作合格——达到了国家标准！

全省一百多个县、市、区，九年义务教育达标的寥寥无几、屈指可数，难能可贵！这是全区人民的创造！是全区人民的骄傲！

为此，滨江区委、区政府举行了"普九"达标庆功会。

三十四

欧平急急匆匆地走下楼，在党政办对面的值班室里叫上驾驶员，就向停在院子里的"桑塔纳"走去。他上了车，关上车门，车就发动起来——他刚接到通知，到区委开会，再慢就要迟到了。

地方党委、政府的日常工作每天都要进行，重点工作常常就有好几项，不是重点多了就等于没有重点，而是哪一项都不能停下来。如果几项工作都要几年时间才能完成任务，就会出现这种几项重点工作并行的状况。所以，有些工作必须穿插进行，同时推动。

江城"创卫"同企业改制、教育"普九"和创建综治模范区工作同时进行分线作战，已经进入第三年了。

听起来，"创卫"就是扫个地、抹抹灰、打老鼠、拍苍蝇的事，但是要达到国家标准却十分难，要牵动很多方面，如果又没有钱，就更不是一件容易做的事了。而且是"持久战"，要不出一点儿纰漏，不回一点儿"潮"，连续三年合格，才能抱回"国家卫生城市"的牌子。

江城经济欠发达，是一个穷市，并且缺乏发展的条件。没有钱，很难办事，但不办事更没有钱，会更穷。"创卫"是创造优良环境的切入点，是打造门面的工程。江城没有钱，但人肯干，决心大。第一年、第二年分别战胜了几个经济富裕的城市，拿到了胜出券。这是第三年，还要继续保持，把"国家卫生城市"的牌子捧回来。明年再接再厉，争取成为"国家卫生城市"。

欧平十分清楚，"创卫"主要是市城区的三个办事处——滨江、东城、西城。滨江办是全市"创卫"的一个重要组成部分，但是旧屋子多，人口密度大，基础设施差，工作难度大。

欧平经常提醒自己："'创卫'，滨江决不能有闪失！"

在企业改制进入尾声，"普九"验收达标还没结束时，市、区就把"创卫"排在了第一位。

新一轮"创卫"高潮掀起，欧平参加的"创卫"会议和滨江办接受的检查，记不清次数。

6月3日，区"创卫"迎国检再动员大会。

副区长唐荣华主持。

一、区委常委、区委宣传部部长传达市动员大会精神。

二、市委副书记吴先林讲话。

吴先林说，创建国家卫生城市是"创建文明城市，实现三百亿，快步奔小康"的战略目标决定的，搞好了可以充分展示江城的精神风貌，是江城精神的具体体现。

滨江区责任重大，具有优势，居委会力度大、小学生可以值勤等等。

今年江城"创卫"无退路。

三、区委副书记张寿于讲话。

四、区爱卫会主任艾明作安排。

本次整治从6月5日8:30开始。

五、区人大常委会主任高荣江讲话。

六、区长谢家旺讲话。

谢家旺讲了五点意见：

1. 认识到位，树立保牌子的意识。

2. 领导和工作人员必须尽快到位。

3. 责任任务分解到人头。

4. 工作的进度要落实到位。

5. 要严格检查督促。

6月5日，区"创卫"指挥部（扩大）会议。

一、区爱卫办主任艾明讲话。

市委书记彭渝讲，市里的动员大会以后，没开动员会的、市区机关现在还没到达所包街道的，要见报。

二、分管副区长唐荣华讲话。

三、区委副书记张寿于讲话。

市委吴先林副书记要求，市委、市政府督查室同市爱卫办合署办公，两天督查一次，一天反映一次情况。

李仁发副市长讲，老城建五处公共厕所。

彭渝书记讲，江城"创卫"就是要跟涪城、宜州比精神。

下一步的"创卫"工作：第一，把责任进一步落实，区四大班子包片，分管领导包线，区级部门包居委会，分指挥部包辖区，市级部门包街道、包城乡接合部，各单位"门前三包"。第二，"创卫"中的几项具体工作：一是改水改厕，二是软件资料准备，三是全国检查验收总分分解，四是垃圾投放设施建设，五是以块为主，六是加强协调。

四、市爱卫办副主任侯武松讲话。

侯武松说，现在市城区建成面积16.4平方公里，按总人口15万人计算，每3000人一处公厕，改水改厕市辖区要达到80%以上。

6月11日上午，市委吴先林副书记检查卫生汇总会。

一、李德胜（市爱卫办主任）讲话。

李德胜讲了存在的主要问题：

1. 城乡接合部很差，如鲁家湾、市委党校、商校等地。

2. 属于市建委的任务，道路、临街面、广告牌等很烂很乱。

3. 乱摆摊点，搞游乐的、城南蔬菜市场、市中医院、将军桥零乱。

4. 饮食卫生差，请严站长给江局长汇报。

5. "门前三包"要尽快落实。

二、吴先林（市委副书记）讲话。

"创卫"在动作了，只能说到这个程度，城乡接合部都糟得很，滨江区要加大力度。食品店卫生差，市防疫站在半个月内要按要求整治到位。"门前三包"任务重，道路烂，乱摆摊点。

对今后的"创卫"工作讲两点：

1. 军事化。什么时候完成就什么时候完成，是什么标准就是什么标准，是谁的任务就是谁的任务，要搞"一刀切"。只要认识到位，责任落实，就能搞起来。

2. 发动群众。群众不发动起来，完成不了的。从今天看，不是群众没发动起来，干部都没发动起来。现在不少人打麻将有时间，"创卫"没时间。市政协要组织政协委员促一下。

6月19日，市人大视察滨江片区"创卫"工作汇总会。

主持人：张惠成（市人大常委会副主任）

内容：（略）

6月22日，区"创卫"指挥部会议。

一、张寿于副书记传达赴涪城、宜州等地考察"创卫"工作情况。

涪城"创卫"决心大，硬件好，人员多（2000人），声势大，办法多。其特殊之处：一是组织领导上条块结合，以块为主，充分运用居委会的权力；二是保洁，凡有违规行为，马上有人罚款；三是目标管理，分阶段确定目标，分片区公布，量化打分，90分以下罚款，98分以上奖励；四是各单位各部门都要向"创卫"指挥部述职。

下一步工作要抓实抓细抓紧：

1. 进一步落实领导责任。（1）区总指挥部的责任要分工，有所侧重。区长谢家旺负责全面工作（领导分工略）。（2）四大班子（区委、人大、政府、政协）包片要明确人员和职责，人员为分管机关领导和办公室主任，职责是城乡接合部卫生整治面达100%，"门前三包"、门内达标，市区机关都要是卫生先进单位；除"四害"100%；健康教育100%。（3）分管领导抓线，落实人员，明确责任。

2. 进一步发挥街道和居委会的作用。（1）进一步落实一把手责任，办事处干部包居委会，6—9月全力以赴抓"创卫"，其他工作都要让道。（2）办事处对辖区所有单位负全责，每周由居委会在辖区单位检查一次。（3）以办事处组织执法队。（4）居委会设卫生监督岗。

3. 当前的几项重点工作：（1）城乡接合部卫生。组织一次整治，（安排在本周五），办事处规划一批卫生设施，由受益单位、受益人出资。（2）加大城乡卫生监督力度。由城监中队和居委会执行。（3）城乡接合部卫生。实行一把手负责制。（4）公布"创卫"举报电话。举报有奖。（5）抓好健康教育。如社区、学校、单位控烟。

二、宣传部部长王咸明讲话。

1. 抓健康教育促硬件。

2. 区爱卫办抓软件。

3. 健康教育尽快落实到居委会。

三、常务副区长严明阳讲话。

1. 请示市里明确事权划分。

2. 分管领导要专职抓，队伍要上去。

3. 抓监督。"创卫"期间罚款全部用于"创卫"。监督人员数由办事处决定，定下后把相关情况报到区爱卫办。

7月8日，区"创卫"总指挥部会议。

一、传达市委吴先林副书记的讲话。

二、区委副书记张寿于讲话。

今后的工作：

1. 一把手领导要抓"创卫"。

2. 几项责任要落实：（1）几大班子的责任；（2）综合部门的责任；（3）各办事处的责任；（4）区级部门联系居委会；（5）市级机关包公共地段。

3. 实行"创卫"述职。

4. 强化检查评比。（1）每周四"创卫"指挥部检查；（2）综合部门检查；（3）单位内部检查；（4）办事处、居委会检查；（5）日常性检查。

7月21日区"创卫"紧急会议。

张寿于副书记讲话。

7月20—31日：（1）落实健康教育示范区5个，收集专兼职人员名单；（2）修公厕等；（3）卫生防疫三证齐全；（4）落实门前三包人员，每100米一名监督员。

8月1—10日：（1）学校、医院、社区健康教育达标；（2）公共场所及食品卫生检查；（3）灭鼠达标；（4）命名卫生院、户达标80%以上。

8月20—30日：（1）改水改厕验收；（2）食品抽测合格；（3）整治环境灭"四害"达标。

9月1—8日：做各项准备工作。

"创卫"工作安排在8月20日前结束。

迎接省爱卫办周莉主任检查，有关问题再突击整治一下，食品卫生要注意检查。

每100米一名卫生监督员，全天候上岗，市里给各办事处几万元钱的补助。办事处机关干部、区级机关干部要住到居委会。

考核审选卫生院、户要达到80%。

健康教育要达标。

7月28日，省爱卫办周莉主任来江城视察"创卫"工作会议。

一、周莉副主任讲话。

蜀门市场管理滑坡。

早上8点前必须清理垃圾，脏车不能进城，包括省长的车。

明天开始，不准摆烟摊摊。

赶快买清扫车。

食品卫生问题很大。

将军桥的厕所这次一定要解决，办公室差一点没关系，厕所必须搞好。

二、杨天开市长讲话。

"创卫"成功了，生活环境改善了。工作环境改善了，投资环境改善了。是为老百姓办好事、办实事，人民群众拥护。前年夺了牌子，丢了不好交代，要有信心。两军相逢勇者胜！

"创卫"成功，要做到"四个强化"：

第一，强化领导。出了问题，拿一把手是问。

第二，强化责任。各司其职，各负其责。特别是公共地段，城郊接合部，责任要落实。

第三，强化检查。抓三支队伍，领导队伍、保洁队伍、监督队伍。全城组织350人的保洁队伍，抽200名机关干部搞检查。

第四，强化新闻舆论监督。

要着重解决的问题：（1）垃圾袋装和清运；（2）厕所卫生；（3）光亮工程（今晚上就要开灯）；（4）食品卫生。

8月11日，区四大领导班子检查"三办两区"城乡接合部卫生。

一、张寿于副书记讲话。

存在的问题：领导的重视有差异，保洁人员到位有差异，监督有差异。

二、谢家旺区长讲话。

1. 成绩是肯定的，存在的问题也不少。

2. 认识要到位：（1）要有紧迫感；（2）明确"创卫"的责任；（3）明确"创卫"的位置（以"创卫"为中心，带动其他工作）。

3. 主帅必须出征。滨江办党政主要领导的主要精力必须用于"创卫"。

4. 负责人员必须到位。

5. 检查强硬，发现问题及时解决。

6. 机关要带头，要清楚检查人员到位情况，摸清垃圾中转站及厕所布局情况。

……

开会和检查是重要的工作方式方法。通过开会可以上情下达，下情上传，提高认识，统一思想，明确任务，一致行动，还可以讨论问题，集思广益，制订方案，解决问题。通过检查，可以了解情况，发现问题，督促行动，推动工作的落实和进展。但是，要少开会，开有用的会，否则耽误下级落实的时间，使再好的决策都成为空谈。检查在工作推进中很重要，但不能太频繁，分散下级执行的精力和改正缺点、纠正错误的时间。

"创卫"期间，会开得太多。市、区每召开一次会议，下级也要通过开会传达，大多数会议都明确要求传达，客观上挤占了具体做事的时间。

欧平每次参加会议注意力都很集中，不仅认真听，凡属重要的内容还要做笔记，回来以后同实际相联系，考虑如何落实。有些会议精神有传达任务，就必须开会，有些会议所讲的是滨江办没有的和已经在做、还做得很好的，就不再开会。还有，根据需要，只传达到领导班子成员的，就不开大会；只讲给少数人的，就不开全体会议。这样，腾出了一些到基层到现场指导和参与落实的时间。

"创卫"是中心工作，市里几大班子包片，市委机关带头包滨江片区，派出了50多名干部进驻，干部们每天早出晚归，像日常上班一样督促、指导、参与滨江辖区的"创卫"工作。各个部门都有一名副县级（有的是正县级）领导干部负责，并带领一名一般干部，负责较大街道的环境卫生，督促环卫工人的清扫、清洁的保持，联系有关职能部门进行设施的维修和添置，向总指挥部反映存在的问题，也对整个辖区的"创卫"达标负责。

8月12日，市委副秘书长、办公厅主任杨大中，区人大常委会主任高荣江、副区长田荣华、区纪委副书记李华、市环卫处处长何云一行来办检查并召开会议。滨江办党政领导，市、区机关部门工作组全体人员、居委会主任参加会议。

办事处党委书记欧平主持会议。

点名后，先由唐华汇报前一段时间的"创卫"工作存在的问题和建议。

接着，副秘书长杨大中讲话。

他说："滨江片区'创卫'难度大，同其他片区比存在差距。现在一要抓关键。一是使所有的人都动起来，二是进行一次全面的检查，三是进行一次搬家似的清扫。二要抓薄弱。三要抓落实。"

随同的几位领导也讲了一些意见。市环卫处处长何云从专业角度讲了垃圾袋装和清运意见。

一周后的8月19日，市委常委、秘书长马喜成在副秘书长、办公厅主任杨大中的陪同下抽查滨江办片区的几个地方，了解了一些情况后，到办事处召开会议。

市委机关各部门带队的负责人和工作人员、办事处领导班子全体成员和机关所有干部100多人参加会议。

办事处大会议室里坐了黑压压一大片。欧平想，这是市委常委召开的会议，把马秘书长带到主席台后，自己就转身到下面去坐。

马秘书长看见，连忙叫住他，说："唉，老欧，你咋个要下去呢？你在上面来坐！在你这儿开会，你唱主角！"

欧平红着脸走到主席台最边上的位置坐下。马秘书长急了，过去拉着他说："来，挨着我坐！"主席台坐的，除了马秘书长是市委领导外，其他也是市委部门的几个正县级领导，他咋能去坐中间呢？但是，马秘书长拉他去，他又不能不去。

马秘书长坐在主席台中央，右边是杨大中副秘书长，左边就是欧平，两边才是市委的那些正县级领导。欧平很不自在，心跳得"咚咚咚"的。

欧平同马秘书长除了现在的上下级关系外，在座的人都不知道他们还有一层关系——读中学时，他们是校友，马秘书长是高中部的学生，他是初中部的学生，虽然相差四个年级，但是同校了好几年，互相都熟悉。但是，自从离校后，他们从来没有过往来，只是遇见了打个招呼。

会议由市委副秘书长杨大中主持。会议开始，欧平马上打开笔记本，拿出笔，准备做笔记。

马秘书长讲了三点意见：一是辖区所有单位来"创卫"的人员，都归办事处管；二是修垃圾站，例如火柴厂宿舍，就由轻化局管，目前不能仅停留于开会，要把要定的点等问题一一排出来；三是对于检查，市"创卫"总指挥部应统一安排，应留出一些时间让办事处和居委会做工作。

"欧书记，下面你具体讲！"马秘书长简明扼要，讲完就叫欧平说。

"秘书长，我就不讲了嘛！这么多领导！"欧平推辞。

提前没有说叫他要说话，突如其来，没有思想准备，欧平很紧张。

"你不能不讲，在这个地方都服从你，听你的，你咋个说，他们就咋个办！"马秘书长说。

坐在下面的市委各部门的领导也说："欧书记讲，欧书记讲！"

人家市委常委点名叫欧平讲，他不能不讲。

欧平受宠若惊，诚惶诚恐，很快在脑子里整理出一下思路，镇静地讲起来。

这几个月，欧平参加和召开了那么多次"创卫"会议，听了那么多领导讲，自己也在办事处的各种会议上讲，对"创卫"工作的各个方面都认真思考过，脑子里有足够的素材和思想，他边想边讲，很快就进入了角色，讲得条分缕析，头头是道，到点到位，方法切实可行，下面的很多领导在飞快地做着笔记。

他讲了约半个小时，全场鸦雀无声。

他讲完，马秘书长就马上接上来说："讲得好！讲得好！请在座的各位都按欧书记讲的做哈！"

主持会议的刘大中也说："照办事处欧书记讲的办！不要老讲问题，要干！火柴厂宿舍的公厕，市里下周作为督办重点。旱厕产权属谁，谁管。新修的厕所，不管水厕旱厕，都要符合标准，市建委是魏连望在管。垃圾站建设办事处要督促。"

第二天，欧平和唐华兵分两路，他负责北片，唐华负责南片，各带一部分干部一个居委会一个居委会地检查，看整治情况，查人员到位，听居委会干部和办事处联系干部反映问题。这时反映的问题，多是一些难啃的"硬骨头"。对于这些问题，他们能表态解决的就当场解决，有些属于市里延伸部门的事，就马上打电话找局长、主任等或者通过市委办公厅找这些主管部门的领导解决。

欧平亲自解决了很多具体问题。

在市轻化局，欧平找到局长王立煌，解决了两个问题：一个是火柴厂、酒厂老宿舍的卫生问题，一个是玻璃厂外边乱倒垃圾的问题。在建一公司，解决了垃圾乱丢的问题。在建四公司，解决了建筑机械和工具摆放不整齐的问题。在市贸易局，解决了白家井外贸宿舍的卫生问题。在市自来水公司，解决了在玻璃厂外修围墙的问题。

在东山居委会检查时，路过从山上下来的一条大沟，他见沟里有一些垃圾。这条沟很大，也很深，天天有水从上面流下来，沟底是硬化了的，满是腻皮，还长着青苔，很滑，又是一个斜坡，很难下去清理。问居委会干部是怎么回事，说这归市建委下属的环卫处管。欧平马上给市环卫处打电话，对方答应立即解决。得到肯定的承诺后，欧平才离开。

联系海濠街的办事处干部说，薛家院子的旱厕要改水冲式厕所，院子里年龄最大的老太爷阻拦，怎么做工作都不通。欧平赶去，找到老人，和颜悦色地摆谈了一阵，欧平讲了改水厕的好处，老人说了自己的一些顾虑，有些是居委会过去工作中的承诺没有兑现导致的。欧平找居委会主任来问，说属实。第二次去，欧平把老人想要解决的问题的解决办法说了，叫老人找一下居委会主任，如果还解决不满意就来找自己，并且告诉了自己的名字和电话。老人信了，改厕顺利施工。

肩负整个滨江辖区"创卫"达标的重担，也具体负责辖区北片的清扫、整治、协调工作，欧平肩上的担子太重了！

眼看就要检查验收，欧平又带着人像年终完成税收任务那样，一个单位一个单位、一个院子一个院子、一间门面一间门面地检查，叫人扫地，叫人拾垃圾，叫人把东西摆放整齐，每天把腿都走痛。七八月的太阳很大，天天顶着晒，经常汗流浃背，把脸、手、胳膊晒得由白变红，又由红变黑。几个月下来，瘦了一圈儿。

这么苦，没想到欧平还无端地遭到了一次诬蔑和攻击！

一天，欧平和李洪福几个一起检查卫生，走累了，准备到将军桥居委会门前休息一会儿，喝一点儿水。

建设路居委会主任傅家国的老婆刘培华和几个人在面前的大街上清扫，扫把扫得很响。想到环卫工人很辛苦，他对刘培华说："你们辛苦了，慢慢扫嘛！"

"我们不辛苦有啥办法，劳动人民，不像你当领导，有钱，有人给你送！"刘培华说。

欧平很吃惊，怎么也没有想到自己一片好心，刘培华竟然这样回应自己。

欧平被这突如其来的话搞蒙了，红着脸。不回应她嘛，好像自己默认了，人家说的是真的似的。"心中无冷病，不怕吃西瓜"。他冷静下来，问刘培华："哪个给我送？"

"哪晓得的！"

欧平先还以为她是随便说说而已，听到她又这样说，知道她是当真的。

"哪个给我送了什么？"欧平在脑子里细细地搜索，"没有啊！"

欧平从来就很看重名声，把名声看得比金钱不知重多少倍，对自己要求非常严格，时时告诫自己不能掉以轻心，违法违纪毁了一生清白。虽然家庭经济一直拮据，但都把"不义之财不可取""君子爱财，取之有道"作为信条，绝对不在不属于自己的钱上动心思。他在区委办掌握着签字权，但是没有因私报过一分钱的账。来到滨江办事处，看到这么穷，更加严格要求自己，常在心里说："一定要做好榜样，你当书记的都麻麻杂杂，怎么去管教别人？"他经常想："老城这么多人，市、区的单位这么多，不少机关的级别还很高，但是他们都不能代表整个辖区，只有滨江办党委、行政才能代表，我是滨江办的党委书记，我就是这个辖区的共产党！我就是楷模！人家可以不讲信用、不讲道理，我要讲！我就是最讲道理的人！人家能够乱搞，我不能乱搞！"从客观上说，滨江办很长时间没有直属企业，经济发展十分落后，无一寸土地，没有上大的项目，没有大的经济流动，也管不了别人升多大的"官"，谁会来给你送钱、送物、送女人？人家给你送，你就要给人家带来更大的利益。你能吗？所以，包括自己在内的领导没有受贿的条件。欧平来到滨江办三年，连饭都没有乱吃过一顿，把一年接待费压到了不到自己来前的三分之一，连区委书记刘开山、区长谢家旺三年里都没有吃过滨江办的一顿饭。这在直接的上下级关系之间很少有！

刘培华信口开河，欧平很委屈，觉得这是在侮辱他的人格！在眼眶里包了很久的泪水，终于包不住了，他哭出声来⋯⋯

是啊，人们常说，做得才受得，没做不光彩的事情，谁能忍受得了莫名的诽谤？

天下最难接受的是委屈，欧平不怕艰苦，不怕困难，不怕吃亏，就怕委屈！他也想到了，一个领导干部，应该顶天立地，不应该软弱，也不应该随便流眼泪，但是他确实忍不住了，想领导干部也是人，也有血有肉有感情，就率性哭了出来！

党委书记在办事处的几个干部面前，在居委会干部面前，在街边来来往往的人面前，哭了！副主任李洪福几年来从没有看到过欧平这样，连忙劝他："欧书记不要哭了！欧书记不要哭了！你不要听她胡说。我们都是知道的，你一天都在为办事处操心，你得到了啥嘛，一天累得这样⋯⋯你莫要这样（哭）了，这么多人看见，影响不好哈⋯⋯"

其他几个干部也劝欧平。

几个居委会干部惊呆了，手足无措地看着欧平⋯⋯

过了十多分钟，欧平的泪水才止住。

刘培华是欧平的老乡，从小就认识，欧平和她从来没有发生过任何矛盾和冲突，怎么突然翻脸呢？

欧平想到了年初的一件事。

那天，欧平在办公室里看文件。白天，除了午休和离开，他没有关过办公室的门，他没有关着门办公的习惯。这天，从门口看出去，他看见同往天不一样，门外的走廊里人来人往，一会儿一个人走过来，一会儿一个人走过去。说是来办事的，自己办公室明明挂着书记室的牌子，却没有人进来问他什么。他站起来去上厕所，见走廊上有不少人，有站着的，有蹲着的。

"这是干啥的？"他想。

下到一楼，他见院子里站着更多的人。

他问："你们是来干啥？有事吗？"

有些不开腔，有些人说："没事。"

他细细地问，才知道这些人是来要人力三轮车的。

上了厕所回来，上到二楼，他去找民政办主任杨正福问。

杨正福是一个没几年就要退休的老头，时常笑眯眯的，是多年前从法院调到办事处来当行政干部的。

"老杨，三轮车是怎么回事，院子里来了那么多人？"

"哦，欧书记！就是嘛，这个事情难整得很，我就是准备来给你汇报！"

老杨来到书记室，对欧平说，区民政局给滨江办分了93辆三轮车，解决城市就业和城区交通问题，他现在分不下去——都要，不知道给谁。他给唐主任和分管的副主任罗广明汇报，他们也没办法，叫来找欧书记。

这一年多，街道上跑起人力三轮车，没有公交车去的地方，很多人，特别是老年人、走路困难的人、携带重物走路的人，就坐三轮车。三轮车给带来了很大的方便，解决了城市交通"最后一公里"的困难，也开辟了蹬三轮车的职业，增加了城市就业岗位。确实是一件大好事。欧平也坐过三轮车，但没问过这些三轮车的来历和蹬三轮车的收入情况，老杨说了，才知道这是市政府决定投放的，去年上半年就投放了100辆，现在根据需要，又投放了300辆。一辆三轮车一个月要挣1000多元钱，所以才这么火爆。

"这个车要分给那些城市最困难的家庭和没有职业的人，民政办放得平不？"欧平问老杨。

"欧书记，这个事我做不了。"爱喝点儿酒的老杨像喝了酒一样红着脸战战兢兢地说，"我虽然知道一些困难家庭，但也不全都知道，分得不合理，我担待不起。"

"这样，你根据掌握的困难户情况，把93辆三轮车先分到二十几个居委会，分了拿给几个领导看看！"

"好嘛……"

老杨出去了，欧平继续看文件。

下午，大桥路居委会支部书记、主任傅家国来找欧平——他到办事处很少到书记室来。

"欧书记，我想找你个事。"傅家国对欧平说。

欧平见是傅家国，忙说："啊，傅主任！坐！你说，啥事？"欧平对人和蔼，居委会是办事处工作的根基，居委会主任来，更是热情。

欧平边说边去给傅家国倒水，傅家国拦住，说："我不喝水，不倒了！嗯……你给我批个三轮嘛！"傅家国有些不好意思。

"三轮？我咋个有法给你批个三轮呢？都已经分到居委会啦！你如果够条件，就在你们居委会拿嘛！如果不够条件，我也没法！"欧平说的是实话，征求主任唐华和分管副主任罗广明的意见后，他已签字交给了民政所。

傅家国脸上有些不高兴："哦，那我不找你了！"

傅家国腿有点儿瘸，是个残疾人，但身材高大，浓眉鼓眼，雄壮而有气势。

傅家国除了做居委会工作拿一些补助外，也另外做些事挣钱。刘培华是菜农户口，托人在环卫找了一个扫街的工作，每月有工资。他们只有一个女儿上中学，经济不宽裕，但不是很困难。所以，他不好意思在分配给他们居委会的指标里拿一个，而来找欧平批。他想的是，自己是居委会书记、主任，家属是欧平的老乡，关系挺好，没想到欧平却没有给他。

傅家国垂头丧气地回到家，把找欧平要三轮车的事给刘培华说了，刘培华也很生气："这个欧平，一点儿情面都不讲，才不是个……"

欧平做决定把这批三轮车分到居委会，再由居委会分到困难群家庭，想的是居委会最了解哪家最困难，哪家不困难，分的对象才准。这是合情合理的，也是符合程序的。可不知怎么，外面传的是办事处书记欧平在分三轮车，因此给欧平带来了麻烦。

这批三轮车分下去了很久，办纪委书记姚文先提前几个月退休，也要求欧平给他批一辆三轮车。欧平觉得可笑，他没有听说过老姚家庭经济有什么困难，如果有困难，也要达到普通居民分配三轮车的困难程度才行啊！而且，上面还会不会分三轮车来，他不知道，他没有答应姚文先。姚文先十分不满，到处编造谎言诬蔑和中伤欧平。

中午下班，欧平少有的要回家，他的心灵受到了一次极大的伤害。在火一般的太阳炙烤下，他中暑了。他没有叫车来，坐公共汽车回去。下了车走从公交站到家的那一段路，他晕晕忽忽，浑身冒汗，两腿发软，到家就倒在床上睡下。休息了一阵，觉得好了一些，才起来吃了一点儿饭，然后去上班。

为确保万无一失，市里按照国家标准对"创卫"进行了一次模拟检查。

9月10日，市里召开"创卫"迎国检会议。真的要检查验收了！

市长杨天开，市委分管副书记、市政府分管副市长，市委、市政府分管副秘书长，市级机关各部门领导，滨江区委、区政府主要领导和分管领导，市、区总指挥部负责人、滨江区"三办两区"党委书记、行政主任参加会议。

市政府副秘书长彭训方通报市里模拟检查情况。

市政府副市长李仁发要求各地各方面抓紧针对模拟检查存在的问题进行整改，必须在9月30日前全面完成，国检的时间在10月10日左右。

最后，市长杨天开讲话。

杨市长勉励大家要有信心，有志气，不能灭自己的威风。前年我们都行，今年我们为什么不行？先期我们已经做了大量工作，离国检还有20多天的时间，还能做很多事。

他要大家认清形势，高度重视。竞争是激烈的，特别是涪城和宜州两地，是很强的对手。我们存在的问题，主要是思想问题，有畏难情绪，当然薄弱环节也还多。一是污水沟问题，二是窗口单位建设，三是饮食行业，四是城郊接合部卫生，五是除"四害"问题，六是健康教育和卫生意识，七是光亮工程不到位，要净起来、绿起来、亮起来、美起来、富起来！

他提出，思想和行动要统一，要真抓实干。一、加强领导。"创卫"和发展经济不矛盾，不是领导精力和人员不够的问题，是思想认识问题。二、强化宣传。三、强化监督。建立保洁、监督、执法三支队伍。市里要抽出200名监督人员24小时值班。四、突出重点、热点、难点，特别是除"四害"、窗口单位建设、厕所、食品卫生。五、细胞建设。特别是住户卫生。

他讲得全面、细致、深入，一个市长把"创卫"放在了第一位在思考、在安排布置、在督促指导，很难得。

各级各部门、各地、各岗位又一次行动起来，又一次全民"创卫"的高潮掀起。

靠责任心、靠干劲、靠苦干，一切整治、查漏补缺都在规定的时间完成，终于可以胸有成竹地说："只等检查啦！"

一场战役，打响前的等待是难熬的，觉得时间太漫长。在这一时刻，办事处的日常工作在正常进行，建立城市最低生活保障线、贯彻区对内开放精神、领导班子半年民主生活会、接受区综治委检查、税收工作检查、省文明办检查机关省级"文明单位"、召开辖区综治委会议、街道基层选举、经济发展工作等等，党委书记只有"十个指头弹钢琴"——一个也不能停。但是，一安排布置了这些工作，欧平又带着人去检查"创卫"。不能功亏一篑，功败垂成啊啊！

国检的时候，他们带人在现场守候，但是没有见到检查组——检查组不要领导陪同，只要一名工作人员带路，按照他们指定的路线走。

据知情人士反馈，检查组在滨江办没有发现任何问题。欧平听了，心里才一块石头落地，轻松了。

几天的工作中，检查组为江城市在"创卫"中做的工作震惊和感动，对江城人民对"创卫"的热情和干劲高度赞赏，在省内几座争创的城市中，江城以高分胜出！

江城"创卫"达标了！

江城这次达标的意义重要而深远，既是当年"创卫"的达标，也是连续三年的达标——可以正式捧回"国家卫生城市"的牌子了，也为争创"国家卫生城市"取得了资格！

江城的"创卫"没有作假，是名副其实、实至名归的。经过三年"创卫"，江城清新整洁，乡村像城市，老城展新姿，新城更漂亮，人们的卫生意识和健康习惯达到令人仰望的高度。

江城更加美丽！

江城人还要实现更高远的目标！

三十五

原来乡镇三年换届，现在也改为五年，这几年换届的工作多。

区里在去年底就开了换届选举工作会议，年初开了区党代会，春节后开了区人代会、政协会，区里的四大班子换届，同时村委会和居委会换届。今年底开始，乡镇办领导班子换届。

每当换届，干部的思想都有些浮动，够条件的想向上进一步，有的想调整到好的地方或者换一个岗位。很正常——人嘛，谁不想往高处走、好处走？

欧平心里也有想法，论学历、资历和能力水平以及这几年的工作成绩，他是具备进区领导班子条件的。但是，他不刻意追求，从来不跑不要，听组织安排。到滨江办工作，区委书记刘开山说的是："你们这些人，学历高，又在区委办和区政府办负过责，当任何一个局的局长都没意思了，就是要到乡镇办去，乡镇长和办事处主任都不要你们当，就当书记，搞两年再回来！"不过他说的两年不一定是个确数。欧平在滨江办工作满两年的时候，他没有调欧平回去，现在已经要满三年、四个年头了，刘开山又调走了——到市里前几年新建的全市最大的企业当党委书记、董事长、总经理去了。

刘开山是组织观念和政治性很强的人，不只是对上级的一般尊重，而且是上级即使说的是错的，他也服从并且执行的人。欧平清楚地记得，市里的副书记汤平当区委书记、刘开山当区长的时候，刘开山提出机关干部的工资全浮动，发足生活费，剩余部分视任务完成情况而定。这想法够大胆，全国没有！在常委会上，刘开山说得咬牙切齿："只有这样，才能解决干部懒散的问题！"比刘开山小将近十岁的区委书记汤平等刘开山说完，笑嘻嘻地说："刘区长！你这样不是把全区都给我搞浮动起来了？我认为呀……"汤平慢条斯理，完全否定了刘开山的意见。没等汤平说完，刘开山就马上说："嘿嘿，听汤书记的！按汤书记说的办！我说的也确实有些其他问题不……"刘开山态度鲜明，立即自我批评，表示改正，汤书记很高兴。

刘开山样子看起来黑苍苍的，但是思想十分超前，有时还有些激进，而对上级是绝对服从的。这一点，领导很看重。在一个县辖区共事的杨天开当了县委书记，把刘开山提起来当了副县长，几年前换届时，又推荐刘开山当无数人翘首以盼的市城区——滨江区的代区长、区长。汤平到市里，又让刘开山接任区委书记。

刘开山被人称为"农业专家"，曾在原来的县里农业方面搞了一个全省的样板。当市城区的区长，他一边抓农业，推进产业化，一边抓企业发展。商业也是经济工作，但是刘开山认为改革开放了，全民经商，用不着再去发展，用不着多插手。所以，商业上的事，他很少过问。他也知道，自己会搞农业，但是单靠搞农业，在现有条件下是富不起来的，要富区富民，还得要搞工业。他性子急，一直怨区里的经济部门和下面的乡镇办把工业搞不起来。他以为搞工业也像搞农业一样，耕了地，撒下种子，就要长出苗苗，就要开花结果。他时常在琢磨办企业的事。机会来了！

汤平调到市里当副书记，管经济工作，国家给了江城市的400万德国马克援助贷款还没安排不下去。他请汤书记吃饭，汤书记说了这件事。刘开山想搞企业的兴趣被调动起来，高兴地问清了具体情况后，答应他来操作。在场的区长谢家旺没有开腔。刘开山要来这笔钱是想自己领办一个企业给全区干部做出一个样板："你们都说企业不好搞，你看我给你们搞一个看看！"他想向人表示，他不仅搞农业是行家，也完全能够搞企业。

区林业局汇报了一个生产复合板材的项目，刘开山很感兴趣，觉得这个产品好搞，有市场，虽然市里有一个刨花板厂，但这个项目不仅可以生产刨花板，还可以生产其他商品木材，用的原料不仅限于原木，生产技术也不一样。拿定主意上这个项目以后，经测算，400万马克的资金还不够，又到银行贷款。为了保证企业能经营好，他又到省里争取免税免费的残疾人福利企业的牌子。然后，工厂选址、厂房设计和购置设备等等。工厂即将竣工，开始招收工人，包括面向无业的残疾人招工，同时采购生产原材料。资金充足，有区委书记的名头，一个个困难被克服，工厂建起来了，并且很快投入生产和经营。

办理证照时需要有企业名称，刘开山给厂子取名为"通宝木业"。"通宝"即钱，是说这是个赚钱的生意！

刘开山忙着建自己的厂，三天两头地往省城跑，一天打电话或上门找人办厂里的事，下午一下班就到厂里关心他的企业去了，当区委书记好像成了一个"副业"。市计经委主任因病去世，市委调刨花板厂的一把手补位。刨花板厂这个有几千工人的市重点企业谁去管呢？刘开山想搞企业，市委决定让他去当这个老总。

这时，"通宝木业"已经生产出了产品，但销售市场却出现了问题——企业的产品货真价实，没人买；人家的假冒产品，从表面上看跟企业的产品差不多，价格低，买的人多，有的还供不应求。刘开山为此烦恼、愤怒，但又无可奈何。这才知道，办工业企业的复杂性，一个环节出了问题，整个链条都要受影响。后来中央明令党政机关部门和干部不能经商，刘开山把"通宝木业"卖给了刨花板厂，卖的钱偿还了几百万德国马克和国内银行贷款，收支相抵，基本扯平。还好，没有欠债。但是，他操心跑路没有计算在内。

刘开山当年浮动机关干部的工资没实现，当了刨花板厂老板后，认为党政机关不行，企业该行嘛！在厂里搞这样改革那样改革，浮动全员工资，这些多是带资进厂的伐木工人不认这一套，市人代会期间到市政府上访，封市政府的大门，堵塞交通。后来的企业改制中，刨花板厂改成了一个股份制企业，刘开山做政府投资人代表。

欧平在滨江办率先成功进行乡镇办机关房改、几个月时间就修起了谁都感到头痛的办事处职工宿舍楼、"空手套白狼"地参与老城改造为办事处财政挣了几十万元钱、由没有车坐到买了一辆比很多部门和乡镇办领导坐的车还要好的电动窗"桑塔纳"后，刘开山深深地认识了欧平："这个小伙子行，不仅能说会写，还能办事！"刘开山佩服有本事的人，这以后见了欧平老远就是笑眯眯的。刘开山也真是个有个性的人，他三儿子考大学落榜，那时他在当区委书记，凭自己的权力和关系，给儿子安排一个端"铁饭碗"的工作是容易事，可他却要儿子当个体户，做生意，认为当个体户，生意做得好了，可以当老板，也自由，比坐机关受限制好。可是，做生意有做生意的难处，一开始租一个楼梯间做门面，人家就要他的高租金。他想把价讲下来，到处找人。后来知道欧平认识这个老板，打电话请他帮忙。欧平给房老板打了电话，一口就降了一半价，给刘开山说了，刘开山笑得合不拢嘴。

如果刘开山不去当刨花板厂的老总，真有可能要重用欧平。但是，当时企业改制、"普九"和此后的"创卫"，一天忙得脚板不沾地，又像和陈秘书长说的一样，他把自己的前途大事给忘记了。他就是这样一个人，一工作起来，就全身心投入，其他都抛到了脑后。刘开山走了，管不到滨江区干部的安排了。

刘开山调走，谢家旺主持区委、区政府的工作。只是主持，不是书记。市城区的区委书记位子炙手可热，不知多少人在盯着，符合条件的人也多，竞争非常激烈。谢家旺是竞争者之一。说实话，他很想当这个书记，这里人熟事熟，任了这个至关重要、权力最集中最实在、承上启下的职务，他不仅可以没有空缺地走完了职场的全程，而且可以为更高更远的发展准备资格和添加筹码。谢家旺了解欧平，但是他自己想达到的目标还没有明确，是没有心思管别人的事的。见了欧平，全是说工作上的事，特别是说税收，滨江办机关不富裕，但辖区车水马龙，灯红酒绿，商业兴旺，经济繁荣，是谢家旺当区长的钱袋子。欧平也没有为个人的事向谢家旺开过口。

欧平不是一个一心想往上爬的人，他没有一定要当个什么级别干部的追求。欧平心里有自己的打算。

滨江办白家井居委会在老城南门外，紧挨着的很大一片地是东城办城郊村的。这片好几十亩的河边地，过去种着玉米和高粱，现在是城市建设用地，修了一些机关和市场。大办乡镇企业的时候，东城办在这里建了一个药厂，占了十几亩土地，建了三四千平方米厂房和办公用房。"创卫"期间，欧平进去检查卫生，很看好这个地方：南河在这里流入嘉陵江，近可看水，远可望山。南边，南河日夜不息地"哗哗"流淌，除了夏秋季节涨水时河水浑浊外，其他时候都像油、像翡翠、像碧玉，清澈见底。南岸是南坝的一幢幢高楼大厦和一排排民居，远处是幽幽南山。西边，浩浩荡荡的嘉陵江上铁桥飞架，江那边是闻名全国的皇泽寺，宝成铁路从乌龙山脚下经过，每天几十趟列车南下北上。过了江，左走是铁路货运南站，右转是江城火车客站，都相距只有一两公里。江河交汇处，天高地远，视野开阔。围墙内，宽敞整洁，车间和办公用房新崭崭的，坝子里草坪如茵。

企业改制时，欧平曾经想卖掉又旧又挤的办事处院子，买下东城办的药厂，把办事处搬过去，用药厂的办公用房做办公室，如果不够，可以用车间隔。国家修白龙江水电站，滨江区设立了移民局，有二三十名干部职工。电站建成，移民搬迁安置工作基本结束，移民局的干部想搬迁进城，城里热闹，工作和生活方便，移民有事可以坐车去解决，移民也可以在进城买卖东西的时候顺便来办事。区里和市上基本同意他们的意见，正在城里到处找房子。欧平得知区移民局要租办公用房的事，立即去找分管移民工作的副区长严明阳，说把滨江办的那个院子卖给移民局做办公地，卖的钱滨江办买东城办的药厂办公。严明阳副区长正愁移民局没找到合适的地方，听他说了，表示同意。东城办的最低要价300万（元），滨江办的院子经评估可以卖260多万（元），只有30多万（元）的差口，不是多大的问题，可以很快想办法补齐。如果真能办成这件事，区里调他回去则不说，服从组织安排，不调他回去，新办公地有10多亩空地，等办事处财政状况好了，修一幢住宅楼，像小西街宿舍那样卖给本办干部职工，自己也搬到这里住，上班近，下班后可以由河边转到江边，再由江边转到河边，休息时间还可以在河边和江边垂钓呢！

可是，没有多久，东城办的药厂以低价卖给了一个企业老板，欧平的梦想破灭了。

唐华踌躇满志，当了主任想做出一点事树立形象。他提出改造办事处——搬迁临街的储蓄所、中药材公司和三户居民修办公楼，包括大、中、小会议室及商用写字间，拆除老办公楼和旧职工宿舍修旅馆和商住楼，两楼之间建必要的辅助用房和停车场，并绿化美化。

欧平认为可行，给予支持，叫他负责这一工作。

事情在党委（扩大）会议上讨论了几次，得到通过。

在改造东街以后，有一位外市在邻区从事建筑的一位毛姓老板来找欧平，要与滨江办合作改造老城。欧平同意，合作形式同改造东街时的华兴公司一样。对方有钱，气势很盛，在利益分配上十分苛刻。欧平很生气，拒绝同他合作。改造办事处，唐华带来投资人，还是这个姓毛的。毛姓老板又来，据说是企业办的干部田久长引荐的。

老毛前次从欧平办公室走后，到处寻求能拿到老城土地的合作人，但是没有找到，要么拿不到地，要么比欧平要的分成还要高几倍。他知道在老城修房子是能赚钱的，没办法，只好又觍着脸来找滨江办，只是这次没有直接找欧平。

唐华把他带到书记室，欧平谈得很简单，还是滨江办同华兴公司的合作一样，在利益分配上滨江办增加了10万元，在华兴公司的基础上有所提高。同华兴公司的合作，他觉得很吃亏。这次合作，他知道搞企业难，准备吃点儿亏，但不愿意很大。

前次交锋，老毛领教了欧平的直爽果断和精明，特别是欧平的凌厉，这次规矩多了，很谦恭，欧平提出的条件都满口答应。当然主要是因为他知道欧平提出的条件不高，即使这样，他也赚得盆满钵满。

田久长为何引进毛老板？

东街改造获利，滨江办补了元气，外界刮目相看。但同区内的东城、西城两个办事处和金轮、石盘、白龙三个镇比，滨江办还有差距，人家都可以靠土地生财，滨江办没有，只有另辟蹊径，再找门路。书记、主任跑上级争取的钱，只是杯水车薪，解决不了大问题。只有开动脑筋想办法，调动大家的积极性，才能从根本上解决问题。重赏之下，必有能人。欧平决定制定滨江办招商引资奖励政策。出台这种政策，已经是市区都采取的，可是作为抓经济发展、分管财政的主任唐华，欧平每次提出这件事他都觉得很为难。党政两个一把手没有达成一致，只有拿到会上讨论，集体决定。

在党委（扩大）会议上，梁正建、李敏态度鲜明地表示不赞成，罗广明、李洪福等说没意见，唐华一言不发。直到最后，他才吞吞吐吐地说："这些奖励只有领导才能挣得到，大多数干部都莫想。"欧平知道唐华的意思，是说这几年只有欧平才引进的有资金，改造东街为办事处挣了几十万元，按奖励应得一大笔钱。唐华忽略了一点，这是说的制定奖励政策，是针对以后的事，没有说要奖励以前的。少数服从多数，要调动所有人的积极性，不能为了公平大家都穷死饿死！

"如果我招了商引了资，不要奖励！"欧平毅然决然地签发了文件。见了人很少说话、见了领导就一笑的田久长，就是想得招商引资奖励才引荐的毛老板！没有奖励，田久长这样的人是不会动这脑子的。

唐华也在动脑子，他先后找了几个朋友，其中有一个市里农口的人，说能引资，来吃过好几次饭，结果未见分文。在企业办主任范天宇一再游说和怂恿下，想做转卖矿石的生意。这件事范天宇在欧平耳边说了多次，都没采纳——一是这个生意有那么好做不；二是滨江办办企业的教训太深刻了，使一个人人羡慕的城区机关不仅成了一个空架子，还债台高筑！唐华来说这件事，欧平在脑子里还是认为他是一个能搞经济工作的人，况且范天宇以前在说，自己只是在听，并没实地去考察过。不能就这样"一棍子打死"、武断草率地否定。他让唐华亲自上阵，带上现在分管企业的副主任罗广明和范天宇前往陇南的矿山去考察。

唐华三个去考察回来，说完全没有问题，矿石确实好。欧平问如何运输，唐华说用汽车运下山装火车。欧平又问火车车皮有没有保障、能否按时起运。唐华说："那没有问题，我们到最近的火车站去联系好了的！"

"那你看我们能够马上启动不？"唐华问。

欧平说："不行，你们还要到买方去考察，了解市场、价格、质量要求和付款等等的具体操作方法！"

唐华觉得很为难，认为多余，不想再去考察，但欧平说的有道理，他没法反对。

这次，罗广明有其他工作离不开，欧平让唐华带上范天宇和女财政所长小陈一起到买方什邡的厂家去考察。

一个星期六的下午，出发后的第二天，唐华给欧平打来电话，说他们回来了，带来了两个老板，晚上安排了一顿饭，请他参加一下，具体问题到时谈。

欧平去了，唐华私下对欧平说，这边（什邡）也没问题。坐在桌子上吃饭，欧平看到唐华带来的两个老板是两个乡镇企业家，看样子厂开得也不是有多大规模。管他国有集体所有还是私有，只要合作能成，能把钱挣到就行。欧平同两位企业家坦诚谈笑，热情有加。两位老板十分满意。

经办党委（扩大）会议讨论，同意建立"兴泰矿业公司"（该公司名是唐华几个取的，欧平同意），股份制企业，主要由滨江办机关干部职工投资，也吸收外来股金。

唐华到工商局去办证照回来，不无兴奋地到书记室来汇报："欧书记，手续我们都办归一了！要银行验资，我们哪有钱，我就……"唐华很得意。

办公楼三楼大会议室，召开机关全体职工大会研究集资问题，人到得很整齐，但是大家都你看着我，我看着你，没有谁表态愿意投资。

会议冷了很久场，没有人说一句话。快退休的居民办主任刘秀英看到这种情形，打破了沉静，说："欧书记，唐主任，滨江办事处过去用了那么多钱办企业，现在又要办，可能没得哪个愿意再投钱啰！况且都刚买了房子，也没得钱……"

会场上小声议论起来。

"欧书记，你看咋办？"唐华红着脸，尴尬地小声对欧平说。

刘秀英说的是实话，所有人都是这个心理。但是，主任唐华亲自带人去考察了，信心满满的，当书记的能不信任行政主任？欧平回答唐华说："让大家多议一下也好！"

又有几个人发言，总的意思还是对办事处办企业不信任。

场上基本平静下来，欧平又一次讲话，要大家放心，说这一次是唐主任亲自带队去考察的。为了使大家相信，欧平首先表示投资2000元，说："大家知道我的家庭经济情况，我的工资是多少大家也晓得，家属在商业部门上班，一个月只有200元多一点儿，我两个娃儿上大学。我说的出资的这个钱，还要找别人借。大家愿不愿意投资，自己决定！"

散会了，大家一边往会议室外面走，一边还在议论。

高云鹏是欧平大学时的同学，欧平在区委办任副主任主持工作时，高云鹏在政府办任副主任分管文秘工作，时常伴随区长刘开山左右。刘开山一当区委书记，就要欧平和高云鹏两个"大秘"到基层去锻炼，他对欧平说的"到乡镇当书记，搞两年就回来"，也包括高云鹏。

高云鹏先下去一年多，在最西边的一个小镇任书记。在那里，高云鹏工作得不错。这次乡镇班子换届，他要求回区上，知道按资历他进不了四大班子，要求去一个大局当局长。但是，各部门的一把手的位子是满的，只有最东边的一个大镇——三河口镇的书记调回来当局长，书记的位子空出来了，叫他去。高云鹏很不情愿，但又没有办法，只好去了。

刘开山调走，区长谢家旺主持区委、区政府的工作。因为没有说过后任区委书记，谢家旺不想在换届安排干部得罪人，没有动任何干部。从建区开始，他就在滨江区工作，跟哪个干部都熟悉。谢家旺师范毕业后就分配到原江城县委机关工作，知道如果上级不安排他任滨江区委书记，他安排了干部就有可能是对后面来当区委书记的设置障碍。也是，他这时不能安排人事，也不该安排人事。因此，几个月来，谢家旺对乡镇办换届工作一直没理。

滨江区委书记这个位子的竞争十分激烈，实力相当的人选就有好几个。谢家旺心里非常明白，干部安排最终是组织决定，个人着急也不起作用，他只有积极谨慎地工作。

直到11月，市委才决定对滨江区的干部熟、工作熟的谢家旺任区委书记。领导班子换届，一贯的做法是：凡是调任和选任的干部，至少要提前两三个月到拟任职的地方认识人和熟悉工作，不能突如其来地参加选举。乡镇虽然只是科级机构，但也不例外。到乡镇换届只有一个月多一点的时间了，谢家旺手忙脚乱，赶紧接二连三地召开换届工作会议，把要变动的干部提交区委常委会会议研究，讨论决定后党内的职务任命，人大、政府、政协的职务代理，并且立即送到新任职的地方。高云鹏本来就是镇党委书记，被直接任命为刘开山调走党委书记的三河口镇党委书记。

凡是换届的干部安排，上级没有明确指示，下级不能自做安排。在党政领导岗位工作时间长的人都知道这一点。这次，其他乡镇办的一把手，没有谁对手下的干部做安排，唯独三河口镇的书记，刘开山同意他的调动，并且明确了去的单位，还在任区长的现区委书记谢家旺也点了头，不知这位炊事员出身的书记出于什么动机，在自己即将去的地方定了以后，对三河镇下一届的领导班子做了全面的安排：都"官"升一级，镇长任书记，排名紧随其后的副镇长任镇长，等等，全部明确具体到了人头。这一下问题来了！高云鹏去，像堵车一样地挡在了前面，后面都动弹不了了。镇长当不了书记，最靠前的副镇长当不了镇长，班子成员该当党委副书记的当不了党委副书记，副镇长该进党委的进不了党委，该进领导班子的进不了领导班子……全部乱套了！与之相关的人都愤怒了！

高云鹏不知道这些情况，他还不愿意来当这个书记呢！又被弄到这个黑压压一片大山的乡下，高云鹏也是一肚子气。初来乍到，高云鹏趾高气扬，见人横鼻子竖眼，开会说这里原来的工作这也不对那也不对，自己在原来的那个镇搞得如何如何的好，修的一个山湾塘都像一个月亮弯儿一样，弯得很好看，都说还是一个景点……这更是火上浇油，原来的干部，特别是一些领导班子成员，极为反感和不满。

年底那一月初的一个数字吉利的日子，三河口镇召开党代表大会。区委派区委副书记朱国民，区委常委、组织部部长王志东到场指导。

坐近二百人的大会议厅，张灯结彩，气氛热烈，喇叭里播放着喜庆的音乐。

上午，高云鹏意气风发，做工作报告。

下午选举。党代表在欢快的乐曲声中投票。

投票结束，当场唱票计票，高云鹏党委委员落选！

重新计票，还是那样！

出现了这种情况！

朱国民和王志东惊呆了：共产党委员会的书记没有选出来，这可是建市十几年以来的第一次！全国也没有听说过这样的事！这件事情的影响太大了！

有什么办法？朱国民和王志东吓得脸上变了颜色，像热锅上的蚂蚁。

朱国民和王志东决定，立即回去向区委书记谢家旺报告。高云鹏失魂落魄，卷起背来一个月的被盖卷，没趣地离开了三河口。

刚当区委书记的谢家旺也大吃一惊，深知问题的严重性，大发雷霆，责备指导会议的朱国民和王志东麻痹大意，没有认真履职。分管组织的副书记和组织部部长无话可说，只好垂着头接受区委书记劈头盖脸的狂风暴雨！

市委得到报告，谢家旺受到严厉的批评——这是他参加工作以来受的最重的一次批评——责令他严肃查处这一"事件"，要一查到底，肃清影响！

高云鹏非常自负，这次的"走麦城"、"华容道"、滑铁卢，使他像一只折翅的鹰，不再扑腾，整天闭门不出，羞于见人。

时间一晃就是三四个月。

3月，一个星期六，休息日。天气晴朗，阳光明媚，天空蔚蓝，一丝微风，几片白云。

江城人怀着"创卫"三连胜的喜悦与豪情，正雄心勃勃地向建"国家卫生城市"进发。

东干道上，浙江省政府赠送给江城的大巴匀速行驶。市长杨天开带着分管副书记、副市长、市爱卫办主任、滨江区委书记和市城区三个办事处的党委书记检查卫生。

和煦的阳光照进车厢，亮亮堂堂。领导们边看边讨论。

看完东城和樵歌工业区，车调转头向西，去检查滨江片区。领导们要看大道两边的情况，车慢了下来，还有几分钟才能到老城。欧平很关心三河口选举失败的事，趁机问挨着坐的区委书记谢家旺："谢书记，高云鹏现在是咋个安排的？"

"唉，这就还是我的一个难办的事情呢！"

谢家旺听欧平在问高云鹏的事，脑子里豁然一动，转过头紧紧地盯着欧平，两眼闪射出惊喜的光芒。

可怜的欧平，你什么事都不问，怎么端端要问这件事嘛？

你要问，你就去吧！

谢家旺因为高云鹏被选掉的事伤透脑筋，区委向市委做了检讨，还要追究责任，要处理人，镇里的干部也人心惶惶。三河口是全市土地面积最大的乡镇，自然条件十分恶劣，除了镇机关所在地的那一小块平坝外，其他全是黑压压的大山，发展很受制约，工作环境非常艰苦，现在需要马上有能干的人去收拾"摊子"！

谁会那么傻，愿意去吃那些苦？

谢家旺亲自给几个干部谈话，都坚决不去。这使他十分恼火。

天赐良机，有人选了！

谢家旺一阵高兴！

谢家旺想到欧平和高云鹏是大学同学，原来同在一个学校，欧平是教导主任，高云鹏是教师，高云鹏进机关当干部就是欧平推荐的，高云鹏有事谢家旺要管。欧平初到区委宣传部，办公室紧张，谢家旺是部长，欧平是一般干部，他们同一个办公室坐了好几年。谢家旺了解欧平，知道欧平讲情讲义，责任心强，能吃苦，有扭转三河口现在的局面、把工作搞上去的能力和水平，谢家旺清楚欧平问高云鹏的事，是在关心高云鹏。而且，谢家旺有把握相信，欧平要支持自己的工作。

欧平到三河口镇任党委书记，高云鹏到滨江办去任欧平现在的职务，几个月来昼思夜想的难题终于一下解决了，三河镇书记岗位终于有合适的人选了，谢家旺好高兴！

谢家旺没有亲自给欧平谈话，他也觉得太亏欧平了，他不好当面给欧平说。他是叫区委组织部给欧平谈的，组织部说这是区委书记谢家旺的意见。

欧平觉得突然和不解——这年，他已经四十七岁，不是到农村去拼杀的年龄了！按现在的做法，他都该快退居"二线"了！

欧平向组织部谈他的年龄，谈干部政策，谈他的不利条件……但是，组织部说没有更合适的人选。

欧平同意了！

欧平知道自己要调离滨江办事处，组织没有正式谈话前，他还是没事一样，天天来滨江办上班。他写好了滨江办同毛姓老板合作改造办事处老院子的协议书后，才收拾自己的东西离开。

出门时，欧平回头把这个院子看了个遍，特别深情地把朴素得不能再朴素的办公楼看了又看。莫说，要说"再见"的时候，还真的有些留恋，舍不得——这里毕竟是他工作了三四个年头的地方！

几天后，欧平从城市到农村，走马上任，滨江办一行人一直把他送到三河口。